婴幼儿
智能开发与教养 300 问

主编 林秋君 杨长培 兰邵平

福建科学技术出版社

图书在版编目（CIP）数据

婴幼儿智能开发与教养 300 问/林秋君，杨长培编著.
福州：福建科学技术出版社，2001.4
ISBN 7-5335-1749-0

Ⅰ.婴…　Ⅱ.①林…②杨…　Ⅲ.①婴幼儿-哺育
-问答②婴幼儿-智力开发-问答　Ⅳ.R174-44

中国版本图书馆 CIP 数据核字（2000）第 86161 号

书　　名	**婴幼儿智能开发与教养 300 问**	
主　　编	林秋君　杨长培　兰邵平	
责任编辑	郑爱今	
出版发行	福建科学技术出版社（福州市东水路 76 号，邮编 350001）	
经　　销	各地新华书店	
排　　版	福建省科发电脑排版服务公司	
印　　刷	福建二新华印刷有限公司	
开　　本	787 毫米×1092 毫米　1/32	
印　　张	12	
插　　页	2	
字　　数	247 千字	
版　　次	2001 年 4 月第 1 版	
印　　次	2001 年 4 月第 1 次印刷	
印　　数	1—6 000	
书　　号	ISBN 7-5335-1749-0/R·350	
定　　价	17.00 元	

书中如有印装质量问题，可直接向本社调换

前　言

　　儿童是祖国的未来。每个父母都希望自己的孩子能健康、茁壮地成长，将来成为有用的人。但抚养、教养孩子需要父母们付出大量的心血。人们并不是了解了小儿教养知识以后才当父母的，而是当了父母后，才学做父母的，所以在养育孩子的过程中必然会遇到各种各样的问题。

　　为了满足广大家长"望子成龙，望女成凤"的愿望，我们根据多年来在临床工作和儿童保健咨询活动中家长们所提出的有关问题，编写成《婴幼儿智能开发与教养300问》。

　　本书共分为优生、优育、优教、急救和保健五个部分。较为系统、全面地阐述了科学育儿知识，具有详尽细致、可操作性强等特点，适用于家长、保教人员阅读参考，对基层医务人员，儿科专业和非专业医师也有一定的参考价值。

　　在本书编写过程中，我们参阅了大量有关的书籍和资料，在此谨表谢意！

编者

2001 年元月

目　录

一、优　生

二、优 育

3

三、优　教

四、保 健

11

13

五、急 救

一、优　生

什么叫优生？

优生，是指遗传健康。也就是说，要生健康聪明的孩子。

从生物学的角度看，健康、聪明、少病、长寿，是优秀个体的表现；相反，孱弱、愚钝、多病、短命，则是劣质个体的表现。后天的智能开发、文化教育、体格锻炼、饮食营养等固然十分重要，但遗传和先天的因素也起着非常重要的作用，甚至起决定性作用。

1883 年，英国生物学家高尔顿就曾提出"优生学"一词。1885 年，英国遗传学家盖尔顿首先倡导"优生学"。他们认为，在社会控制下，优生学在于探索影响后代的各种因素，从体质和智力各方面改善遗传素质，以改善现存人类的健康状况，保障后代以及整个民族优良的素质，从而达到提高整个人类健康状况的目的。

优生学分为积极优生学（或正优生学）和消极优生学（或负优生学）。正优生学是研究促进体格和智力上优秀的个体繁衍；而负优生学是预防遗传和先天性缺陷的劣质个体出生。高尔顿的优生学主要是采取一些社会性措施，如禁止患严重遗传性疾病的人结婚或强制其绝育、流产，以提高人口的素质。1976年，美国优生学家巴杰马特提出"新优生学"，采取遗传咨询、产前诊断和选择性流产相结合的办法，减少遗传病和先天性疾病患儿的出生，以保证后代优质。

在我国，提倡一对夫妇只生一个孩子，这就要求保证其质量，力争生一个健康聪明的孩子，以提高整个民族的人口素质。因此，准备做父母的青年朋友，应该多学些优生学知识。

怎样选择最佳的结婚年龄?

我国婚姻法明确规定了青年男女的婚龄，男子不得早于22周岁，女子不得早于20周岁结婚。这个法定婚龄只是表明国家允许的结婚的最低年龄，并不是说每个青年到了法定年龄就一定要结婚。

刚到法定婚龄的青年，精力充沛，求知欲强，自觉地适当地晚婚，无论对学业、事业的进取，还是使身心进一步发育完善，都是有益的。一般来说，工作数年后，事业上取得一定成就，物质上也有了一定的基础，这时结婚对社会的贡献、家庭的美满，都是非常有利的。

从生理上考虑，男子一般要在25岁以后，骨骼、肌肉、生殖系统等才发育完善；女子23岁以后才真正发育成熟。因此，男子最佳结婚年龄为25~30岁，女子最佳结婚年龄为23~28岁。

为什么最好选择在6~8月份受孕?

一对夫妇从结婚开始，便为自己的家庭做了美好的规划，其中包括生一个健康聪明的孩子。孩子的健康除了与后天的体格锻炼、喂养、保健有关外，还与当时受孕的月份有一定的关系。

一般认为，怀孕的第3个月，是胎儿大脑皮层初步形成的阶段，需要有适当的外界温度和合理的营养。因此，年轻夫妇最好选择在6～8月份受孕。

大多数孕妇有早孕反应，如胃口差、挑食，而6～8月份瓜果蔬菜多，品种繁多的瓜果蔬菜能促进孕妇的食欲，保证胎儿各种营养素的供给；3个月后，时值秋天，气候凉爽，孕妇食欲增加，能摄入充足的各种营养素，非常有利于胎儿的生长发育；孩子足月娩出时，已是春末夏初，这时气候暖和，有利于母乳喂养，而且给婴儿进行大小便护理、洗澡均不易受凉；孩子逐渐长大，约生后6个月需要大量添加辅食，这时已进入冬季，大量添加辅食不容易引起肠道疾病。

总之，选择6～8月份受孕既有利于母亲的健康，也有利于孩子的生长发育。

什么叫遗传？

孩子与父母之间，存在着许多相似的特征，这种亲代和子代之间存在相似特征的现象称为遗传。

基因是遗传的基本单位，基因的化学成分是去氧核糖核酸（DNA），它有以下几种特征：①能"忠实地"复制自己，这叫基因的稳定性，如果没有这种稳定性，生物的种系就不存在了；②能控制细胞的新陈代谢；③基因会发生"突变"，如果没有这种"突变"，人类就不会进化和发展。

正常人的体细胞有23对(46条)染色体，其中1～22对为常染色体，是决定身体一般性状和形态的，男、女细胞核内都有；第23对为性染色体，是决定人类性别的，男性的性染色体为 XY，女性的性染色体为 XX。在每一对染色体上有许多基因，所以，人体的各种特征都是由这 23 对染色体决定的。

染色体的数目和形态在代与代之间保持相对的恒定，这就使得遗传特征能从亲代相对稳定地传给子代，使子代能保持亲代的某些特征。

什么叫遗传性疾病？

正常人的体细胞有 23 对染色体，在每一对染色体上有许多基因。基因由 DNA 组成，当 DNA 的结构发生变异时，临床上则出现遗传性疾病。

有严重遗传性疾病的胎儿常发生流产、早产以及死胎。在生后存活的遗传性疾病中，有一部分有明显的症状，如器官残缺或畸形、智能低下等，成年后丧失劳动力或生活不能自理，终生需别人照顾，给家庭、社会带来沉重的负担；另一部分遗传性疾病，外表是正常的，但在传宗接代、子孙繁衍的过程中隐患无穷，严重地影响整个民族的素质。遗传性疾病可分为以下四类：

（1）染色体病：是由于染色体结构畸变或（和）数目异常而引起的疾病，目前，已确认的人类染色体异常综合征达 100 余种、各种异常核型约 3000 种。

（2）单基因遗传病：是指一对主基因突变造成的疾病，分为常染色体显性、常染色体隐性、X 连锁显性和隐性等类型。目前，已确认的这类基因约 5500 个。

（3）多基因遗传病：是由两对或两对以上多种致病基因起作用而致病的。这些基因对遗传性状形成的作用较少，故又称为微效基因，但是几对基因累加起来，就会产生明显的表型效应。多基因遗传病受遗传因素及环境因素两方面的影响。目前，已知的这类疾病有100余种。

（4）线粒体遗传病：这是一组罕见的遗传病。虽然每种遗传病的发病率都较低，但是由于遗传病种类繁多，所以总的患病率并不低。据统计，在住院儿童中约20％患有遗传病，必须引起人们足够的重视。

遗传病是怎么发生的？有什么特点？

遗传病是由于遗传物质或染色体发生异常而引起的疾病。当精子和卵子结合形成受精卵时，如果染色体结构发生畸变，如缺失、易位、颠倒、插入、环状染色体和等臂染色体等，这样的受精卵发育成胎儿，就会出现各种遗传病。常见的有先天愚型、白痴等。如果性染色体发生异常，就会出现性别畸形，如男性女人、女性男人等。如果只是染色体上的基因发生了异常，则可出现多指（趾）、并指（趾）、白化病等遗传病。

遗传病的发生可能与孕妇年龄过大、孕妇接触放射线和化学毒物以及孕妇感染病毒等有关。此外，染色体异常的父母可能遗传给下一代。

遗传病具有与一般疾病不同的特点：

（1）先天性：由于致病因素在受精当时就已存在，故胎儿在子宫内就已患病，严重时胎儿不能成活，往往发生流产、早产。幸存者出生后即发病。

（2）终生性：绝大多数遗传病是终生性的，这将造成患儿终生痛苦，并给家庭带来沉重的负担。

（3）遗传性：部分遗传病患者可活至生育年龄，或是遗传病基因携带者,均可将遗传病遗传给下一代,代代相传,从而使家族中许多人发病。

什么叫常染色体显性遗传?

常染色体显性遗传为单基因遗传病的一种。

如果父母(亲代)双方之一带有常染色体的病理性基因是显性的,那么只要有一个病理性基因传给下一代(子代),子代就会出现与亲代相同的疾病。如临床上常见的多指(趾)畸形、并指(趾)畸形、血友病丙等。目前,已确认的这一类遗传病有1000余种。

如果一个遗传病的病人(杂合子,一对基因中只有一个病理性基因)与正常人结婚,子代一半为正常人,一半为病人。如果夫妻双方均为遗传病的病人(杂合子),则子代仅1/4是正常,3/4为病人。

什么叫常染色体隐性遗传?

常染色体隐性遗传是单基因遗传病的一种。只有当一对染色体中都存在致病基因时才会发病。如常见的苯丙酮酸尿症是氨基酸代谢障碍中较常见的一种,属常染色体隐性遗传;肝豆状核变性是一种常染色体隐性遗传的铜代谢缺陷病;糖原累积病分为12种类型,除磷酸化酶激酶缺陷症为X连锁隐性遗传外,其余类型都属于常染色体隐性遗传;粘多糖病分为8型,除Ⅱ型为X连锁隐性遗传外,其余均属于常染色体隐性遗传。

如果亲代双方都是病理性基因携带者,则子代仅1/4是正常,1/4发病,1/2为携带者。如果亲代一方为病理性基因携带者，一方为正常人，则子代外表上均正常，但1/2为携带者，1/2为正常人。

什么叫伴性X连锁遗传？

伴性X连锁遗传也是单基因遗传病的一种。

伴性X连锁隐性遗传，其病理性基因位于X性染色体上，往往男性出现症状，而女性是疾病的携带者，如血友病甲和乙，假肥大型肌营养不良，母亲是病理性基因携带者，所生儿子发病，而女儿不发病。另一种是伴性X连锁显性遗传，这一类型比较少见，其病理性基因也是位于X性染色体上，男女都可发病，如临床上常见的抗维生素D佝偻病。

什么是"遗传咨询"？

遗传咨询，就是医生或从事医学遗传学的专业人员，对一个家庭中某一遗传疾病的发生及发生的危险性等同咨询者进行有关问题的商谈。如医生对某种遗传病的发病原因、遗传方式、诊断、治疗、预后以及在下一代中再出现的几率等，进行解答并提出建议，供患者或其亲属参考。

遗传咨询有两种：一种是家庭中尚未发现有遗传病的情况，而让医生估计可能出现遗传病的危险性，这叫做"前瞻咨询"；另一种是家庭中已经出现过患病孩子或其他患病成员，请医生判断今后再出现此病的可能性，这叫做"回顾咨询"。这两种咨询都很重要，目前以后者更为多见。

遗传咨询的主要内容有：

(1) 男女双方亲属中存在有某种遗传病的患者，是否会影响下一代？

（2）男女双方或女方本人有某种遗传病，是否会传给下一代？

（3）男女双方是近亲能否结婚？对下一代有什么影响？

（4）女方年龄过大，对后代有什么影响？

（5）孕妇患病，尤其是在妊娠早期患病，对胎儿有何影响？

（6）男女双方之一曾接受过大剂量的电离辐射照射、X线照射，对后代有什么危害？

（7）怎样才能预防患遗传病的婴儿出生？

哪些人要进行"遗传咨询"？

男女青年或孕妇有以下情况之一的必须进行遗传咨询：

（1）原发性闭经患者及其亲属。

（2）原因不明的继发性闭经患者及其血缘亲属。

（3）先天智力低下患者及其血缘亲属。

（4）两性畸形患者及其血缘亲属。

（5）有遗传家族史的夫妇。

（6）有致畸因素接触史的孕妇。如接触电离辐射、放射线，服用致畸药物、毒物以及病毒感染等。

（7）有习惯性流产或早产的孕妇。

（8）35岁以上的孕妇。

为什么近亲不能结婚？

在春秋战国时代，我们的祖先就有"男女同姓，其生不蕃"的说法，说明近亲结婚对后代的不利影响。但时至今日，我国一些偏僻的地区仍存在着"亲上加亲，不断亲缘"的近亲通婚的旧习俗，他（她）们不知道近亲结婚会给后代带来什么样的严重后果。

我们知道，有许多人可能携带某种遗传病的基因，只是外表不显露而已，医学上称为"隐性遗传病携带者"。在随机婚配下，夫妇俩带同一遗传病基因的机会很小，他们所生后代患遗传病的机会也就很小。如果近亲结婚，由于夫妇俩有共同的祖先，双方都从祖先那儿继承了某种遗传病的基因，那么他们所生的子女发生遗传病的机会就会大大地增加，也就是说，子代会将父母隐性遗传病外显出来成为显性遗传病。据统计，近亲结婚的下一代儿童死亡率是非近亲结婚的3倍，近亲结婚的后代其遗传病的发病率比非近亲结婚的后代高150倍，可谓"父母携带，子女遭殃"！

已经结了婚的有近亲关系的夫妇该怎么办呢？他们在考虑怀孕之前应该进行遗传咨询，必须冷静、严肃地听从医生的忠告。首先，应了解双方家族五代以内有没有什么人患有遗传病，如果没有，加上夫妇双方也很正常，可以考虑生育，并对出生后的孩子加强随访；如果双方家族中有人患有遗传病或先天性畸形，同时夫妇双方也有染色体异常或有先天性畸形的表现，那么他们就要避免生育。

为了有效地控制遗传病的发生，提高人口素质，我国制定的新的《婚姻法》明确规定：直系血亲和三代以内的旁系血亲禁止结婚。直系血亲是指父母与子女，祖父母与孙子女，外祖父母与外孙子女等；三代以内旁系血亲是指兄弟姐妹，堂兄弟姐妹，伯、叔、姑、舅、姨等。为了国家富强，为了家庭幸福，愿年轻的朋友们避免近亲结婚。

什么样的人算为近亲？

近亲结婚，下一代儿童死亡率是非近亲结婚的 3 倍。那么什么样的人算为近亲呢？

近亲是指具有共同祖先的人。三代以内近亲是指父辈、祖辈有共同的长辈，有血缘关系的人。有直接血缘关系的叫直系血亲，如自己的父母、祖父母、外祖父母等；不是直接血缘关系的血亲叫旁系血亲，旁系血亲是指所有上述直系血亲的兄、弟、姐、妹、伯、姑、姑表、舅表等。

人们习惯上把两个兄弟的子女看成是同一家族，会犯血缘忌讳，而一个兄弟的子女同一个姐妹的子女，或者两个姐妹的子女（姨表兄妹）却可通婚，这是一个误区。从人类遗传学的角度来看，他（她）们的血缘关系和遗传性是完全相同的，应该避免的。

避免近亲结婚，或近亲结婚的夫妇避免生育子女，对控制遗传病的延续，提高整个民族的素质具有重要的意义。

哪些情况应该进行产前诊断？

产前诊断就是在胎儿出生前，对胎儿的性别、畸形或遗传病所进行的诊断。

产前诊断内容包括有：孕妇的血化验，可预测胎儿出生后发生新生儿溶血症的危险性；孕妇的尿化验，可查出胎儿是否患某种先天性代谢病；各种影像技术的探测，如胎儿 B 超检查，可发现先天畸形，确定胎儿性别；羊水检查，一般在妊娠 16 周左右进行，将抽出的羊水做细胞培养、染色质反应、染色体核型分析，还可进行羊水甲胎蛋白测定及有关生物化学检查，该检查方法可确定胎儿性别，并对常见的染色体异常和先天畸形作出诊断。

目前，对每一位孕妇都常规地进行产前诊断还较难做到。但是，有以下情况之一者，应该进行系统的产前诊断：

（1）有近亲血缘关系的夫妇。

（2）夫妇双方或一方有遗传病家族史。

（3）夫妇双方或一方有先天性缺陷。

（4）孕妇为病理性基因携带者。

（5）曾生过有染色体异常的孩子，或其他先天性畸形儿。

（6）有致畸因素接触史。如接触了毒物和辐射，服用致畸药物，妊娠早期感染了病毒等。

（7）有习惯性流产、早产的孕妇。

（8）年龄超过35岁的孕妇。

通过产前诊断，如发现胎儿畸形或有遗传病，则应采取相应的措施，如进行人工流产，"牺牲"掉有缺陷的胎儿，以保证胎儿质量。

为什么患同病的人不宜结婚？

这里提到的同病，主要是指某些遗传病。

子女的外表、才智、性格、体质、疾病等都可以遗传父母的。据有关方面统计，约20％的新生儿患有各种遗传病及先天性疾病，这不但给孩子带来终生的痛苦，也给家庭、社会造成沉重的负担。因此，应尽量避免有先天畸形或遗传病的孩子出生。

青年男女在社交活动中，由于患有同病，往往从相怜进而发展成恋爱关系。但从优生的角度来看，这种同病相恋是错误的，因为男女双方患相同的遗传病，婚后生育子女，其后代极易患与父母相同的疾病。如双方同患隐性遗传病，其子女就会和父母一样，患同样的疾病；如双方同患显性遗传病，则子女中有2/3患同样的疾病。像临床上常见的唇、腭裂，先天性聋哑，多囊肾，精神分裂症，糖尿病，尿崩症等，倘若男女双方同患这些疾病，则他们的后代发病率就会明显升高。

为了家庭美满幸福，为了国家的利益和后代的幸福，患有同种遗传病（或有遗传倾向疾病）的男女青年不应该相恋、结婚。

哪些遗传病患者不宜生孩子？

患比较严重遗传病的病人，其子女发病率大大地增加，而大多数的遗传病又没有有效的治疗方法。现建议患以下遗传病的患者不要生孩子：

(1) 各种严重的显性遗传病：这一类遗传病有：先天愚型，主要表现为智能低下，体格发育迟缓，以及眼距宽、鼻梁扁平、眼裂小、眼外侧上斜、内眦赘皮、外耳小、硬腭窄小、舌头常伸出口外等特殊面容；软骨发育不全，表现为侏儒、面部畸形、四肢短小等；强直性肌营养不良，表现为全身肌肉萎缩，尤以面、颈、肩、上肢更为明显，毛发脱落以及晶状体浑浊等；遗传性痉挛性共济失调，患儿步态不稳、言语障碍、眼球震颤以及视力下降等；视网膜母细胞瘤，主要表现为视力障碍。患有以上遗传病的孩子都有明显的畸形与严重的功能障碍，长大后不能正常地工作、学习，甚至生活不能自理。这类遗传病会直接遗传，当父母双方之一有病时，约半数子女会发病，因此，这些遗传病患者不宜生孩子。

（2）夫妇双方之一患隐性遗传病，其子女为病理性基因携带者，虽并不发病，但夫妇双方同患一种严重的隐性遗传病时，则所生子女几乎全部发病。如苯丙酮酸尿症，表现为智力低下、行为异常、多动、毛发和皮肤色泽变浅、尿和汗液有鼠尿臭味；肝豆状核变性，表现为言语障碍、震颤、肌张力增强、表情呆板、智能障碍等神经精神症状，以及食欲不振、黄疸、腹水、肝脾肿大等肝病症状；还有糖原累积病、粘多糖病、先天性全色盲、小头畸形等，这些遗传病治疗非常棘手，因此，这些患者婚后最好不要生育。

（3）严重的多因子遗传病，其发生与遗传和环境有一定的关系。如精神分裂症、原发性癫痫、先天性心脏病、兔唇、糖尿病等。这类遗传病的发病率较显性遗传病低，如先天性心脏病，如果除患者本人外，父母或兄弟姐妹中还有人患先天性心脏病，则婚后所生子女的发病率就会明显升高，所以这些患者不宜生育。

第一胎是遗传病儿，如何防止第二胎再生遗传病儿？

第一胎是遗传病儿，怎样防止第二胎再生遗传病儿呢？首先要了解第一胎是属于哪一种遗传病，其次要了解父母的情况。

（1）常染色体显性遗传病：父母双方之一是杂合子（一对基因中只有一个病理性基因），其子女发病的可能性为50%；父母双方均为杂合子，则子女发病的可能性为75%；父母双方之一为纯合子（一对基因中两个均为病理性基因），其子女的发病率为100%。

（2）常染色体隐性遗传病：父母双方之一是杂合子，其子女全部为携带者，不发病；父母双方均为杂合子，其子女发病的可能性为25％；父母双方之一为杂合子，另一方为纯合子，其子女有50％发病，50％为携带者；父母双方均为纯合子，则子女的发病率为100％。

（3）伴性X连锁显性遗传病：父亲是患者，母亲正常，则子代中女儿100％发病，儿子均正常；母亲是患者，父亲正常，则子代中子女各有50％发病的可能性；父母均为患者，则子代中女儿100％发病，儿子有50％发病。

（4）伴性X连锁隐性遗传病：父亲是患者，母亲正常，则子代中女儿均为携带者，儿子均正常；父亲是患者，母亲是携带者，则子代中女儿50％发病，50％为携带者，而儿子50％发病，50％为正常；母亲是携带者，父亲正常，则子代中儿子发病的可能性为50％，女儿有50％为携带者。

（5）染色体疾病：一般情况下，大多数染色体疾病，其子代发病率与一般人群相似，只有少数染色体疾病要根据父母染色体的情况来推算。

（6）多因子遗传病：这要根据某一种遗传病在人群中的发病率和遗传度来推算。

发病的可能性百分率是指"整体"而言。如某一种遗传病在子代中的发生率为50％，现第一胎已属于该种病，这并不意味着生第二胎可以保证正常，而是提示第二胎还有50％发病的可能性。无论哪一种遗传病，在近亲结婚中其子女患遗传病的机会要比正常普通人群高出数百倍，因此，要禁止直系亲属、三代以内旁系亲属通婚。第一胎是遗传病，要生第二胎应该进行遗传咨询，听从医生的忠告。

色盲病人可以生孩子吗?

色盲会给人们生活带来许多不便，如不能从事交通、摄影、绘画、印刷、化工和生物等工作。因此，从优生学的角度出发，要使子代不患色盲，应该注意以下几点:

(1) 色盲男子最好与正常女子结婚，其子代中儿子将全部正常，女儿全部为色盲基因携带者。

(2) 色盲女子最好与正常男子结婚，其子代中女儿将全部是色盲基因携带者，儿子全部为色盲。因此，他们婚后最好是生女不生男。

(3) 携带色盲基因的女子最好与正常男子结婚，其子代中女儿将有一半是色盲基因携带者，一半为正常；儿子一半是色盲，一半为正常。因此，他们婚后要生女不生男。

(4) 色盲男子与色盲女子结婚，其子代不论男女将全部是色盲。因此，男女同患色盲千万不要通婚。

(5) 色盲男子不要与携带色盲基因的女子结婚，因为其子代中女儿的一半是色盲，一半为色盲基因携带者，而儿子有一半为色盲。

(6) 色盲患者或家中有色盲患者的女子，怀孕时应该进行遗传咨询，从优生的角度出发，听从医生的忠告，来决定对胎儿的留舍。

聋哑病人可以生孩子吗?

聋哑会不会遗传给后代，这是聋哑病人及其家属极为关心的问题。

聋哑分为先天性和后天性两种。后天性聋哑是婴儿出生

15

时不聋哑，以后由于疾病或使用某些药物，损害了听神经导致聋哑，这种聋哑不会遗传。先天性聋哑是婴儿出生时已是聋哑，这类聋哑有两种情况，一种是母亲在怀孕期间，尤其是在妊娠早期接触致畸因素，如服用致畸药物、病毒感染、接受 X 线照射等，造成孩子聋哑，这种聋哑也不会遗传；另一种是父母遗传的，有的父母虽然不是聋哑病人，但由于他们都是聋哑基因携带者，所以会把聋哑基因传给下一代，生出聋哑儿。

聋哑基因携带者会把这种病理性基因一代一代地传下去，而自己却不一定发病。假如两个聋哑基因携带者结婚，其子代中就会出现聋哑人。如果近亲结婚，两个聋哑基因携带者相遇的机会就会明显增加，其子女的发病率也随之明显增高。因此，要绝对禁止近亲结婚。

夫妇双方之一是先天性遗传性聋哑人，另一方是不携带聋哑基因的正常人，其子代中有一半是聋哑人，一半是正常人。如果夫妇双方均是先天性遗传性聋哑人，则其子女几乎全部是聋哑人，所以他（她）们虽可以结婚，但不能要孩子。

癫痫病人可以生孩子吗？

癫痫，俗称"羊癫风"，是一种由于脑功能异常所导致的慢性疾病，主要表现为反复发作的抽搐。癫痫大发作时，可发出如羊叫声，突然意识丧失，全身痉挛性抽搐，口吐泡沫，面色青紫，一般持续 2～3 分钟后抽搐停止，进入昏睡状态，约 30 分钟后才逐渐清醒。若癫痫持续发作将会出现严重缺氧状态。

据有关研究资料表明，癫痫具有显著的遗传倾向。在原发性癫痫病人的家族中，癫痫的发病率比一般人群高 4~7 倍，继发性癫痫病人的家族中，癫痫的发病率比一般人群高 2~3 倍。

癫痫病人怀孕后，会诱发癫痫发作，频繁的癫痫发作会造成胎儿发育迟缓，甚至导致流产、早产和先天畸形等。如果孕妇长期服用抗癫痫药物，则胎儿先天畸形发生率明显升高，如唇裂、腭裂，骨骼、心脏以及神经系统畸形，部分婴儿可患遗传性癫痫。另一方面，癫痫妇女妊娠后容易并发妊娠高血压综合征，对孕妇威胁很大。

总之，从优生的角度出发，有家族遗传倾向的癫痫病人，或癫痫发作频繁的妇女，均不宜生孩子。

红斑狼疮病人可以生孩子吗？

红斑狼疮是一种涉及许多系统和脏器的全身结缔组织炎症性疾病，属于自身免疫性疾病。本病确切病因尚不完全明了，可能是由于先天遗传因素加上感染、日光照射、某些药物等因素引起。主要表现为发热、皮疹、关节痛、心脏病变、肺和胸膜病变、肝脏肿大、贫血以及脑神经损害等等。红斑狼疮好发于女性，男女之比为 1∶4，且年龄多在 16~30 岁之间，因此，患红斑狼疮的妇女可否生孩子就成为患者本人及其家属极为关切的问题。

红斑狼疮病人血中的多种自身抗体和红斑狼疮因子都可通过胎盘传给胎儿，使胎儿患病。同时红斑狼疮患者需长期用激素、免疫抑制剂等治疗，这些药物都有致胎儿畸形的作用。此外，分娩时的组织破坏将形成更多的抗原，导致疾病复发或使病情加重。因此，无论是从优生学，还是从患者的

17

健康角度来看，患红斑狼疮的妇女最好不要生育。

倘若非常需要孩子，则患者应等待病情稳定、体力恢复正常，且停用激素和免疫抑制剂等药物半年以上后，方可考虑生育。

糖尿病病人可以生孩子吗?

糖尿病是由于人体内糖代谢紊乱而引起的慢性疾病。糖尿病可并发低血糖、酮症酸中毒、心血管疾病及肾脏病变等。其发病原因与遗传因素、环境因素、免疫因素等有关。主要表现为"三多一少"症状，即多饮、多尿、多食和体重减轻。

患糖尿病的妇女在妊娠时，体内的新陈代谢会发生复杂的变化。一方面，妊娠会使糖尿病病情加重，如妊娠早期反应，可发生低血糖、酸中毒，妊娠中晚期由于胎盘激素增多，可导致羊水过多及妊娠高血压综合征。另一方面，糖尿病会累及胎儿，主要表现在以下几个方面：

（1）胎儿畸形率增高：据有关资料表明，患糖尿病的妇女所生的婴儿，先天性畸形率比正常人所生的婴儿高3～4倍，最常见的畸形有先天性心脏病、脑积水、无脑儿等。

（2）胎儿死亡率增高：糖尿病病人妊娠时，容易发生死胎，尤其是妊娠超过36周，宫内胎儿死亡率明显增高，因此，胎儿最好能在孕36周前引产娩出。

（3）难产率增高：由于受到母体影响，胎儿胰岛素分泌增多，产生高胰岛素血症，导致体重增加，体积增大，形成巨大儿，从而引起分娩困难，难产率明显增加。

（4）新生儿死亡率增高：高胰岛素血症的胎儿出生后，容易发生低血糖，且抗病能力差，容易感染各种疾病，患病时

18

病情重，所以死亡率明显增高。

综上所述，糖尿病病人最好不要生育或少生育。如果病情较轻，血压正常，心、肾功能正常者，可以考虑妊娠，但在整个妊娠过程中，应加强监护，定期检查，妊娠1～5个月期间每两周检查一次，6～10个月期间，每周检查一次，以确保母婴安全。

什么叫高危妊娠和高危新生儿？

在妊娠期存在对母婴有一定的危险，并使分娩过程发生困难，母儿的健康甚至生命受到威胁的高危因素，这种妊娠状态称为高危妊娠。

凡是有危急症状的新生儿或高危孕妇所生的新生儿都属于高危新生儿。

出生时体重低于2500克的早产儿、小样儿、过期产儿，或体重超过4000克的巨大儿；患有心脏病和肺部疾病的新生儿，主要表现为呼吸困难、呻吟，脸色苍白、发绀等；有激惹、兴奋、尖叫、抽搐、昏迷的新生儿；生后24小时内发生黄疸或严重黄疸，有"三不"（不吮、不哭、体温不升）症状的新生儿；有消化道出血或颅内出血的新生儿；有严重先天畸形的新生儿等等，这些新生儿都属于高危新生儿。

凡是年龄超过35岁的高龄初产妇；孕妇既往史中有流产、早产、死胎等；孕妇有严重的疾病，如心脏病、肾脏病、肝脏病、糖尿病、血液病等；本次妊娠合并有高血压、蛋白尿、胎位不正等；母亲在分娩时有产程异常、异常分娩、羊膜早破、羊水异常、胎盘异常，或使用过某些药物，这一类新生儿不论有无临床症状，也必须按高危新生儿处理。

对于高危新生儿必须进行监护，发现病情变化应及时处理。出院后应在儿童保健门诊定期随访，不但随访其体格发育状况，而且要特别注意其精神神经发育，一旦发现异常，应进行早期干预治疗，以提高其智商和发育商。

心脏病病人可以生孩子吗？

正常妇女怀孕后，由于要担负胎儿的生长发育，心脏负担加重，表现为心脏增大、心率加快、血容量和心脏排出量增多，这些负担在妊娠 30 周左右达到最高峰，并一直持续到分娩。对正常的孕妇来说，这种负担是可以胜任的，但对患有心脏病的孕妇来说，往往因不胜胎儿负担而出现心悸、气促、口唇发绀等心力衰竭的症状。那么患心脏病的妇女是否可以生孩子呢？这要看平时心脏的功能状态。

心脏功能 I 、 II 级的妇女可以生孩子，只要怀孕以后适当加以注意，一般能安全地渡过妊娠和分娩。心脏功能 III 、 IV 级的妇女，原则上不可以生孩子，即使怀孕了，也应该做人工流产。曾经有发生过心力衰竭的妇女，也不能生孩子。

心脏病人怀孕后要注意休息，每天至少要有 10 小时的卧床休息和睡眠，生活环境要舒适安静，避免情绪过度激动。妊娠后半期，要吃得淡一些，适量服用铁剂，以防贫血。妊娠期间应注意保暖，防止感冒，以免诱发心力衰竭，一旦感冒，要积极治疗。在怀孕期间要加强产前检查，要在预产期前一周左右住院待产，以保证母婴安全。

孕妇患病毒性肝炎对胎儿会产生什么影响？

病毒性肝炎（简称肝炎）是一种常见的传染病。它是由甲型、乙型、丙型、丁型和戊型肝炎病毒引起的。孕妇得了肝炎是否会影响胎儿，取决于所感染病毒的类型。

根据大量有关资料分析，甲型肝炎对妊娠影响不大。由于不发生母婴传播，所以对胎儿无不利影响。

患乙型肝炎的孕妇则会感染胎儿。如孕妇中，乙肝病毒表面抗原（HBsAg）阳性者占 5%～10%，母婴传播率为 22%～50%；妊娠晚期患有乙肝，或 HBsAg 和乙肝 e 抗原（HBeAg）均为阳性的孕妇，所生的婴儿 90% 以上被感染，且易成为慢性带病毒者，不但可以传染周围健康人，而且长大后随时可发生乙型肝炎，甚至发展为肝硬化或肝癌。

丙型肝炎的孕妇可通过分娩过程和哺乳将病毒传播给婴儿，但较之乙肝为低。

丁型肝炎病毒为一种单股核糖核酸缺陷病毒，无法独立存在，必须依靠 HBsAg 作为它的外壳才能形成完整的丁肝病毒。因此，孕妇得丁肝不会把病毒传染给胎儿。

患戊型肝炎的孕妇，病情显得特别严重，尤其是妊娠 6～8 个月时最为严重，常可发生死胎、流产。孕妇病死率可高达 10%～20%，妊娠月份越大，病死率越高。因此，孕妇一旦患了戊肝，应及早休息，积极治疗。

孕妇多吃含铁的食物对胎儿有什么好处？

胎儿在母体中生活时，需要制造特别多的红血球，才能满足其生长发育的需要。铁是制造红血球的主要原料，胎儿通过胎盘从母体获取铁，以妊娠后 3 个月获铁量最多，平均每日可从母体获得 4 毫克铁，足月新生儿从母体获得的铁足够生后 4 个月用，如果是早产儿，由于铁贮存不足，生后容

21

易发生缺铁。胎儿缺铁，出生后可出现贫血症状，如皮肤、粘膜苍白，呼吸急促、心率增快等，新生儿期由于细胞免疫功能低下，很容易合并感染。许多研究资料表明，孕妇铁营养状况如何将直接影响胎儿铁的供给。因此，孕妇应多吃含铁的食物，以保证自身和胎儿红细胞制造的需要。

含铁多的食物有猪肝、瘦猪肉、牛肉、鱼以及各种蛋黄，各种豆类和豆制品，花生仁，核果类，韭菜、苋菜、荠菜、芹菜、莴笋叶等新鲜蔬菜。此外，南瓜子、黑枣、黑木耳、紫菜、海带、香菇等也含一定量的铁。一般说来，只要孕妇多吃含铁的食物，就不会发生缺铁或缺铁性贫血，所以不必另外服用铁剂药物。

孕妇营养对胎儿会产生什么影响?

众所周知，孕妇营养对胎儿的发育是非常重要的。在整个妊娠期间，孕妇体重约增加12千克，其中一半是胎儿及其附属物的增长，另一半是为产后哺乳储备的各种必要营养素。因此，孕妇在妊娠期内应得到营养价值优良的饮食，才有利于母体健康和胎儿发育，并为产后哺乳做好准备。若孕期营养不足，则胎儿细胞的生长和复制就会受到影响，胎儿器官形成障碍，发育不正常，从而造成胎儿畸形，甚至流产或死胎出现。

孕妇的蛋白质缺乏可影响胎儿的大脑发育，导致生后智力低下。孕妇严重缺铁可引起婴儿缺铁性贫血。孕妇缺乏维生素D和钙可引起婴儿先天性佝偻病。孕妇缺碘可使胎儿不能合成足量甲状腺激素，严重影响胎儿中枢神经系统的发育或机体代谢障碍而发生呆小病，出生后表现为智力低下、听力及语言障碍、痉挛性瘫痪、身材矮小、粘液性水肿等。此外，妊娠期间叶酸的需要量大量增加，应注意补充，如孕妇不吃肉类则应注意补锌。

由上可知，孕妇为了保证胎儿健康发育，应多吃鱼类、瘦肉、蛋类、乳品、豆制品以保证蛋白质的需要，多吃新鲜水果和蔬菜以供给足量的各种维生素，多吃肝类以保证铁的供给，多吃紫菜、海带等以保证碘的供给，每天还应补充 5 微克维生素 D 及 200～700 毫克钙以预防佝偻病的发生。

为保证妊娠中、后期营养的需要，孕妇每日膳食应包括以下几种食品：

主食：大米，面粉或各种谷类食品 400～500 克。

副食：

（1）鱼、肝、肉类 100～150 克。

（2）鸡蛋或鸭蛋 1～2 个。

（3）豆类 100～150 克。

（4）新鲜蔬菜 400～500 克，其中绿叶青菜应占一半以上。

（5）新鲜水果 100～150 克。

（6）鲜牛奶 250 毫升，或奶粉 30 克。

（7）维生素 D 5 微克，钙 200～700 毫克。

（8）缺碘地区的孕妇应多吃紫菜、海带等。

反之，孕妇摄入过多的营养物质会使胎儿营养过剩，出生的新生儿为巨大儿。因此，孕妇食量太大时应适当节制，尤其应适当限制淀粉、脂肪的摄入量。

孕妇情绪对胎儿会产生什么影响？

孕妇情绪波动太大会对胎儿产生有害的影响，这是屡见不鲜的。

1952 年德国医生埃茨曼（Etzmann）和盖斯尼斯（Gersnis）对德国柏林和其他地区共 55 所医院的病案进行分析，发现在 1933 年希特勒上台之前 7 年内，胎儿神经系统畸形发生率为 1.25‰；而在希特勒统治下的 7 年内，发生率增加到 2.38‰；1940～1945 年，第二次世界大战期间，发生率增加到 2.5‰；1945～1950 年，停战后 5 年内，由于食物短缺和失业等造成精神高度紧张，以致胎儿神经系统畸形的发生率高达 6.5‰。

1976 年我国唐山市发生了一场毁灭性的大地震，这个意外灾难给该市的孕妇带来巨大的精神刺激。十年后，人们对唐山地震给当时孕妇腹中胎儿所造成的影响进行了调查，结果发现在孕期遭受过震灾的母亲所生的孩子智商偏低，说明地震给孕妇带来的情绪波动确实会影响胎儿的智力发育。

孕妇经受过多的人际紧张，如经常同丈夫、公婆、邻居或同事吵架等，则出生的婴儿可有先天畸形、惊厥、体重不增或过度肥胖、行走或语言能力发展迟滞，以及活动过度等严重问题。若孕妇每天有 1～2 小时聆听轻松愉快的音乐，且家庭和睦、丈夫体贴、心情愉快，会给胎儿的生长发育提供一个良好的内环境，出生的婴儿就会健康、聪明、伶俐。

孕妇患感染性疾病对胎儿会产生什么影响？

人的受精卵在最初 2 周不断分裂长大，在胎龄 2～12 周内各系统组织器官迅速分化发育，基本形成胎儿，故最初 12 周为胚胎期，是小儿生长发育十分重要的时期。由于胎儿在子宫腔内受到母亲的保护，所以外界各种致病因素往往对他不产生直接影响。但如果孕妇患感染性疾病，病原体在母体内不断繁殖，就有可能使胎儿受到损害。胎儿受损害的程度取决于病原体的种类、数量、毒力以及胚胎发育的程度。

病毒很容易通过胎盘侵犯未成熟的胚胎细胞，是最危险的病原体。目前已确认有十多种病毒可引起胎儿畸形，如风疹病毒、巨细胞病毒、单纯疱疹病毒、麻疹病毒、水痘病毒、流感病毒、乙肝病毒等，其中以风疹病毒和巨细胞病毒为害最大。众所周知，孕妇在妊娠早期（胚胎期）若患风疹，可引起流产和死产，所生的新生儿可为未成熟儿，或患有先天性心脏畸形、白内障、耳聋、发育障碍等疾病的畸形儿。仅次于风疹病毒的"第二号杀手"是巨细胞病毒，孕妇感染后虽仅引起轻微的类似感冒的症状，甚至没有任何自觉的症状，但病毒却能通过胎盘直接侵犯胎儿的大脑，尤其是3个月以内的胎儿更易造成中枢神经系统的损害，出生的新生儿可为小头畸形、智力低下、先天性耳聋、失明、运动障碍、癫痫等，其次还会引起先天性心脏畸形和四肢畸形。

弓形虫病是一种人畜共患的寄生虫性传染病，孕妇因饲养猫、鸟或者吃了未煮熟的牛肉而发生弓形虫病，妊娠早期胎儿感染后可导致流产、早产，出生的新生儿可有小头畸形、脑积水、智力低下、癫痫、失明等，新生儿期还可出现贫血、黄疸、肝脾肿大等。

怀孕4～6个月的胎儿各器官大多已初具雏形，因此感染后造成畸形的机会大大地减少，但可影响胎儿的生长发育。由于胎儿的免疫功能不健全，有些病毒可长期在胎儿体内生长繁殖，直到生后数月，甚至数年才使孩子发生耳聋、视力障碍以及智力低下等。

总之，在计划生孩子之前，应尽量避免玩猫、狗等宠物，并尽可能接种有关各种病毒疾病的预防疫苗，使身体建立起对那些疾病的免疫力。此外，孕妇尽量避免到公共场所，避开所有怀疑有病的人，一旦患了感染性疾病，应立即就医，接受医生的指导，对出生后的婴儿也要进行长期随访。

孕妇服用药物对胎儿会产生什么影响？

怀孕期间，特别是在妊娠早期，胎盘功能还很不健全，许多药物都能通过胎盘直接作用于胎儿本身而引起不良后果。在胚胎第15～25天神经系统最易受累，第20～40天心血管最易受累，第24～36天四肢易受累，第24～41天眼睛易受累。从妊娠第16周起，胎盘的屏障作用较强，各器官的雏形已基本形成，故药物对胎儿的影响也逐渐减少。

化学药物众多，有些药物已被确认对胎儿有影响，但有的药物则无法预测。例如，在德国、英国、澳大利亚等国家，有些孕妇为了减轻妊娠反应而服用"反应停"，该药曾被认为是一种安全、温和的镇静剂，结果在出生的新生儿中，手臂奇短，形如海豹及其他先天畸形的发生率极高。现将孕妇服用对胎儿可能发生不良影响的药物简介如下：

链霉素、卡那霉素、丁胺卡那霉素、庆大霉素、氯喹可致胎儿神经性耳聋。四环素、土霉素可致胎儿牙釉质发育不全，牙齿变色及手指畸形。孕妇长期服用抗癫痫药物如苯妥英钠（大仑丁），则胎儿易发生心血管畸形，唇、腭裂及指、甲发育不良等。孕妇经常服用肾上腺皮质激素，会影响胎儿蛋白质的合成，出生的新生儿体重低，常伴有唇、腭裂。阿司匹林可致胎儿出血，低出生体重，唇、腭裂，围产期死亡率增高。抗癌药物如甲氨蝶呤（氨甲蝶呤）、环磷酰胺、硫唑嘌呤等，会影响胎儿细胞分裂，导致流产、畸形等。利福平、维生素 A 过量可致胎儿体重减轻，四肢和神经系统畸形。碘化钾过量可引起胎儿甲状腺肿。维生素 D 过量可造成出生婴儿高钙血症、智力低下、主动脉狭窄。孕妇服用己烯雌酚可使出生的女婴将来阴道癌发生率增高。黄体酮会使婴儿发生假两性畸形的机会增多。中药对胎儿也有致畸作用，是否中药的副作用比西药小，目前不能肯定，因为对这方面的研究还不够深入。

综上所述，孕妇服用药物会对胎儿带来程度不同的不良影响，因此，一旦孕妇患病即应就医，在医生指导下选用既能治疗疾病，又对胎儿无影响或影响不大的药物。若孕妇病情危重，则应以保证母体安全为前提用药，不必过多地顾及对胎儿的影响。

孕妇照射放射线对胎儿会产生什么影响？

一般来说，处于分裂期的细胞对放射线都比较敏感。生殖细胞是经常处于分裂阶段的细胞，因此极易受到损害。若体细胞受到射线的损伤，其后果仅限于患者本人，而生殖细胞受到射线的损伤，则会引起遗传效应，即有可能影响到下一代。孕妇若接受大剂量放射线照射，则有可能杀死受精卵，较小剂量照射虽不杀死受精卵，但能诱发其中的遗传物质发生基因突变，造成染色体异常，从而导致胚胎发生各种畸形。例如，在第二次世界大战期间，美国在日本广岛和长崎投下两枚原子弹，幸存的孕妇生出了 60 个小头畸形的婴儿，这就是孕妇遭受电离辐射而给胎儿带来不良影响的最明显例子。

除了放射线剂量外，另一重要的因素是照射时胎儿所处的孕期。妊娠 12 周内，尤其 3～10 周，是中枢神经系统、眼睛和造血系统进行分裂、分化的关键时期，这一时期对放射线异常敏感，照射后极易引起小头畸形、先天性白内障、小眼球畸形和智力低下等，出生后儿童白血病的发生率也明显增加。妊娠 12 周后，照射同样剂量的放射线，畸形的发生率明显减少，主要影响骨骼生长和泌尿系统的发育。

从优生的角度出发，孕妇应尽量避免放射线检查，特别是腹部的 X 线照射。美国放射防护及测量委员会建议怀孕时接受的剂量不应超过 5msv，而一般人年允许剂量为 50msv。非怀孕妇女要进行 X 线检查，应尽量安排在非排卵期执行，若在排卵期作 X 线检查，则应采取有效的避孕措施，以免生出不健康的婴儿。

孕妇饮酒对胎儿会产生什么影响？

酒中乙醇（酒精）对生殖细胞和胚胎、胎儿的危害都是很大的。孕妇饮酒，酒精可以通过胎盘到达胎儿，引起胎儿发育障碍，表现为中枢神经系统异常、发育迟缓、发育缺陷、头面或全身发生各种不同的畸形，出生的婴儿性格异常、智力低下、反应迟钝、学习成绩和工作能力都很差，医学上称为"胎儿酒精中毒综合征"。在美国，因妇女酗酒成风，每 1000个婴儿中，就有 5 个患胎儿酒精中毒综合征。

胎儿畸形的严重程度和孕妇的孕期及饮酒量多少密切相关。妊娠早期酗酒，胎儿畸形的发生率明显增高，且畸形严重。孕妇每日平均饮酒量（按乙醇计算）约 90 毫升时，容易出现胎儿酒精中毒综合征。若孕妇长期饮酒，出生的新生儿可产生"撤退综合征"，即在出生 6～12 小时内，由于酒精影响突然中止，新生儿可出现易激惹、肌肉震颤、肌张力增高、呼吸急促、抽搐等。

夫妻计划要生孩子的时候，丈夫也应戒酒。如果丈夫长期饮酒，且酒量大，则往往后代不昌。例如，我国伟大的诗人杜甫、李白，他们都和酒结下了不解之缘。杜甫有田百顷，但其子却无力管理。李白"一日须倾三百杯"，他的子孙却是平庸之辈。倘若夫妻都喜欢饮酒，则对胎儿的危害更大。因此，为了孩子的健康、聪明，请孕妇及其丈夫都不要饮酒。

夫妻吸烟对胎儿会产生什么影响？

烟草的成分十分复杂，据分析毒性较强的有 20 多种，除了众所周知的尼古丁以外，还有吡啶、氢氰酸、烟焦油，一氧化碳等。烟草燃烧后还会释放出烷化四环芳烃和苯并芘，这些物质具有强烈的致癌和致突变作用。

烟对胎儿来说是一种毒品。有人检验了 250 名吸烟时间达一年以上的男子精液，发现每日吸烟 30 支以上者，畸形精子的比例超过 20％，吸烟时间越长，烟量越大，则精子量越少，畸形率越高，精子的活动力越差。这就影响了受精卵和胚胎的"质量"，所生子女先天畸形的发生率明显增高。

孕妇吸烟，则胎儿受到危害更大。烟草的有害物质通过胎盘到达胎儿，容易引起流产、早产和胎儿死亡。存活的胎儿在宫内生长发育迟缓，出生的新生儿体重比不吸烟的平均轻 200 克，身高矮 1 厘米。吸烟母亲所生的孩子长到 7 岁时，其身高、体重都未能赶上正常小儿的平均水平，这些孩子的阅读理解力比一般儿童落后 4 个月，算术能力落后 5 个月。

吸烟所造成的环境污染可使同室人处于"被动吸烟"状态，医学专家研究表明，一个家庭中有1人吸烟的，其子女患白血病的危险性比一般人高1倍，有2人吸烟的，则危险性比一般人高3倍。

总之，为了孩子健康，为了家庭幸福，请吸烟的家长们戒烟吧。

家用电器对胎儿会产生什么影响？

家用电器给人们的生活带来许多方便和乐趣，但也带来了污染和危害，尤其会影响胎儿的生长发育。

家用电器产生的电磁波可危害孕妇。如妊娠早期使用电热毯可导致流产、胎儿畸形；微波炉使用不当，可造成微波污染，导致死胎；长时间或近距离看彩电，可受荧屏表面产生的静电荷及X射线的影响，损害胎儿，可致畸形。为了您的宝宝健康聪明，请孕妇在使用家电时应注意以下几点：

（1）不要长时间、近距离看电视，尤其是彩电，一般距荧屏要在2米以上，并要注意室内通风透气，看完电视要洗脸。

（2）孕妇的卧室内不要摆设太多的家电，彩电和电冰箱不要放在孕妇室内，居室不用空调。

（3）孕妇使用家电要小心，万一触电，不论其程度轻重，都要到医院进行产前检查。

（4）孕妇不要睡电热毯，尽量不用微波炉。

环境污染对胎儿会产生什么影响？

随着化学工业的发展，环境污染越来越严重，对人类的健康和繁衍威胁也越来越大。据统计，在环境化学污染严重的地区，胎儿畸形、流产、早产、死胎的发生率明显增高。

孕妇遭受汞污染，可导致胎儿脑发育障碍；铅可通过胎盘沉积在胎儿大脑和骨骼，导致胎儿畸形；当孕妇吸入大量一氧化碳时，可导致胎儿大脑发育障碍和肢体畸形；孕妇接触有机磷、有机氯等有毒物质，可使胎儿发生小头畸形、多发性畸形、先天性耳聋、智能低下等。因此，环境污染对人类的危害已引起人们足够的重视，"优境学"的建立对改善环境，提高人类素质起着重要的作用。

此外，家用电器也可造成居室污染，孕妇应特别注意，以免损害胎儿，如孕妇长时间、近距离看电视可导致流产、胎儿畸形；孕妇玩宠物，如猫、狗等，易被弓形虫感染，导致流产、死胎、胎儿畸形等。

丈夫应怎样对待怀孕的妻子？

孕妇的紧张情绪容易引起胎儿生后的畸形、行为问题和智力低下等不良后果。因此，当妻子怀孕后，丈夫要自觉多分担家务事，主动承担重活，让妻子有充分的睡眠和休息，并避免腹部意外伤害。对待烦恼不安的孕妇，在很大程度上取决于丈夫和家中亲人的支持。当妻子心情不好时，丈夫要耐心开导、安慰她；夫妻应尽量不吵嘴，倘若吵嘴时，丈夫要宽宏大量，不要在鸡毛蒜皮的小事上斤斤计较，要学会谦让，千万不可冷落妻子，要让妻子觉得她的魅力和风采依然存在；丈夫应经常陪妻子散步，聊天，说笑话，以解除妻子妊娠的紧张情绪，使之心情愉快。总之，为了生个健康、聪明的孩子，丈夫对妻子应关心、体贴入微。

胎儿有哪些感觉？

在胎儿期，尤其是妊娠的中、后期，胎儿已具备视、听、触觉的能力。

(1) 胎儿的视觉。用子宫内窥镜可以发现，在妊娠后期，如果将光线送入子宫内，则胎儿的眼睛活动会增强，多次强光照射，胎儿还会安静下来。

(2) 胎儿的听觉。妊娠中期胎儿中耳已发育完成，胎儿5个月时已具有听到声音的所有条件。早在 1941 年，美国的心理学家桑塔格（Sonntag）就发现，如果孕妇静静地躺着听音乐，当音乐从轻柔缓慢转到活泼跳动时，不但母亲的心率加快，胎儿的心率也会加快。有人曾在孕妇腹部行频率 2000 赫兹 100 分贝的声音刺激 1 分钟，发现胎动明显增加。胎儿在宫内经常听到的是血液出入胎盘的湍流声、母亲的心音和胃肠蠕动声，母亲的说话声，以及外界的声音。婴儿出生后的相当一段时间里，仍然对于在子宫里听过的声音留有深刻的印象，例如，当新生儿哭吵不愿入睡时，给他放一段在胎内听过的声音，或是把他的耳朵贴在母亲的左胸，让他听到与在子宫里声音相似的心音，他就不再哭吵，并安静入睡。

(3) 胎儿的触觉。胎儿对触觉刺激有灵敏的反应，对人工流产的研究表明，2 个月胎儿可对细尖的刺激产生反应，4个月胎龄时，触及其上唇或舌头，会产生嘴的张闭活动。胎儿镜还发现，如果用小棍触及胎儿的手心，则手指会紧握；触及足底，则足趾可动、膝和髋可屈曲。

怎样进行胎教？

胎教是指从怀孕早期开始，采取控制孕妇体内外各种条件的办法，有意识地给予胎儿良好的刺激，避免不良因素对胎儿影响，使得孩子具有良好的先天素质，为生后健康成长打下良好基础的方法。由于胎儿已具备视、听、触觉的能力，所以可以在视、听、触觉的刺激下进行胎儿训练，而以听觉和触觉的训练更为容易，目前胎儿训练方法主要有音乐胎教和抚摩训练两种，现介绍如下：

（1）音乐胎教。1994年福建医科大学附属协和医院陈达光教授等报道了对音乐胎教的研究，其方法是采用他们1985年编制的胎教音乐磁带（该磁带A面是为胎儿设计、B面是为孕妇设计的）。为胎儿设计的磁带内为轻松愉快的乐曲，并有少量森林中动物的鸣叫声和人类语言中数个简单词汇声。从妊娠4个月起，每日2～3次将播放头（俗称喇叭）对着胎头紧贴母亲的腹壁播放，每次20～30分钟。由于胎儿存在活动与静息周期，故在进行胎教音乐前，应先推动胎头并突然加大音量，使胎儿易于从静息期转入活动期。研究结果提示音乐胎教对1岁以内婴儿的智能提高作用不明显，但由于音乐胎教可使孕妇心情比较愉快，所以出生后婴儿爱哭闹、躁动不安、易惊吓、喂养困难等问题的发生率大大地降低。

除了用音乐磁带对胎儿进行胎教外，孕妇应更多地唱歌或说话给胎儿听，这可较单对胎儿播放音乐而经过腹壁衰减后的音乐声更易刺激胎儿的听觉，其结果更能促进胎儿神经系统的发育。

（2）抚摩训练。这是用以对胎儿进行皮肤触觉刺激和使胎儿获得爱抚的方法。具体方法是每天临睡前，孕妇平卧在床上，全身放松，用双手从上而下、由中间向两侧反复抚摩胎儿，同时让孕妇聆听为孕妇设计的 B 面胎教音乐。每次抚摩 5 分钟，休息 5 分钟后再做 5 分钟，可连做 2~3 次。在进行抚摩时，孕妇可感到胎动次数增加。抚摩训练可增加胎动，而胎动表明了胎儿泛化运动的发展水平，到出生后精确的运动活动就分化得越快，表现在婴儿抬头、独坐、扶站、扶走等动作发育加快，这些孩子出生后往往比一般的孩子聪明。

二、优 育

小儿体重增长有什么规律?

体重是反映全身重量的总和，它不仅是判断孩子体格发育正常与否的重要指标,同时可根据体重推测其营养状态。既然观察体重是如此重要,那么小儿体重的增长有什么规律呢?应如何掌握呢?

我国城区新生儿平均出生体重男婴为 3.27 千克,女婴为 3.17 千克,郊区略低些。一般以 3 千克为新生儿的正常值,其范围为 2.5～4.0 千克。新生儿生后头几天,可出现生理性体重下降,出生后 3～4 天体重可比出生时减轻 3%～9%,但最迟到生后第 10 天就恢复到出生水平。

生后前半年体重增长最快,约每月增加 0.7 千克;后半年体重增长的速度减慢,约每月增加 0.3 千克;1 周岁时体重约为出生时的 3 倍;2 岁时为 4 倍;2～12 岁的体重稳步增长,每年约增长 2 千克;进入青春期体重增长迅速,每年可增长 4～5 千克,约持续 2～3 年。为了日常应用方便,可按以下公式推算小儿的体重。

生后 1～6 个月体重(千克)＝出生体重(千克)＋月龄×0.7

生后 7～12 个月体重（千克）＝出生体重（千克）＋6×
0.7＋（月龄－6）×0.3

2～12 岁体重（千克）＝实足年龄×2＋8

用以上公式算出来的体重，仅是大致的平均数。实际上，同一年龄孩子的体重差别很大，变动范围可在 10%左右。体重若低于上述正常范围 15%以上时，则为营养不良；体重超过上述正常范围的 20%以上时，则为肥胖。

小儿身长增长有什么规律？

身长（也称身高）是评价小儿体格发育和生长速度的较重要指标，尤其是对 3 岁以上小儿生长发育的评价意义更大。小儿身长的增长规律和体重一样，年龄越小增长越快。一般足月新生儿出生时身长平均为 50 厘米；生后前半年，每月约增长 2.5 厘米；后半年每月增长 1.5 厘米；1 周岁时身长平均达 75 厘米；2 岁达 85 厘米；2 岁以后身长稳步增长，每年增长 5 厘米；进入青春期时身长增长迅速，每年可增长 4～7.5 厘米，约持续 2～5 年。小儿身长推算公式如下：

生后 1～6 个月身长（厘米）＝50＋月龄×2.5

生后 7～12 个月身长（厘米）＝65＋（月龄－6）×1.5

2～12 岁身长（厘米）＝年龄×5＋75

用以上公式推算出来的身长，仅是大约平均数。实际上，同一年龄孩子的身长差别较大，许多因素均可影响小儿的身长，如遗传、营养状况、生活条件、疾病等。如测出的身长低于正常值的 30%以上为身材矮小，高于正常值的 30%以上为巨人。

如何在家里为小儿测量身长？

每位家长都很关心小儿的身长，甚至比体重更关心，但到儿童保健门诊测量身长又不大方便，现介绍如何在家里为小儿测量身长。

身长是头、脊柱及下肢长度的总和，如果躺着量为身长，站立量为身高。

3岁以下躺着量。小儿睡在桌上，桌紧靠墙壁，桌外缘揿一软尺，刻度读数到0.1厘米。头紧靠墙壁，一人双手扶着头，使外耳道上缘与眼眶下缘的连线与桌面垂直。测量者一手按住膝关节使之伸直，另一手持光滑的木板，使两足平踏木板，将木板与桌面接触点延伸到软尺，读数到0.1厘米（见图1）。

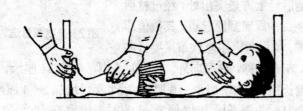

图1 身长测量法

3岁以上站立量。门上揿软尺，零点自地面开始。小儿两足靠拢直立靠门，枕、肩、臀、足跟四点与门接触。头部位置同前，一手持光滑木板轻压头顶正中部，即可读数（见图2）。

在家里测量身长要注意以下几点：

（1）测量时要脱去鞋、帽、袜子。

（2）每次测量要固定时间，最好在上午测量。午后可能因疲劳而使脊柱受压，测量值可比上午低。

（3）测量方法要准确。身高只有逐年增加，除非到了老年。如果出现近一次的身高比前一次矮，那主要是测量的方法不正确，应该重新测量。

怎样测量头围、胸围？有什么临床意义？

头围是指绕头一周的长度，测量时左手拇指将软布尺零点固定于头部右侧眉弓上方最突出处，经过枕后结节绕头一周回到原起点，其数值即为头围。测量时应注意软布尺要紧贴

图2　身高测量法

头皮，左右对称，刻度向外。出生时头围平均为34厘米，前半年增长很快，约增加8～10厘米，后半年仅增加2～4厘米，故6个月时头围平均为42厘米，1岁时平均为46厘米，2岁时可达48厘米，5岁时达50厘米。

头围的大小主要反映孩子大脑发育的情况。如出生时头围小于32厘米，3岁后头围小于42～45厘米，称为小头畸形，这是由于脑发育差，可见于先天性脑发育不全，这些孩子多数智能较差；如小儿的头围明显地超过正常范围，尤其是在短期内头围迅速增大，应考虑脑积水、巨脑症等。

胸围是沿乳头下缘绕胸一周的长度，取呼气与吸气时的

平均值。出生时胸围比头围小 1～2 厘米，1 岁时胸围与头围大致相等，1 岁后胸围超过头围，其相差的厘米数大约等于小儿的岁数。

胸围反映胸廓、胸背肌肉、皮下脂肪和肺的发育情况。如小儿营养状况好，胸围超过头围的时间往往提早；而营养不良的小儿，由于胸部肌肉和脂肪发育较差，胸围超过头围的时间则推迟。此外，胸围过小还可见于佝偻病、肺发育不良等。

怎样测量囟门？有什么临床意义？

囟门分为前囟与后囟。前囟是两块额骨与顶骨形成的一个无骨的，只有头皮、皮下组织及脑膜的菱形空间；后囟是由两块顶骨与枕骨形成的一个无骨的小三角，出生时有的已闭合或很小，一般生后 6～8 周即闭合。我们常说的囟门是指前囟门，测量时取对边中点连线，以厘米数来表示，出生时约 1.5～2 厘米，生后数月随头围增大而变大，6 个月以后逐渐骨化变小，至 1 岁半时闭合。

囟门闭合时间，是婴儿骨骼发育的标志。若 6 个月前闭合前囟门则属过早，可能为脑发育不良，小头畸形。但也有 5～6 个月正常的小儿囟门关闭了，父母非常担心，认为囟门闭合，脑不再继续发育，而实际上颅骨与颅骨之间的颅骨缝尚未融合，脑仍继续发育，表现在小儿头围随年龄的增加而继续增大，小儿智力发育还是正常的。若 1 岁半后前囟门还不闭合则为过晚，提示小儿骨骼发育及钙化障碍，可能患佝偻病、呆小病、脑积水等。

囟门饱满或明显隆起，提示颅内压增高，多见于脑积水、颅内感染、硬脑膜下血肿、颅内肿瘤，也可见于服用四环素及维生素 A 中毒。囟门明显凹陷常见于严重脱水及消瘦。

小儿长牙齿有什么规律？

牙齿分为两种，婴幼儿时长出的一副牙为乳牙，6～7 岁时乳牙开始脱落，重新长出的一副牙为恒牙。小儿出生时，乳牙的牙孢已骨化，隐藏在上、下颌骨中，被牙龈遮盖。一般生后 6～7 个月开始出牙，也有早在 4 个月或晚到 10 个月才出牙，但也有个别孩子可晚到 1 周岁才萌出第一颗乳牙。只要孩子身体没有其他疾病，一般没什么问题。可给孩子啃饼干或烘干的馒头片、面包片等，这有助于乳牙的萌出。

乳牙共 20 个，2 岁至 2 岁半全部出齐，2 岁内小儿乳牙数约为月龄减 4～6。乳牙的萌出有一定的规律，先出下中切牙，依次序萌出的为上中切牙，上下侧切牙，第一乳磨牙、尖牙，第二乳磨牙（见图 3）。

6～7 岁时开始长恒牙，出牙顺序为从前至后（尖牙例外），逐个替换同位乳牙，恒牙长齐共 32 个。12 岁时，在第一磨牙后面长出第二磨牙（也称 12 岁磨牙）。18 岁以后长出第三磨牙（也称智牙或智齿），第三磨牙可迟至 30 岁才出，也有终生不长出第三磨牙者。

据统计，大约 2000 个新生儿中，有 1 个在出生时就长有乳牙，或出生不久就长出一二个乳牙，这种乳牙提前长出或多生牙，对小儿吸奶有影响，同时容易损伤母亲的奶头。多生牙要拔掉，早生牙要视其影响的大小而定，必要时也应拔掉。

小儿出牙迟早大致可反映骨骼发育的情况，牙齿萌出过迟，应考虑是否因佝偻病或甲状腺功能不全等所致。总之，牙齿过早或过晚长出，都要到医院作检查。

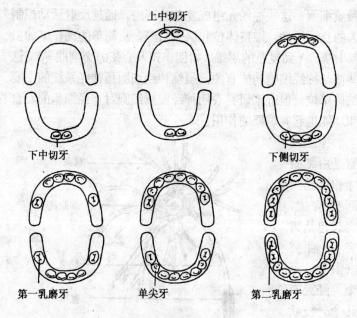

图 3　乳牙萌出顺序

上中切牙

下中切牙　　　　　　　　　　　　　　下侧切牙

第一乳磨牙　　　　　单尖牙　　　　　第二乳磨牙

神经细胞有什么功能？

在谈幼儿早期教育的重要性之前，必须先了解与智能关系密切的神经细胞功能。

人们想象电脑构造是很复杂的，然而它远不如人的大脑那样复杂、精巧。神经系统由中枢神经和外周神经两部分组成。中枢神经包括脑和脊髓，外周神经包括颅神经、脊神经和它们的分支。

神经细胞（亦称神经元）是神经系统的基本结构和功能单位。神经系统有 1000 亿个神经元和数倍于这个数字的神经胶质细胞。这些神经元组成复杂的网络，通过反射活动控制人的意识活动，维持体位和肌张力等，从简单的动作（如虫咬时瘙痒）到复杂的思维（如创作扣人心弦的交响曲等），这些都与神经细胞功能有关。虽然神经细胞是神经系统的主要结构单位，但近来研究表明神经胶质细胞对神经细胞的发育和功能也起着重要的作用。

神经细胞是由细胞体和突起两部分构成，突起包括树突和轴突（图4）。每个神经元有几个分枝状树突和一个延伸较长的轴突。轴突长短差异很大，短者不及3厘米，长者可达几米。轴突在其终端形成神经末梢，通过神经末

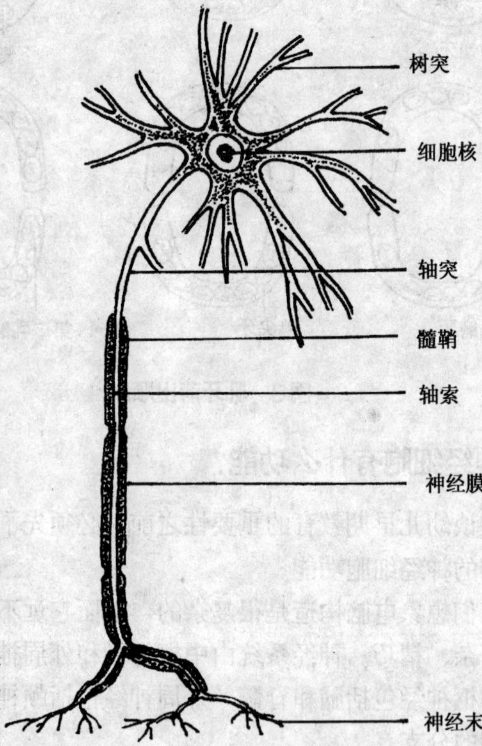

树突

细胞核

轴突

髓鞘

轴索

神经膜

神经末梢

图4 神经元

梢把信息传递给靶细胞,如其他神经元的树突、肌细胞或腺体。许多神经元的轴突集中成束就形成脑神经或脊神经。

神经元有三种主要类型,即中间神经元、运动神经元和感觉神经元。感觉神经元(图5)携带来自感受器的信息沿着轴突传入中枢神经。运动神经元则输送来自中枢神经的信息到达肌肉或腺体,在轴突末端形成一个运动终板。中间神经元介于前两种神经元之间,构成中枢神经系统内复杂网络。随

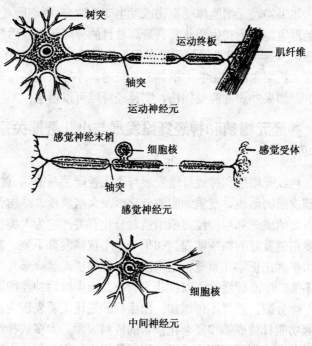

树突

运动终板

肌纤维

轴突

运动神经元

感觉神经末梢

细胞核

感觉受体

轴突

感觉神经元

细胞核

中间神经元

图5　神经元的基本类型

43

着动物的进化，中间神经元数量增多，在人体每100个神经元中，约有99个为中间神经元。

神经元的功能是在某种特定情况下发出信号，即沿着轴突传递神经冲动。神经冲动引起轴突末端神经递质的释放，神经递质继而引起肌肉收缩，内分泌腺分泌激素或影响网络中下一个神经元。神经冲动沿着细胞轴突传递，其传播速度每小时高达数百千米。一个神经元每秒钟能够发出信号数次。

如果神经元细胞体受损伤或发生变性改变，则细胞死亡，不能再生。一个初生婴儿具有最高数目的神经元，以后数目不断减少。与生俱来的似乎过多数量的神经元，只有当疾病、损伤、长期酗酒等影响中枢神经系统时，才导致神经元丧失减少。如果外周神经受损伤，则神经纤维可以再生。

神经元增殖和神经纤维发展与小儿智能关系密切吗？

神经元增殖和神经纤维发展与小儿智能关系密切。首先，大脑皮层的形成，皮质细胞的分化以及大脑重量、结构和功能方面的成熟都与神经细胞增殖、分化有关。它为人类智慧发展创造良好的物质前提。如果一个小孩脑发育不全，其智力水平远比正常儿童低；生来没有大脑的"无脑畸形儿"根本不能产生心理活动。以往认为，小儿出生以后神经细胞逐渐停止分裂，数目不再增加；出生后的变化主要表现为神经细胞功能日臻成熟和复杂化。新的资料表明，大多数神经元的增殖可一直延续到出生后1岁。如出生一年以后，小脑外颗粒层细胞仍在继续增殖。一般要到3岁时皮层细胞大致分化完成，8岁时才与成人无大区别。因此应十分重视婴幼儿的早期教育。

其次,神经纤维的发展反映神经传导系统的逐步完善。从胎生第 7 个月开始,神经纤维从大脑白质深入到皮层,但至出生时为数尚少,以后迅速增加。2 岁时,神经纤维除水平方向生长外,还有斜线和切线方向生长。这样神经细胞之间联系也就复杂起来。神经纤维外层髓鞘形成要到 4 岁时才完成。

大脑神经细胞之间相互连结受外界刺激的影响,外界刺激对脑发育起着导引作用。文献记载,印度"狼孩"由于他们脱离人类社会生活环境,过着动物的生活,接受动物世界的刺激,建立动物的生活方式、行为习惯,并形成动物的心理状态。7~8 岁的"狼孩"其智力水平只相当于 6 个月的乳儿。所以婴幼儿期良好丰富的环境条件极为重要,对促进其智能发展有较大的作用。

为什么说婴儿期是大脑发育最快的时期?

从小儿生长发育规律看,各系统器官发育有先有后,快慢不一。其中神经系统发育较早,而生殖系统发育则较晚。出生时脑重约 350 克,相当于体重的 $10\%\sim12\%$,6 个月时达 $600\sim700$ 克,约为出生时的 2 倍,1 岁时达 900 克,2 岁时达 1000 克,7~8 岁时已接近成人脑重,与成人脑无大区别(成人脑重约 1500 克,相当于体重的 2%)。头围增加亦能反映脑和颅骨的发育程度。出生时头围平均为 34 厘米,生后前半年增长很快,约 8 厘米,后半年增加 4 厘米。1 岁时平均为 46 厘米,2 岁时达 48 厘米,5 岁时达 50 厘米,15 岁时为 54~58 厘米,接近成人头围。

由于大脑神经元之间借神经细胞突起互相连结,构成复杂网状结构的联系，这个全过程有 60％左右是在婴幼儿期完成的。研究资料表明，4 岁时小孩智力已发展接近 50％。因此说婴幼儿期是大脑发育最快的时期。

婴幼儿脑和脊髓发育有什么特点？

脑和脊髓的发育是小儿神经系统发育的物质基础，胎儿时期神经系统发育最早，出生时虽然大脑皮质薄，细胞尚需进一步分化，但中脑、桥脑、延脑和脊髓这些部分发育已较为成熟，从而保证了生命中枢的功能活动。0～3 岁又是大脑发育最快的时期。新生儿头部比例大，占整个身长的 1/4，而成人的头部仅占身长的 1/8。头围在 2 岁以内增长较快，因此在 2 岁以内，测量头围对于观察脑发育很有价值。

新生儿皮质下中枢系统功能较成熟，而大脑皮质神经细胞的分化要到 3 岁时才基本完成，而神经纤维则要到 4 岁才完成髓鞘化，因而婴幼儿对外来刺激不易形成明显的兴奋灶，而且反应慢，易于泛化。

从脑组织生化特点看，小儿大脑富含蛋白质，而类脂质含量少，婴儿脑组织中蛋白质占 46％，而成人为 27％；类脂质在婴儿脑中含量占 33％，而成人为 66.5％。此外营养成分缺乏对脑的影响很大，婴幼儿脑对氧需要量大，儿童脑耗氧量占全身耗氧量的 50％，而成人仅为 20％。生长期脑对营养不足尤为敏感，营养不足影响大脑的功能、重量和形态。胎儿时期营养不足主要影响神经细胞发育；出生后营养不足则主要对神经胶质细胞、髓鞘形成以及树突的发育等造成影响。

婴幼儿神经反射的发育有什么特点？

虽然胚胎时期第一个形成的系统是神经系统，但小儿大脑皮质功能发育比形态学发育来得慢。大脑皮质功能发育是在机体与外界经常性相互作用相互影响过程中逐步获得的。

新生儿出生后即具有某些先天性反射活动，如觅食、吸吮、吞咽反射，对疼痛、寒冷、强光等亦有反应。以后随着小儿大脑和感觉器官的发育，逐渐产生后天性反射（即条件反射）。小儿在出生后第9～14天即出现初级条件反射，每当母亲抱起小儿，乳头尚未放入小儿口中，小儿就会出现吸吮动作。研究认为，这是因为每次母亲抱起小儿时产生皮肤触觉、关节内感觉和半规管的平衡感觉等一组综合刺激，与紧接而来的食物性强化相结合而产生的，说明出生后9～14天小儿大脑皮层已经形成这种初级条件反射。

小儿腹壁反射和提睾反射等属浅反射，这种浅反射在1岁时开始稳定。巴彬斯基征在1.5岁以内的婴幼儿可呈阳性反射，这是由于小儿锥体束尚未发育完善，未能发挥对脑干和脊髓的抑制功能。巴彬斯基征到2岁时才转阴。

新生儿除吃奶外，绝大部分时间处于睡眠状态。这是由于大脑皮层兴奋性低，还不能适应外界刺激物的强度。对一般人来说，不太强的光线等属普通刺激，然而对新生儿来说，则是超强刺激。新生儿对这些外界刺激容易产生疲劳，从而引起睡眠，实为一种保护性抑制。随着大脑皮层的发育成熟，睡眠时间逐渐缩短。

小儿惊厥是常见的一种症状，一些强刺激即可引起惊厥的发生。这是由于小儿皮层下中枢兴奋性增高，而皮质发育尚未成熟，不能抑制，使兴奋易于扩散，同时由于神经髓鞘形成不全，当外界刺激作用于神经而传入大脑时，兴奋可以传给邻近神经纤维，这样在大脑皮层内不能形成一个明确的兴奋中心；同时刺激传导在无髓鞘神经纤维中也比较缓慢。这就是为什么婴幼儿对外来刺激反应常常发生慢而又容易泛化的原因。

婴幼儿感知觉的发育有什么特点？

孩子刚出生的时候，就像一张白纸，对整个世界还一无所知。但是，他却有感知和认识世界的"欲望"，利用生来就有的感知系统，捕捉周围的信息，来认识世界，促进神经系统的发育。因此，了解婴幼儿感知觉发育的规律，将有助于指导我们正确地、科学地提供给婴幼儿环境刺激，促进其智力的发育。

（1）视觉的发育：完善的视功能需要敏锐的视力，良好的视感知能力和协调的视觉。人对外界事物的感性印象有90%以上是通过视觉输入大脑的。从出生到3岁是视觉发育的关键期，因此，父母不能忽视婴幼儿视觉的锻炼。

新生儿有短暂的原始注视。由于晶状体厚度不能随物体的远近随意调节，故仅能看见60厘米半径以内的物体，其最适合的视力范围为20～30厘米。对比色鲜明，红、黄、绿等鲜艳的暖色及活动的物体都易引起他们的注意。

3～4个月婴儿能转动头部、调节视线来注视物体，开始出现眼手协调动作。这时孩子能看见0.8厘米大小的物体，能追随跌落的物体，喜欢看自己的手，能认识母亲和亲近的人，喜欢看红颜色的东西，对颜色的感知能力已接近成人水平。

6个月婴儿的目光能跟随着水平及垂直方向移动的物体转动90°，并伸出小手把玩具抓住，这就发展了婴儿的视觉、听觉和触觉的协调性。

1岁时能长时间地看3.5米内的人物活动及悬挂在3米处的小玩具。

2岁时目光能跟随落地的物体，视力约0.6。

3岁时能辨别上下方位，视力可达1.0。

(2) 听觉的发育：听觉是婴幼儿从外界获取信息不可缺少的重要手段。听觉存在是语言的先决条件，由于语言的发展，促进了听觉的迅速发展。

最初数天新生儿中耳有液体存在，但听觉灵敏度已相当良好，当有大声响时，表现为眨眼或惊吓反射，对母亲的声音有偏爱。3个月婴儿可将头转向声源。6个月婴儿能区别简单的音调，对母亲的语言有明显的反应。1岁幼儿能听懂自己的名字，听懂几个词句如"再见"、"欢迎"等。2岁幼儿能听懂简单的吩咐。3岁幼儿区别的声音更精细，能听懂各种不同的音调。4岁儿童听觉已基本发育完善。

(3) 触觉的发育：触觉是婴幼儿认识世界的主要手段之一。婴儿刚出生就有触觉，有些部位已经发育得很好，如嘴唇、眼、手掌、足尖等。尤以嘴唇部位最为灵敏，用手指轻轻触碰小儿嘴唇时，他的小嘴唇即会作出反应，出现吮吸动作。3个月婴儿视触协调能力逐渐发育起来，通过抓摸物体来体会物体的大小、形状、软硬、粗细等，从而学会了对物体的辨认。5个月婴儿视触协调能力逐渐完善起来，能够有意识地根据视觉信息指导自己的手臂运动。

(4) 味、嗅、痛及温度觉的发育：除了痛觉发育在出生头几个月较迟钝外，其他感觉出生时基本已发育成熟。生后最初几天味觉就表现得十分灵敏，能识别酸、甜、苦、辣的味道，比较偏爱甜味。4个月时能识别味道的浓淡。8个月时嗅觉已很灵敏，对食物的好恶日趋明显，对讨厌的食物表示拒绝或将其吐出来。2岁时能识别各种气味。新生儿对冷暖的感觉特别敏感，遇到寒冷时会哭闹不安，置于温暖环境中，则会安静地入睡。

婴幼儿运动发育有什么特点？

运动的发育可作为观察小儿神经系统发育的主要指标。随着神经系统和肌肉的发育，小儿从刚出生时无意识、不协调的动作，逐渐学会了抬头、翻身、坐、爬、站，以至行走等一系列本领，从而扩展了视野范围，产生了空间的感知觉，有效地促进了智能的发展。这时小儿手运用物体的技能也很快发展，通过抓握、玩弄、敲打物体等增强了对事物的感知能力，从而促进了感知能力和思维能力的发展。

新生儿的运动是全身无规律，不协调的动作。2个月时头部能自如转动，直立位能抬头，俯卧位能稍微抬头，开始玩弄小手。4个月时直立位头抬得很稳，俯卧位能抬头抬胸，开始侧翻身，能伸出小手扑弄挂在胸前上方的玩具，产生一种"学会了"的动作。6个月时会翻身，可独坐，扶着能站得很直，并喜欢在扶立时上窜下跳，这时眼手能协调地活动，在眼睛的控制和调节下，手可以更准确地把握或玩弄物体，并感知物体的软硬、冷热、颜色、形状、大小等方面的属性，达到了对物体较完整的认识。9个月时能前后爬行及扶着栏杆站立，会撕纸，用拇指食指捏取小物品，具有双手协作活动的能力，学会了两手一起玩东西。1 岁时能自己站立，会自己走或牵着一只手走，开始自己拿奶瓶、杯或匙等，会拿笔胡乱涂画。2 岁时能跑，行走活动很灵活，会使用筷子自己吃饭，解衣扣，转门把，一页一页地翻书。3 岁时能双脚向前蹦跳约 20～30 厘米，会独脚站立 5 秒钟，能用铅笔模仿画圆形、垂直线，模仿成人用方木搭桥。

总之，婴幼儿动作发育的规律是从整体动作到分化动作，即婴儿最初的动作是全身性的、笼统的、散漫的，以后逐渐分化为局部的、准确的、专门化的动作；先有上部动作，后有下部动作，即沿着抬头→翻身→坐→爬→站→行走的规律发展成熟的；先发展大肌肉动作，后发展小肌肉动作，即首先发展的是躯体大肌肉动作，如臂和脚部的动作，以后才是灵巧的手部小肌肉动作。因此，每位家长可根据小儿运动机能发育的特点、规律，循序渐进地引导孩子作相应的动作训练，以促进其动作及智能的发展。

婴幼儿语言发育有什么特点？

人类语言可以分为口头语言和书面语言。一般来说口头语言在先，书面语言在后。6 岁以前的一段时间，主要是口语发展的时期。其发展顺序是：1 岁以前为语言发生期，2～3 岁为初步把握口语的时期，4～6 岁为熟练把握口语的时期。2～3 岁是口头语言发展的关键期，4～5 岁是儿童学习书面语言的最佳期。语言的发育经过了发音、理解和表达三个基本阶段，这一过程反映了儿童语言发育的规律。

新生儿出生后，哭是他们惟一的语言。2 个月时能微笑，不自主地发出咿咿呀呀的声音，有人逗他时则更高兴，这是语言的萌芽，不能说是真正的语言。6个月时可发出爸、妈等唇音，这是无意识的发音。9个月时对语言发生兴趣，会模仿成人发音，使自己的唇、舌及发出的声音逐渐协调起来，开始懂得"再见"的含义。1岁时能有意识地叫爸爸、妈妈，能听懂自己的名字，常用物品的名称，开始学说话，能用简单的词表达自己的意思，如用"车车"表示"这是车"，"我要车"，"我要乘车"等。2岁时懂得使用代词我、我的，你、你的，能说简单的句子，开始学说复杂句，即由几个结构相互连结或相互包含所组成的单句，如："老师教我们做猫抓老鼠的游戏"，"我和爸爸、妈妈一起看电视"，"我和小红姐姐一起上街玩"等。3岁时能说出自己的姓名，会用代词"我"来表达自己的愿望，真正开始把自己看作是独立的主体。4～6岁时，在游戏、学习和劳动进一步复杂化的基础上，在与人交际范围日益扩大的基础上，语言能力有了飞速的发展，这时掌握的词汇量不断增加，可达1500～3000个，词汇的内容也比较丰富，掌握了语法结构，语言表达能力有了进一步的发展，不仅掌握了有关时间和空间的关系，还掌握了因果等关系，掌握了语法的基本范畴、从有声语言向无声语言过渡。4岁时能自言自语，一边做游戏，一边嘀咕，在做游戏时遇到困难，会自己提出问题，自己解答；6岁时能初步掌握最简单的书面语言，能把字母组成音节，再把音节组成字，或把字分出音节，再从音节中分出字母，这种复杂的能力，一般要在学龄前期的后阶段才能具有。

　　婴幼儿语言发育除了受中枢神经系统语言中枢管理外，还需要正常的听觉和发音器官，故语言障碍除了反映神经系统的功能外，还应注意有无听觉和发音器官的功能异常。

婴幼儿对周围环境反应能力的发育有什么特点？

孩子刚降临到这个世界上的时候，就在与周围人和物的接触交往中，学习对周围环境的适应，学会与人交往。

（1）情绪情感的发育。孩子年龄越小，情绪在其心理生活中的地位越高。孩子刚离开母体，就要在适应中求生存，婴儿所具有的情绪反应是其重要的适应方式。婴儿出生后其生活完全靠成人照料，是在成人哺育、照顾与抚慰下得以生存的。婴幼儿的生存是被动的，但情绪感应能力却是主动的，通过情绪信息在成人与孩子间的传递，而使孩子得到最合适的哺育。例如新生儿的哭声反映饥饿、寒冷、身体不舒适，呼唤成人对他注意、照顾与抚慰。婴儿以笑反映舒适、愉快，吸引母亲对他的疼爱。随着年龄的增长，在与周围环境的相互作用中，不断引发小儿的各种情绪体验。例如，周围成人对小儿的行为态度可引起孩子愉快、自豪、委屈等情绪体验，周围自然景观、动物、植物也可引起孩子同情、惊恐、焦虑等情绪体验。随着年龄的增长，小儿情绪也不断加深，如2岁前幼儿常因生理习惯的问题（如不愿意吃东西、不愿洗脸、不愿穿衣服等）产生愤怒，而2岁以后则更多地因与人的关系问题如被惩罚、不被认可、不被人注意等产生愤怒。由于婴幼儿的心理活动的情绪色彩非常浓厚，情绪直接指导婴幼儿的行为，促使小儿去做或不去做某种行为，因此，在教育小儿时，家长应注意对小儿情绪的正确引导。

（2）生活习惯能力的发展。在父母的正确教育下，4个月的婴儿可用杯子喂奶；6个月可咀嚼食物；10个月会用匙子吃东西；1岁可自己进食喝水；1岁半会脱鞋袜，白天不尿裤；

2岁夜间不尿床；3岁会穿衣。

（3）社会交往能力的发展。婴儿一生下来就被包围在各种社会物体、媒介和关系之中，与多方面的接触者发生联系，在不断的交往活动中，吸收、形成着各种社会文化知识，发展自己的能力、语言、情感、社会行为、道德规范、交往经验、人际关系和性情品格等。婴儿出生后，接触最多的人就是母亲，母子间的依恋关系是婴儿在这个世界上建立起来的最早的人际关系，这种最初的依恋关系形成后，婴儿可由特殊依恋阶段过渡到复合依恋阶段，产生社会依恋，即由最初依恋一个人发展至依恋多个亲人。母子依恋关系的好坏对于孩子日后的心理发展具有举足轻重的特殊作用，是孩子的心理和整个人生正常发展的重要因素。因此，做父母及抚养者应积极创造有利条件，促使婴儿早期依恋的正常形成，为其心理品质及社会性依恋的进一步发展奠定良好的心理基础。

婴幼儿注意力有什么特点？

注意是指人的心理活动集中在一定的人或物上，它包括有意注意和无意注意两种。有意注意是自觉的、有目的注意，需要一定的努力；而无意注意则是自发的，不需要任何努力的。例如，幼儿园的老师教孩子唱歌，这就需要有意注意地听、跟着唱。突然屋外响起鞭炮声，孩子的注意就会不由自主地转向屋外，这就是无意注意。1～3岁的婴幼儿以无意注意为主，随着年龄的增长，生活内容的丰富，活动范围的扩大，逐渐出现有意注意。4～6岁的幼儿开始出现一种探索心理，有探察一切事物的愿望，喜欢东摸西看，只要是新鲜的东西，都会引起他们的注意。由于语言的发展，开始能做到使自己的行为服从成人的要求，有意注意逐渐得到发展。幼儿虽有一定的有意注意，但注意的稳定性较差，易受外界因素的干扰而分散、转移，能集中注意力的时间往往只有3～5分钟，这就是为什么幼儿对每件事都只有3～5分钟兴趣的原因。

婴幼儿的注意力是可以通过培养而加强的，结合幼儿注意力只能集中3～5分钟的特点，要让小儿学习几分钟后自由活动几分钟，且应不断用新的内容来引起孩子的兴趣和注意；排除外界的各种干扰，为孩子创造良好的环境。

婴幼儿记忆力有什么特点？

记忆是过去经历过的事物在人脑中的反映，它包括识记（认识）、保持和再认、再现三个环节，分为有意记忆和无意记忆两种。再认是指小儿认识了的事或物，保持一段时间后，该事或物又重新出现时，小儿马上就认识它们。再现则是指过去已被小儿认识了的事或物，间隔一段时间后，又重新出现在小儿的脑海中（不是因为亲眼看到该事物）。例如，4～5个月的婴儿能认识母亲；1岁婴儿只能再认几天前的事物；2岁幼儿能再认几周以前的事物，并可观察到再现的表现；3岁幼儿可再认几个月以前感知过的事物，和再现几周以前的事情。4～6岁幼儿由于活动的复杂化及第二信号系统的发展，记忆的范围进一步扩大，不但能记住一些直接的经验，而且还能记住一些间接的经验。学龄前期小儿的记忆带有很大的无意性，到了学龄前期的后阶段，有意记忆才逐渐发展起来。4～6岁幼儿的记忆带有很大的直观性和形象性，词的逻辑认识能力很差，因此，只能机械地记住事物的一些外部特征。4岁的幼儿可以再认一年前感知过的事物和再现几个月前的事物，4 岁以后再认和再现保持时间可以更长些。4～6 岁幼儿记忆的精确性还较差，对复杂的东西常有遗漏或歪曲，常被成人误解为故意说谎。

根据婴幼儿记忆的特点，成人可通过教一些与生活有关的事物，如给孩子讲故事，做游戏等来加强婴幼儿的记忆力。

婴幼儿情绪、情感的发育有什么特点？

情绪是指人们在从事某种活动时所产生的兴奋心理状态，是原始的感情。情感则是指人们的需要是否得到满足时所产生的内心体验，这是一种比较高级的复杂的情绪。

孩子出生后就会从成人那儿逐渐学到了许多新的情绪和情感，尤其是 1～2 岁幼儿，这时孩子会独自走路，与外部世界接触多了，对周围环境显得好奇并喜欢探索。当他学会一种技能，并得到大人赞赏时，孩子就会觉得快乐；相反，当他的要求得不到满足时，就会发脾气。1～2 岁幼儿还会产生害怕的情绪，如怕黑暗，怕小动物，这时成人应通过一些愉快的联想或采取保护性措施，帮助孩子克服害怕。此外，1～2 岁幼儿对父母、保育员还会有充满爱意的回答，如微笑、拥抱等。

3 岁幼儿的情绪和情感发展更加迅速。这时是形成恐惧的高潮年龄，女孩比男孩更容易出现恐惧，如惧怕黑暗、动物等，成人应鼓励孩子，使他们觉得有安全感。3 岁幼儿能与小朋友一起玩游戏，这会大大促进他们情感的发展。孩子由于失去了父母的爱或想象自己失去了爱而产生一种兼有愤怒、害怕、担心和不安全感的混合情感，作为父母要正确对待这种情感，用自己的实际行动来证实仍然爱他，使孩子消除这种情感。

4～6 岁小儿情绪、情感的发展分为两个阶段。第一阶段从 4 岁开始，这时情感的发展有 3 个特点：

（1）易变性，即孩子的情感很容易受外界环境的支配，情感不稳定，例如，遇到不高兴的事易哭闹；此外，孩子的情感也易受周围环境的感染，例如，小朋友们大声叫喊，他也跟着大声叫喊。

（2）冲动性，即孩子不善于控制、调节自己的情感，例如，天气突然变冷，父母要孩子多穿衣服，但小儿却哭闹不穿。

（3）反应不一致，即给予同样刺激，有的孩子反应很强烈，有的却无动于衷。第二阶段从 6 岁开始，这时情绪、情感的稳定性有很大的增长，调节能力也有了很大的进步，并能有意地控制自己的情感外露，为今后的个人涵养打下了最初的基础。这时的幼儿喜欢和成人在一起，知道什么是好，什么是坏，会主动帮助他人，这就是社会情感中道德感、理智感和美感的初步形成。

蛋白质对人体有什么重要的生理功能？

蛋白质是构成细胞的主要成分，从原始的单细胞到人体组织器官，一切有生命的地方都有蛋白质，正如恩格斯所说的"蛋白质是生命的基础"。人体的重要组成成分，如血液、肌肉、神经、皮肤等都是由蛋白质构成的，蛋白质是维持人体正常生长发育所必需的。蛋白质对人体的重要生理功能有以下几点：

（1）维持组织细胞的生长、更新和修补：蛋白质是细胞组织的主要成分，参与构成各种细胞组织，以维持细胞组织生长、更新和修补的需要。小儿正处于生长发育阶段，供给丰富的蛋白质尤为重要。

（2）参与多种重要的生理活动：蛋白质在体内具有多种特殊功能，例如酶、多肽类激素、抗体以及某些调节蛋白等。肌肉的收缩、血液的凝固、营养物质的运输等也都是由蛋白质来完成。蛋白质的特殊功能不能由糖和脂类来代替。所以说，蛋白质是整体生命活动的重要物质基础。

（3）供给能量：蛋白质是人体内能量的来源之一。但是蛋白质的这种功能可由糖及脂肪代替，提供能量只是蛋白质的次要生理功能。

小儿缺乏蛋白质时，主要表现为生长发育迟缓、体重不增或减轻、肌肉松软、水肿、贫血、易患各种感染性疾病、脑发育障碍、智能低下等。小儿生长发育迅速，对蛋白质的需要相对地比成人多，因此，应提供给小儿足够的蛋白质。但蛋白质摄入过多也不行，因为摄入过多会引起大便秘结；蛋白质的代谢产物通过肾脏排泄时，会加重肾脏的负担，应加以注意。

脂肪对人体有什么重要功用？

脂肪的重要功用是给人体提供热能，固定内脏，防止内脏互相摩擦，润泽皮肤，防止体热散失，促进脂溶性维生素（A、D、K）的吸收。进入人体的脂肪，一部分用于补偿每天生理的消耗，剩余的部分贮藏在体内，当人体由于某些原因长期不能进食时，这些贮藏的脂肪就会转为碳水化合物以供给能量。

脂肪是体内重要的供能食物。维持机体正常生理功能所必需的不饱和脂肪酸，必须由食物供给，机体本身不能合成。若长期脂肪供给不足，则孩子体重不增、胃口差、眼睛干涩、皮肤干燥，或引起夜盲、佝偻病等。但脂肪也不能供给过多，过多则可引起小儿消化不良、腹泻、缺乏食欲、体重不增等，摄入过多脂肪还可引起肥胖症。

碳水化合物对人体有什么重要功用？

碳水化合物也就是人们常说的糖。糖的重要功用是提供人体所需要的能量，协助脂肪氧化，并具有抗酮作用，减低蛋白质的消耗，因此是组成身体组织的重要成分。

每克糖能产生17千焦（4千卡）能量，为体内主要的供能物质。当糖供给太少时，小儿就会出现体重减轻，出现低血糖症状，如面色苍白、头晕眼花、出冷汗等，严重时会出现低血糖抽搐、昏迷，还可出现脂肪消化不良和大便秘结等。但糖供给过多也不行，如牛奶中加入过多的糖，婴儿期以乳儿糕为主食，而少吃含蛋白质的食物，开始婴儿体重增长快，看起来白白胖胖的，但日久就会出现肌肉松软、面色苍白、贫血，医生们称之为"泥膏样小孩"，这类孩子往往伴有蛋白质和脂肪缺乏时的症状，机体抵抗力低下，容易感染。若幼儿平时喜吃甜食，则糖摄入过多，可引起肥胖症。一般说来，婴儿每日每千克体重糖供给量10~12克，其热量以占一天总热量的50%~60%为宜。

为什么要提供给婴幼儿足够、合理的营养？

小儿营养是指提供给小儿以修补旧组织、增生新组织、产生能量和维持生理活动与促进小儿正常生长发育所需要的合理食物。

婴幼儿生长发育快，新陈代谢旺盛，尤其是 2 岁以前的小儿，对能量、蛋白质、脂肪以及碳水化合物的需要量都相对高于成人。比如，成人每日每千克体重需要 188 千焦（45 千卡）热量，而 1 岁的孩子每日每千克体重需要 460 千焦（110 千卡）热量，约为成人的 2.5 倍；成人每日每千克体重需要蛋白质 1.2 克，而 1 岁孩子每日每千克体重需要蛋白质 3.5 克，约为成人的 3 倍。因此，小儿营养的好坏，直接影响到孩子的身体健康。

营养好的孩子，个子长得高，体质好，抗病能力强，少生病。营养差的孩子，生长发育迟缓，体质弱，常伴有营养缺乏症，如贫血、佝偻病等。同时，营养差的孩子抗病能力弱，易患消化道和呼吸道等疾病。因此，为保证孩子健康成长，应提供给孩子足够、合理的营养。

营养是脑发育的物质条件，而脑是智力发育的物质基础。生长中的脑对营养特别敏感，在脑发育最快的关键时期，如果发生营养不良，便会影响脑的发育。孩子出生时脑的重量约为 370 克，2 岁时达 900～1000 克，为成人脑重量（1500克）的三分之二，所以说，孩子脑发育的关键期是在 2 岁以前。脑的发育、脑细胞数目的增加，需要有足够的蛋白质、糖、脂肪、微量元素、维生素等供给。如果孩子在发育期缺乏蛋白质，会对智力造成严重的影响，其他各种营养物质的缺乏也会对脑的发育造成不同程度的影响。

总之，家长要重视婴幼儿的饮食营养，供给足够、合理的营养，才能保证孩子体格和智力发育正常。

小儿每日主要营养素的需要量是多少?

蛋白质、脂肪、碳水化合物、水、矿物质、维生素等主要营养素,是小儿生长发育不可缺乏的。但是,各年龄段孩子的生长发育情况不同,营养素的需要量也有所差别,现将小儿每日主要营养素供给量列表如下(见表1)。

怎样了解小儿常用食物的营养成分?

为了满足小儿每日膳食中营养素的供给量,家长应了解各种食物中所含的营养成分,现将小儿常用食物的营养成分列表如下(见表2)。

婴幼儿需要哪些主要营养素?

孩子出生以后,就必须从外界不断摄取身体所需要的物质,以维持正常生理功能,满足生长发育的需要。这些所需要的物质都包含在食物中,总称为营养素。营养素是人体生命活动的基础。

维持人类生命活动的主要营养素都是婴幼儿生长发育不可缺少的,大体上分为蛋白质、脂肪、碳水化合物、矿物质、维生素和水等六大类。前三类能产生热能,称为产能营养素;后三类不能产生能量,称为非产能营养素。这六大类营养素对孩子的生长发育具有非常重要的作用。

(1)蛋白质:蛋白质是构成人体细胞的主要成分,主要用来修复旧组织,合成新组织,其次是提供热能。孩子生长发育需要合成新组织,所以需要的蛋白质比成人多,年龄越小,生长发育越快,蛋白质的需要量越大。蛋白质供给不足,

61

表1 正常小儿每日所需要的主要营养素

年龄	热量 千卡/千克体重	蛋白质 克/千克体重	脂肪供热比(%)	水量 毫升/千克体重	钙(毫克)	磷(毫克)	铁(毫克)	锌(毫克)	维生素A 国际单位	维生素D 国际单位	维生素B1(毫克)	维生素B2(毫克)	维生素C(毫克)	叶酸(微克)	维生素B12(微克)
初生～6个月	120	2～4	45	110～155	400	300	10	3	700	400	0.4	0.4	30	30	0.5
7～12个月	100	3.5	30～40	100～150	600	400	10	5	700	400	0.4	0.4	30	40	1.5
1岁～	100	3	25～30	100～150	600～800	800	10	10	1000～1700	400	0.6～0.8	0.6～0.8	30～40	100	2
4岁～	90	2～3	25～30	90～110	800	800	10	10	1700～2500	400	0.8～1.0	0.8～1.0	40～50	200	2.5
7岁～	80	1.5～2	25～30	70～80	800～1000	800	10～12	10～15	2500	400	1.0～1.3	1.0～1.3	50	300	3
13岁以上	60	1.5	25～30	50～60	1200	1200	15～20	15	2700	400	1.5～1.8	1.5～1.8	60	400	3

表2 小儿常用食物营养成分表（每100克）

食物项目	热量（千卡）	水分（克）	蛋白质（克）	脂肪（克）	碳水化合物（克）	胡萝卜素（毫克）	硫胺素（毫克）	核黄素（毫克）	尼克酸（毫克）	抗坏血酸（毫克）	钙（毫克）	铁（毫克）	磷（毫克）
米饭	127	68.5	1.9	0.5	28.8	0	0.03	0.02	0.6	0	—	—	—
馒头	226	44.0	9.9	1.8	42.5	0	0.31	0.05	2.3	0	38	4.2	268
面包	312	27.4	8.3	5.1	58.1	—	0.03	0.06	1.7	—	49	2.0	107
黄豆	359	10.2	35.1	16.0	18.6	0.22	0.41	0.20	2.1	—	191	82	465
绿豆	316	12.3	21.6	0.8	55.6	0.13	0.25	0.11	2.0	—	81	6.5	337
豆浆	58	91.8	5.2	2.5	3.7	0.05	0.12	0.04	—	0	57	1.7	88
豆腐	51	82.8	8.1	0.4	3.8	—	0.04	0.03	0.2	—	164	1.9	119
马铃薯	76	80	2.0	0.2	16.8	0.08	0.03	0.05	0.4	27	13	1.3	57
胡萝卜	38	89.2	1.0	0.3	7.7	4.13	0.04	0.04	0.4	12	32	1.0	29
芋头	79	78.5	2.2	0.2	17.1	0.16	0.06	0.05	0.7	6	36	0.3	55
大白菜	12	96.0	0.9	0.1	1.7	—	0.03	0.04	0.5	46	45	0.6	30
油菜	13	95.5	1.2	0.2	1.6	—	—	—	—	—	181	7.0	40
菠菜	24	91.5	2.6	0.3	2.8	2.92	0.03	0.14	0.6	38	66	2.9	47
芹菜	18	93.6	0.6	0.4	3.0	0.06	0.01	0.08	0.3	10	110	3.1	39
菜花	24	92.4	2.1	0.2	3.4	—	0.03	0.08	0.6	61	15	1.2	82
西瓜	26	93.6	0.6	0.4	5.0	0.18	0.02	0.02	0.3	2	6	0.3	7
黄瓜	14	96.0	0.7	0.2	2.4	0.10	0.02	0.04	0.2	10	31	1.0	29
冬瓜	11	96.9	0.4	0.2	1.8	0.03	0.01	0.01	0.3	15	19	0.4	6
丝瓜	20	94.3	1.0	0.2	3.6	0.09	0.02	0.04	0.4	5	14	0.4	29

食物项目	热量（千卡）	水分（克）	蛋白质（克）	脂肪（克）	碳水化合物（克）	胡萝卜素（毫克）	硫胺素（毫克）	核黄素（毫克）	尼克酸（毫克）	抗坏血酸（毫克）	钙（毫克）	铁（毫克）	磷（毫克）
番茄	15	95.9	0.8	0.3	2.2	0.55	0.03	0.03	0.6	19	8	0.8	24
香蕉	72	81.0	1.3	0.1	16.4	0.06	0.02	0.04	0.7	8	33	0.8	38
梨	37	89.3	0.2	0.1	8.9	0.01	0.02	0.01	0.1	4	5	0.2	6
苹果	58	84.6	0.4	0.5	13.0	0.08	0.01	0.01	0.1	4	4	0.6	12
桃	68	82.4	0.9	0.6	14.7	0.02	0.01	0.03	0.7	7	7	0.8	32
葡萄	43	88.7	0.5	0.2	9.9	0.05	0.04	0.02	0.2	25	5	0.4	13
花生仁	548	8.0	26.2	39.2	22.1	0.04	1.07	0.11	9.5	0	67	1.9	378
猪肉（瘦）	330	52.6	16.7	28.8	1.0	—	—	—	—	—	11	2.4	177
牛肉（肥、瘦）	190	76.0	18.1	13.4	0	0.009	0.03	0.11	7.4	—	8	3.2	143
猪肝	131	71.4	21.3	4.5	1.4	4.97	0.21	2.08	15.0	18	11	25.0	270
猪血	82	79.1	18.9	0.4	0.6	—	—	—	—	—	—	—	—
牛乳	69	87.0	3.3	4.0	5.0	0.14	0.04	0.13	0.2	1	120	0.2	93
鸡蛋	170	71.0	14.7	11.6	1.6	0.31	0.16	0.31	0.2	—	55	2.7	210
鸭蛋	180	70.3	12.6	13.0	3.1	0.26	0.17	0.35	0.2	—	62	2.9	226
带鱼	127	74.1	17.7	4.9	3.1	0.03	0.02	0.06	2.8	—	28	1.2	191
草鱼	112	77.3	16.6	5.2	0	0.01	0.04	0.11	2.8	—	38	0.8	203
河虾	84	78.0	16.4	2.4	0	0.05	0.04	0.03	0	—	325	4.0	186

则孩子生长发育迟缓，可发生营养不良性水肿；但应避免蛋白质供给过多，过多会产生蛋白质中毒症状，如腹泻、酸中毒、血中尿素和氨升高等。

（2）脂肪：脂肪主要是供给热能，调节体温，帮助脂溶性维生素的吸收，提供自身不能合成的几种脂肪酸。脂肪的需要量与蛋白质一样，年龄越小，需要量越大。脂肪供给不足，会造成营养不良，生长迟缓，脂溶性维生素缺乏等；脂肪供给过多，易发生腹泻。

（3）碳水化合物：碳水化合物也称为糖类，是供给热能的最主要的物质。小儿对碳水化合物的需要量比成人多，其身体所需热能约60%是由碳水化合物供给的。碳水化合物供给不足，总热量不足，身体将通过消耗体内的脂肪和蛋白质来补充能量，导致生长发育迟缓，体重减轻，容易疲劳等。

（4）水：水是人体最主要的成分之一，能帮助吸收养料，排出废物和有毒物质，维持正常体温。由于小儿新陈代谢旺盛，热能消耗较多，水的需要量相对高于成人。水供给不足，孩子会发生脱水、酸中毒、高热等。因此，要给孩子补充充足的水。

（5）矿物质：与小儿营养关系密切的矿物质有10种，包括钠、钾、氯、钙、磷、镁、铁、碘、锌、铜，其中前六种为主要元素。这些矿物质维持体液和酸碱平衡，参与机体新陈代谢。当体内缺乏某种矿物质时，孩子的健康状况就会受到影响。

（6）维生素：维生素是维持正常生理功能和生长发育所必需的物质，对智力的发展也起着重要的作用。人体内只能合成几种维生素，且合成量不足，绝大部分维生素是从食物中摄取。与小儿营养关系密切的水溶性维生素有：维生素 B_1、B_2、B_3、B_6、B_{12}，维生素 C，叶酸；脂溶性维生素有：维生素 A、D、E、K。当体内维生素缺乏时，小儿会患各种疾病。如维生素 B_1 缺乏时，会导致脚气病；维生素 A 缺乏时，会导致夜盲症；维生素 D 缺乏时，会患佝偻病。因此，家长应注意给孩子补充各种维生素。

哪些食物含铁丰富？

一般来说，营养性缺铁性贫血的孩子，当血红蛋白小于100 克/升时，要用铁剂治疗，当血红蛋白大于 100 克/升时，可通过多吃含铁丰富的食物来纠正贫血。那么有哪些食物含铁丰富呢？

动物性食物中猪肝含铁量最高，每 100 克猪肝含铁量为25 毫克，其次为瘦猪肉、鱼、牛肉、羊肉等。在植物性食物中大豆含铁量最高，每 100 克大豆含铁量为 11 毫克。新鲜蔬菜含铁量较高的有韭菜、荠菜、芹菜等。果类中桃子、核桃、香蕉、红枣等含铁量也较多。此外，黑木耳含铁量相当高，每100 克黑木耳含铁量为 185 毫克，紫菜、海带、香菇也含一定量的铁。

为孩子选择食物时，除了要考虑含铁量外，还要考虑铁的吸收率。铁的吸收率与含铁量不一定成正比，例如，蛋黄中含铁量较高，但蛋黄中的铁常与磷的有机物紧密结合，故铁的吸收率低。母乳中含铁量虽然低，但铁的吸收率很高。在上述食物中，动物性食物和大豆不仅含铁量高，而且吸收率也很高。为了提高铁的吸收率，还要注意食物的搭配，例如，食物与维生素 C 共食时，能促进铁的吸收，所以餐后应让孩子吃些水果。

总之，家长应为孩子挑选含铁丰富、铁的吸收率高的食物，同时还要注意食物的搭配，这样才能有效地防治营养性缺铁性贫血。

怎样合理搭配各种食物？

为了孩子能健康茁壮地成长，在膳食中要注意各种食物的合理搭配，使各种营养素均衡。

人每天摄入的食物种类很多，大体上可分为粮食、蔬菜、水果、鱼、肉、蛋。根据食物所含的不同成分，可分为蛋白质、脂肪、碳水化合物、矿物质、维生素、水六大类，其中前三类为产能营养素，也称为人类的三大营养物质，六大类营养素的主要作用已在前面作了较为详细的描述。

蛋白质在人体里有助于生长发育和更新修补细胞，但蛋白质只有和糖、脂肪类食物一起吃时，才能有效地发挥其作用。如果蛋白质单独食用，则只能产生热量，而且不易消化。有的家长只知道牛奶、鸡蛋、鱼、肉是营养食品，给孩子进食大量高蛋白食物，结果造成孩子食欲不振，影响其他食物的摄入，导致营养不良。例如，婴幼儿每次可以吃一个鸡蛋，但不能每餐都吃，而且要与牛奶分开，更换食用，最好能同时进食淀粉类食物。鱼、肉每星期吃4～5次即可，最好与青菜共食。

《黄帝内经》记载："五谷为养，五果为助，五畜为益，五菜为充。"可见我们的祖先早已重视食物的合理搭配。因此，要注意进食的食品种类越多，越能全面满足孩子对各种营养素的要求。人乳喂哺的婴儿，每日需要蛋白质2.0克/千克体重，牛乳喂哺者需要蛋白质 2.5 克/千克体重；婴儿每日需要脂肪 4.0 克/千克体重，6 岁以上的儿童约需2.5～3.0 克/千克体重；1 岁以内的婴儿，每日需要碳水化合物 12.0 克/千克体重，2 岁以上约需 10.0 克/千克体重。蛋白质、脂肪、碳水化合物应分别占总热能的 15%、35%、50%。午餐须供给婴幼儿产热量最多的食物，占全日热量的 40%～45%，早、晚餐各占全日热量的 20%～25%，午间点心占全日热量的 10%～15%。

不宜给婴幼儿空腹食用的食物有哪些？

婴幼儿处于生长发育阶段，需要丰富的各种营养素，这就要求提供给孩子的膳食食谱要广，同时还要注意吃的方法，才能保证食物的消化吸收。现介绍几种不宜空腹食用的食物。

（1）牛奶：牛奶是婴幼儿的最佳代乳品，它能满足小儿的营养需要，使生长发育良好。但牛奶不宜空腹喂哺，因为空腹喂哺牛奶会使牛奶中的蛋白质转化为人体所需的热量，造成蛋白质的浪费。因此，给婴儿喂牛奶时应在牛奶中加入5%～8%的糖，这样可提供足够的热卡，又能最大程度地发挥蛋白质的作用；稍大些的幼儿应在早餐或者午餐后1～2小时喝牛奶为宜。

（2）酸奶：酸奶凝块细、酸度高，有利于婴幼儿消化吸收。但适宜酸奶中乳酸杆菌生长繁殖的酸碱度 pH 值要在 5.4 以上，而空腹时胃酸的 pH 值为 2.0，若此时喂酸奶，乳酸杆菌不易生长，起不到预防肠道疾病的作用。所以，给孩子饮用酸奶的最佳时间是餐后 2 小时左右。

（3）食糖：空腹大量吃糖，能使血液中的糖上升，导致眼疾病，破坏机体的酸碱平衡及体内各种微生物的平衡，对孩子健康不利。

（4）橘子：橘子含有大量的糖和有机酸，空腹吃橘子会对胃粘膜产生不良的刺激，使胃饱胀，甚至胃痛，食欲下降，因此，不能让婴幼儿空腹吃橘子。

（5）香蕉：香蕉含有丰富的镁，空腹吃香蕉会使体内的镁含量升高，从而破坏血液中的钙镁平衡，不利于钙的吸收利用，所以，不能让婴幼儿空腹吃香蕉，尤其是长期大量地吃对身体危害更大。

（6）柿子：柿子含有鞣质、树胶、果胶，空腹吃柿子，上述这些物质会在胃酸作用下与食物中的纤维素、残渣混合凝固，形成胃石，导致上腹不适、饱胀感、恶心、呕吐、食欲下降、消化不良、逐渐消瘦。因此，不能让孩子空腹吃柿子，尤其是大量地吃，或吃未成熟的柿子。

除上述食物外，番茄、大蒜等都不宜空腹食用。

农村简易代乳品怎样制作？

为了解决农村，尤其是贫困、边远地区的小儿的吃奶问题，我们采用几种简易代乳品试喂小儿，收到较为满意的效果，现将这几种代乳品的制作方法介绍如下：

（1）蛋稻米粉：用500克（1斤）新鲜稻米，去掉其中杂质，放在铁锅内炒熟，趁热将打均匀的3～4个鲜鸡蛋（或鸭蛋）慢慢倒在米上，边倒边炒，直到将全部鲜蛋加入并炒干为止。待凉后加入食盐3克，钙3克。最后干磨成粉过筛即成蛋稻米粉。

（2）加料豆浆：将500克（1斤）黄豆洗净，加4千克

（8斤）水浸泡8～12小时，夏季放在阴凉处泡，如果能放在冰箱里浸泡更好，磨细去渣，得豆浆约3千克（6斤）。每500克（1斤）豆浆加食盐0.5克、淀粉10克、糖30克、乳酸钙1.5克，煮沸、煮透20分钟即可。开始喂哺时，可将豆浆加水1∶1稀释，如消化良好可逐渐减少水分，直至喂纯豆浆。

（3）豆制代乳品：如5410代乳粉，其中含大米粉45%、大豆粉28%，蛋黄粉5%，豆油3%，蔗糖16.5%，骨粉1.5%，核黄小米0.5%，食盐0.5%，按以上配方可在家里制作，该代乳品营养较丰富，适用于婴儿喂养。

（4）鱼米粥或鱼粥：在米糊或烂粥中加入蒸熟的鱼糊和少量植物油，用于喂养3～8个月的婴儿，效果也很好。

小儿常用辅助食物的制作方法有哪些？

小儿辅食多种多样，由于各人手艺不同，其制作方法也各不相同，现将常用的、容易制作及推广的辅食制作方法介绍如下：

（1）番茄汁：将成熟的番茄洗净，用开水烫后去皮，搅碎后用汤匙压出番茄汁，也可用榨汁机榨汁。汁中加入少许白糖，用适量温开水冲调后即可饮用。

（2）菜汁和水果汁：在小钢精锅内加入适量的水，待水煮沸后放入切碎的新鲜蔬菜或水果，盖好锅盖再煮开，然后将锅离火带盖放置半小时，再用汤匙压菜汁或果汁，加少许白糖或精盐即可。

（3）菜泥和水果泥：可用马铃薯、胡萝卜、萝卜、南瓜、地瓜等去皮洗净，切成小块，放在锅内，加适量的水煮烂，用汤匙捣成泥状，然后把大勺放在火上，加入豆油，油热放入花椒面炸锅，倒入酱油，最后把菜泥放入翻炒，吃透咸淡即可出勺食用。水果泥是将新鲜水果去皮，用汤匙刮果肉，边刮边喂孩子。

(4)胡萝卜汤：将胡萝卜洗净、切碎，放入钢精锅内，加入少量的水，煮沸约1小时，去渣、加入白糖即可。

(5)浓米汤：将米淘洗干净，加入适量的水，煮成烂粥，取上面的米汤饮用。

(6)蛋黄泥：鸡蛋或鸭蛋1个放入锅中煮熟剥掉蛋壳，取出蛋黄，加少许开水，用汤匙搅烂即成蛋黄泥。

(7)烂米粥：将米淘洗干净，加水浸泡约1小时，将锅放在旺火上烧开后，改用慢火煮透，煮烂成糊状即可。

(8)鸡蛋饼：鸡蛋1个，面粉50克。将面粉加入打好的鸡蛋内，放少许糖或精盐，加入适量的温水，搅成糊状。在平勺内放入豆油，油热将搅好的蛋面糊倒入，摊成软饼。

(9)鱼肉末：将新鲜鱼去皮去骨去内脏，置锅中蒸熟，取出后捣烂，加少许精盐，拌均匀即成鱼肉末。

(10)肉末：将瘦猪肉洗净剁成细末。锅内放豆油，烧热，把肉末放入油中翻炒，至八成熟时，加入花椒面、葱花、酱油、姜末，炒至全熟时，加入少许味精，即可食用。

(11)肝末：将猪肝洗净。锅置火上，加入开水、花椒、姜片、葱段、食盐、酱油，把猪肝放入煮开，煮熟后捞出，将猪肝剁成细末即成肝末。

(12)肉菜粥：锅置火上，加入少许豆油，烧热，把肉馅倒入锅内翻炒，放少许酱油，加入水，然后将淘洗干净的米倒入锅内，用慢火煮开、煮熟时加入洗净切好的菜末，继续煮至全部熟烂为止，最后加入少许味精即可食用。

为什么要给小儿添加辅食?

乳类是小儿理想的营养品,但铁、维生素 B_1、维生素 C和维生素 D 等含量都不足。所以,无论是母乳喂养、人工喂养或混合喂养的婴儿,都应按时添加辅食。例如,每 1000 毫升人乳或牛奶中,仅含铁 1 毫克,而婴儿每日需铁量为 6 毫克;每 1000 毫升人乳中,仅含维生素 B_1 0.1 毫克,烟草酸 1毫克,而婴儿每日需要维生素 B_1 0.4 毫克,烟草酸 4 毫克。人乳中维生素 C 的含量随母亲膳食不同而有较大变化,牛奶则受煮沸消毒处理的影响,含量极少。

随着孩子逐渐长大,即使加大奶量,各种营养素也不能满足其生长发育的需要。同时随着小儿生长发育,消化能力也逐渐增强,生后 3 个月,胃肠道消化酶的分泌已日趋完善,5~6 个月逐渐长出牙齿,食物也应由流质、半流质逐渐过渡到固体食物,以锻炼小儿的咀嚼力和适应固体食物的能力,因此,5~6 个月以后的小儿,即使母乳充足,也应添加辅食。

给小儿添加辅食应注意什么?

给小儿添加辅食应注意以下几点:

(1) 严格掌握添加辅食的原则:①从少到多,如添加蛋黄,开始吃 1/4 个,如无消化不良表现,2~3 天后增至 1/2个,逐渐增加到 1 个;②由稀至稠,如开始喂米汤,逐渐增稠到稀粥、软饭;③由细到粗,如开始喂菜汤,然后喂菜泥,待乳牙长出后可吃碎菜;④由一种到多种,开始试加一种辅食,过几天再增加新的食物,不能同时添加多种食物;⑤应在孩子健康状况良好、消化功能正常时添加辅食。

（2）严格把好食物质量关：所有的食物都必须新鲜，无腐败和污染。食物制作过程应注意卫生。尤其在炎热的季节，食物容易变质，给小儿添加辅食时应特别注意。

（3）注意观察小儿的大便：给小儿添加辅食后应注意观察大便的性状，通过观察大便的变化可了解小儿对所增加食物的适应能力和消化吸收情况。如蛋白质食物消化不好时，会放臭屁，大便为腐败鸡蛋一样的恶臭，且呈不消化样。此时不要继续增加食物量，而应该观察几天，如以上现象减轻，则不必减量，如加重，甚至出现腹泻，应暂停辅食，待肠功能恢复正常后再慢慢增加。

总之，给小儿添加辅食要有一个适应过程，使胃肠对所添加食物的消化能力由适应到加强，而不至于因胃肠负担过重，引起消化不良。

为什么要供给幼儿点心和充足的水分？

一般说来，一个人活动量最大的时候是从早晨起床到中午，幼儿也不例外，况且许多幼儿好动，加上早餐往往既没吃好，又没吃饱，到了9时左右，就会感到饥饿。因此，应给幼儿提供点心，如牛奶、豆浆、蛋糕、面包、面条等，用于补充能量。否则，长期能量不足会影响幼儿的生长发育。

水是维持生命的重要物质，体内一切生化、生理过程都需要水，所以人体每日摄入和排出的水量应维持相对的平衡。水的需要量与年龄、体重、食物的质和量、代谢高低、体温以及肾脏浓缩功能等因素有关，一般年龄越小，新陈代谢越旺盛，所需的热量较多，需水量也越大。幼儿每日需水量1400～1600毫升，这些水除从食物中及体内物质代谢过程中获得外，还应由饮水和喝汤来补充，每日应让幼儿饮水 3～5 次，才能满足其生理需要。

为什么要注意给新生儿喂水？

人体重量的大部分是水分，年龄越小，体液总量相对愈多，主要是间质液量的比例较高，而血浆和细胞内液量的比例与成人接近。刚出生的足月儿，水占体重的 75％ 左右，早产儿约 80％，而成人一般为 60％。由于新生儿体表面积较大，呼吸相对增快，使水分蒸发较多，加上肾脏为排泄代谢产物所需要的液量也较多。因此，除生后一周以内的新生儿水的出入量较少外，年龄愈小，出入水量相对愈多，其每日的水交换量约等于细胞外液的 1/2，而成人仅为 1/7，所以婴儿对缺水的耐受力比成人差，如果进水不足，很容易引起脱水。出生一周后的新生儿，每日需要液量为 120～150 毫升/千克体重，所以除了给新生儿喂奶外，还应注意喂水，补充水分。但喂水也不能过量，以免影响喂奶量，增加心脏、肾脏的负担。

怎样培养幼儿良好的膳食习惯？

幼儿良好的膳食习惯要从小培养，家长要以身作则，纠正自身的不良习惯。良好的膳食习惯应包括以下几点：

（1）培养用餐定时、定量、定地点：三餐定时，会使消化系统处于有规律的活动状态，从而使食物中的营养物质得到充分的消化和吸收。两餐之间相距约 4 小时，这正是胃肠对食物有效的消化、吸收和胃排空的时间，保证孩子有旺盛的食欲；定量，要根据每个孩子的食量定饭量，同时还要根据孩子每天的活动量来调整饭量。对小儿爱吃的食物要加以节制，避免喜欢吃的吃得过量，不喜欢吃的一口都不吃，逢年过节也不要与平时悬殊太大；吃饭要有固定的地点，不能边吃边玩，一顿饭换几个地方吃，大人追着孩子喂。家长要给孩子创造一个安静、愉快的进餐环境，让孩子集中注意力吃饭。

（2）吃饭要细嚼慢咽：食物在口腔中嚼得越细，就越能增加食物与胃肠液的接触面，就越有利于消化液充分发挥作用，越有利于食物的消化吸收。同时细嚼慢咽有助于牙齿的清洁和咀嚼器官的发育。细嚼慢咽还能防止食物误入气管、鱼刺刺伤咽部等意外事故。

（3）培养孩子不挑食：一般饮食习惯受父母影响，对食物的喜好或厌恶也基本随父母。因此，父母要以身作则，不要当着孩子议论自己爱吃什么，不爱吃什么。孩子爱吃的食物，不要让他吃得太多。食物应多样化，以五谷杂粮、鱼、肉、蛋、水果及蔬菜等组成食谱，做到米、面、杂粮搭配，发挥各种营养素之间的互补作用，达到平衡膳食。

（4）培养孩子的进食兴趣：可以通过变换食物种类，创造愉快的进食气氛来激发孩子的进食兴趣。不要强迫孩子进食，强迫会使孩子产生逆反心理，从而更加厌食。

为什么要提倡母乳喂养？

母乳是婴儿最适宜的食物，因为母乳喂养有许多优点。

（1）营养丰富易消化吸收。母乳的热量较高，所含蛋白质、脂肪、碳水化合物的比例适当，适合于小儿的消化能力及需要。母乳中白蛋白多而酪蛋白少，在胃内形成凝块小，易被消化吸收；母乳所含脂肪质量较高，含不饱和脂肪酸的脂肪较多，适合于合成脑苷脂而形成神经髓鞘；母乳内乳糖含量高，乳糖酵解产酸，有利于不致病的双歧芽胞杆菌大量繁殖，可减少新生儿患大肠杆菌及其他病原菌的感染；母乳内钙磷比例适宜，为 2∶1，易于吸收，可避免高磷血症及高磷的影响所致的低血钙症；母乳内含较多的微量元素，如铁、锌、铜、碘等，尤其铁的吸收率高于牛乳 5 倍，故母乳喂养的婴儿贫血发生率低；母乳含较多的消化酶，如淀粉酶、乳酶等，有助于食物的消化吸收。

（2）母乳缓冲力小，对胃酸中和作用弱，有利于消化吸收。

（3）母乳含有大量牛磺酸（一种酸性含硫 β-氨基酸），对小儿脑发育有关的神经介质有利。母乳内的乳糖有利于合成脑苷脂和糖蛋白，可促进中枢神经系统发育。

（4）母乳有增强婴儿免疫力的作用。母乳内 SIgA 含量高，有抗感染和抗过敏的作用。此外，母乳尚含有少量 IgG 和 IgM 抗体，T 淋巴细胞、巨噬细胞和中性粒细胞，这些也有一定的免疫作用。因此，母乳喂养的婴儿肠道或全身感染的发生率低。

（5）母乳几乎为无菌食品，且温度适宜，可直接喂哺，既安全又经济。

（6）母亲自己喂哺可增加母子之间的感情，并能随时照顾护理，有利于婴儿的正常发育。

母乳喂养在我国是一种良好的传统习惯，为了婴儿的健康成长，应大力提倡母乳喂养。

什么叫混合喂养？

因母乳不足或其他各种原因而不能按时喂奶时，必须用牛、羊乳或其他代乳品来补充喂养的，称为混合喂养。混合喂养的方式有两种，一是补授法，即每日喂哺人乳的次数照旧，在每次喂哺母乳后，用其他代乳品补充奶量不足的部分；二是代授法，即用代乳品完全代替一次母乳，每日代替次数最好不超过喂养次数的一半。两种方法中以补授法为好，因能保持较多次的吸吮刺激和乳房排空，可防止母乳越来越少。

每次补充的奶量，应根据孩子的需要来决定。开始时可让孩子自由吮吸奶瓶中的奶，直到满足为止，以后根据婴儿的消化情况来确定每日、每次加喂的奶量。两次喂奶之间应喂一次水。

4～6个月以内的婴儿不宜采用混合喂养，因为母乳是婴儿的最佳天然食品，若此时采用混合喂养，将会导致母乳喂养的失败。

什么叫人工喂养？

婴儿出生后因各种原因吮不到母乳而改用牛奶、羊奶或其他代乳品喂养的，统称为人工喂养。母亲不要轻易放弃母乳喂养，应尽可能争取母乳喂养至4～6个月，尤其强调小儿应吃到最初14天的母乳，以摄入较多的抗体，实在不可能才改为人工喂养。

目前，代乳品的种类不断增多，质量也在逐渐改进，但是没有一种代乳品能和人乳相比。从接近母乳的成分来说，人工喂养应首选配方奶粉或牛奶。配方奶粉是以牛奶为原料，根据婴儿的营养需要把牛奶中的蛋白质、脂肪等进行改良，使其更接近母乳，并添加了婴儿生长发育所需要的维生素与矿物质等，因此，配方奶粉作为代乳品比鲜牛奶更为合适。

早产儿怎样喂养？

早产儿又称未成熟儿，是指胎龄不足 37 周的婴儿。早产的原因多见于母亲的早期疾病、外伤、生殖器畸形、过度劳累等，多胎、胎儿畸形以及胎盘异常也可引起早产。

由于早产儿各器官、各系统发育尚未成熟，所以出生后生活能力低下，应特别注意护理。除了注意保暖、保持呼吸道通畅，加强皮肤、粘膜护理外，合理的喂养是早产儿成活、正常生长发育的关键，那么，早产儿应怎样喂养呢？

早产儿要给予母乳喂养，因为母乳是婴儿最适宜的食物。如果由于某些原因不能进行母乳喂养，可以用乳库奶喂养，必要时也可使用早产儿配方乳喂养，开始按 1∶1 稀释，以后增至 3∶1。由于早产儿胃容量小，食道括约肌压力低，所以很容易溢乳，可试喂 10％葡萄糖水 2 毫升/千克体重，然后再喂奶 2～5 毫升，如能耐受，则每次增加 1～2 毫升，直至达到每日需要的热量。体重小于 1500 克者，哺乳间隔时间为 1～2 小时，大于 1500 克者，间隔时间为 2～3 小时。对于吸吮能力差或不会吞咽的早产儿可用鼻胃管喂养，每次喂奶前应抽吸胃内容物，如有残留奶则应减少奶量，减量后仍持续有残留奶的则改用鼻空肠导管，仍有困难者应送到医院，用全静脉或部分静脉高营养液输入。

双胎儿怎样喂养？

一般说来，每胎只生一个孩子，但也有一胎生两个的，其发生率约 1.25％。由于母亲怀了双胞胎，子宫内的压力增加，很容易引起早产，加上母亲摄入的营养物质要供给两个胎儿的需要，所以，双胞胎出生时体重往往偏轻，各器官功能也比较薄弱，尤其是消化系统的功能，但是，双胞胎婴儿生长速度又特别快，需要摄入大量的营养素，这就产生了很大的矛盾，那么，如何通过合理的喂养来解决这种矛盾呢？

母乳是婴儿最适宜的食物，应该保证母乳喂养。一般情况下，只要产妇有足够的营养，睡眠充足，心情愉快，生活有规律，她的乳汁是能够满足两个婴儿需要的。哺乳时应让两个孩子各吸一个乳房，但由于两个乳房的泌乳量不同，加上两个孩子的吸吮能力也不一样，所以最好让两个孩子相互交换吸吮两个乳房，以促进乳房分泌更多的乳汁。如果乳汁不足，应先保证体质弱的那个孩子得到母乳喂养。如果母亲无乳汁，则只好采用人工喂养，刚开始最好用稀释的牛奶，少量多次，按需喂哺。

双胞胎婴儿体内各种营养素贮存量较少，为了满足其生长发育的需要，应从生后 2 周起逐渐添加鱼肝油、钙剂，并根据婴儿生长发育的需要及消化吸收功能的成熟情况，尽早添加各种辅助食物，如果汁、绿色菜汁、米糊、面糊、稀粥、蛋黄、鱼泥、肉末、饼干、面包片等等。

幼儿怎样喂养？

幼儿仍处在生长发育阶段，但与周岁以内的婴儿相比有所减慢，供给的总热量也相应地有所减少。若总热量按每日每千克体重计算，1 岁以内婴儿为 460 焦耳（110 卡），1～2 岁幼儿为 418 焦耳（100 卡），2～3 岁幼儿为 377 焦耳（90卡），4～6 岁幼儿为 335 焦耳（80 卡）。每日所需水分与婴儿差不多，每日 100～150 毫升/千克体重。蛋白质需要量为每日 2.5 克/千克体重。

幼儿的食物，已由乳类变为粮食、蔬菜、水果、鱼、肉、蛋等混合食物。由于孩子仍处在生长发育阶段，尤其要特别注意提供蛋白质食物，选择鱼、肉、蛋等含动物蛋白质较多的食物，再加些豆制品，以增加蛋白质的供给。充分供给身体需要的热能。不要单纯让孩子吃细粮，应注意搭配一些粗粮，因为有些粗粮提供的热能比细粮高，营养素也较为全面。要让孩子吃一定数量的蔬菜，保证维生素和矿物质的供给。

总之，喂养幼儿，应在适应其消化能力的前提下，让孩子吃足、吃杂、吃全，才能提供给幼儿生长发育所需要的各种营养素，保证孩子健康成长。

如何观察孩子喂饱了没有？

母亲奶量足，孩子喂饱后可表现出精神愉快，不哭闹，能安稳睡觉，大小便正常，体重增加。如果没有喂饱，则会有以下几种表现，应注意观察。

（1）孩子没有喂饱时，哺乳后睡眠短，往往因肚子饿等不到下一次喂奶时间就哭闹，甚至阵发性剧哭。

（2）母亲在每次喂奶后，可先抽出乳头，然后再用乳头触试孩子口角，如果孩子仍追寻乳头，则说明还没有喂饱。

（3）观察孩子吞奶情况。如吸吮 4～5 下，能吞咽一口，说明奶量足；如吸吮很多次，吞咽很少，则说明奶量不足。

（4）观察大便情况。当奶量不足时，孩子处于饥饿状态，肠蠕动增加，大便次数增多，呈不消化样便。母乳量不足，又未添加代乳品者，则体重不增或增加缓慢。

当母乳量不足，不能喂饱孩子时，可在每次喂奶前后测量孩子的体重，两次测量的差数，表示孩子所吸入的奶量，然后根据孩子的体重，算出每日所需要的能量、水分，用牛奶、豆浆、代乳品等补充不足的部分。但应注意，必须在孩子吸完母乳之后才补给不足的部分，如在哺乳前补给，则会降低孩子对母乳的食欲，不能促使其吸吮母乳，则可影响母亲的泌乳量。

奶粉与鲜奶有什么不同？

奶粉是用鲜牛奶或羊奶消毒后，采用科学的方法进行浓缩、喷雾、干燥而制成的干粉。全脂奶粉中水分不超过 5％，用这种喷雾等方法制成的奶粉能全部溶于水中，其性能与鲜奶完全一样，保持营养成分不变。目前市售的奶粉大部分是全脂的，且加有 5％的砂糖。未加糖的是淡奶粉，冲调时应加入 5％～8％的糖方可喂养婴儿。如果在加工过程中把奶粉中的脂肪提取出来，这样制成的奶粉叫脱脂奶粉，这种奶粉只适用于患有脂肪性腹泻的婴儿暂时喂养。

怎样把奶粉配制成牛奶？

要把奶粉配制成与鲜牛奶成分相似的乳汁，应加入一定量的水。如果按重量计算，每 1 份重量的奶粉，加 8 份重量的水，即 50 克奶粉加 400 克水。如按容量计算，1 份奶粉加 4 份水，即 1 匙奶粉加 4 匙水。

奶粉配制成牛奶，其中糖分不足，稀释后的牛奶应加入 5％～8％的糖以补充能量。蔗糖价廉味甜，在肠道中易被分解成葡萄糖和果糖，利用率高，所以用蔗糖冲调牛奶较合适。米汤是淀粉，在消化过程中可转为葡萄糖，用米汤冲调牛奶，不仅能增加能量，还能减少乳凝块。因此，以米汤中加入蔗糖来冲调牛奶的效果最好。

配制时，所有用具必须用沸水冲洗干净。先取所需的奶粉放入调奶瓶，加少量冷开水搅拌成浆糊状，直到没有凝块和颗粒状，然后冲入所需的沸水或米汤，最后按100毫升牛奶中加5～8克的糖，待降温到适宜时就可以喂孩子吃了。

怎样给孩子断奶？

小儿随着年龄的增长，母乳已不能满足生长发育的需要。4～6个月婴儿乳牙已萌出，此后经过几个月添加辅助食物，使胃肠初步具有适应多种食物的能力，整个消化吸收能力加强，1岁左右的孩子已具备断奶的基本条件。

如果母乳不足，在喂养中早已添加辅食，小儿也已逐渐习惯于固体食物，就会自动减少吮吸母乳的次数，通常在6～9个月时自己断奶；如果母乳充足，孩子吃其他食物又很少，可适当延长断奶时间，到1～1.5岁再断奶，但最迟不得超过2岁。断奶愈晚，孩子的恋乳心理愈强，愈不愿意吃其他食物，易造成消瘦、营养不良、体弱多病等后果。

断奶是一个渐进的过程，不能心急，不可采取"连吓加唬"或"闪电式"的办法来断奶，如在奶头上涂黑色药膏，孩子看到黑奶头怕得不敢吃；或在奶头上涂黄连、抹辣椒水，孩子因苦味而不敢再吃奶；或者采取回避方式使孩子看不到母亲、吃不到奶等等，这样做会导致孩子奶虽断了，但胃口变得极差，添加辅食后就发生腹泻，后果严重。最好的方法是母亲能按时给孩子添加辅食，逐渐培养孩子吃东西的习惯。一般可从6～8个月时开始逐渐减少哺乳次数，增加辅食代替的次数，让孩子有个适应的过程，到1～1.5岁就可以完全断奶了。断奶时间选择春、秋两季最为理想，因为这两个季节温度适宜，不影响断奶后的食欲，也不易发生腹泻。如果孩子生病或病刚好，这时孩子体质弱，断奶会加重病情或得其他疾病，应推迟断奶时间，待恢复健康后再考虑断奶。

断奶后仍需要供给合理、足够的营养，要以营养全面的食物为主食，奶类为辅，一日三餐主食，早晚各加一次奶。

为什么断奶前后的营养会影响小儿的身高？

中国孩子在出生后几个月内生长发育不比国际标准低。但是，农村女婴约从第4个月开始，城市女婴约从第8个月开始，逐渐低于国际标准。中国孩子出生6个月内体重比西方国家婴儿还稍重些，6个月后就逐渐落后了。人称"矮东洋"的日本人，到了20世纪80年代，东京和北京0～14岁儿童的身高比较，北京除12岁年龄段的女孩子比东京同年龄段的女孩子高0.2厘米外，其余的年龄段均低于东京孩子。在国内，城乡刚出生的婴儿，其身高、体重差不多，但生后6个月开始，农村孩子就渐渐落后于城市孩子了，这是什么原因呢？

医学专家研究表明，决定一个人身高的关键在于断奶前后的营养状况。孩子出生后4个月内，母乳基本上能保障婴儿的营养需求，4个月后母乳逐渐满足不了孩子生长发育的需要，产生了供需矛盾，加上未重视代乳品的质和量，副食品添加不及时，孩子在断奶前后营养就跟不上了，这样，孩子便在生长发育的关键时期落后于外国人了。

因此，年轻的父母要使你们的孩子长得高大，就应该坚持母乳喂养，同时及时给孩子添加副食品。婴儿副食品添加的顺序是：1～2个月，添加鱼肝油、果汁、绿色菜汁；4～5个月，添加鸡蛋黄、米粥、面糊、菜汤、菜泥；6个月，添食面包、馒头、短面条、饼干、鱼泥、豆腐；7个月，可食鱼、肉末、肝泥、碎菜等；8～12个月，除了喂哺一定量母乳外，应安排和计算好副食品的能量和营养素，保证各种营养素的充足供给，使孩子健康成长。

喂酸牛奶有什么好处？

酸牛奶是鲜牛奶加乳酸杆菌或稀盐酸、乳酸、柠檬酸、枸橼酸制成的。酸牛奶具有许多优点：

（1）酸牛奶中酪蛋白凝块细，有利于消化吸收。

（2）酸牛奶在胃内酸度高，能增强消化酶的作用。

（3）酸牛奶的营养成分与鲜牛奶相似，能保证孩子各种营养素的摄入。

（4）酸牛奶能抑制肠道内大肠杆菌的生长，适用于消化不良、腹泻的小儿食用。

（5）酸牛奶味道好，孩子特别喜欢吃。

酸牛奶可在家里自己制作，其方法很简单。先将鲜牛奶煮沸，冷却，然后将食用乳酸慢慢地滴入牛奶中，滴一滴搅拌一下，边滴边均匀搅拌，100毫升鲜牛奶加10滴乳酸，这样就制成了酸牛奶。如果没有食用乳酸，也可以用橘汁，橘汁中含枸橼酸，100毫升鲜牛奶中加橘汁6毫升就可制成酸牛奶。制作酸牛奶时要注意加酸速度要慢些，加酸后的牛奶不能再煮沸，否则会凝结成大块。

为什么乳儿糕不能作为代乳品？

婴幼儿生长发育极为迅速，必须供给足够的蛋白质、脂肪、糖、维生素、矿物质和水，尤其是具有优良生物利用价值的蛋白质，才能满足需要。

乳儿糕是粮食制品，主要成分是淀粉。如果以乳儿糕作为代乳品，长期作主食喂养婴幼儿，这就等于成人每天只吃白米饭，而不吃菜，会出现蛋白质和脂肪等营养素供应不足，容易发生营养不良，严重影响小儿的生长发育。

以乳儿糕作为主食喂养婴儿，开始体重增加很快，外表上白白胖胖的，实际上肌肉不结实，呈泥膏样虚胖，明显贫血，抵抗力低下，容易患各种疾病。这就好比要建造一座楼房，需要钢筋、水泥（这里把蛋白质比喻成钢筋，淀粉比喻成水泥），如果只用水泥，而没有钢筋，是盖不起楼房的。此外，多喂乳儿糕，会增加淀粉在肠道中的发酵，从而引起腹泻，严重的腹泻还会引起脱水、酸中毒。因此，为了您们的宝宝健康成长，千万不要把乳儿糕作为代乳品长期喂养孩子。

为什么不能给婴幼儿长期喂炼乳？

炼乳是将鲜牛奶浓缩至原容量的 2/5，再加入 40％蔗糖装罐消毒而制成的。如 250 毫升的鲜牛奶浓缩至 100 毫升，再加 40 克糖，就制成了 100 毫升的炼乳。由于炼乳太甜，吃的时候要加水稀释 5～8 倍，如 100 毫升炼乳要稀释到 500～800 毫升，这样蛋白质和脂肪的含量就太少了。长期用炼乳做代乳品给婴幼儿喂养，孩子得不到足够的蛋白质和脂肪，以致发生营养不良、贫血、免疫功能低下容易生病，还常常伴有脂溶性维生素缺乏。长期用炼乳喂养婴幼儿，可引起发酵性消化不良，导致小儿腹泻。由于炼乳太甜，容易使舌苔增厚，会使小儿胃口不好，食欲越来越差。因此，不能长期用炼乳喂养婴幼儿，不能把炼乳作为婴幼儿的主食。

为什么婴儿会发生"牛奶贫血症"?

人工喂养的婴儿，如果只喂牛奶，而不添加其他辅食，很容易发生贫血。发生贫血的原因有两点：

(1)牛奶含铁量虽与人乳相仿，但吸收率仅为人乳的1/5，因此，婴儿实际吸收的铁不多，容易发生缺铁性贫血。

(2) 有些婴儿对牛奶过敏而发生少量肠出血。如果每天给婴儿喂1000毫升以上鲜牛奶，可出现慢性肠道出血，长期小量失血可致贫血，这些贫血的孩子，只要查一下粪便隐血试验便可以明确诊断。

因此，人们把吃牛奶后引起的贫血称为"牛奶贫血症"。为了预防"牛奶贫血症"，应及时添加富含铁的食物；把奶量减少至每日500毫升以下；或改为奶粉喂养，以去除鲜奶中不耐热的蛋白抗原，预防肠出血。6个月以上的婴儿可进一步减少奶量，加喂米粥、烂面、鱼、肉、蛋等其他辅食。

为什么母乳喂养的小儿会发生维生素K缺乏?

我国传统的母乳喂养法是最好的喂养方式，它具有许多优点，惟一不足的是母乳中维生素K含量较少，仅为牛奶中含量的1/4，即1000毫升母乳中含维生素K仅15微克，而牛奶中为60微克。因此，单纯用母乳喂养而不添加其他辅食，婴儿维生素K的摄取就不足。母乳喂养的小儿，肠道内细菌合成维生素 K 的量较少，如果由于某些感染，长期应用抗生素把肠道内的正常细菌杀灭，则肠道内正常菌群合成维生素 K 的量会进一步减少，就容易发生维生素 K 缺乏症。

维生素 K 是合成凝血酶原的物质，且许多凝血物质需要在维生素 K 的参与下才能发挥作用。由于维生素 K 缺乏，引起凝血障碍，主要表现为比较广泛的出血，如皮肤青紫、皮下血肿、脐部渗血、鼻出血、血尿、肺出血、消化道出血，甚至颅内出血。因此，对于母乳喂养的婴儿，如果经常腹泻，或长期应用抗生素时，应该给予注射维生素 K 预防。如果婴儿有出血现象，要立即静脉注射维生素 K_1 5～10 毫克，可迅速改善出血症状，严重者可输鲜血或血浆。但要注意新生儿不要用维生素 K_3，因其可引起溶血，导致新生儿高胆红素血症。

为什么婴幼儿容易发生营养性缺铁性贫血？

营养性缺铁性贫血是由于体内缺乏造血所必需的铁以致使血红蛋白合成减少而引起贫血，为小儿的常见病，尤其婴幼儿发病率最高，严重危害孩子的健康。婴幼儿容易发生营养性缺铁性贫血的原因有以下几点：

（1）铁需要量增加。婴幼儿生长发育快，3～4 个月婴儿的体重为出生时的 2 倍，1 岁时体重已增至出生时的 3 倍，若为早产儿，则体重增加更快，随着体重增加，血容量也相应增加，因此，需要更多的铁以合成血红蛋白。

（2）铁摄入不足。是发生缺铁性贫血的主要原因。婴儿3～4 个月时体内来自母亲储存的铁已用尽，必须从膳食中得到补充，而此时孩子以吃乳类食品为主，如人乳、牛乳等，此类食品中铁的含量很低，不能满足孩子生长发育的需要。

（3）铁丢失过多。正常婴幼儿每日铁排出量相对比成人多。如果用未经加热处理的鲜牛奶喂养婴幼儿，可能会对牛奶内的蛋白过敏而发生小量肠出血，每日失血约 0.7 毫升，每失血 1 毫升丢失铁 0.5 毫克，长期小量的失血可引起缺铁性贫血。

（4）其他原因。食物搭配不合理可影响铁的吸收，慢性腹泻会增加铁的排泄。急、慢性感染可致铁吸收障碍。

营养性缺铁性贫血重在预防。要做好喂养指导，提倡母乳喂养，及时添加含铁丰富且铁的吸收率高的副食品，如动物肝脏、瘦肉、鱼、豆类等。鲜牛奶必须经过加热处理才能喂婴幼儿。可给孩子吃一些加入适量铁的食品。对于已发生贫血的婴幼儿，治疗原则是去除病因，给予铁剂治疗，严重贫血者应少量多次输鲜血，极重者可用浓缩红细胞换血。

为什么要鼓励孩子多吃蔬菜？

许多家长为孩子购买食物，往往只想到鸡、鸭、鱼、肉、虾等是营养品，一斤数十元的活虾都舍得花钱买，而就是看不起价格便宜的蔬菜，大人们总认为蔬菜没什么营养，其实不然，蔬菜对人体的健康非常重要。

蔬菜中含有多种人体必需的维生素和矿物质。如蔬菜含有大量维生素 C，可预防发生坏血病；含丰富的胡萝卜素，在体内可转变为维生素 A，以维持正常的视力，防止上皮增生，表皮角化脱屑，促进蛋白合成及骨细胞分化等。蔬菜中含有钾、钠、钙、镁等元素，这些物质对调节人体的酸碱平衡起着重要的作用。蔬菜中还含有大量的纤维素，这些纤维素刺激胃肠蠕动和消化液的分泌，可增进食欲，预防便秘的发生。

此外，有些蔬菜还含有芳香油和有机酸等成分，如姜含有姜油酮，葱、蒜含有辣椒素等，这些食物都有刺激食欲，增强体内分泌机能，促进消化吸收，提高机体免疫力的作用。

蔬菜是人体必需的营养素之一，应鼓励孩子多吃蔬菜，但也不能把蔬菜当饭吃，因为一般的蔬菜含蛋白质、糖较少；除了花生、豆类、核桃等几种外，蔬菜的脂肪含量也较少，所以给孩子的膳食应做到蔬菜和荤菜合理搭配，互相取长补短，才能充分发挥各种营养素的作用。

什么是微量元素？

人体内存在有 60 多种元素，其中不少元素不参与人体的新陈代谢，因此，也并非人体所必不可少的。只有 25 种元素是构成人体的必需元素，根据它们在人体内的含量可分为两类：凡是含量超过体重 1/100 万的元素称为宏量元素，共有 11 种，即碳、氢、氧、氮、硫、磷、钾、钠、氯、钙、镁；凡是含量占体重 1/100 万以下的元素称为微量元素，共有 14 种，即铁、锌、铜、碘、硒、锰、铬、氟、钼、钴、锡、硅、镍、钒。微量元素含量虽少，但它们在体内可发挥重要的作用，是必不可少的。

微量元素的生理作用：

（1）参与体内各种酶的合成。

（2）参与体内激素和维生素的合成。

（3）构成体内重要载体和电子传递系统。

（4）调节自由基水平。

（5）调节人体的各种生理功能。

当人体缺乏某种微量元素时，就可产生相应的症状。但微量元素供给过多也不行，如同烧菜的盐放得太多也难以下咽，长期食盐过多还会损害肾脏，引起高血压等一样。微量元素既对人体有利，也能损害人体，因此，微量元素的摄入要适量。

为什么孩子容易缺锌？怎样补充？

锌是人体不可缺少的重要微量元素之一，全身的锌约60％存在于肌肉中，30％存在于骨骼，其中骨骼、眼睛、毛发、性腺含锌浓度最高。锌的主要作用是促进核酸和蛋白质的合成，具有许多生理功能，锌参与90多种酶的合成，并与200多种酶的活性有关。一旦缺乏便会产生各种症状，如食欲差、生长发育落后、免疫功能低下易发生各种感染、反复口腔溃疡、腹泻、夜盲等等。

为什么孩子容易缺锌呢？这是因为小儿正处在生长发育中，对锌的需要量相对较多，而孩子的食谱往往比较单调、狭窄，有的孩子还有偏食、吃零食的坏习惯，使锌的摄入量不足，同时小儿容易得胃肠病，使锌的吸收发生障碍。

防止小儿缺锌应从调整膳食入手，首先要安排好膳食。动物性食物锌的含量高（3～5毫克/100克），而且吸收率高达50％左右；植物性食物锌的含量低（1毫克/100克），而且吸收率仅10％～20％。因此预防缺锌应鼓励孩子多吃瘦肉、猪肝、蛋黄等。同时要养成不偏食，不吃零食的好习惯。

一旦小儿发生缺锌，家长也不必过分紧张，只要在医生指导下服用锌剂，食欲会明显增加，生长发育也会逐渐加快。常用药物如下：

（1）葡萄糖酸锌：婴儿每日0.5～1毫克/千克体重，2岁以上每日 1～2 毫克/千克体重,分 2～3 次服。以上均以元素锌计算,每片 70 毫克,相当元素锌 10 毫克。

(2) 硫酸锌:每日 2～4 毫克/千克体重,分 3 次饭后服。

(3) 小施尔康:含多种维生素及微量元素,每粒含锌 1.5 毫克,每日服 1 粒。

锌剂宜在饭后服用,切忌过量服用,以免影响铁、铜离子的吸收。整个疗程要坚持服药 2～3 个月。

为什么孩子要摄入适量的碘?

碘是人体不可缺少的微量元素之一,它的主要功用是制造甲状腺素。婴幼儿每日需碘量为 40～100 微克。当碘缺乏时,甲状腺素合成发生障碍,从而影响孩子的生长发育。若胎儿期缺碘可引起早产、死产以及先天畸形;新生儿期可致甲状腺功能低下;婴幼儿可出现智力低下,坐、立、走、语言等发育迟缓,运动不协调,听力差,体格发育差等等。

预防婴幼儿缺碘应鼓励孩子吃各种海鱼、海带、紫菜,调味用的盐最好用海盐(粗盐)以补充碘。我国在边远山区已普遍推广食用碘化食盐,大大降低甲状腺肿大,即粗脖子病的发病率。

如果由于缺碘引起弥漫性Ⅲ度甲状腺肿大,而且病程短者,应采用碘剂治疗。如复方碘溶液每日 2 滴口服或碘化钾钠盐每日 10～15 毫克,连服 2 周为 1 疗程,停药 3 个月再开始第 2 个疗程治疗,如此反复,坚持治疗 1 年。但要注意长期大量应用碘剂可致甲亢,治疗期间应密切观察。

为什么婴儿容易得佝偻病？得病后该怎么办？

佝偻病是由于维生素 D 不足所致的一种慢性营养缺乏病，多见于一岁以内的婴儿。维生素 D 能促进进入体内钙和磷的吸收、利用和贮存，当维生素 D 不足时，机体吸收钙的能力降低，血中钙浓度下降，骨的钙成分减少，使骨头达不到应有的坚硬度，或原有的硬度减退变软，导致佝偻病。

一岁以内的婴儿由于生长速度快，所以维生素 D 需要量大，而这个时期婴儿的主食却都是奶类，奶类中维生素 D 的含量很少，如牛奶，不但维生素 D 的含量少，且钙磷比例不恰当，影响了钙的吸收，因此，牛奶喂养的婴儿比母乳喂养的婴儿更容易得佝偻病。此外，有些孩子整天关在屋里，不参加户外活动，日照时间短，或隔着玻璃晒太阳，或日光被高大建筑阻挡，或日光中的紫外线被空气中的灰尘、工矿区的烟雾吸收等等，都可造成日光照射不足而引起佝偻病。早产儿和双胎儿由于体内贮存维生素 D 不足，加上出生后生长速度比单胎足月儿更快，所需要的钙、磷更多，所以也更容易发生佝偻病。

孩子得了佝偻病，家长不必过分紧张，可采取综合治疗措施，控制佝偻病活动期，防止畸变和复发。活动期应注意供给丰富的营养，尽量母乳喂养，人工喂养者哺以维生素 D 强化奶粉或牛奶，及时添加富含维生素 D 的食物，多晒太阳，避免久坐、久立及早走，以防止骨骼畸形；活动早期口服维生素 D，每日 0.5 万～1 万单位，连服 1 个月后改为预防量，每日 500～1000 单位，连服 1 个月。激期每日 1 万～2 万单位，连服 1 个月后改为预防量；或用突击疗法，肌注维生素

D₃30 万单位，1 个月后若明显好转，改预防量口服，无明显好转可再次肌注 1 次，以后视病情好转程度来决定肌注或口服维生素 D。可同时口服钙剂，如葡萄糖酸钙、氯化钙等。恢复期应让孩子多晒太阳，并服用预防量的维生素 D。后遗症期无需服药，应加强锻炼，有骨骼畸形者可采用主动或被动运动的方法纠正，严重的骨骼畸形需外科手术纠正。

为什么孩子不能盲目吃"营养品"？

所谓营养品包括营养性食品和营养性药品。营养性药品要经过各级医药行政部门严格审查，审查合格后发给药准字号证书，方可在药店出售。营养性食品只要符合食品卫生条件，无毒副作用，就可发给营（食）字号证书，但不准在药店出售。

很多生产"营养品"的厂家宣称其"营养品"含有丰富的营养，如含多种氨基酸、糖类、多种维生素、矿物质以及微量元素等。实际上有很多食物本身都含有多种氨基酸、糖类、多种维生素、矿物质和微量元素等。因此，不能认为"营养品"的营养就一定丰富。

家长不能盲目给孩子吃营养品，因为有些"营养品"对儿童有明显副作用。如人参蜂皇浆，有些孩子吃了可引起性早熟，出现乳房发育，乳头、乳晕呈咖啡色。另外，"营养品"中所含蛋白质往往不能满足孩子生长发育的需要，大部分的蛋白质和其他营养成分还得从杂粮、肉、鱼、蛋等副食品中获得，何况孩子多吃"营养品"会使食欲下降，影响其他营养素的吸收。

因此，对于健康的孩子来说，只要膳食中营养结构合理，就不要盲目吃"营养品"。

为什么不让孩子多吃零食？

零食是指非正餐和点心，有的孩子很爱吃零食，在两餐之间经常地吃一些零星的食物，如糖果、饼干、巧克力、牛奶、花生、瓜子、饮料等，这是一种很不好的习惯。比如，马上要吃饭了，还在吃零食，结果三餐饭吃不下或吃得很少。有的孩子刚吃饱饭，马上接着吃零食。有的孩子一日三餐故意少吃或不吃，却等着吃零食。有的孩子甚至整天零食不离口。要知道，多吃零食会使胃肠道不停地工作，造成胃肠负担过重，影响胃肠消化功能，出现消化紊乱等多种疾病。多数零食是甜食，其营养成分比较单调，多吃容易引起各种营养素缺乏，影响孩子的生长发育。

但是，在日常生活中，不给孩子吃零食也很难做到。一方面孩子要吃，另一方面家长疼爱孩子，会买些零食给孩子吃。所以孩子吃点零食也在所难免了。但给孩子吃零食要注意以下几点：

（1）不能让孩子多吃，任何时候都不能把零食吃饱而影响正餐。一般来说，零食不要给高热量、高糖的，如巧克力、蛋糕等，只能给一些帮助消化的食物，如山楂片、果丹皮等。

（2）饭前不要吃零食。孩子口渴就给他喝白开水，饿了就让他吃饭。

（3）午睡和晚餐后可给一些帮助消化的食物，如山楂片、果丹皮、红果和其他水果等，也可以喝些酸饮料。夏天午睡后让孩子吃西瓜、喝绿豆汤、酸梅汤等。

（4）鱼、肉类食品不能当作零食吃。如果由于某种原因，孩子这顿饭没吃饱，但又过了吃饭时间，可以临时给一些饼干、面包、蛋糕之类的食品，但不能多吃，不能养成习惯。

（5）家中不能常备"美味"零食，因为这会影响孩子的三餐进食，少吃或干脆不吃饭，等着享用这些"美味"零食。

为什么孩子不宜吃夜宵？

有些家长怕自己的孩子长得矮小，想方设法给孩子增加营养，除了白天三餐两点心外，晚上还给吃夜宵，殊不知吃夜宵对孩子的健康不利。

当孩子吃过夜宵上床睡觉时，很快就出现血糖上升，血糖升高可促进生长激素释放抑制因子活性增强，从而抑制生长激素的分泌。而促进儿童生长发育，尤其是身高的生长激素主要是在夜间分泌最为旺盛，生长激素的分泌是受生长激素释放抑制因子调节控制的，当生长激素释放抑制因子增强时，生长激素的分泌就受到限制，这就直接影响孩子身高的发育。

据有关方面研究表明，吃夜宵的孩子生长激素的分泌量达不到不吃夜宵的孩子的一半。吃夜宵的孩子愈吃愈胖，而身高却愈长愈慢。儿童生长发育快，需要大量的营养素，这些营养素应在白天供给，晚上7点后不宜再吃东西，更不能吃夜宵。

婴幼儿得了肥胖症怎么办？

有的家长总认为孩子"胖"比"瘦"好，实际上肥胖的孩子不一定都是健康的。

肥胖就是皮下脂肪积聚过多。如果孩子的体重超过同性别、同年龄、同身高小儿平均体重的 20%，就称为肥胖症。超过 20%～30% 为轻度肥胖，超过 30%～50% 为中度肥胖，超过 50% 为重度肥胖。例如，1 周岁的男孩平均体重为 10 千克，如果大于 12.1 千克即为肥胖症。小儿肥胖症的病因迄今尚未完全明了，一般认为与下列因素有关。

(1) 摄入营养过多。许多父母怕自己的孩子营养不足，不断地给孩子吃这吃那，致使体内能量过剩，转化为脂肪，造成肥胖。婴儿喂养不当，每次啼哭就喂奶，喂奶太多易致肥胖。或过早给婴儿喂高热量固体食物，使体重增加太快而发生肥胖。

(2) 活动过少。孩子由于活动过少，即使未摄入过多的高热量食物也可引起肥胖。体胖行动不便，就懒得动，结果越胖越不爱动，越不动越胖，这就形成了不爱动→肥胖→不爱动的恶性循环。

(3) 心理因素。情感创伤或心理障碍都可诱发孩子胆小、自卑、孤僻等，结果造成不合群，少活动，或以进食为自娱，导致肥胖症。

(4) 遗传因素。肥胖症有一定的家族遗传倾向。双亲肥胖，子代约 70% 出现肥胖；双亲之一肥胖，子代约 40% 出现肥胖；正常双亲的子代发生肥胖者约 14%。

婴幼儿肥胖症与成人肥胖症、高血压病、心脏病、糖尿病等有一定关系，应及早防治。治疗的目的是使皮下脂肪减少，体重减轻。可采取以下措施。

(1) 控制饮食。摄入的能量要低于身体总消耗的能量，长期坚持供给孩子能减轻体重、容易坚持的饮食，但要照顾到小儿的基本营养需要和生长发育。应给孩子挑选产热能低、体积大的食物，如萝卜、芹菜等，以米饭、面食为主食。食物能量来源为蛋白质占 30%～35%，脂肪占 20%～25%，碳水化合物占 40%～45%。

（2）增加活动量。对于活动少的孩子，应逐渐增加活动量，使能量消耗增多。如开始可以散步、拍球、做操等，以后可慢慢增加活动量，如跑步、踢球、游泳等，同时增加活动时间。

（3）心理治疗。要耐心做孩子的思想工作，鼓励他们坚持控制饮食量，要培养孩子参加运动锻炼的兴趣，随着体重的减轻，精神状况随之好转，孩子也越爱参加运动，形成一种良性循环，对治疗极有帮助。

为什么孩子喝豆浆、吃腐竹有好处？

豆浆是用黄豆 1 份加水 8 份制成的。如黄豆 250 克，水 2000 克，浸泡 8～12 小时，磨细去渣，留汁约 1500 克，煮沸 20 分钟即成为豆浆。黄豆含有大量优质植物蛋白，即含有人体所必需的多种氨基酸，尤其是赖氨酸含量较多，此外还含有一定量的铁和维生素 B。如果在每 500 克生豆浆中加入食盐 0.5 克、乳酸钙 1.5 克、糖 30 克、淀粉 10 克，则营养素更全面，更能促进孩子的生长发育。喂哺婴幼儿时，可将豆浆加等量的水稀释，如无消化不良可逐渐减少水分，给喂全豆浆。在煮豆浆时应注意必须煮沸、煮透 20 分钟，以灭活黄豆中的皂角甙、红细胞凝集素、α_1 抗胰蛋白酶以及硫脲类等有害物质。

腐竹是黄豆类制品，每 100 克腐竹中蛋白质含量高达 50 克，所产生的热量相当于 140 克大米所产生的热量，而且铁、钙含量也较高。如果和猪肉、鸡、鸭等一起煮后食用，植物蛋白和动物蛋白互补，则营养价值更高。肉类烧腐竹，美味可口，孩子喜欢吃。但应注意腐竹只能给较大孩子食用，年龄小的孩子吃了不容易消化。

为什么不让孩子吃生鸡蛋？

鸡蛋含有丰富的营养，每 100 克鸡蛋能产生 711 千焦（170 千卡）热量，含蛋白质 14.7 克，脂肪 11.6 克，还含有一定量的矿物质和维生素。蛋黄中含有较多的胆碱，被人体吸收后很快进入大脑，并转化为乙酰胆碱，乙酰胆碱有助于提高人的记忆力。蛋黄中含有卵磷脂，是修复和合成细胞膜的原料，还能提高记忆力。

鸡蛋的主要成分是蛋白质，煮熟后，原来结构紧密的蛋白质就会松解而易被胃肠道消化吸收。生鸡蛋的蛋清里含有较多的抗生物素蛋白和抗胰蛋白酶，抗生物素蛋白和生物素结合会变成人体无法吸收的物质，抗胰蛋白酶能破坏人体的胰蛋白酶，从而影响蛋白质的消化吸收。鸡蛋煮熟后，抗生物素蛋白和抗胰蛋白酶都被破坏了，有利于蛋白质的消化吸收。

生吃鸡蛋很不卫生。约 10% 的新鲜鸡蛋中含有细菌或霉菌，如果鸡蛋不新鲜，所含的细菌就更多。因此，生吃鸡蛋容易引起腹痛、腹泻、呕吐等胃肠道症状。

总之，无论从营养价值方面考虑，还是从卫生角度出发，吃生鸡蛋都是有害的，家长应把鸡蛋煮熟后再给孩子吃。

为什么不让孩子多吃巧克力？

巧克力是一种以可可油脂为主要成分的含糖食品，它含有40%左右的脂肪，40%～50%的糖，蛋白质只占5%～10%，此外，还含有一定量的草酸。由于巧克力含有大量的脂肪，所以所产生的热量很高，每100克巧克力可产生2301千焦（550千卡）热量，相当于162克大米所产生的热量。但对于孩子来说，多吃巧克力有许多坏处。

（1）巧克力所含的蛋白质、脂肪和碳水化合物的比例为1：5：6，而小儿的正常需要是1：1：4，二者比值相差甚远。由于人体内糖和脂肪不能转变为蛋白质，所以巧克力不能满足正常小儿对蛋白质的需求。

（2）巧克力中脂肪含量过高，不容易被消化，所以许多孩子吃了巧克力后就不好好吃饭。

（3）巧克力粘性很大，临睡前吃巧克力，又不好好刷牙，很容易引起龋齿。

（4）巧克力中所含的草酸会影响人体对钙、铁、锌等元素的吸收，影响孩子的生长发育。

为什么不让孩子多吃油炸食品？

油炸食品人人都喜欢吃，食物经过油炸后，香酥可口，如油条、油炸排骨、炸鱼、脆麻花等等。所以，为了让孩子多吃些东西，大人常常给孩子吃油炸食品，但要知道，孩子多吃油炸食品有以下坏处。

（1）小儿的消化功能尚未完善，多吃油炸食品容易引起消化不良。

（2）食物中的脂肪经过油炸会产生一种丙烯醛物质，这种物质很难消化，孩子吃了会引起消化不良。

（3）许多食物经过油炸后，其中的维生素几乎全部被破坏。例如，油条是面粉加碱后再经过高温油炸的食品，其中维生素 B_1 全部被破坏了。

（4）食物经过油炸后，营养成分会被破坏，如鱼经过油炸，其中的蛋白质遭到破坏，营养价值明显降低，因此，鱼应该炖或煮着吃。

孩子吃油炸食品，常常是吃了上顿，饱了下顿，油炸食品吃得越多，越不想吃饭或吃其他食品。因此，家长不能让孩子多吃油炸食品。

为什么孩子要少吃鱼松？

鱼松是由海鱼加工制成的，含有丰富的蛋白质、钙、磷等人体必需的营养素。但是，鱼松中氟含量很高，孩子多吃会引起中毒。

海鱼内的氟化物 90% 以上存在于鱼骨中，而海鱼的鱼骨是生产鱼松的主要原料。每 1 克鱼松约含氟 1 毫克，鱼松中氟化物在人体肠道中的吸收率约 80%。人体氟的需要量每日仅 1～1.5 毫克，如果每日摄入量超过 3～4.5 毫克，就会在体内蓄积，引起氟中毒。比如，一个孩子每日吃 30 克鱼松，就有 24 毫克的氟化物进入体内，远远超过了氟摄入量的安全水平，必然导致氟中毒。

氟中毒主要表现为氟斑牙，牙面粗糙无光泽，可见条纹，牙齿呈黄色、褐色、黑色，严重者有点片状或牙齿脱落。有的孩子可出现氟骨症，表现为脊柱、四肢、骨关节疼痛，严重者可影响骨的生长发育，出现骨关节变形，活动受限。

在日常生活中，人们还会从饮水和其他食物中摄入一定量的氟。因此，孩子应少吃鱼松，每日摄入量应控制在 5 克以下才安全。

为什么不要让孩子多吃爆米花？

爆米花香脆可口，是深受孩子们喜爱的零食。但孩子不能多吃，因为爆米花中含有较多的铅，会危害孩子的健康。

在爆米机的铁罐里，涂上一层铅或铅锡合金，爆米机会更牢固些。铅的熔点和沸点都比较低，当爆米机加热时，一部分铅能变成铅蒸气渗入谷物中，使爆出的米花含有一定量的铅。有人测定每100克爆米花中铅的含量达230微克以上，而世界卫生组织规定：小儿每天从食物中摄入的铅不能超过100微克，否则会引起铅中毒。

急性铅中毒表现为口内有金属味，流涎、恶心、呕吐、拒食、大汗、腹痛、烦躁不安等。严重者可发生中毒性脑病，表现为喷射性呕吐、抽搐、昏迷等。慢性铅中毒会影响孩子身高、体重的增长，出现面容呈灰色（铅容）、贫血、牙龈染成黑色，即所谓"铅线"；严重者可出现中枢神经系统病变，为癫痫样发作、运动过度、攻击性行为、智能发育落后等。孩子对铅很敏感，铅的吸收率比成人高好几倍，孩子体内铅吸收越多，头脑也越迟钝。美国纽约国立大学大卫博士曾对纽约市600名孩子进行检查，发现其中100名体内含铅较高的孩子，都有学习吃力的现象。

如果孩子非常爱吃爆米花，最好是买直接放在盘子中加热制成的那种，因为它不含铅，但也要少吃，因为经常吃零食会影响孩子的食欲。总之，孩子应尽量少吃爆米花，最好不吃爆米花。

婴幼儿多吃冷饮有什么不好？

随着人民生活水平的提高，几乎每个家庭都有冰箱。炎热的夏天，冰箱里塞满了冰棒、冰淇淋和各种饮料等等，要吃什么，打开冰箱随便吃，方便得很。但婴幼儿多吃冷饮并不好。

（1）婴幼儿胃肠道粘膜柔嫩、血管丰富，当0～4℃的冷饮进入胃内时，会引起胃粘膜血管收缩，胃酸和胃液分泌减少，影响食物在胃肠道内的消化吸收，导致食欲下降。

（2）孩子吃了冷饮，尤其是一次吃了很多，肠管受到冷刺激后肠蠕动增加，甚至引起肠痉挛，发生腹痛，大便次数增加。

（3）许多冷饮中的主要成分是糖，而蛋白质、脂肪及其他营养素含量非常少，甚至为零。因此，婴幼儿大量吃冷饮，就不想吃饭和吃其他副食品，结果热卡和各种营养素都不能满足机体的需要，渐渐地就会出现营养不良。

炎热的夏天，不让孩子吃点冷饮也很难办到。但给孩子冷饮，一次量不能太多，并教会孩子一口一口慢慢地吞下去，让食物在口腔中停留的时间稍长些，起加温的作用，这种吃法不影响胃肠道的消化功能。

为什么不能采取训斥、打骂的手段强迫孩子进餐？

一个人要有良好的食欲必须具备两个条件。一是要有正常的消化功能，二是高级神经中枢的正常活动。调节胃肠活动的神经有交感神经和副交感神经。当人的情绪愉快时，副交感神经兴奋，胃肠蠕动加快，消化液分泌增多，食欲就会旺盛，吃进的食物消化吸收好；而人在紧张、生气时，交感神经兴奋，胃肠蠕动减弱，消化液分泌减少，食欲差，吃进的食物消化吸收不好。

食欲的好坏，直接影响到孩子的生长发育，因此，每个家长都希望自己的孩子每餐能正常进食。但是，有许多孩子每餐不好好吃饭，如吃饭慢吞吞的，一餐饭甚至吃上一个多小时，而且很会挑食等。家长常常先采取哄的办法让孩子吃饭，软的不行就来硬的，训斥甚至打骂孩子，强迫孩子进食，如果孩子经常处于紧张气氛中，交感神经处于兴奋状态，则食欲就很差，也就越来越不想吃饭，甚至会讨厌吃饭。那么怎样才能使孩子愉快进餐呢？

（1）要培养孩子良好的饮食习惯，要定时定地点地自己用餐，少吃或不吃零食，餐前不喝水，不吃水果及其他副食品。

（2）给孩子一个良好的进餐环境，进餐时保持情绪愉快，一心一意，安安静静地吃饭。

（3）进餐前，家长可向孩子介绍各种食物的特征，吃了这些食物对身体有什么好处，以此来激发孩子进食的兴趣。还可对食物进行适当的调配，经常改变烹调方法，换换孩子的口味，这样也能引起孩子进食的兴趣。

为什么要教孩子进食时细嚼慢咽？

细嚼慢咽是指吃东西时仔细地咀嚼，然后将嚼烂的食物咽下，这是一种良好的饮食习惯。

细嚼慢咽有助于食物的消化吸收。咀嚼是消化食物的第一步，食物在口腔中被牙齿切咬，研磨成细小碎粒，嚼得越细，食物的表面积越大，就越能和唾液腺分泌的唾液混和。唾液中的淀粉酶能促使食物中的淀粉分解为麦芽糖，使淀粉更容易吸收。食物在口腔中咀嚼的时间越长，唾液的分泌就越多，食物也就更滑润，避免了食物对消化道粘膜的刺激和损伤，这些食物进入胃肠后也就更容易被进一步消化吸收。

细嚼慢咽还有助于牙齿的清洁和咀嚼器官的发育。在咀嚼过程中，食物与牙齿反复摩擦，起到擦拭牙齿的作用，可预防牙石、牙锈的形成。咀嚼还能促进咀嚼肌的发育，有良好的美容作用。

总之，进食时细嚼慢咽好处很多，家长应培养孩子细嚼慢咽的良好饮食习惯。但也要注意，细嚼慢咽并不等于吃东西吃得越慢越好，如一餐饭吃了一个小时还没吃完就不行了。要教孩子进食时，食物在嘴里嚼细后就可以吞下去，不要长时间含在嘴里。

成人嘴里嚼过的食物喂孩子有什么不好？

有些妈妈或老人，常把食物放到自己的嘴里嚼烂后再喂给孩子吃，她们总认为嚼烂后的食物喂给孩子吃，可以帮助孩子对这些食物的消化吸收。其实这种做法是很不卫生、很不文明的。

（1）成人口腔中寄生着多种细菌，常见的如链球菌、乳酸杆菌、梭形菌、肺炎球菌、葡萄球菌以及白色念珠菌等等。尤其是乳酸杆菌，每100毫升唾液中可找到数千个。这些细菌在特定的条件下，可与人和平相处。如果这些细菌通过被嚼过的食物进入小儿的口腔，尤其口腔粘膜有破损时，则可引起局部感染；这些食物进入胃肠道，还可引起胃肠道感染。

（2）有的成人是某些病原菌的携带者，如乙肝两对半检测"大三阳"的母亲，她自己并不发病，但她所携带的乙型肝炎病毒可通过被嚼过的食物传播给孩子，使孩子传染上乙型肝炎。

（3）经过成人咀嚼过的食物，其中已含有成人的淀粉酶，这样就不能刺激孩子自己淀粉酶的分泌，时间一久，不利于食物的消化吸收。

（4）孩子吃了大人嚼过的食物，会失去训练其咀嚼能力和刺激牙齿生长的机会，对牙齿的生长不利。

总之，成人千万不要把嚼过的食物喂给孩子吃。如果孩子年龄小，牙齿还没长好，不能嚼碎食物，家长不妨多花些时间，先把食物剁烂、切碎后再喂给孩子吃。

三、优　教

早期教育有什么重要性？

早期教育是指对 0～6 岁的儿童进行有目的、有计划的教育训练，以促进正常健康小儿的智能发育。早期教育的关键在于激发儿童的潜在能力，日本学者木树久一指出：儿童潜在能力遵循一种递减的规律，即生下来具有 100 分潜在能力的儿童，如果一出生就进行理想的教育，就可以成为具有 100 分能力的人；若从 5 岁开始教育，只能成为具有 80 分能力的人；若从 10 岁开始教育，就只能成为具有 60 分能力的人。可见教育越早，越能开发儿童智力。人一生中学习潜力最大的时期是在幼儿时期，因此，必须从零岁开始适当的训练，才能发挥其最大的潜力。

国内外许多发展心理学权威认为：前 5～6 年是小儿生理、知觉、语言、认知、情感、潜能发展的关键期，此段关键期的环境、经验会影响小儿智力与心理的成长。大量研究表明，许多种类学习的最佳期，在 5～6 岁之前就已经过去了；许多基本学习能力所需的刺激，最佳期也是在 5～6 岁之前，特别是在 3 岁前更为重要，错过了 0～3 岁培养期，是一个重大损失。如语言学习最佳期在 1～5 岁，学习乐器最佳期在 4～

5岁。错过最佳期，就会失去发展能力的机会。如印度的卡玛拉和阿玛拉两个女狼孩，她们从小和狼群生活在一起，接受狼的生活习惯刺激，不会讲话，用四肢爬行，黑夜出来，白天怕光躲起来，吃生肉，常像狼那样伸颈嚎叫，对人发出凶狠的目光。后来，她们虽然回到人类中生活，只因语言最佳期已过去，大狼孩卡玛拉在四年内只学会6个单词，听懂几句简单的话；七年内才学会45个单词，学会讲几句话；16岁时还不及3～4岁幼儿的智力水平。这个例子说明人的成长中早期生活环境和教育对他们后来的影响是非常重要的。

近年来，早期教育越来越为人们广泛重视。但是，早期教育并不意味着要强迫你的2～3岁小儿阅读或背诵唐诗，而是要了解小儿天生的学习与探究的动力，满足孩子脑发展所迫切需要的感觉刺激和学习经历，从而开展有目的、有计划的教育活动，早期开发智能，促进身心健康发展。

怎样培养婴幼儿的感知能力？

感觉是人的大脑对直接作用于感觉器官的事物的个别属性反应，如对声音、颜色、气味等的反应。刚出生的婴儿已具备视、听、触、味、嗅等感觉器官，他们通过周围环境对感觉器官的刺激产生各种感觉，来认识这个世界。

知觉是在感觉的基础上产生的，对作用于感觉器官的事物的各个部分和属性的整体反映，例如，一个橘子能使我们产生颜色视觉（红色），形状视觉（扁形），温度觉（凉），触觉（较光滑），味觉（甜），嗅觉（香甜）等各种感觉体验，这些感觉体验综合起来就产生对一个事物的整体认识，即知觉。婴幼儿的知觉是在感觉经验不断丰富的基础上形成、发展和完善起来的。

感知觉是婴幼儿认识世界和自我的重要手段，通过感知到的信息，对外界作出反应。他们用感觉器官去接触，看、听、嗅、尝某个物体，以便了解、认识这个物体。所以说婴幼儿的记忆、思维、想象、学习、言语等心理活动都是在感、知觉的基础上产生和发展起来的。

怎样培养婴幼儿的感知能力呢？首先要为婴幼儿提供良好的环境与教育刺激，从根本上改变大脑的微观结构和整个大脑的性能，以促进其感知发育。例如，在婴儿床前吊挂玩具，在婴儿居室内贴些图片，给婴幼儿听音乐，经常带孩子到户外活动，要多与人接触交往，经常和孩子说话，讲故事给孩子听等等。由于婴幼儿的神经系统和感觉器官处于不断发育阶段，因此，要根据不同年龄阶段采用各种不同的感知刺激。例如，2个月以前的婴儿最佳注视距离为20～30厘米，太远太近都看不清楚，因此，视觉刺激物应放在婴儿眼前20～30厘米处；4个月以后的婴儿，眼的视焦距调节能力已接近成人水平，这时提供给婴儿的刺激物也就可近可远了。此外，成人应注意引导婴儿去感知事物，在接触周围的事物的过程中，要给予正确的教育和引导，以培养婴幼儿的感知能力，例如，带孩子上动物园玩时，应让孩子认识动物的名称、叫的声音、长的样子，让孩子观察动物的习性，如老虎要吃肉，鸟儿会飞，鸭子喜欢在水里游等；在日常生活中，引导孩子观察生活用品的用途，如电灯可用于照明，钥匙可开锁，扫帚可用来扫地等。这样，孩子就从单纯地看物体，逐渐过渡到较敏锐、细致、精确地观察物体，开始形成初步的、有目的、自觉的观察能力。

怎样培养婴幼儿的思维能力？

思维是人脑对客观现实间接的、概括的反映。思维是通过实践，在积累大量感性知识材料的基础上加工而成的。儿童心理学家皮亚杰认为，思维是儿童智力、认识甚至心理发展的最根本性的内容。思维发展可分为四个阶段：感知运动阶段（0～2岁）、前运算阶段（2～7岁）、具体运算阶段（7～11岁）、形式运算阶段（11岁～成年）。那么该怎样培养0～6岁婴幼儿的思维能力呢？

要提高婴幼儿思维能力，必须遵循人类思维发展的总规律进行训练。婴儿期的思维比较低级，主要是感觉动作的思维，因此，要通过看、听、手的抓握以及摆弄物体等来调动小儿感觉器官的作用，从而不断地丰富孩子对周围环境的感性认识和经验。1～3岁幼儿主要是直觉行动的思维，但这时期孩子的语言理解和表达能力都有较明显的发展，因此，除了为小儿提供良好的环境刺激外，还应培养孩子用语言进行抽象思维，通过语言培养孩子分析、综合判断、推理等思维能力。4～6岁幼儿的思维主要是凭借事物的具体形象或表面现象进行的，其思维是在不断地发展，例如4岁幼儿还保留相当大的直觉行动思维的成分，而5～6岁幼儿开始出现抽象逻辑思维，并有了一定的发展，同时也改变了思维中语言和行动的关系，如6岁的小儿能在行动以前用语言表达他要做什么，计划怎么做，这就表示孩子的行动带有明显的目的性和计划性。这时成人应为孩子提供良好的学习环境，通过具体的事例，进一步培养孩子的抽象思维，使孩子具有广阔、深刻、敏捷，且有独立性、逻辑性强的思维能力。

怎样培养婴幼儿的语言能力?

语言是人类相互交往的工具,也是表达个体思想的工具。婴幼儿可以通过同成人的语言交往来增进对外部世界的认识,学到更多的知识。

婴幼儿语言发育的基本规律是先听懂别人说话,然后才学会自己说话。学说话必须掌握语音、词汇、语法以及运用语言、表达语言的能力。在人类语言发展过程中,存在着关键期,一般认为,从婴儿5~6个月开始到3岁左右对语言有特殊的接受能力,语言发展的速度很快。自婴儿出生后,成人应对小儿多说话,使孩子感知某物体或动作时都能听到成人说出这个物体或动作的词,这样在小儿的大脑里就会逐步建立起关于这个物体或动作的形象和词之间的关系。8~9个月婴儿可以形成动作的条件反射,如说"欢迎",小儿会拍拍手;说"再见",小儿会摆摆手等。有了这种反射,小儿就有了学习与成人交往的可能。1岁左右,讲出第一批有意义的单词,如能有意识地叫"爸爸"、"妈妈"。1~1岁半的小儿主动发出的言语不多,但理解成人言语的能力迅速发展,近1岁半时已能听懂一些简单的故事了,这时,成人应教孩子学说话,经常给孩子讲故事,做游戏,带孩子到户外活动等,促进其语言的发育。1岁半~3岁是语言发育最快的阶段,是掌握口语的关键期,成人应教孩子正确发音,通过讲故事、念儿歌等方式来丰富孩子词汇,教孩子美好的语言,来提高孩子的语言能力。4~6岁的小儿,在生活内容日益丰富的基础上,在与成人交往日益扩大的基础上,语言能力有了飞速的发展,这时成人可与孩子开展讲故事和编故事比赛,做比较复杂有一定难度的游戏，经常与孩子交谈，这样可不断增加孩子的词汇量，更快地提高小儿的语言能力。

怎样培养婴幼儿的动作能力？

在人类，动作发展和心理、智力的发展是密切相关的。尤其是婴幼儿，由于语言能力有限，心理发展更离不开动作和活动，反过来，动作的发展又促进了心理发展。如6个月婴儿通过手抓握来表达他对某物体的兴趣，并通过对该物体的触摸、摆弄、敲打等动作，进一步认识该物体的特性。1～3岁幼儿从独走几步到会独足站立（即金鸡独立），提示大动作在迅速发育，与此同时，精细动作也发展很快，12个月小儿只能叠起2块积木，到28个月已能叠8块积木，3岁时能一页一页地翻书，能用积木搭桥，搭火车等。

根据婴幼儿动作发展是从上至下，即从抬头→翻身→坐→爬→站→行走。因此，应先从抬头训练开始，可通过俯卧训练，来锻炼孩子的颈肌，促进孩子抬头。当小儿学会抬头、翻身、坐、爬后，可训练站立，可通过训练小儿蹬脚、扶站、转身等来促进其腰肌和下肢肌肉的发育，还可以通过给婴儿做被动操来加强锻炼各关节的灵活性和肌肉的力量，这在后面将详细介绍。

手是认识事物某些特征的一种重要器官，通过手的精细动作，可使小儿知觉的完整性和具体思维能力得到进一步发展。训练手的动作时，也应遵循手的动作发展规律进行。开始小儿只能抓大的物体，以后学会用拇示指相对地精细捏取物体；从无意识的松手到有意识地放下物体；从大把地抓，到学会准确的五指分开，手眼协调的抓握物体，使小儿的手逐渐灵活起来，可以主动地摆弄各种物体，主动地学习和创造各种活动。

婴幼儿每一动作的发育早晚与平时的训练密切相关。因此，家长应抓住时机，合理地训练小儿动作，可有效地促进感知能力和思维能力的发展。

怎样培养婴幼儿的想象力?

想象是在客观事物的影响下，在头脑中对原有表象进行加工改造成新形象的思维活动。想象分为无意想象和有意想象。无意想象是指没有预定目的的，往往由外界刺激直接引起对某种事物的想象，例如，幼儿无意画出个圆圈，他脑中就出现了"球"的形象，于是就高兴地喊起来。有意想象是有预定目的、自觉产生的想象，例如，幼儿搭积木时会按自己预先选定的主题进行想象而搭成房子、汽车等。

新生儿没有想象。1~2岁时由于生活经验少，语言发展较差，仅有想象的萌芽。3岁左右，随着生活经验和言语的发展，想象活动的内容增多了，但还是贫乏、简单、缺乏明确的目的，属于无意想象。4~6岁仍以无意想象为主，有意想象正在逐步发展。总之，婴幼儿以无意想象为主，常常以想象的过程为满足，而不关心想象的目的是否能达到，例如，对相同内容的故事可百听不厌，一面听还一面想象，满足于想象过程。

想象在婴幼儿的学习、游戏活动中起着非常重要的作用，想象能活跃孩子的思维，诱发创造情趣，促进智力发展。家长可通过以下几种办法来培养婴幼儿的想象力。

（1）讲故事和编故事：家长可经常和孩子一起讲故事、编故事。家长可选择一些神奇、充满幻想的童话故事讲给孩子听，可根据故事情节巧妙地对孩子提问，以引起孩子联想、幻想，也可以家长讲故事的前半段，后半段由孩子来编出故事的结尾，或者家长同孩子进行讲故事编故事比赛，这样使孩子的想象力得到应有的发展。

（2）做游戏：孩子在做游戏的时候，家长应有意识地在游戏中设置一些问题，让孩子自己想办法去解决这些问题，完成游戏，使孩子陶醉于自己想象出来的童话世界里，这样的游戏活动对培养孩子的想象力很有好处。

（3）交谈：家长应该经常和孩子交谈，选择孩子喜欢，能激发其想象力以及幻想出有意思情景的话题来谈。例如，看到小鸟在飞，你可对孩子说："如果你也像鸟一样有一对翅膀，你想飞到哪里去？"

此外，还可通过看图书、表演、唱歌、手工等方式来培养婴幼儿的想象力，以促进其智力水平的提高。

怎样培养婴幼儿的创造力？

创造力是个人在积累经验的基础上，从某些事实中寻求新关系，找出新答案的能力。牛顿发现万有引力是受到苹果落地的启发，瓦特发明蒸汽机是受到水开时壶盖被顶起的启发等等，这些科学巨人善于对平凡的、显而易见的事情进行深入的观察和思考，从中获得新发现。

在培养婴幼儿创造力时，首先应培养孩子好奇心和求知欲。孩子好奇心强，喜欢问这问那，总想把问题问个透彻，这时家长应耐心地回答孩子的问题，不要显得不耐烦，一时解答不清楚的，可对孩子说，让大人想好了再回答好吗？孩子求知欲很强，家长应给孩子准备图书、画报等，经常带孩子去大自然中观察万事万物，参观科技产品展览，给孩子讲童话故事，要鼓励孩子独立完成力所能及的事，要鼓励孩子玩，如玩玩具、积木、折纸等，使孩子学会观察、比较、思考以及动手的能力。同时还要培养孩子的应变能力，培养孩子思维的灵活性和想象的创造性，发现事物之间的内在联系，例如，成人可向孩子提出"鸟儿为什么会飞?""汽车和船有什么不同?""人为什么要制造飞机?""你长大后想发明什么?"等等，这样都有助于培养孩子灵活应变的思维能力和想象创造力。

怎样培养婴幼儿的注意力?

注意就是人的心理活动集中在一定的人或物上，其外在的行为表现主要有：注视、倾听以及其他感觉系统的定向活动。注意包括有意注意和无意注意两种。有意注意是自觉的有目的注意，需要一定的努力才能做到；无意注意则是自发的，不需要任何努力就能做到的。例如，婴幼儿集中注意某些新鲜事物，这就是有意注意；婴儿正在玩耍时，突然听到打雷声，孩子会不约而同地抬头注视、倾听，这就是无意注意。

婴儿刚出生就有注意，在婴儿期以无意注意为主。随着年龄的增长、生活内容的丰富、活动范围的扩大，注意水平不断提高，约3岁时，开始出现有意注意，已能注意观察周围环境中的变化并和认知过程结合起来，出现一种探究心理，有探察一切的愿望，喜欢东看西看，只要是新鲜的东西，都会引起孩子的注意。

注意是婴幼儿学习的先决条件。注意使婴幼儿更加全面、清晰和突出地感知其所指向和集中的事物，并使感知觉信息进入长时记忆系统，引起大脑皮层记忆神经元的某些变化而直接制约着婴幼儿的学习效果。婴幼儿的注意力是能通过培养而加强的，家长要根据不同年龄婴幼儿对注意的选择性不同而采取相应的措施，可望取得最佳效果。1～3个月婴儿对颜色对比鲜明的或红颜色的物体，比较容易引起注意，喜欢注视活动的人脸，倾听母亲说话的声音。因此，要选择对比色鲜明或红色的玩具进行视觉刺激，母亲或亲人要面对着婴儿说话。3～6个月婴儿的注意力在原有的基础上进一步发展，探索活动会更加主动，开始能集中注意某一事物，对看得见和可操作的物体更能引起孩子的注意，可选择铃铛、拨浪鼓等能发出声音，又可抓握的玩具来发展婴儿的能力。6～12个月婴儿可逐渐坐立、爬行、站立并独立行走，同时手的抓握和摆弄物体的能力也发展起来，因此注意对象和注意选择性在范围和内容上大大扩展，越来越受知识和经验的支配，此时可选择颜色鲜艳、能活动、会发出响声、耐摔打的玩具来引起孩子的注意和兴趣。1～3岁幼儿开始掌握语言、词汇，只要听说某个物体时，便会相应注意那个物体，这时的注意活动更加持久，更具有探索性、目的性和积极主动性，可选择图书、儿歌、电视、电影等来引导教育幼儿。4～6岁幼儿对学习的目的性更为明确，注意力集中而且持久，因此，在孩子学习的时候，尽量保持室内外安静，成人最好不要看电视，以免分散孩子的注意力。总之，成人应想方设法创造良好的环境来培养加强婴幼儿的注意力。

怎样提高幼儿控制和调节自己行为的能力?

幼儿的主要活动是和小朋友一起做游戏,这是自愿参加的带有趣味性和娱乐性的活动。而学习则是在老师指导下系统地掌握知识技能和行为规范。在幼儿园里,幼儿不仅要学习自己感兴趣的知识,而且还要学习自己虽然不感兴趣但又必须学习的知识,这种学习是带有一定的强制性质。

幼儿的心理特征带有很大的不随意性和不稳定性,他们很容易受外界事物的吸引而转移自己的注意力,也就是说,缺乏控制和调节自己行为的能力,随着年龄的增长,这种心理特征会不断发生变化。因此,父母应当积极配合幼儿园老师,在日常生活和学习中不断提高孩子的控制和调节自己行为的能力,使孩子的行为具有自觉性、耐性和自制力。

自觉性就是为达到预定的行动目的而付出的努力。为了提高幼儿的自觉性,父母在幼儿从事各种活动时,要诱导孩子确定目标,并帮助他们自觉地加以实现,这样孩子在活动中就学会了逐渐为自己设定目标,并努力去实现它。例如在游戏中如何出色地扮演一个交通警察,用积木搭两层的楼房等等。

耐性是顽强地、不断地克服困难的意志力。为了提高幼儿的这种能力,父母应要求孩子完成不太容易完成的任务,使孩子在生活实践中学会克服困难,若孩子遇到困难,确实无法解决时,成人可给他指点,帮助其克服困难,完成任务。但给予幼儿的任务不能太难,太难了会造成有始无终的失败结局,使孩子丧失信心。只有完成任务的喜悦才能最好地提高孩子的耐性。

自制力是幼儿排除外界刺激的干扰，掌握自己的愿望情感，从而控制自己行动的能力。提高幼儿的自制力对幼儿将来进行学习和劳动具有非常重大的意义。有的父母常常在孩子专心画画时递给一包牛奶，或跟孩子交谈，这无意中养成了幼儿容易分心的习惯，影响其自制力的提高。

总之，父母和幼儿园的教师应努力提高幼儿控制和调节自己行为的能力，这样孩子上小学后才能思想集中，专心听课，课后认真完成作业，才能取得优异的学习成绩。

怎样培养婴幼儿良好的生活习惯？

良好生活习惯的培养应从零岁开始。婴幼儿时期是生活习惯的萌芽期，只要父母重视培养，孩子良好的生活习惯就会形成。相反，若从小养成了不良的行为习惯，以后再想纠正就要花费许多时间和精力，少数孩子还纠正不过来，并将影响孩子的一生。每位家长应怎样培养孩子吃、睡、大小便、穿衣、卫生等多方面的生活习惯呢？

（1）良好饮食习惯的培养：按时进食，要固定位置就餐，不挑食，不偏食，更不能厌食。进食时不边玩边吃，边看电视边吃，边讲故事边吃。1岁后应训练小儿自己用匙进餐，不丢撒饭粒，用杯喝水，训练孩子细嚼慢咽，不要狼吞虎咽，学会交替地吃饭和菜，要让孩子觉得自己吃饭是一种乐趣。

（2）良好睡眠习惯的培养：按时入睡，按时起床，保证充足的睡眠。家长一开始就要让孩子自然入睡，有的孩子可能有暂时的哭闹现象，但坚持下去就会养成不需大人哄拍、摇晃，或嘴里叼东西，手抓成人等自己入睡的好习惯，这些孩子往往能熟睡，睡的时间比较长而且不易惊醒。

（3）良好排尿便习惯的培养：对婴儿要定时把尿、把屎，经过一定时间的训练，就会养成排尿便的条件反射。1岁以后就可训练小儿在固定场所大小便，定时大便，不尿裤、尿床等。

（4）培养孩子穿衣的习惯：1岁后的孩子可以开始学穿衣，尤其是夏天的衣服比较简单；2岁后可以自己穿衣服、裤子、系围巾、结鞋带等，冬天衣服穿得比较多，必要时家长可以帮一下忙。

（5）培养孩子讲卫生，爱清洁的习惯：教孩子饭前洗手，饭后漱口，刷牙，擦嘴，大小便后洗手，睡前洗脸，洗手，洗脚，洗臀部。要经常剪指甲，不要吮吸手指，不把玩具塞入嘴里等等。

此外，在日常生活中，家长应有意识地引导小儿做些力所能及的事，如帮助收拾玩具，培养物归原处的良好习惯，将来孩子长大后也会把东西整理得有条不紊。1岁后可以教一些文明行为习惯，例如给了他吃的，教他说"谢谢！"，出门说"再见"挥挥手，见爷爷奶奶会鞠躬，学说"爷爷好！奶奶好！"

幼儿期的心理有什么特征？

小儿的身体健康和心理健康，均需依赖健康的社会环境，而心理健康是指有良好的性格品德，在社会中与人相处配合融洽，学习有毅力，效率高等等。因此，只有家长了解幼儿的心理特征，才能从幼儿的心理实际出发，有的放矢地促进孩子的心理健康。现将幼儿的心理特征介绍如下：

（1）幼儿的心理过程带有具体形象性和不随意性，而抽象概括和随意思维能力才开始发展。心理过程的具体形象性是指幼儿对具体形象、生动的事物比较容易感知，记忆比较深刻，而对抽象的语言、概念难于理解，而且记不住。到五六岁学龄前期的幼儿，随着生活经验的丰富，知识的积累，语言的发展，抽象思维能力才开始发展，形成对外界事物的概念，能够进行综合分析、判断。

心理过程的不随意性是指幼儿在感知、注意、记忆、想象、思维时目的性等方面都比较差，往往受兴趣和外界条件的影响。其观察、思维的目标随兴趣和外界条件的改变而转移。随着年龄增长，语言和思维能力的发展，幼儿逐渐学会用自己的言语来调节自己的行动，其行动的随意性和稳定性提高得很快。

（2）幼儿情绪是活动时的兴奋心理状态，容易激动，外界环境对幼儿情绪的影响很大，情感外显，不容易控制自己。良好的情绪应表现为高兴、愉快、喜悦，而不良情绪则表现为恐惧、愤怒、妒忌、担忧、焦虑等。五六岁学龄前期的幼儿，自我控制能力发展很快，社会情感也开始形成。

（3）个性开始形成。性格为重要的个性心理特征，是在出生后长期生活环境中形成的，性格一旦形成具有相对稳定性。个性主要表现在性格、兴趣、需要、能力等方面的个人特点。虽然这些特点还不稳定，但是外界环境和父母教育对儿童个性的形成起着举足轻重的作用。比如，民主的父母可培养出大胆机智、独立性强、社交能力强的儿童；严厉的父母会使儿童性格变得冷酷，缺乏自信心；溺爱孩子的父母会把孩子宠成骄傲、自私、任性，依赖性强，缺乏独立能力的"小皇帝"。

（4）参加社会活动的愿望。随着年龄的增长，幼儿活动范围逐渐扩大和语言交往能力的发展，使幼儿具备了一定的活动能力，从而产生了参加各种社会活动的愿望，家长应创造条件满足孩子的愿望。

为什么要促进幼儿的心理健康？

从广义上讲，健康包括身体健康，即没有身体的缺陷和疾病，完整的生理、心理状态和社会适应能力。这些方面是相对独立，但又互相联系的一个整体，其中以心理健康占主导地位。

人的心理时刻都在影响和制约着人的生理活动，生理的完整也有赖于心理的完整。幼儿的社会适应能力在一定程度上依赖于个体心理健康状况，心理健康的幼儿常常表现出思维敏捷，意志坚强，性格开朗，情绪高涨，将来能适应社会的需要，会创造出一番事业。而心理不健康会严重削弱幼儿的社会适应能力。因此，家长要创造各种有利的条件促进幼儿的心理健康。

（1）鼓励幼儿做游戏。游戏是促进幼儿心理健康的最佳活动。幼儿好动，好奇心强，喜欢模仿，有丰富的想象力和创造力。所以幼儿可以在游戏中集中注意力干自己喜欢的事，能有意识地记忆和展开联想及创造，促进小伙伴之间的亲密交往，使口语表达能力、社会交往能力都得到很好的锻炼。因此，家长应鼓励幼儿多参加游戏活动，在游戏中培养良好的个性品质。

（2）采用形象、直观、手脑并用的教学方法进行教学。幼儿的心理过程带有具体形象性和不随意性的特点。所以要通过形象、直观的教学方法，引导幼儿有意识地进行操作实践，通过听、说、看、做等直接感知来认识周围事物。通过形象直观、手脑并用的教学方法进行教学，能更好地激发幼儿的学习兴趣，调动学习的积极性、主动性，从而提高学习效率。

（3）激发幼儿学习兴趣，启迪求知欲望。幼儿的行为动机往往从直接兴趣出发，浓厚的兴趣往往促使幼儿主动探索和细心观察，兴趣越浓厚，求知欲越旺盛。要促进幼儿的心理健康发展，就必须激发幼儿的学习兴趣，启迪其求知欲望。也就是说，家长应创造良好的环境，丰富幼儿的生活经验，让幼儿在大量感知事物的过程中去发现问题、解决问题，以提高幼儿独立思考、解决问题的能力。

（4）要做好入学前的心理准备。幼儿园的教育任务，内容以及作息制度等，都与小学存在着很大的差异。因此幼儿要做好入学前的心理准备，入学后生理和心理才会很快适应小学的学习和生活，才能提高幼儿独立生活的能力，培养良好的学习态度、行为习惯以及个性品质。

何谓孩子的心理承受阈?

一对夫妇只生一个孩子，父母对孩子都寄予很高的期望，希望自己的孩子健康、聪明，将来能成材。因此，孩子所承受的心理压力很大。

现代心理学研究表明，每个孩子对外界所承受的压力都有一定的限度，称为压力承受阈限，在阈限内，外界的压力可对孩子产生积极的作用。如果压力超过了阈限，则会产生消极的作用，使孩子产生失望、焦虑不安和恐惧等不良的心理。现将影响孩子心理承受阈的因素介绍如下。

（1）父母对孩子的要求。父母对孩子要求过低，会使孩子满足于现状，不去努力争取新的较高的目标；若不顾孩子的实际才能，要求过高，则会使孩子丧失信心，变得自卑、怯懦。因此，父母应根据孩子发展的实际可能性对孩子提出要求，尽可能使孩子经过努力后可以做到，让孩子感受到成功的喜悦。

（2）孩子的心理成熟程度。每个孩子对外界压力的承受阈限不同。对同一年龄的孩子提出相同的要求，有的孩子能完成得很好，有的完成得很差，孩子对所提的要求完成得好坏取决于心理成熟的程度。比如，有的孩子一遇到挫折、困难或受到批评就垂头丧气；而有的孩子遇到挫折、失败后能从中吸取教训，进步得更快。因此，父母要根据孩子的心理成熟程度向孩子提出要求。对心理成熟水平低的孩子要少批评，多鼓励，培养他们的自信心和自尊心。

（3）孩子的个性。每个孩子都存在着个性差异。有的比较自负，有的比较自卑懦弱。因此，父母对自负的孩子要求要高些，让他去争取更高的目标，对自卑懦弱的孩子要求要低些，以鼓励为主，尽量少批评。

总之，每个父母都要根据自己孩子的心理承受阈来进行因材施教，才能促进孩子各种潜能的发展。

独生子女的心理有什么特点？

我国的国策是"一对夫妇，只生一个孩子"。独生子女是优生优育的结果，父母对孩子生活照料、家庭经济条件、学业指导等都比多子女优越、宽裕、有利。父母把全部的爱与教育都倾注在一个孩子身上，使孩子能得到父母全部的爱，所以独生子女具有聪明、敢于创造、知识面广、有教养等心理特征，这是独生子女诸多的积极因素。

但是独生子女也存在消极因素，具体表现在以下几个方面：

（1）缺乏小伙伴。最明显的是没有兄弟姐妹，加上许多地方都是独门独户，这一环境因素使幼儿的人格、性格的发展受到一定的影响。表现有不合群、自私、胆怯、不关心别人等不良的心理特点。

（2）产生"以我为中心"的心理。由于只有一个孩子，容易受到父母的过分溺爱，家里的玩具，美味佳肴都属于他一个人，是他一个人的天下，使孩子幼小的心灵就有优越感和特殊感，产生"以我为中心"的心理。因此，他没有小伙伴之间互相帮助的机会，不懂得与其他孩子分享，无法体验谦让的感受，缺乏与人共处必需的各种品德。

（3）依赖父母，独立生活能力差。父母过分溺爱孩子，从小由父母喂饭穿衣，甚至上小学还是如此，使孩子越来越依赖父母，致使独立生活能力差。

（4）不良行为的形成。长辈疼爱孙辈，但孙辈不懂得尊敬长辈；从小讲究吃穿，懒惰；家庭成员对小孩的教育不一致，使小孩无所适从，从而养成孩子说谎、投机取巧等不良行为。

虽然独生子女存在着许多消极因素，但只要父母对孩子采取良好的教育是能够纠正的。比如，父母应创造条件让孩子与小伙伴一起玩，鼓励孩子把玩具借给小伙伴玩，从小教育孩子尊敬长辈等等。

婴幼儿早期教育应注意哪些问题？

婴幼儿早期教育应从零岁开始，教育的重点应放在激发小儿的潜在能力，培养个性品质上。也就是说，应从促进感知能力、思维能力、语言能力、动作能力的发展，激发孩子的求知欲以及培养其坚强的性格等几方面着手。有的家长"望子成龙"、"望女成凤"心切，不能正确地掌握早期教育方法，过早、过多地给孩子学习任务，相对地减少了玩耍，殊不知孩子的学习是通过游戏方式来进行的。在教育内容上有超前趋势，很小的孩子就开始背唐诗，学小学算术等。这种灌输式教育不利于孩子生理、心理和个性的发展，往往剥夺了孩子独立活动和主动探索的机会，使其潜在能力无法发挥。因此，家长对孩子的早期教育应注意以下几个问题。

(1) 掌握适度教育。要遵循婴幼儿心理发展的规律进行，要让孩子全面发展，有的事情可让孩子自己去做，在安全范围内让孩子随心所欲地活动，爱怎么玩就怎么玩，成人不要管头管脚去左右孩子，弄得孩子不知所措，阻碍各种能力的发展。

(2) 坚持被动教育。成人要尽量抑制自己去控制、摆布孩子的愿望，只有当孩子遇到困难，需要帮忙的时候，成人才给予一定的帮助。

(3) 坚持群体教育。早期教育的方法应该是生动活泼的。父母要为孩子创造条件，让他和小伙伴一起玩，一起做游戏，要让孩子玩得开心，父母尽量少干涉，不要指责。孩子只有在童趣的小天地中，才容易接受良好的教育。

独生子女的教育有哪些有利条件？

由于国家实施计划生育政策，一对夫妇只生一个孩子，家庭中独生子女越来越多。独生子女是家庭中的"宝贝"，也是国家的财富。由于独生子女是"独苗"，使父母有更多的精力去培养和教育孩子，因此，独生子女的教育有许多得天独厚的有利条件。

(1) 由于家庭人口少，经济负担轻，父母能为孩子提供体格发育和智力发育的必需营养品；能为孩子购置适量的玩具、图书等，为小儿智能开发提供了可能性和必要条件。

(2) 独生子女因无兄弟姐妹，因此，父母买来的一切物品，往往让孩子参与支配；在家庭中，独自活动的机会多，尤其是3岁以后的幼儿，他可以"代表"成人去独立地处理周围发生的简单事情，这有助于培养孩子独立自主的活动能力。

(3) 独生子女是家庭中惟一的孩子，这更有利于培养孩子当好父母的助手，让孩子承担力所能及的劳动，让孩子体会劳动的意义和乐趣，养成爱劳动的好习惯，在劳动中学会关心别人，助人为乐，将来更容易融于社会。

(4) 父母有更多时间和精力来培养和教育"独苗"。例如，父母能经常与幼儿园的老师取得密切联系，了解孩子各方面的表现，以便配合老师加强教育，培养孩子具有良好的道德品质，使孩子能够健康地成长。

(5) 因为家庭中只有一个孩子，父母和祖辈会把全部的感情和爱抚都倾注在孩子身上，只要成人做到爱中有教，教中有爱，那么，独生子女在德、智、体等方面将会获得全面发展。

独生子女的教育应注意哪些问题？

虽然独生子女的教育有许多得天独厚的有利条件，但也存在不少问题，应引起家长注意。

（1）独生子女没有兄弟姐妹，成人的感情和爱抚都倾注在他一个人身上，加上缺乏小伙伴，很容易造成孩子孤独、自私、不关心同伴等不良性格。因此，家长应让孩子多与小伙伴一起玩，鼓励孩子把玩具、图书等借给小伙伴一起玩、一起看，有东西分给小伙伴吃等等，使孩子在集体中学会友爱相处，关心别人、勇敢活泼。

（2）父母过分溺爱孩子，孩子在家庭中享有"特殊"地位。孩子要吃的、穿的、玩的，家长都百依百顺，不管孩子提出的要求是否正确，一切照办。慢慢地，孩子就养成挑吃挑穿，不尊敬长辈，懒惰，蛮不讲理，为所欲为等不良行为。因此，家长千万不能让孩子在家庭中处于"特殊"地位，爱孩子是父母的一种本能，但必须把"爱"与"严格要求"结合起来，不能无原则地爱，对不良的行为习惯要给予纠正。

（3）家庭教育不一致，包括认识和方法不一致。例如，有一个孩子硬要妈妈把柑连皮带肉吃掉，妈妈批评了他，孩子就撒野，大哭大闹要打妈妈。这时，奶奶怕孩子哭坏了，百般哄孩子说："小宝宝，真乖，不哭，是妈妈不好，该打。"孩子在奶奶的纵容下，真的打了妈妈。成人迁就孩子，或家长态度不一致，使孩子养成蛮不讲理的坏习惯。因此，家庭对独生子女的教育要一致，这样才能克服孩子思想品德上存在的弱点，促使他们健康成长。

家庭教育应注意哪些问题？

家庭是儿童模仿的第一个场所，家庭中的所有成员对孩子的教育都将产生极大的影响。因此，要使家庭教育对孩子产生理想的教育效果，应注意以下几个方面问题：

（1）家庭中的所有成员要建立和睦的相互关系，要有民主的生活气氛。家中有事，不要一个人说了算，允许，甚至邀请孩子参与讨论。父母之间，父辈与祖辈之间要互相敬重，为孩子仿效。允许孩子同成人讲俏皮话，成人也可以同孩子讲笑话，家庭要有幽默气氛，使孩子没有压抑感。尽量满足孩子的各种愿望，对孩子提出的合理要求要满足，合理的建议要采纳，对于孩子提出不合理的要求应耐心说理疏导。和谐轻松的家庭气氛会使孩子的情绪活泼愉快。

（2）严格、尊重、抚爱紧密结合。爱所产生的教育力量是无法估计的，但爱要理智，恰到好处，家长对孩子的爱应是关心孩子德、智、体、美的全面发展。在对孩子教育中应严格要求，家长要孩子做的事，应要求孩子做到，并做好，但严格要求并不是粗暴，体罚孩子，使孩子无所适从，严重的可造成逆反心理。孩子要尊重长辈，但长辈也应该尊重孩子，因为孩子是活生生的人。有的家长当着众人面揭孩子的短，那就很不好。孩子是家庭中的一员，在家庭生活中应有地位，应参与家庭生活，父母要采纳孩子提出的合理意见，并鼓励孩子多动脑筋，多提建议。

（3）家长对待孩子的态度要一致。要教育好子女，全家应该建立统一的规范，形成一致的态度。如果对孩子的同一行为，爸爸批评，妈妈表扬，爷爷、奶奶奖励孙子好吃的，这样孩子的行为规范和道德标准就很难统一，他们分不清哪种行为才是真正对的，而且孩子与家长在感情上还会形成矛盾，认为爸爸坏，会批评他。对于孩子的无理要求，全家人都应该说"不可以"，这样孩子知道哭吵没用，也不再提了。在教育子女方面，若家长意见有分歧，并把意见分歧暴露在孩子面前，这将影响家长的教育威信，家长应避开孩子来统一意见，这样才能建立"统一战线"来教育孩子。

（4）父母应该给孩子树立好榜样。父母是孩子模仿的榜样，父母亲自给孩子树立榜样，生动、具体，看得见，摸得着，教育效果好。例如，有位母亲带孩子上街，看见一位老人过马路，就连忙与孩子上前去把老人搀扶过马路，这无声的教育给孩子起了榜样作用，激发了孩子的同情心，日后孩子也会助人为乐。因此，父母要特别注意自己的言语、举止、行为，以自己的良好素质去影响孩子，当好第一任启蒙老师。

在日常生活中，家长也免不了说错话，办错事，这并不可怕，可怕的是知错不改，或死要面子，把错说成对，这会使孩子误以非为是，造成不好影响，极大地降低了家长的威信。正确的是家长勇于承认过错，勇于改正，当面向孩子澄清是非，这不仅可挽回不良影响，还会给孩子树立了诚实、知错认错改错的好榜样。

为什么父母教育孩子要处理好理智和情感的关系且教育应有耐心？

教育子女是一门艺术，要取得教育成功，父母应正确处理好理智和情感的关系，教育孩子要有耐心，并要灵活掌握教育方法。

（1）理智和情感的关系。父母教育孩子常常是感情胜过理智，许多做父母的都懂得教育的道理，但却不舍得在自己孩子身上执行。比如，父母知道孩子不应该挑吃拣穿，但又怕吃不好苦了孩子，穿不好被人讥笑，因此，家里的粗粮总是父母吃，把白面馒头等细粮留给孩子；给孩子买许多好的衣服，这样天长日久，孩子就只会吃佳肴精面，不肯吃粗粮淡菜了，并在日常生活中学会了铺张浪费。

(2) 教育孩子要有耐心。婴幼儿要养成一种良好习惯或学会一种技能，需要一定的时间。比如，教孩子系鞋带，孩子两天学不会，父母就急了，干脆替孩子系好鞋带，教育孩子缺乏耐心，其结果孩子就需要更长时间才能学会系鞋带本领。同样，孩子学自己吃饭、穿衣也有类似的情况，这是造成孩子独立生活能力差的重要原因之一。

(3) 教育孩子要有灵活性。世界上找不到一模一样的两个孩子，每个孩子都有自己的脾气，教育孩子要有灵活性，应做到因事、因时、因地制宜。比如，孩子和小伙伴打架了，可能是他欺负小伙伴，遭到别人抵抗；也可能是小伙伴欺负他，他自我保护；还有可能是孩子为了保护更小的孩子，而打抱不平。这时若家长不分青红皂白地痛骂或痛打孩子一顿，那效果极坏，正确的是要具体了解孩子打架的原因，采用不同的教育方法进行教育孩子，使他认识到打架是错的，有事情应该讲道理，或请成人帮助解决，小朋友之间应团结友爱，互相帮助，这样可望收到好效果。

父母教育子女应注意什么？

父母是孩子的"第一任老师"，要把孩子培养成为德、智、体、美全面发展的儿童，那么父母就应该了解哪些管教方法对孩子的自我发展是有利的，哪些是有害的，良好的管教可促使孩子身心健康全面发展，以下提几点供广大父母参考。

(1) 不要溺爱孩子。许多年轻父母过分溺爱孩子，孩子发脾气时，父母迁就他，不合理的要求也满足他，其结果使孩子变得娇弱、任性。

（2）对孩子的提问不能搪塞。有些父母对孩子的提问不给予耐心解答，尤其是自己也不懂的问题，经常给予搪塞，应付了事，这样会使孩子觉得父母在说谎，影响孩子的求知欲。

（3）不要恐吓孩子。恐吓对孩子的心理影响很大，会让孩子感到不安，甚至对父母产生恐惧、憎恨。因此，当孩子做错事时，父母在未进行处罚前绝不能吓唬孩子说要如何惩罚他，而应该告诉孩子错在哪里，"要这样做"。

（4）忌不尊重孩子。每个孩子都有自尊心，父母要用平等的方式和孩子交谈，不能用命令式口气对孩子提出要求，更不能当着客人的面指责孩子，要尊重孩子的自尊心。

（5）不要强迫孩子盲目服从。当孩子正在玩游戏或做某件事时，你用命令的口气对他说"你不要玩"或"放下现在做的事，你先去做这件事"，这样孩子一定会产生不满，甚至反抗。父母应该用商量的语气对孩子说话，让孩子的游戏告一段落，或做完手上的事，再去做另一件事。这样孩子会乐意接受父母给他的新任务。

（6）不要贿赂孩子。为了孩子听话，或要孩子做某件事，父母常在无意中贿赂孩子。例如，母亲带孩子到超级市场买东西，小孩乱动架上的食品，母亲对孩子说："不要乱动架上的食品，如果你听话，我就买架玩具飞机给你。"这招真灵，孩子听话了，但也学会了控制大人的方法。

（7）忌家庭教育不一致。父母之间，祖辈和父辈之间，在教育观点、态度上不一致，会使孩子在观念上产生混乱，分不清是非，不知什么可以做，什么不可以做，这样容易形成双重性格。

(8) 不能只重知识教育，忽略个性培养。天下父母都知道对孩子的知识教育很重要，而往往忽略了个性培养。应该从小培养孩子有良好的个性：合群、开朗、热情、大胆、独立，能听从但不执拗发脾气等。

为什么父母应成为教育的启蒙者？

父母是孩子第一任老师，是教育启蒙者。父母对孩子的教育是在不知不觉地进行的，这意味着启蒙作用能很好地为完成其教育意图而具备基本的条件。孩子一生下来，除了具有吃奶、哭、大小便等本能以外，其他一切都是成人教会的。前苏联教育家马卡连柯曾对家长说："不要以为只有你们同儿童谈话、教训他、命令他的时候才是进行教育，你们是在生活的每时每刻，甚至你不在场的时候，也在教育儿童。你们怎么穿戴，怎样同别人说话，怎样讨论别人，怎样欢笑或发愁，怎样对待朋友或敌人，怎样笑，怎样读报——这一切对儿童都有重要意义。"父母作为教育启蒙者，首先自己必须先受教育，父母应懂得教育孩子的方法，掌握科学育儿知识，并学点幼儿卫生学、心理学、教育学。在日常生活中，父母应十分检点自己的言行，时刻用自己良好的形象去影响孩子，使孩子能健康地成长。

为什么父母要给孩子树立好榜样？

俗话说："有其父必有其子。"父母是子女最经常、最直接的模仿对象。父母带孩子认识周围环境，学习新知识，并通过言传身教向孩子灌输行为规范、社会习俗。孩子最初形成的行为习惯，几乎都从模仿父母而来，他们通过对父母的言行举止，学习语言，学习进食、穿衣，学习与人交往等等。特别是婴幼儿时期，是儿童模仿能力最强的时期，但他们对外面的世界一无所知，是非标准还没确定，认识能力不成熟。因此，他们的模仿是毫无选择的，不管正确不正确，都一律加以模仿，并把自己的所见所闻藏进记忆的仓库，若干年后，恰巧遇到某个情境触动了童年记忆的仓库，当年的信息便会释放出来，如果他储存的是不道德的或不合法的行为模式，将会造成一个不好的结局。模仿是儿童的天性，童年时期的模仿对儿童有着深远的影响。

孩子耳聪目明，父母一言一行，他们看在眼里，记在心上，会照葫芦画瓢。比如，孩子看到父母常常骂人，自己也就学着骂人；父母手脚不干净，孩子也可能学着小偷小摸；父母不诚实，孩子也学着撒谎。反之，孩子经常看到父母帮助别人做事情，自己也就会乐意帮助小朋友或邻里的大人做事情。因此，父母要特别注意自己的言语、举止和行为，要注意自己的表率作用，为孩子树立良好的模仿榜样。

俗话说："人非圣贤，孰能无过？"在日常生活中，父母也难免会说错话，办错事，发生一些过失，这些并不可怕，可怕的是有错不认错，甚至把错的硬说成是对的，无理狡辩。这会使孩子误以非为是，造成极坏的影响，同时大大地降低了父母的威信。父母有了过失，要勇于承认，当面向孩子澄清是非，这不仅可挽回不良影响，还会给孩子树立起诚实、知错认错的好榜样，提高孩子明辨是非的能力。

怎样和婴幼儿建立良好的亲子关系？

亲子关系，简单地讲就是家庭中父母亲与其子女间的相互关系。婴幼儿，尤其是 1 岁以下的婴儿还不会说话，这就造成了孩子与父母交流困难。父母是照顾孩子最多和接触孩子最多的人，孩子通过与父母的交流和接触，学到了大量的日常生活知识，认识周围的事物和环境，学会语言和情感的表达，学会与人的交往。所以说父母与孩子的关系对孩子的成长起着非常重要的作用，早期"亲子关系"的模式将会影响孩子的一生。良好的亲子关系可激发孩子的好奇心、学习的欲望、积极的情感，促进其认知发展。而不良的关系会使孩子产生种种情绪障碍，影响整个人生的顺利发展。在将来人际关系和情感的发展上造成难以弥补的损失。因此，要想使孩子健康成长，父母应与孩子建立良好的亲子关系。

（1）用爱心观察、体会孩子的言行，以增加对孩子的理解。平时注意观察孩子的一举一动，父母要用饱含深情的目光注视孩子，多多地微笑，让他感到他是父母的中心，已被父母所接纳。在孩子出生数小时甚至数月中，孩子与母亲的目光接触是影响母子亲情的最重要因素之一，因为这种对视的相互过程给双方提供了具有情感成分的信号传达，这对婴儿今后健康发展起着重要作用。父母要用爱心观察孩子，了解孩子的行为习惯，并对孩子的举止做出相应的恰当的反应。

（2）学会和孩子"交流"。父母要多和孩子交谈，这是有效的信息交流方式，但父母还要学会用非语言方式和孩子"交流"，尤其对不会说话或者语言表达还不很好的婴幼儿显得很重要。比如，父母与孩子相互注视，父母饱含爱意的触摸，会使孩子感到父母的爱，父母接受孩子的触摸，可使他感到被父母所接纳。要经常亲亲抱抱孩子，让孩子感受到父母的爱，激发孩子愉快的情绪。

（3）提高孩子倾听的能力。婴儿对语言尤其是女性的语言特别敏感：出生 2 个月时，人类的声音就能引起孩子的微笑；4 个月时，人类的声音就能使烦躁不安的婴儿安静下来。因此父母不要以为孩子听不懂，事实上他听的兴致蛮高，应多多讲话给孩子听，提高孩子倾听的能力，促进孩子的智力发育。

（4）要满足孩子生理需要。父母要满足孩子温饱、睡觉、大小便等的生理需要，让孩子有愉快的情绪，才能对照顾他、抚育他的父母表现出爱意。千万不可强迫孩子进食、睡觉、洗脸、大小便等，这会导致不良的亲子关系。

（5）和孩子一起游戏。快快乐乐地与孩子游戏，父母不但要学会主动发起游戏，而且还要愉快地接受孩子发起的游戏，父母和孩子能真诚、认真地进行游戏，这不仅能使孩子从父母那里学会真诚待人，而且会更加密切亲子关系。

为什么要教育孩子爱父母？

前苏联著名教育家苏霍姆林斯基说："如果一个孩子连他的妈妈也不爱，他还会爱别人、爱家乡、爱祖国吗？爱父母是人际相交的基础，只有对父母纯真的亲热感，对父母炽热的爱，才可能升华到爱人民、爱祖国的感情。"爱父母是人间最美好、最圣洁、最亲密的感情，是个体美好道德情感绽出的第一朵鲜花，也是社会主义道德教育的重要内容。

教育孩子爱父母，首先父母应有强烈的责任感。父母对孩子的爱要有理智，并在爱中教。要激发孩子爱父母的情感，并要有爱父母的行为表现。

（1）激发孩子爱父母的情感，要让孩子知道没有父母就没有他，父母是孩子最需要的人。要让孩子感受到父母对他的爱，比如，父母工作忙，很辛苦，还要为孩子准备好吃的、穿的，孩子生病了，父母还急着送他去医院求医等。孩子通过自身的感受，进而转化为情感的体验。另一方面，要让孩子爱父母，要知道自己有需要和愿望，父母也同样有需要和愿望，因此不论是吃的、用的，都要想到父母，先让父母享用，或共同享用。在日常生活中，父母要有意识地教育孩子，让孩子积累感受和体验，从而激发爱父母的情感。

（2）要让孩子有爱父母的行为表现。当孩子有了爱父母的情感以后，父母要对他们进行行为方式的指导。比如，家里有了好吃的东西，要让孩子与父母分享，父母要吃掉分享的东西；平时对父母要有礼貌，不打扰父母的工作、学习以及休息；关心体谅父母，看见父母在做事，能主动做父母的帮手；当父母有病痛时，可给父母捶捶背，倒水给父母喝等等。孩子正是在做这些小事中孕育着对父母的爱。当孩子有爱父母的行为表现时，要及时给予表扬、强化；当孩子有不良行为表现时要给予批评、纠正。要让孩子知道什么对，什么不对，什么该做，什么不该做，从而养成爱父母，尊敬父母的良好的道德行为习惯。

为什么父母对孩子要有礼貌？

有些父母认为自己是一家之长，摆出一副"威严"的家长架子，非常强调孩子对自己有礼貌，却不懂得父母对孩子也要有礼貌。这些父母认为必须对孩子"严厉"，让孩子怕父母，这样，父母说的话才会有效果，有威力。凡是父母提出的要求，一定要孩子做到，甚至不合理的要求也要孩子服从，孩子要是反抗,家长则认为这是对大人不礼貌,越骂越凶,甚至动手打孩子。

父母要想得到孩子的尊敬,应该在行为举止、待人处事上赢得孩子的敬佩,孩子就会自然而然地尊敬你,听你的话。如果父母对孩子很不礼貌,不讲理,动不动就骂、就打孩子,这只会使孩子轻视和厌恶父母。因此,父母在要求孩子对自己有礼貌的同时,还要注意自己对孩子是否有礼貌。父母之间,父母与子女之间应建立十分和睦的关系,一家人要以礼貌相待,和睦的家庭环境可促使孩子良好性格的形成。

怎样教孩子礼貌待客?

客人来访,有些孩子像变了一个人,大喊大叫,爬上跳下,一会儿要这,一会儿要那;一会儿要吃东西,一会儿把玩具倒在地上……,人们称之为"人来疯",是不礼貌的行为。造成"人来疯"的主要原因是父母教育方法不当所致。因此,父母要正确对待孩子"人来疯",并教孩子学会礼貌待客。

(1)父母应教孩子学会接待客人。可预先告诉孩子今天有谁要来,教会他对客人正确的称呼,让孩子拿糖果招待客人。如果客人是小朋友,要拿出玩具一起玩。如果客人是大人,可让孩子坐在父母身边听大人讲话,不要插嘴、乱动。吃饭的时候,让孩子摆碗筷,请客人先上桌,不要用手抓食物等等。

(2)当孩子在客人面前做了错事时,父母千万不要当着客人的面训斥孩子,更不能打孩子。比如,打碎了碗,弄脏了东西,父母应该帮助孩子一起收拾好,等客人走了以后,再跟孩子讲明道理,这样孩子会乐意接受、改正。

（3）如果孩子在客人面前大哭大闹时，父母可以用孩子感兴趣的事物去吸引他，如给他一本好看的"小人书"，孩子去看书，就不再吵闹了。如果孩子仍哭闹，父母一方可以留下招待客人，另一方带孩子离开一会儿，切忌当着客人的面训斥或打骂孩子，以免哭闹得更厉害。

（4）客人走时，应让孩子和大人一起送客，并让孩子说"再见"，欢迎客人再来做客。

（5）客人走后，父母应对孩子接待客人的行为进行评价，鼓励和强化好的地方，指出不足之处，以及今后应注意的地方。

（6）加强平时的教育。可选择有关的故事、儿歌、图片等对孩子进行正面的礼貌待客教育。教给孩子一些行为准则，以便孩子理解和模仿，这样，孩子自然而然就会礼貌待客了。

家长要怎样对待孩子的小伙伴？

随着年龄的增长，孩子的活动范围也在逐渐地扩大，这就自然而然地与别人有了更多交往。他们常常会把小伙伴带到自己家中来玩耍，家长要热情地接待孩子的小伙伴，使孩子们感到家长是平易近人、和蔼可亲的。千万不要板起面孔，一脸不高兴的样子，使孩子们望而生畏。家长应该把孩子间的来往看成是让孩子学会与别人友好相处的机会。

当孩子把小伙伴带到家里时，家长可让孩子拿出糖果，请小伙伴一块吃，拿出玩具和小伙伴一起玩，使孩子们感到人与人之间是友爱的，应真诚相待。只要孩子们不做有危险的游戏，不胡闹，家长就不要干涉他们，应让孩子们在自己的小天地里自由自在地玩耍。孩子们在玩的过程中，有时会发生口角、争执，甚至"推一下"、"打一下"，必要时家长应给予调解，要鼓励做错事的孩子向对方道歉、认错，帮助孩子学会正确与人交往。

孩子们在做游戏时，家长若有空，应尽量和孩子们一起做游戏，在游戏中，不仅可使家长童心复萌，还可了解到孩子的心理活动以及思想、行为习惯等方面的表现，以便更好地教育孩子。

当家长发现孩子的小伙伴有不良的行为习惯时，可帮助给予纠正。比如，乱翻主人家的东西，家长可用平静的，但带有坚决的语气对孩子的小伙伴说："无论哪个小孩子到别人家去的时候，在没有得到主人家的允许，乱翻乱动别人的东西，都是不文明不礼貌的行为。"这是小毛病，只要改正了，就是好孩子。如果孩子改正了，就应该让他们继续玩耍。

到了吃饭的时候，家长可以轻声地对孩子的小伙伴说："吃饭的时候到了，小朋友该回家了，免得家里大人挂念。"并邀请小朋友以后再来玩。

总之，家长应热情、大方地对待孩子的小伙伴，这会促进孩子间的团结友爱，提高孩子社会交往能力。

当父亲批评孩子时，母亲应该怎么办？

当孩子做了错事时，父亲要批评他，这时，母亲对待孩子的态度将直接影响教育的效果。

父母在教育上态度要一致，母亲应在态度上支持父亲，必要时也应该批评孩子几句，千万不可"护短"。父母在教育上态度一致不仅会使孩子明辨是非，同时也树立了家长的威信，对孩子改正缺点、错误帮助很大。

当父亲误解了孩子，对孩子进行批评时，母亲千万不能因同情孩子，跟父亲大吵大闹，这会伤害父子的感情，同时也降低了父亲的威信。但也不能和父亲一起批评孩子，这会冤枉孩子。正确的做法是母亲要先了解事实的真相，当确认孩子没错时，可采取"不干预"的态度，事后再做父子的工作。要向孩子讲明父亲批评是善意的，意图是好的，但他没调查清楚就随便批评是不对的，应该理解他，谅解他。同时要做爱人的工作，请他遇事要冷静，调查清楚后再批评教育孩子，应向孩子讲明批评错了，承认错误，取得孩子谅解。在适当的场合，母亲应让父子互相谈谈，以解除误会，这样做是对孩子极好的正面教育，家庭民主和睦的气氛有利于孩子良好品德的形成。

为什么有的孩子不愿意和父母讲知心话？

理论上讲，孩子与父母的关系是最密切的，无话不说的。但事实上，有相当一部分孩子在情感上和父母疏远，不愿意和父母讲知心话，这是为什么呢？

（1）奖惩不得当。教育孩子最好的办法是鼓励他的好行为。但有的父母在孩子做了好事或有所进步时，没有及时给予鼓励，而做了错事，又给予严厉的斥责，甚至打骂。这样会使孩子觉得父母对他很不公平，因而在情感上渐渐地疏远父母。

（2）言行不一致。父母教育孩子不要撒谎，而他们自己却经常撒谎。比如，家里有了什么事情，就谎称自己病了，向工作单位请病假休息在家；邻居来借用工具，父母怕把工具用坏了，就说家里没有，不借等。父母言行不一致，让孩子感到惶惑、不理解，久而久之，就会不信任父母，不愿意和父母讲知心话，甚至也学着撒谎。

(3) 不良的行为。父母是孩子心目中最初的偶像，他们把父母想象成最完美的人，当孩子发现父母有许多不良的行为，比如酗酒、讲下流话、骂街、虐待老人等等，孩子就会对父母感到失望，甚至厌恶父母。

(4) 对孩子过分严厉。有的父母认为，对孩子就应该严加管教，可以斥责、打骂孩子，而孩子绝不能向自己提批评意见，自认为这样做就是对孩子负责了。实际上这种专制的家长作风只会压抑、扭曲孩子的心灵，损害孩子的身心健康。在这种不良的家庭环境中长大的孩子，会变得自卑怯懦，感情压抑，自私虚伪；或者变得性情粗暴，逆反心理强，甚至会产生攻击行为。在这些情况下，孩子都不可能坦率地和父母讲知心话。

(5) 对孩子过分溺爱。父母一味迁就孩子，无止境地满足孩子的各种欲望，这会降低父母在孩子心目中的威信，会使孩子以为父母理所当然要满足自己所有要求，不管是正当的，还是无理的。这样被溺爱惯了的孩子不懂得怎样尊重父母，疼爱父母，更不会和父母讲知心话。

因此，作为父母一旦发现孩子疏远自己，不愿意和自己讲知心话时，就应该认真地寻找原因，及时纠正错误做法，要让孩子感觉到家庭温暖和父母的爱，这样孩子就会把父母当成知心朋友，做到无话不说，有利于良好性格的形成。

父母怎样正确对待对孩子的许诺？

在家庭教育中，父母免不了要对孩子许诺。许诺，实际上是奖励的一种方法。许诺得当，能对孩子起鼓励、促进和教育作用；许诺不当，则会带来不良后果。因此，父母要正确对待对孩子的许诺。

（1）不要随便许诺。对一些应该做的，而且很容易做到的事，比如，早上按时起床，自己穿衣服、吃饭等，不要附加条件许诺。孩子有些要求，父母是办不到的，不应许诺，要直截了当地告诉孩子办不到。

（2）许诺要适度。对孩子的许诺要掌握适度，比如，有的孩子学习成绩差，一般只考50分左右，父母要他考95分以上才给奖励，显然孩子是不可能做到的，这种许诺根本就起不了促进作用，这就失去了许诺的意义。

（3）许诺要兑现。父母许的愿，孩子会把它当做一件大事记在心里，他会天天盼望着这件事。比如，妈妈答应孩子在幼儿园里戴上小红花就买件衣服奖励他，孩子真的戴上小红花，过了许多天妈妈还没买，他会跟在妈妈后边问："妈妈什么时候给我买衣服？"要是妈妈不能实现许诺，孩子就会感到失望。如果父母许诺经常不兑现，孩子就会对父母不信任。因此，父母说话一定要算数，不要哄骗孩子。如果许的愿因某种原因不能兑现，应耐心地对孩子讲明原因，或用其他的办法补救，不应简单地否定自己的许诺，更不能去斥责，打骂孩子，否则孩子会怨恨家长，更糟的是跟着父母学，说话不算数，言行不一致，学会了说谎的坏习惯。

（4）讲究许诺的方法和形式。一般地说，是以孩子最喜欢的东西给以许诺，这样更能激发他的积极性，可收到良好的教育效果。

祖辈宠爱孩子，父母应该怎么办?

做父母的是处在祖辈和孙辈之间，要处理好这种特殊的"承前继后"的地位，需要多开动脑筋，想办法。

首先，作为儿女，要体谅爷爷、奶奶疼爱孙子、孙女的心情。由于老年人对孩子的特殊感情，或缺乏科学育儿知识，造成了对孙子、孙女的宠爱。因此，年轻的父母千万不要责怪老人，最好的办法是做老人的思想工作，可结合名人教子成功的例子来说服老人，免得伤害老人的感情，造成更大的分歧。但不要当着孩子的面显出与老人的分歧，要让孩子听从爷爷、奶奶的教导。

教育孩子要有耐心，要教育孩子尊敬老人。比如有好吃的东西先给爷爷、奶奶吃；爷爷奶奶行走不便时，让孩子帮忙扶一扶；爷爷奶奶生病了，让孩子给捶捶背，倒杯水；孩子在幼儿园受到表扬，要让他向爷爷奶奶汇报等等。使爷爷奶奶感到欣慰，进一步密切祖辈和孙辈的关系。若孩子有什么缺点、错误，父母要以讲理为主，不能随便斥责、打骂，否则孩子会向爷爷奶奶告状。由于爷爷奶奶宠爱孙子、孙女，往往会袒护孩子的错误，批评父母，这样孩子的错误不但得不到纠正，还助长了孩子反对父母的霸气，增加了教育孩子的难度。

父母在对待老人和孩子方面要密切配合，态度一致。不要在老人或孩子面前表现出意见分歧。要做到"上敬老，下爱小"，做好老人的思想工作，对孩子要严格要求，处理好尊敬老人和教育孩子的关系，促使孩子身心健康发展。

奶奶、外婆怎样才能带好孩子？

年轻的父母工作忙，大多数孩子是由奶奶、外婆带。孙儿的天真烂漫和幼稚给老人的精神生活增添了欢乐和满足，老人更加疼爱孙儿。老人与孙儿为伴，孙儿向老人撒娇，这就自然而然形成了亲密的关系。

富有教育经验的奶奶、外婆都希望孙儿不娇气、坚强，不惟我独尊。比如，她们会经常以"你爸爸、妈妈小时候比你更勇敢，学习更努力……"来教育，这样孙儿始终以爸爸、妈妈小时候为榜样和目标，不娇气，不骄傲，努力向上。孩子心里各种想法也都愿意向老人倾诉，而老人凭着丰富的生活经验，会比年轻父母更耐心地开导孩子，使孩子受到良好的家庭教育。

现在大部分家庭都是独生子女，使相当多的老人过分溺爱孙儿。奶奶、外婆对孙儿袒护、迁就、娇宠、过分的保护，保护多于锻炼，营养品越吃越高级，衣服越穿越考究，孩子的个性也越来越倔强，逐渐养成了"娇、骄"二气。国外有考核老人抚养孙儿的资格标准，考核不合格者无权带孩子。由此可见，祖辈带好孙辈是多么的重要。

奶奶、外婆要带好孩子，很重要的是在教育上应与父母取得一致，不要有分歧，对某些问题有不同的看法应避开孩子商量，统一步调，这样才能收到良好的教育效果。

为什么家庭教育和托儿所、幼儿园的教育要一致？

幼儿期的儿童，最大的教育者是他的父母。要使幼儿健康地成长，不但要搞好家庭必需的教养，还要和托儿所、幼儿园密切联系，要取得一致的教育，方能收到良好的教育效果。那么，家庭教育怎样才能和托儿所、幼儿园的教育取得一致呢？

（1）父母要学习一点幼儿教育心理学。要了解幼儿生理、心理发展的特点，掌握正确的教育原则和方法，有的放矢，因势利导地教育孩子。

（2）父母要经常和托儿所、幼儿园取得联系，了解孩子的学习、生活和思想行为的表现。同时，父母也要把孩子在家里的思想行为表现向托儿所的保育员和幼儿园的老师反映。但要注意，父母不要当着孩子的面讲缺点、奚落孩子，这会伤害孩子的自尊心，并引起孩子的反感。家庭和托儿所、幼儿园的联系不要成为双方"告状"的渠道，要全面客观地反映孩子的优缺点，双方密切配合，讲究教育方法，教育好孩子。

（3）父母要参加托儿所、幼儿园每次召开的家长会，了解幼儿园、托儿所对儿童教育的要求，主动配合教育。学习保教人员和其他家长教育孩子的经验。对于保教人员工作上存在的问题，应及时、诚恳地指出。双方都坚持正确的教育，共同教育好下一代。

什么是"第一反抗期"？

两三岁的孩子动作和语言能力都有了很大的发展，他们开始认识"自我"。这时期的孩子已有自己的主张，表现出强烈的独立意识和愿望。比如，不愿父母喂他吃饭，坚持自己吃饭；起床后妈妈帮他穿鞋，他会把鞋子蹬掉，然后自己笨手笨脚地穿；见妈妈上街买菜，他也想跟去，奶奶对孙子说："宝宝，和妈妈说再见！"但宝宝却说："不，我不说。"并用小手打奶奶。实际上孩子想随妈妈上街去玩,而奶奶不肯,孩子表示反抗。总之,如果成人干扰了孩子的"自主",他就会产生反抗情绪,表现出固执、任性,爱发脾气、哭闹等现象。因此,心理学家把儿童的这一时期称为人生的"第一反抗期"。

人生的"第一反抗期",是自我意识的萌芽期,是孩子要独立的表示,他开始知道利用自己越来越灵巧的手、脚来做他想做的事情,并知道通过自己的动作可以改变周围的事物,这种自主的要求是一种积极向上的表现。因此,家长对孩子的独立性不能什么都迁就,这会造成孩子任性、固执,甚至会产生极强的占有欲;但也不能过多限制他的活动,过多限制会挫伤孩子的自尊心,使孩子变得凡事都顺从、依赖成人,缺乏主动性。

两三岁的孩子,活动积极性非常高,他们一刻也闲不住,见什么动什么,见什么摸什么,而又不知疲倦,有好多事,孩子想自己做,但往往做不好或是做不成,这是独立的愿望和自己能力有限之间产生的矛盾,遇到这种情况,家长应该鼓励孩子做,并示范给孩子看,教给孩子一些技能,帮助孩子完成他所想做的事。

对"第一反抗期"幼儿的教育要采取积极的措施,正确对待幼儿的心理问题。家长不能只满足孩子吃好、穿好等生理上的需要,而更需要的是创造条件发展他独立做事的心理,尊重孩子的自尊心,让孩子在自我尝试中,发展他的个性品质。如果孩子的要求不切合实际时,也不要和孩子对着干,应想办法转移孩子的注意力,待他激动的情绪慢慢缓和下来后,再找机会进行教育。总之,家长应通过各种有效途径来锻炼孩子的独立性,培养孩子良好的个性品质和行为技能,帮助孩子顺利地度过"第一反抗期"。

怎样对待幼儿的"逆反心理"？

三岁的幼儿由于自我意识的发展，许多事情已能自己动手去做，开始形成"心灵世界"，并总想把自己的"心灵世界"和想法向外界传达，这就是一种"意志"。对成人的指挥和安排表现出越来越大的选择性，而成人习惯用老一套照顾婴儿的办法对待孩子，什么事都不放心，能做的事也不让做，孩子无法接受，只好采用"自己做"，"自己吃"，"自己走"，说"不，我不干"等方式来对抗成人的过度"保护"，什么事都逆着来，难对付的事越来越多，父母经常抱怨自己的孩子任性，不听话，脾气变坏。幼儿这种"闹独立"，心理学专家称之为"逆反心理"。

父母对幼儿的反抗既不能阻止，也不能压制，应了解产生逆反心理的原因，帮助孩子顺利度过反抗期，以早日确立其"自我"，并指导孩子以不任性的方式表达感情。具体地说，可采取以下方式处理幼儿的反抗行为：

（1）让幼儿独立完成自己想做的事。幼儿的探究心理很强，喜欢任何事情都自己动手，天不怕，地不怕，不懂得危险，他们把好玩的玩具拆开看，有时有危险的开关、插座也去碰。如果家长简单、粗暴地对待幼儿探索世界的行为，则会引起孩子不满，他会用跺脚或发脾气来表示反抗。因此，家长应尽量让孩子自己去做他想做的事，并鼓励他独立完成，即使结果不甚理想也应赞美几句，比如，自己吃饭、穿衣、穿鞋等等。对于做有危险的事情，应耐心教育孩子不要做，他慢慢地会接受的。

146

（2）要尊重幼儿。父母"家长式"地管教孩子，认为对幼儿就得严，严就是打骂，甚至辱骂、体罚孩子，这样不尊重幼儿，导致幼儿反抗。对于处在反抗期幼儿的正确态度是站在孩子立场上去看问题，无论做什么事情，父母应尽量尊重幼儿的意愿，不要过分干涉，让孩子尽情去做，即使是大人们认为无法完成的事，也应让孩子看看，让他们有机会体验各种事情，满足他们的好奇心。

（3）让孩子帮忙做事。父母应让幼儿帮忙做些简单的事情，但不要介意帮忙的结果。因为孩子往往非常满意自己所帮忙做的事，而父母却不予接受，重新再做孩子所做过的事，这将伤透孩子的心，对他是一个很大的打击，从而产生对抗情绪，父母应避免这种情况发生，只要孩子帮忙做事，都应给予表扬几句，然后再对孩子说："如果能这样做，那就更好了。"这样孩子容易接受，也不会产生对抗情绪。

什么是小儿的占有欲？

1～3岁的幼儿，当他们在一起玩时，常常不打招呼，就抢走对方的玩具；而且从不肯交出他们拥有的玩具，他们会死抱住玩具不肯放手，撕打对方，以维护自己占有的权利。一旦东西被别人抢走，他们就会大哭大闹。这种现象就是我们常说的小儿占有欲。由于儿童活动方式、自我意识发展水平的不同，1岁前和3岁后幼儿的占有欲都不如1～3岁幼儿强烈。

1岁前的孩子，基本上是个体活动。这时期的孩子自我意识还很差，意识不到自己的独立存在和自己的力量，他们把自己、自己的玩具、自己的小朋友以及小朋友手中的玩具都当成平行的客观物体来看待，根本上不存在谁占有谁的问题。

当他们在一起玩的时候，也会互相拿对方的玩具，但不会发生争夺现象。

　　3岁后的孩子，群体活动增多。他们的自我意识有了很大的发展，不仅意识到自己的独立存在和自己的力量，而且能清楚地区别主体和客体的关系。孩子大脑中有了物主代词"我的"、"你的"、"他的"和人称代词"我"、"你"、"他"的概念。由于活动的发展和语言的发展，这时，孩子占有欲就不像2岁左右的孩子那样突出。从活动的发展看，3岁后幼儿有一种强烈要求互相交往的愿望，为了群体活动的需要，所有的玩具、物品也需要相互交往。例如，玩皮球，你扔过来，我扔过去，在玩的过程中，皮球在两人之间交往，如果一人把球抱走，那就玩不成了。从语言的发展看，当孩子仅仅意识到自己的独立存在和自己的力量，仅仅懂得"我的"含义的时候，他们自然会认为"我的"是"我的"，"你的"也是"我的"；3岁后孩子不仅意识到自己的存在和力量，而且意识到别人的存在和力量，懂得除了"我"，还有"你"和"他"，懂得"你的"和"他的"，这时，孩子逐渐意识到"我的"是"我的"和"你的"是"你的"。他们懂得把玩具借给小伙伴，或向小伙伴"商量借"玩具来玩，这时，孩子之间抢夺玩具的现象就明显减少了。

　　1～3岁的幼儿抢夺别的孩子的玩具，占为己有，这是很正常的现象，随着孩子知识经验的丰富，交往愿望的日益强烈，语言的发展等，孩子的占有欲会逐渐克服掉的。如果孩子经常抢夺别人的玩具，父母要适当注意，可以让孩子与稍大些的孩子一起玩，以制止他的抢夺行为。如果孩子的玩具经常被小朋友抢走，则应避免孩子和较大的孩子一起玩，并引导孩子和小朋友相处时，大胆些，泼辣些。1～3 岁孩子不情愿把玩具给别的小朋友玩，这是很正常的心理，父母不应强制孩子"礼让"给别人，如果父母经常要他"礼让"，会让孩子觉得，不仅别人，连自己的父母都想抢走他的玩具，其结果会促使孩子占有欲更强，遇到这种情况，父母应引导孩子和小伙伴一起玩，例如，一辆小推车，东东先坐，旺旺推车，过一会儿，两个人对调一下位子，这样就可以使孩子感受到分享玩具的乐趣。

幼儿自私心理是怎样形成的？

幼儿自私，不是天性，而是许多客观因素促使其自私心理的形成。

最常见的是父母教育不当，无意识地促成幼儿的自私心理，例如，妈妈为了让孩子多吃些，经常说："弟弟快吃，等下小辉哥哥、敏敏姐姐来了，都被他们吃了！"妈妈对孩子说："宝宝快吃，快吃，等一会儿爸爸下班回来，会被他吃掉。"如果爸爸真的吃掉的话，这更快地促使孩子自私心理的形成。每餐进食反复地说，强化了孩子的"自私"的心理。为了表示对孩子的疼爱，家长经常对孩子说，"这个最大的苹果给你"，"这把最漂亮的笔给你"，"这件好看的衣服给你穿，不给哥哥穿"等等在家长无意引导下，孩子开始注意食物的大小、多少，东西的好坏，为自己挑选好的，在日常生活中不知不觉地形成了自私心理。

父母随便给幼儿许诺。有的父母为了哄幼儿去全托，每次许诺："周末接你回家，一定买好吃的东西、好玩的玩具给你。"孩子到家，一大堆食品，好玩的玩具摆在孩子面前，孩子心满意足地一边吃一边玩，父母满心欢喜地看孩子吃，父母溺爱，不考虑孩子的欲望和要求是否合理，随便给予许诺，每周反复地进行，结果滋长了孩子极端任性、自私的心理。自私的欲望和要求是无止境的，孩子要天上的月亮、星星，这办得到吗？满足不了就发脾气、恨你、摔东西，哭闹不停，这怪谁呢？怪孩子吗？不！只能怪父母，是父母培养出自私成性的孩子。

幼儿要克服自私心理的形成，首先要养成家里有好吃的、好用的东西，每人都分得一份的好习惯，不能孩子一个人独用；有长辈的要养成先孝敬老人，上街购物时，也多想想老人，为在家的老人捎去一份；平时教育孩子多想到别人，比如，邻居小朋友的妈妈病了，应去邀请小伙伴来家吃饭、玩耍；经常讲些助人为乐的故事给孩子听，比如，古代的《李小多分果果》、《孔融让梨》，让孩子心里装上"他人"。对已经形成自私心理的孩子则要积极纠正，比如，父母周末接全托的孩子回家，家长可以对孩子说："你在幼儿园里想爸爸、妈妈吗？""今天你在家，帮爸爸妈妈做些事情好不好？""奶奶年龄大了，乘车也不便，我们一起上街去，买些好吃的东西给奶奶。"等等。让孩子在日常生活中体验到互敬互爱，逐渐地自私心理就能得到纠正。

怎样疏导幼儿的嫉妒心理？

在多子女家庭中，由于父母对某一个孩子偏爱，往往引起其他孩子的不满而产生嫉妒心理。而在独生子女家庭中，由于父母对孩子的宠爱，很容易使孩子惟我独尊，无法容纳他人，从而滋生嫉妒心理。

幼儿产生嫉妒心理的因素是多方面的，他人的容貌、歌喉、玩具、食品、名誉、能力等等都可引起某些幼儿的嫉妒心理。比如，邻居一位穿得漂亮的小女孩来家玩，妈妈爱抚地拍了拍她，并夸奖她几句，自家的孩子就不高兴了，第二天就不与那小女孩好了，甚至当时就用双手掩住自己的耳朵大声说："不听，不听，我不听！"并对小女孩说："我不喜欢你，以后别上我家来！"

幼儿的嫉妒心理产生后，就会千方百计地冷漠对方，攻击对方，到处挑别人的刺。过分的嫉妒心会使好强的孩子变得心胸狭窄，性格变得古怪，神经过敏，抑郁多疑，自卑等等，因此，家长要注意疏导幼儿的嫉妒心理。

要消除孩子的嫉妒心理，父母要注意自己的一言一行，不要伤害孩子的自尊心，要让孩子感受到父母对他的爱，这样，他就不会因怕失去父母的爱而嫉妒别人。对已有嫉妒心理的孩子，父母不要责骂孩子，要正面引导孩子自己去发现别人的优点、长处，正确认识和评价别人，指导孩子进行自我评价，找出自己的缺点和赶超别人的优势、途径，从而增强孩子自信心理，避免自卑、攻击别人的不良行为产生。平时，父母还要激发孩子的竞争意识和自强信念，使孩子经常保持愉悦的心理状态，促进幼儿完美健全的人格形成和发展。

儿童孤独症是怎样形成的？

孤独症属于发育障碍。患儿的语言、社会交往、动作行为、注意力和感知能力等心理功能都可出现发育偏差和发育迟缓，表现为胆小、害怕、孤独，不与其他小朋友来往，害怕到陌生的环境中去等行为异常。孤独症是属于全面发育障碍，多发生于 5～7 岁的儿童，这与小儿的素质、父母对孩子的态度以及家庭环境有关，现将与儿童孤独症形成有关因素介绍如下：

（1）小儿的素质差。由于受父母遗传因素的影响，孩子从小适应能力就差，对周围人建立不起情感联系。例如，患儿可有不同程度的与亲人不亲，分不清亲人与陌生人，什么人抱他都一样的表现。在与人交往时，不望对方的脸，回避面对面的接触。对新环境的适应特别慢，不爱参加群体活动，觉得一个人玩反而自在。

（2）父母对孩子的态度。孩子从小受到父母无微不至的关照，对孩子的无理要求，父母也给予满足。这些孩子上幼儿园后，就会感到在家中所享受的特殊待遇消失了，由于活动受约束，无理的要求得不到满足，有时还会受到老师的批评，逐渐地就变得胆小，产生恐惧，不愿意去上学，甚至拒绝上学，只喜欢呆在家里才感到安全、满足。

（3）家庭环境对孩子的影响。家庭环境突然变化，比如，亲人的突然死亡，父母离婚，父亲再娶或母亲再嫁，或孩子刚上幼儿园时，遇上缺乏教学经验的老师等等，都可使孩子原来不十分明显的胆小、害怕、孤独等症状充分暴露出来，促使孩子孤独症的形成。

儿童孤独症的治疗以照料和训练为主，而药物治疗只起辅助作用。父母在治疗上始终起着重要作用，要创造一个气氛愉快和融洽的家庭环境，这将对患儿病情的好转起积极作用。有条件的家庭，应让孩子住在医院或特殊学校里进行训练和治疗，可望收到较好的治疗效果。

恐吓、强制与胆怯、懦弱有什么关系？

胆怯、懦弱是指胆小、害怕、软弱、不坚强。这种幼儿往往表现为怕黑暗，怕一人独处空室，怕"妖魔鬼怪"，怕生人，怕毛茸茸的小动物，怕痛怕苦，怕各种突然的刺激，无克服困难的信心和勇气，意志不坚强，过分依赖成人，独立性差等等。

幼儿的胆怯、懦弱与幼儿神经系统脆弱，对痛和苦缺乏自制力等生理特点有关，但更主要是成人不正确的教育造成的。比如，有些父母用恐吓的办法来教育孩子，把孩子关在黑屋里，说"妖怪来了"，"老虎来了"等等。或者用各种强制的手段让幼儿顺从成人的意愿，比如，孩子不肯好好吃饭，父母不分析不吃饭的原因，就对孩子说："你不吃饭，我就带你到医院去，叫医生给你开刀，看看肚子里有没有什么毛病。"这样强制的结果，孩子只好把饭咽下去。采用恐吓、强制的教育方法，往往使幼儿产生恐惧心理，形成胆怯、懦弱的性格。

有胆怯、懦弱性格的幼儿，其社会适应能力将得不到正常的发展，孩子的身心健康受到影响。因此，父母要改变不正确的教育方式、方法，尽可能地进行正面诱导，坚持正面教育。可运用现实或故事中富有勇敢精神的形象去影响和教育幼儿；鼓励孩子做游戏，并让胆怯的孩子担任角色，锻炼胆量，培养勇敢的行为。在教育中，父母和教师应尊重幼儿，要信任幼儿，及时发现幼儿的长处，以幼儿自身的积极因素克服自身的消极因素，促使其形成勇敢、活泼、开朗的良好性格。

怎样帮助幼儿消除恐惧心理？

幼儿的恐惧心理不是生来就有的，而是后天获得的。也就是说，孩子的胆小是学来的。有些恐惧内容是父母强加在幼儿身上的，有些是从父母那里模仿来的。例如，当幼儿夜间啼哭时，父母往往学老虎叫，用手敲墙壁、床板，并吓唬说："再哭，老虎就跑来吃你了。"孩子善于模仿成人，尤其是自己的父母，通过模仿学到恐惧。例如，妈妈怕猫，她就无法说服孩子猫并不可怕，孩子必然模仿了妈妈怕猫的表现，这种恐惧心理特别持久，而且不易纠正。

幼儿的恐惧心理若不改变，则有可能伴随终身，并将影响孩子今后的学习和工作。因此，父母应帮助孩子消除恐惧心理。

（1）鼓励孩子，消除恐惧。比如，有些幼儿怕黑暗，父母应鼓励孩子，帮助他建立信心和勇气，向孩子解释到黑暗房间去不会有什么危险，这时父母可以陪伴，同时对他"独自"呆在黑暗中不断给予鼓励，这样，孩子就逐渐地学会控制自己害怕黑暗的紧张情绪，从而达到消除恐惧心理的目的。

（2）用愉快的事情来减弱引起恐惧的刺激。例如，父母可让怕黑的孩子在黑暗中寻找藏着的好玩的玩具，当孩子找到玩具时，会感到非常高兴，父母应赞美他，表扬几句，用这种办法来减弱引起恐惧的刺激，效果会比较好。

（3）要让孩子习惯可怕情景。消除幼儿的恐惧心理，不能采用回避的办法。比如，你的孩子怕见生人，怕在生人面前讲话，那你不能把孩子关在家里，不与人交往。而应该多带孩子外出走走，多参加社交活动，开阔孩子的眼界，尽量扩大孩子的生活圈子，渐渐地孩子就不怕生人了，也敢在生人面前讲话了。

（4）要向孩子解释有关的科学知识。比如，有些孩子怕黑影，家长应告诉他黑影是怎样形成的，要让孩子了解光的作用以及光与黑影的关系，帮助孩子战胜恐惧心理。

为什么不能溺爱孩子？

"爱子之情，人皆有之。"爱孩子是普天下父母的共性。家庭中只有一个孩子，父母把一切爱和希望都倾注在孩子身上，"望子成龙，望女成凤"，把孩子视为心中的"小太阳"，对孩子一味迁就，放任不管，在日常生活中娇宠无度，百依百顺，使孩子滋生一种"以我为中心"的心理，逐渐养成了娇、骄、任性和自私的个性。这不是对孩子真正的爱，而是一种溺爱。溺爱会使孩子任性、固执、爱发脾气等，造成孩子生活上的无能。

当孩子提出无理要求或做错事的时候，父母要耐心地讲清道理，使孩子懂得什么对，什么不对，什么该做，什么不该做的道理。要严格要求，绝不能迁就。比如，对任性，以"哭"向家长提出无理要求，甚至在地上打滚，耍赖，一次能哭上2个小时的孩子，最好别理睬他，并表示"要哭就哭吧"，孩子知道"法宝"失灵了，在无人理睬时会感到没趣，可能就不哭了，事后家长再指出孩子的错误，这样孩子易于接受。但是，有些父母怕孩子哭坏了，心一软就放弃了原则去迁就孩子，其结果是孩子更爱哭了。因此，家长应该下狠心，帮助孩子改掉爱哭的毛病。

当孩子有进步的时候，要及时给予表扬，使孩子从表扬和鼓励中体会到做好孩子的快乐，哭闹是无用的，无理要求更不能得到满足。所以父母爱孩子既要爱得深，又要管得严，才能促使孩子良好性格的形成。

独生子女过分孤独怎么办？

独生子女往往被父母独自关在家里，一个人玩自己的玩具、看书，没有机会和小伙伴一起玩。因此，他们非常渴望能够和小伙伴一起玩，谈天说地，做游戏，以及参加一些儿童社交活动，但由于家庭的限制，孩子的这些愿望无法得到满足。孩子常常自己想象有一位小朋友，能按自己的意愿和他一起生活、游戏，所以经常自言自语地说个没完没了，以解脱孤独的处境。

独生子女大多数都比较任性，他们没有群体生活的经验，过着过分孤独的生活，这些孩子不善于与其他孩子交往，但又好表现自己。例如，在和小伙伴玩游戏的时候，独生子女往往不懂得游戏规则，自己爱怎么玩就怎么玩，总想表现自己，常常破坏集体游戏，其结果会引起其他小朋友的反感，当他遭到小伙伴斥责时，自尊心就会受到伤害，导致他害怕参加集体活动，造成自己更加孤独。

孩子过分孤独会造成他性格内向、孤僻，自主能力、社会交往能力和生活适应能力都比较差，对今后的工作、学习影响都比较大。因此，父母不要把自己的独生子女关在家里，而应该创造条件，让孩子和小朋友们一起玩，要教会孩子玩游戏的规则，在玩中培养孩子活泼开朗的性格，提高其社会交往和生活适应的能力，以适应将来竞争的社会环境。

怎样培养孩子静心听成人讲话？

有些孩子在成人对他讲话时，常表现出心不在焉，似听非听，眼睛东张西望，手东摸西摸，不停地做小动作，结果成人说的话，他都没听进去；或者是听成人讲到他们感兴趣的事情时，就插嘴，兴奋地大讲自己的感受，不让成人把话讲完。为什么孩子不能静心地听成人讲话呢？这是因为孩子年幼，自控能力差，无意注意占主导地位，因而常常被周围事物所吸引而转移注意力；幼儿的思维是具体形象思维，如果成人讲话不具体、无趣味，就很难让孩子听进去；另外，幼儿不能意识到自己的情绪和情感的外部表现，其情感完全表露在外，不会加以控制和掩饰。因此，家长培养孩子静心听成人讲话要注意以下几个问题：

（1）成人要在安静的环境中和孩子讲话，以排除外界的干扰，如妈妈在跟孩子讲话时，家里其他亲人在大声谈天，这样会分散孩子的注意力，不能集中注意力听妈妈讲话。

（2）成人说话要简洁、生动，因为孩子注意力集中的时间较短，长时间的谈话孩子没有耐心听，平淡、无趣味的讲话孩子也不感兴趣。对孩子提出同一要求时，要从不同角度提出，改变形式对孩子说。如叮嘱孩子上幼儿园路上要注意交通安全，成人可以这样说："莹莹最遵守交通规则，交警叔叔一定会表扬你是个好孩子，对吗？"也可以这样说："你知道横穿马路时要注意什么吗？"还可以这样说："妈妈知道莹莹上学都是走人行道，会注意交通安全，对吗？"对孩子提同样的要求，由于说法不一样，孩子就会接受，就愿意听。因此，成人要加强语言修养，说话要简洁，具体形象，生动活泼，口语化，还要注意语调、语气。

（3）要培养幼儿注意倾听成人说话的好习惯。如成人对孩子讲话时，应要求他坐好或站好，手不要东摸西摸或插在口袋里，眼睛要注意说话的人。如果孩子在成人讲话时插嘴，这时成人可暂停讲话，让孩子议论一番，以满足孩子的情感要求和说话的欲望，同时教育孩子，成人讲话时，孩子最好不要插嘴，让大人先把话说完，你再议论，这样才有礼貌。总之，孩子一旦养成静心听成人讲话的好习惯，将会受益终生，如今后的学习，上课能注意听老师的讲课，工作后与人交往，就能尊重别人，互相谦让，与人友好相处。

怎样培养幼儿良好的性格？

性格好坏虽然不会严重影响小孩的智力发育，但可以影响小孩的身心健康。良好的性格应该是：活泼开朗、诚实大方、虚怀若谷、独立自信等。每个父母可以通过以下几个方面来培养幼儿良好的性格。

（1）父母应尊重孩子。家里有什么事情，尽可能让孩子充分发表自己的意见，不对的地方，父母应耐心引导，讲明道理，使孩子在精神上得到满足，心理上也不会产生任何压抑的感觉，让孩子在和谐、愉快的气氛中形成大胆而不拘谨的性格。

（2）家庭和睦团结。无论是父母之间，还是父母和孩子之间都应平等相待，相敬相爱，使小孩的言行不受拘束，想什么，就说什么，从而培养活泼开朗的性格。即使是孩子做错了事，家长也不能打骂，要循循善诱和正确指导，使孩子勇于改正错误，不隐瞒，养成诚实的性格。

（3）生活内容丰富。父母应创造条件，让孩子与小伙伴一起做游戏，小孩在游戏中与小伙伴交往，可培养他合群和善于交往的性格。鼓励孩子参加社交活动，如参加歌咏、舞蹈比赛，游园活动等，使孩子活泼开朗、举止大方，学会结交伙伴，从而获得与人友好合作，善与别人交往的性格。

（4）培养孩子"自己的事自己做"。3岁前的幼儿可做些简单的事情，例如，自己穿衣服，把自己的鞋放在鞋柜里，把自己吃的果皮扔进垃圾桶里，把自己的玩具收放在箱子里等等。3岁以后的幼儿让他做些力所能及的家务事，培养孩子具有一定独立、自信的性格。

怎样培养幼儿的自信心和自尊心？

幼儿的自信心要从小培养。当幼儿第一次向父母提出要独立完成某件事时，这就意味着孩子自信的萌芽。家长应尊重孩子的意愿，让孩子进行第一次"尝试"，并想方设法帮助他获得成功。只有在成功中，孩子才能体会到欢乐，才能觉得"我能行"，从而增强了孩子的自信心。如果尝试失败了，父母应该对孩子说"没关系"，"不要紧"，并鼓励孩子再来试一试，这样才能帮助孩子树立自信心，经过坚持不懈的努力，一定会取得成功。当孩子尝试失败时，父母千万不要说"我早就说过了，你不行"，"快别试了，再试也是失败"，这些说法会严重削弱孩子的自信心。当孩子碰到不顺利的事时，父母应鼓励他去克服困难，教给孩子一些本领，在孩子心中唤起"我能行！我会成功！"的意识，并与孩子一起去战胜困难，争取成功。

自尊心决定着幼儿的创造力、进取心以及人际关系。因此，父母应帮助孩子建立起自尊心，要增强幼儿自尊心，应做到如下几点：

（1）要让幼儿为自己感到骄傲，明白自己是有价值，是有用的。而父母也要善于发现孩子的优点、长处，并给予恰当的表扬，要引导和创造条件发挥孩子的特长，充分发挥孩子的潜在能力，以增强孩子的自尊心。

（2）父母要经常与孩子谈谈心里话，一起玩玩，散散步，以加强彼此间的感情。眼睛是心灵的窗口，谈话时要面对孩子，通过眼神加强心理沟通。孩子遇到不称心的事情，应让他诉说，家长要耐心倾听，并给予解释。如果是成人造成孩子不愉快，则应想方设法弥补，让孩子体验到他的情感是被成人重视的。

（3）孩子是家庭的一员，孩子在家庭生活中要占有一定的地位，要提高他的生存标准。对于孩子做的好事要给予赞扬，鼓励孩子多做好事，以增强孩子的自尊心。

（4）孩子是需要刺激和挑战的，父母应创造条件让孩子去做他愿意做的事情，从实践中去发现自己的能力。做什么事要由孩子自己决定，只有当孩子需要帮助时，成人才给予一定的帮助，以协助他获得成功。

（5）要让孩子自己看得起自己。在孩子碰到困难时，父母要表现出对孩子的爱，并鼓励孩子"你一定能行！""不要紧，我们再来试一下。""我们一起想办法，一定会办好的！"以此来激发幼儿的自尊心。

怎样对待残疾儿童？

我国的国策是"一对夫妇只生一个孩子"，所有的父母都希望能生一个健康、聪明的正常孩子。一旦生下有先天缺陷的残疾儿，或因疾病而致残时，会给父母带来极大的痛苦，甚至会使父母感到绝望。常见的儿童残疾有：智力、听力、视力、肢体、语言以及精神残疾等。为了使伤残儿童残而不废，家长应做到以下几点：

（1）要面对现实，理解孩子。当孩子被医生诊断为某种伤残时，有些父母往往不能接受这种现实，但客观存在的事实是不以人们的意志为转移的，只有承认和接受自己的孩子是残疾儿童的客观现实，才能正确理解孩子。残疾儿童往往对周围的环境、别人的言行、与别人的关系等都非常敏感，如果人们对他稍微有点不好，就会产生反抗、自卫，并有可能造成孩子心灵上创伤，从而失去生活信心。

（2）促进功能恢复，对残疾儿童要进行早期教育和训练，可采用物理疗法和语言训练。例如：对脑瘫的小儿可以进行功能训练，在婴幼儿期可做被动体操；对听力残疾的儿童可配助听器，每天用录音机、收音机的声音来刺激孩子的听力，促使残疾儿童的功能恢复或部分恢复。对残疾儿童进行心理治疗极为重要，例如，美国有位叫肯尼的孩子，自幼失去双腿，以手代足，父母从小不断地训练他。在父母的鼓励下，他顽强进取，不仅生活能自理，而且坚持上学，参加各种游戏。他乐观自信，心理健康，后来成为溜冰场上一颗巨星。

（3）鼓励孩子身残志不残。生理上有缺陷的儿童往往比较害羞、自卑。父母要鼓励孩子，并给孩子说明：除了在某一方面有缺陷外，其他的都与小朋友们一样。残疾儿童同样可以享受学习、游戏的权利。例如，智力落后的孩子进入弱智学校；聋哑的孩子进入聋哑学校；双目失明的孩子进入盲童学校等。

(4) 恰当的关心孩子。许多父母都非常关心自己伤残的孩子，但关心不能过分，要恰当。对于伤残引起的功能障碍，通过锻炼可以使功能得到部分恢复。因此，父母要督促孩子进行锻炼，不要怕孩子受苦，更不能三天打鱼两天晒网，要刻苦锻炼，持之以恒，方有成效。

怎样对幼儿进行品德教育？

伟大的教育家克鲁普斯卡娅说过："儿童最初获得的印象会使他终生不忘，所以，如果我们想认真地，而不只是在口头上说要培养出能把生活提到更高阶段上的一代人的话，那我们就应该在儿童生活刚开始的头几年对他们非常慎重地进行教育。"这就是说，周围环境对幼儿的是非观念、爱憎感情以及行为习惯的形成影响极大，这种初步形成的道德观念和品质特征将影响孩子终生。

对幼儿的品德教育是要培养幼儿具有伟大精神和高尚理想的人。其教育的内容是向幼儿进行热爱祖国、热爱人民、热爱劳动、热爱科学、遵守社会公德的教育，要培养幼儿坚强、勇敢、团结友爱、活泼、谦虚、有礼貌等优良品德以及文明的行为和习惯。

对幼儿进行品德教育应在日常生活中从一些小事情做起。例如，带孩子到公共场所，成人要告诉孩子应该遵守的规则：乘坐公共汽车要依次排队上车，不能用脚踩在座椅上；在公园里玩的时候，要爱护花草树木，不能嬉弄动物；要讲究公共卫生，不随地吐痰，不乱丢果皮纸屑；要遵守公共秩序，不在公共场所大声喧哗和吵闹。要教育孩子尊敬老人，对人要有礼貌，教育孩子学会各种文明礼貌的用语，要和小伙伴友好相处，共同享用玩具。在日常生活中培养孩子关心别人，关心集体，愿意为集体做好事的高尚情操。

在幼儿道德品质的形成过程中，父母本身行为对孩子的影响起着决定意义的作用。幼儿的模仿能力非常强，父母的一言一行都在影响着幼儿。有些父母不自觉地在孩子面前流露出自私心理。如有的父母怕玩具玩坏了，暗示孩子"不要把自己的玩具给别人玩"，这无形中激发了孩子的自私心理，不利于孩子先人后己的高尚品德的形成。因此，父母本身应具有良好的道德品质，才能给幼儿树立良好的榜样，促进幼儿良好道德品质的形成。

怎样培养幼儿良好的劳动习惯？

要想让你的孩子在将来社会中生存，成为生活的强者，家长必须在幼年时培养孩子热爱劳动，养成良好的劳动习惯和提高独立生活能力。这里提几点建议，供家长们参考。

（1）让孩子养成自己的事自己做的习惯。家长不要娇惯孩子，要让他从小习惯于做各种力所能及的事。对幼儿来说，适合于他们的简单劳动主要是日常生活中的自我服务性劳动。如1岁以后，让他拿一些简单的用具。两岁以后教孩子用汤匙自己吃饭。三四岁的孩子，要训练他自己穿脱衣服、鞋袜，洗脸，刷牙，用手纸擦鼻涕，把用过的碗筷、玩具、图书等整理收拾好，并逐步训练他们为成人做一些事。五六岁的孩子，要教会他独立地管好自己的生活，如折叠衣服、被子，洗自己用过的餐具等。家长让孩子多动手，既能促进脑的发展，又能培养孩子勤劳、能干的好习惯。

（2）鼓励幼儿做一些家务劳动。开始时成人可让幼儿帮大人做一些小事。如妈妈打扫房间时，让孩子拿扫帚、畚斗，帮忙搬搬椅子；爸爸修理椅子、桌子时，让孩子拿铁钉、锤子等。孩子稍大一点后，可逐渐分配给孩子一些简单的家务活，如饭前抹桌子，分发筷子，端饭，把晾干收下来的衣服分类折叠好等等，当父母吃饭，或穿上折叠好的衣服时，别忘了谢谢孩子为自己的服务。这样孩子会觉得自己是家中不可缺少的一员，可逐渐提高孩子干家务活的责任感与自觉性，让孩子直接享受到劳动的乐趣。

（3）要为幼儿劳动创造必要的、合理的条件。虽然幼儿已具备了一定的能力，但毕竟还不完善，个子也比成人矮。因此，在培养幼儿良好的劳动习惯时，要注意为孩子创造必要的、合理的条件。如要给孩子专用的小床、小桌子、小椅子；孩子用的洗脸盆要小些，轻便些；洗脸巾要短些、薄些，以便可拧干；抹桌子的抹布要小些，以便于搓洗和拧干；玩具、图书、衣服及一些日常用品要放置在较矮的地方，以便孩子自己取放。有条件的家庭，还可以为幼儿开辟小园地种植一些花草，或饲养一些小动物如金鱼之类的，让孩子每天去浇水、喂饲料，观察动植物生长情况，激发孩子的劳动兴趣。

在幼儿的劳动教育中，要根据幼儿生理发展的特点，从易到难地教、练，逐步提出要求。教幼儿劳动，是为了培养孩子从小热爱劳动，并养成良好的劳动习惯，而不是把孩子当劳动力使用，因此，一次要求幼儿完成的任务不要太多，劳动时间也不宜太长。

教幼儿劳动时还要注意安全，不要让幼儿使用剪刀、菜刀等利器，不能让孩子拿滚烫的开水，以免烫伤等等。

怎样奖励幼儿？

对于幼儿来说，奖励比惩罚更能鼓舞他们发扬优点，改正错误，是说理教育的有效手段。因此，家长对幼儿的教育，应多奖励，少惩罚。

奖励的方式是多种多样的，归纳起来可分为两大类：物质奖励和精神奖励。对于幼儿的教育，应以精神奖励为主，适当给予物质奖励。

一般地说，3岁前的幼儿，经验很少，他们对精神奖励缺乏认识和体验，因而更看重物质奖励。比如，漂亮的玩具，好吃的糖果、点心等。为了表彰孩子的良好行为和品质，并鼓励他们坚持下去，家长可多采用一点物质奖励。但是，他们并非不懂精神奖励，当你为刚会走路的孩子鼓掌叫好时，孩子会显出兴高采烈的模样，并走得更欢。

3岁以后，要逐渐增加精神奖励的成分，并最终过渡到以精神奖励为主要奖励手段。比如，从3岁左右开始，对于孩子的良好表现，可给予如下奖励：给他讲一个有趣的故事，带他到户外或公园玩，和他一起做游戏、下棋，奖励一些有益的图书等等。总之，尽可能使孩子不要把兴趣紧紧盯在吃、穿或金钱上，因为用这些手段奖励幼儿往往效果不良。

家长及时奖励幼儿的成就，对他今后的身心发展是有益的。有位学者研究指出：3岁前的幼儿，每当智力活动方面有所成就，便能及时地得到父母的鼓励，长到10岁后，他的智力发展状况，要比在3岁前未获得过鼓励的孩子好。同时，孩子的学习动机和兴趣，对挫折的忍受力，做事的耐性也较大。而在"有所成就"时未能获得父母鼓励的孩子，其性格易形成消极、冷漠，且智能、语言和社会交往能力的发展均受到影响。因此，家长要运用奖励的方法来教育幼儿，对于孩子的成就，要适时奖励，这不但会促进幼儿当时的身心发展，而且对以后的个性和智能发展，将产生深远的影响。

惩罚孩子应注意哪些问题?

惩罚可以作为说理教育的一种辅助手段。惩罚本身不具有说理的内容，但可以强化说理的作用。惩罚不是指体罚，可以采用批评，限制孩子的某些活动或取消原来享有的权利等形式进行。

教育孩子应以奖励为主，若必须采取惩罚手段时，应注意以下几方面的问题：

（1）惩罚时间愈接近犯错时间，效果愈好。因为幼儿不易接受"迟来的处罚"。比如，孩子犯了错误，妈妈只用警告的语气说："小军，你刚才打邻居小妹妹，等爸爸下班回来，要他罚你。"因为离爸爸下班的时间还早，小军根本不把妈妈的话放在心上。等爸爸回家时，大人已失去了惩罚孩子的念头，结果小军打人的坏习惯改不了。

（2）惩罚时间不能太长。比如罚3～5岁的幼儿1个月不看电视是不合理的，适当的时间约为5～7天，这样孩子会为了想看电视而努力改正缺点，当好孩子。若惩罚的时间太长，会使孩子失去因为想看电视而改正缺点的念头，收不到预定的效果。

（3）不可当众惩罚孩子。孩子在外面做了错事，邻居来告状，父母往往拉着自己的孩子，当面教训给别人看，这样做会严重损害孩子的自尊心，导致相反的效果。

（4）不能采用有害幼儿身心健康的惩罚手段来惩罚孩子。比如打骂、恐吓、不准吃饭、长时间站立、不准上床睡觉等等。

（5）惩罚的事项应与犯错误行为有关。比如，孩子用蜡笔在墙壁上乱涂乱画，最好的方法是没收蜡笔，这会使孩子了解被惩罚的原因，并觉得很公平，从而乐意接受大人的惩罚。

（6）施罚的标准、态度和程度，要前后一致。如果施罚者不是一人，其态度与标准也应一致。如果父亲要罚，母亲要保，就无法发挥惩罚的教育作用，若爷爷、奶奶撑腰，不准罚，则教育效果更差。

（7）要教会孩子"要这样做"。当孩子做错了事时，父母常常会对孩子说："不可以这样做。"但父母越说"不可以"，孩子就越想去做，这样达不到教育的目的。因此，父母要教训孩子时，不要使用"不可以如此做"，而要教会孩子"要这样做"。例如，孩子用积木打人时，父母在惩罚孩子时，不要说："不可以用积木打人。"而应该说："积木是用来搭建房子的，不是用来打人的。"这样可以收到良好的教育效果。

孩子遇到挫折或打击时，父母该怎么办？

人生不可能总是一帆风顺，小小年龄的孩子也同成人一样，不可避免地会遇到和体验各种挫折或打击，如伤心、失望、恐惧、嫉妒等等不愉快的事情。不少父母为了让孩子童年幸福，保证他尽情欢乐，便采取回避挫折与打击的态度。比如，刚学走路的孩子跌倒了，妈妈就指着地板骂道："都是地板不好，让我宝宝跌疼啦！"有的父母看到孩子跌倒擦破一点皮，就大惊失色，把紧张情绪传染给孩子，把孩子吓坏了，使孩子注意起并不怎么痛的伤口，反而大哭起来。家中若出现什么不幸，也瞒着孩子，如最疼爱他的奶奶病了，也不让孩子知道，若老人故去，也只对孩子说："奶奶去很远很远的地方做客，要很久才会回来。"以上这些做法似乎是保护孩子，实则害了孩子。这些缺少在情感上经受不愉快锻炼的孩子，长大后可能成为承受不住任何挫折与打击的人。因此，当孩子遇到挫折或打击时，父母应采取正确的态度。

（1）在保证孩子快乐的同时，不要过分回避孩子遇到的不愉快，要好好听孩子的诉说，允许他把不愉快抒发出来，即使流点眼泪也不要紧。比如，"六一"儿童节快到了，上幼儿园大班的辉辉渴望能登台表演，但未被选中，辉辉哭了，很难过，很伤心，这时父母应安慰他、鼓励他："我知道你未被选中登台表演是多么伤心，好了，不要哭，好孩子是不哭的，以后再努力吧！好好学，等你歌唱好时就会被选中。"千万不要教孩子去怨老师多么不公平，应激励孩子去努力，争取成功。

（2）要让孩子感受到父母的关心、爱护和帮助，尤其是对性格内向，不爱说话，遭受挫折或打击后沉默寡言的孩子特别重要。对于这类孩子要细心地观察，及时发现问题，及时处理，使孩子高兴、活泼起来。

（3）家中若发生什么不幸，不要瞒着孩子。孩子是家庭中的一员，要从小培养他和全家"有福共享，有难同当"的情感与责任心。比如，爷爷病了，要让他和父母一起去看望，为爷爷倒水，捶捶背，做些力所能及的事。奶奶故去，劝孩子不必过分悲伤，并给孩子讲明"生老病死"是人类发展的必然规律，人死不能复生，这样孩子的心情就会慢慢地平静下来。

（4）父母要根据孩子的年龄与理解能力，说明所遇到的挫折与打击的事实真相，不要骗孩子，要引导孩子正确地对待生活中遇到的挫折与打击，要逐渐培养孩子情感更坚强、更勇敢。

怎样对待孩子的缺点和错误？

父母总希望自己的孩子没有缺点和错误，但实际上是不可能的。孩子知识经验少，好奇心强，什么都想试一试，以满足他们的求知欲望，他们在一个个缺点和错误中认识了世界，积累了经验，学到了知识，学会了做人。因此，父母要正确对待孩子的缺点和错误。

（1）父母要分析缺点和错误的性质。如果孩子是缺乏生活经验，在动一动、试一试的过程中犯了错误，则要谅解孩子，并要帮助找出造成错误的原因，告诉孩子怎样做才好，这样有针对性地解决和处理问题，会使孩子口服心服。假如孩子是故意"捣乱"，则要批评、责罚。

（2）要以理服人，正面引导。在了解孩子缺点和错误的性质及其原因的基础上，要摆事实，讲清道理，正面指出其危害性，帮助孩子提高对问题的认识，使他有方向，有决心和信心去改正。切忌简单粗暴，更不能恐吓孩子。

（3）要让孩子说老实话，帮助他改正缺点和错误。对说老实话的孩子，切勿过分责罚，更不能殴打。打骂教育会伤害孩子的自尊心，并促使孩子形成"说老实话吃亏"的心理，也就是鼓励孩子说谎和欺骗。

（4）纠正孩子的缺点和错误，父母要紧紧围绕孩子所犯的错误讲道理，要让孩子明白错在哪里，有矩可循。批评孩子的过错不要随便牵连以往的过错，翻旧账，或在众人面前嘲笑、揭短，这会使孩子丧失纠正缺点和错误的信心。

（5）家庭成员对孩子的教育要统一。对孩子存在的缺点和所犯的错误要认识一致，处理意见要统一，配合默契。如果有人护短，尤其是家中有威望的人护短，使孩子有了"保护伞"，就不容易改正错误。

（6）教育工作要经常化。父母要了解孩子，教育孩子，使他有事愿意和大人商量，有心里话愿意和大人讲，这样会使孩子不犯或少犯错误。

怎样纠正孩子说谎的行为？

诚实、正直、坦白是每个社会公民应具有的思想品质，教育孩子不说谎，培养诚实行为应从幼儿时开始。

孩子说谎是不能正确地对待自己言行，不诚实的行为表现，不利于孩子健康成长。那么，为什么孩子要说谎呢？怎样纠正呢？

（1）模仿家长说谎。幼儿的言行举止，大多数是在模仿成人中学会的。例如，妈妈休假在家，不想让别人来探访，让小孩在门口告诉客人："妈妈不在家。"周一孩子不想回幼儿园，也请妈妈告诉老师："小孩今天感冒发烧了，不能回幼儿园了。"孩子很快学会了说谎。因此，要培养孩子诚实的品德，父母要以身作则，要给孩子树立学习的楷模。

（2）做错了事，怕说真话，会受家长严厉的惩罚。幼儿由于好奇，求知欲强，常常会做出让成人难以理解的事。例如，刚给孩子买回的电动汽车，不出一天就被孩子拆得七零八落，为此，遭到家长责骂在所难免；孩子不小心把陶瓷水壶摔碎了，他怕受惩罚，谎称是猫从门窗上跳下来，把水壶碰碎了。为此，孩子逃过了家长的惩罚，并尝到了说谎的"好处"。

（3）记忆上的混乱。东东在幼儿园听老师叫玲玲把新买的电动火车带来给小朋友看看，叮嘱东东明天要带小毛巾回园。可东东回家却要妈妈给他马上去买电动火车玩具带回幼儿园，说是老师吩咐的。他把老师讲的话记错了，这种情况不能认为孩子说谎，不要责怪孩子。

（4）把想象的东西当成现实。幼儿的想象力很丰富，常把想象与现实混淆，把想象误为现实。比如，东东看见邻居小朋友在玩一个玩具飞机，他会对小朋友说："这有什么好玩的，我家有一个真的飞机，我还坐过呢！"实际上他并没坐过飞机，而是在机场看到过真正的飞机，非常想坐一坐真的飞机，把想象当成现实。孩子为了达到个人的某种愿望，使他说的话不完全符合现实，这是孩子心理发展的特点，不能认为是说谎。

（5）父母的许诺要兑现。倘若父母的许诺经常不兑现，孩子就认为父母也在说谎，就有可能不信任或者效仿父母。因此，父母的许诺一定要慎重，要兑现，才能使孩子在诚实的环境中健康成长。

（6）鼓励孩子说老实话。苏联著名英雄奥列格的母亲柯歇娃娅在《我的儿子》一书中说："我努力培养奥列格成为忠诚老实的人，以自觉的态度对待真理和谎言。我对儿子说：'我对你的错误永远会原谅的，但是不老实——我是任何时候都不原谅的。'如果儿童具备了清晰的道理意识，知道说谎不但不好，而且为了说谎，他将会受到比对于他的过失更严厉

171

的责罚，这样，错误便可说纠正了一大半了。"奥列格后来能成为英雄是与母亲的培养教育分不开的。因此，家长要鼓励孩子说老实话，尽管孩子有再大的过错，只要说了真话，也要热忱欢迎，表示谅解，这样孩子就不会说谎。

怎样对待任性的孩子？

任性就是放任自己的个性而不加约束，是一种不正常的心理状态的反映。任性多为孩子发泄不满，要挟大人的手段，这与大人不妥的言语行为和管教方式有很大关系。但任性的孩子并非事事都任性，处处无理。作者印象最深的是四五岁时专门与父亲作对，不管父亲说得对不对，一概不听，对着干，简直成了冤家对头，母亲摇头叹息，邻居嘲笑，在大人的眼中，我俨然是个坏孩子。其实，当时我只是出于好奇，把父亲自行车车胎的气放了，看看自行车不打气是否也可以骑，结果挨了父亲一顿揍和无休止的斥责，我记恨父亲，假如事后父亲能向我赔个不是，讲明道理，也许我不会变成"坏孩子"。因此，要纠正孩子任性，父母应针对孩子特点，认真查找根源，灵活对待，软硬兼施，可采取以下几种方法：

（1）认真分析孩子任性心理，查找根源，对症下药。对于孩子无理要求，父母要坚持原则，要下狠心，要舍得让宝宝哭一场，甚至哭几场。比如3岁的宝宝要妈妈买电动火车（家里已有两辆电动火车），以"不答应，我就不吃饭"要挟大人，哭闹非要买不可，遇到这种情况，最好的处理办法是让他哭，一日三餐不吃饭又会怎样，"饿"可以使他吃东西，也让孩子知道这种办法是不可取的。试想，如果给"不吃饭"的幼儿做点好吃的或者干脆答应他的无理要求，那只会助长他的任性。

（2）孩子任性时，父母切忌火上浇油。天气转凉了，妈妈要女儿穿长衣长裤去幼儿园，但小女儿坚持要穿连衣裙和凉鞋去，如果你对孩子说"衣服穿少，受凉了，会病倒的""看你到了大冬天还穿不穿连衣裙"等等，这样只会加剧孩子的任性。这时不妨让她穿着连衣裙和凉鞋去幼儿园，"冷"会使爱美好强的小女儿明白穿衣服的重要性，从而改正自己的"错误"。

（3）当孩子任性时，父母要想办法转移孩子的注意力。比如，孩子哭闹时，父母可以说："宝宝，瞧，我们家的小白鸽飞得多快呀！小白鸽想家了。"这样把孩子的注意力引到别处去，就会忘掉刚才哭闹的原因，从而停止哭闹。

（4）纠正孩子任性，父母要有耐心，要正面教育。如果孩子的坏脾气已经形成，纠正就意味着再教育，困难很大，父母一定要有耐心，要采取正面教育。比如，可用小伙伴的良好行为与他的不良行为进行对比，告诉孩子什么是对的，什么是错的，激发孩子的自尊心和好胜心，从而改掉任性。

怎样对待淘气的孩子？

在日常生活中，我们常常会听到有些家长叹气地说："我的孩子太淘气了，真拿他没办法。"的确，淘气的孩子会使家长很操心，还会到处惹是生非，影响他人。因此，对淘气的孩子，一方面要注意正确的培养教育，另一方面还要严防他干危险事。

一般地说，淘气的孩子大多数都比较聪明、机智、活泼、求知欲很强，总是不满足已知道的事物，常常自己去探索一些新事物来满足其好奇心。比如，刚买的收音机没听几天就被他拆了；把奶奶养的小鸡扔到河里去；天天用尿浇花等等。其实，孩子自己并没有意识到这些都是"破坏"行为，他是想看看收音机里面装着什么会唱歌、会讲话；想看看小鸭会在水里游，小鸡会不会游；想看看天天用尿浇花，会不会使植物长得快些，早开花，多开花。孩子的好奇心和大胆的探索精神促成了他的淘气。

淘气的孩子思维很活跃，总想帮父母做事情，但由于年幼没有生活经验，常常会干出一些让人啼笑皆非的事，真是好心做坏事，越帮越忙，遇到这种情况，家长千万不要斥责孩子，应耐心地分析问题，帮孩子指出错在哪里，应该怎样做，孩子通过失败的教训，会吃一堑，长一智的。

淘气的孩子大多精力充沛，一刻也闲不住，整天爱玩、爱闹。他们往往不能和别的小朋友一起遵守纪律，对于硬性规定的活动感到得不到满足。因此，他们会想办法发泄自己过盛的精力，从而做出一些淘气的事来。对淘气孩子硬性管束，整天关在家里，是无法使他"安分守己"的；可以让他参加适度的户外活动，把精力花到帮助做些家务劳动，体育活动中去，这是很有必要的。

对于有特殊爱好的小淘气，家长要细致观察，了解其爱好、才能，要有的放矢地加以培养，并给予创造必要的条件，让孩子发挥其聪明才干。

怎样对待幼儿的 "破坏行为"？

幼儿经常把玩具撕破、砸坏，甚至毁掉比较贵重的物品，让父母好心疼。为此，常常遭到父母的训斥和打骂。事实上，大多数幼儿的摔、砸、撕是求知欲的一种特殊表现形式，只有少部分幼儿是淘气性破坏行为或攻击性行为。因此，父母对幼儿的"破坏行为"应分析其破坏的动机，区别对待。

（1）3岁以前的幼儿还处于认识事物，感知事物的阶段，他们对许多事物都好奇。比如，一个漂亮的纸盒，他们很快就撕开看看里面装着什么；妈妈给他一盒积木，他会一块一块地往上摞，摞到一定高度，他猛然一推，"哗啦"一声积木倒了，他哈哈大笑起来。他还小不懂得积木怎么搭，此时，他的兴趣主要在"推"这一动作和积木倒塌的现象，他根本不懂得这是破坏。遇到这类情况，父母不要训斥孩子，只是告诉孩子纸盒是空的，或者先打开让他看看里面装着什么东西；告诉孩子把积木推倒会把积木摔坏，并耐心地教孩子怎样搭积木，当他搭出一个简单的物品时，父母要马上称赞他，这样他就不会破坏自己的作品。

（2）攻击性行为。给两个孩子一样多的积木，一个搭成高楼，另一个什么也没搭成，后者认为前者能搭成高楼，是因为他的积木多，于是他把对方的高楼一下子推倒，并拿走一些积木，自己来搭。这是一种攻击性行为。这是因为孩子年龄小，只意识到自我，不会友好合作地共同游戏。因此，父母要引导孩子和小伙伴合作，友好地一起玩，以避免攻击性行为的发生。

（3）3岁以后的幼儿，好奇心更强，什么都想看一看，摸一摸，不受成人的约束。比如，妈妈把装药水的瓶子放在抽屉里，告诉孩子不许动，他等妈妈不在家时，把药水倒出来，看看到底是装着什么药水这么重要。成人越是说不许动，孩子越好奇，非要动不可，这是孩子的逆反心理。成人应该直

175

截了当地告诉孩子："这是妈妈吃的药水,没病的孩子不能吃,吃了会哑巴的。"这样,孩子就不会去乱动,更不会把药水喝下去。

孩子打架,家长应该怎么办?

孩子们成"群"地在一起活动,不可避免地会发生争吵,甚至发展到动手打架。家长看见孩子间的争吵和打架总觉得厌烦,往往孩子会被大人训斥几句或痛打一顿而告结束,也常常看到邻居之间为了孩子打架而不和的事,有时,两家大人还会因孩子打架而大打出手,成为"冤家对头",这些做法都是非常错误的。孩子正处于生长发育阶段,他们的情绪不稳定,情感外露,容易冲动,加上知识经验不足,所以孩子之间往往容易因为一点小事而发生冲突。因此孩子间的打架不足为奇,是一种正常的心理现象,关键是双方家长应正确处理,以下提几点供参考。

(1) 双方家长应先冷静而严肃地加以制止,以防发生意外伤害。

(2) 要耐心地问明原因,家长应持友好、公正的态度来解决问题,不能偏袒一方,各自对自己的孩子严格一点,对别人的孩子要多体谅,但也要讲道理,不能放弃教育。因为无论对哪一个孩子的错误纵容,都是对孩子的成长不负责任。教育要讲究方法,对对方的孩子和家长都要以诚相待,不要破坏邻里间的友好相处。

(3) 要对孩子进行正面教育,耐心解释,讲清道理,让孩子知道他们错在哪里,应该怎样做。孩子自己解决不了的问题,可以找家长帮助解决,不能打架。切忌粗暴地责骂和殴打，这不能使孩子认识错误、改正错误，反而引起孩子的反感，促使粗暴或怯懦的性格形成。

（4）家长处理孩子打架时，要大事化小，小事化了，绝不能火上浇油。即使遇到问题比较严重，也应先控制情感，先"降温"，然后再找对方家长协商解决问题。

（5）父母以身作则，严格要求自己，事事讲理，宽以待人，态度和蔼亲切，讲文明礼貌的良好的精神状态，是感染教育孩子少与别人争吵、打架的最好办法。

什么叫智力？

一般来说，智力是指人们获得和运用知识的能力，也就是对客观事物及其规律的认识能力、解决问题的能力和创造的能力。具体地说，智力包括注意力，记忆力，思维能力，想象力，观察力和独立解决问题的能力。而观察力是基础，人们称之为智慧之门，思维能力是中心环节。

智力的发展是不能单纯从孩子掌握知识的多少来衡量的，而应该从孩子对感知事物记忆力的强弱，掌握知识的快慢，是否善于联想、提出问题、动脑筋想办法，以及思考解决问题的快慢等等，来衡量孩子智力发展的高低。比如，让孩子观察小汽车和货车，要求孩子说出两种车有什么不同，特别要引导孩子观察两种车的车轮。少数孩子只能说出两种车子都会在路上行驶，而多数孩子就能观察到小汽车有四个车轮，前面两个，后面两个，只能载人；而货车前面是驾驶室，只载一个司机和一个助手，比较轻，货车后面要载许多货物，很重，需要四个轮子才能载得起。这提示了孩子智力的高低对事物观察的结果明显不一样，智力高的孩子除了能集中注意细致地观察外，还会把过去学到的知识经验通过想象和思维，来揭露出事物的因果关系，来说明为什么货车后面要有四个车轮的原因。

智力和知识是有区别的，但又密切相关。智力是获得知识和运用知识的能力。比如，孩子在专心地做游戏时，虽然屋子里的收音机在广播，由于没有注意收音机，就不会感知收音机在广播，所以，如果没有注意去感知，去观察事物，并把它记住，根本就不可能掌握知识。如果没有运用想象和思维去认识事物，只靠死记硬背得来的知识也是肤浅的，也不可能灵活运用。而知识是对客观事物的认识和经验，是发展智力的基础，知识越丰富，思维能力就越灵活，判断和推理也就更准确。因此，家长要鼓励孩子在观察和实践活动中多提问题，更多地掌握知识来促进智力的发展，反过来，智力发展了，掌握知识就会更快、更深、更牢固，两者起相辅相成的作用。

什么叫智力测验？

小儿的体重可以用秤来测量，身高可以用尺来测量，那么小儿的智力发展怎么测量呢？一般来说，要由经过专门训练的医生或保健人员通过智力测验来进行衡量。

智力测验是根据正常小儿中，各年龄阶段小儿智能发育的典型表现来设计的各种各样的项目，这些项目能比较全面地反映出小儿神经精神发育各方面的能力。比如抬头、坐、爬、站立、走等大运动能力；用手拿小物体，写字，系鞋带等手的精细动作能力；小儿语言发育以及小儿的记忆力、思维能力、想象力、观察能力等；小儿自发微笑，模仿做家务等社交能力等等。然后在正常的各年龄阶段小儿中测验，得出每个年龄段完成这些项目的情况，将得出的结果数量化，作为正常标准。以后被测量的小儿在同样条件下，进行同样项目的测验，将得出结果与正常标准比较，就可以评定智能发展水平，也称为智商。

智力测验的结果只能反映小儿当时的情况，不能预测将来的智能水平，测试结果还受到各种因素，如测试者的态度，被测试者的健康、情绪以及测试环境等影响，因此，一次测试结果不能轻易下结论，必要时应反复测试方可定论。

婴幼儿智力测验有哪些主要方法？

目前国内外采用的智力测验方法种类很多，有综合能力测验的，也有单独某一方面测验的，此外还有测验小儿的创造性能力等。按测验的目的可分为两大类，即筛查性和诊断性智力测验。

筛查性智力测验是一种比较简单、快速、经济的测验方法。比较常用的筛查测验有：

（1）丹佛发育筛查试验（简称DDST）。该方法包括个人—社会适应，细动作—应物，语言和粗动作等四方面的能力，共有105个项目，适用于0～6岁儿童。

（2）绘人试验。要求小儿在一张白纸上用铅笔画人像，然后进行评分。该方法简便，10～15分钟可完成，不需要语言交往，可用于不同语言地区，适用于5～9岁儿童。

（3）图片词汇测试。这是一本画有120张图的测验本，每张图由4幅画组成，其中每一幅代表一个词汇，用测验本来测定小儿对词汇的理解能力，适用于4～9岁儿童。

筛查出有问题的小儿,应进一步进行诊断性智力测验,该方法包括范围广,内容多而详细,测试时间较长,评定也较复杂,但可得出智商和发育商。常用的诊断性测验有:

(1)盖泽儿婴儿发育量表。该方法包括粗动作、精细动作、应物能、语言能和应人能五个方面的测试,适用于4周至3岁的婴幼儿。

(2)斯坦福-比奈量表。该测验内容包括具体知识如感知、辨别和记忆,以及抽象知识如思维、逻辑、数量和词汇,适用于2岁半~18岁的儿童及青少年。

(3)韦克斯勒学前儿童量表。测试内容包括词语类和操作类两大部分,适用于4~6岁儿童。

怎样开发学龄前幼儿的智力?

科学研究证明,人与人之间的智力差别,主要是由后天社会环境不同造成的。人脑的生理结构,为智力发展提供了巨大的可能,除了先天性脑发育不全的痴呆儿,大多数人有着大体相似的智力,问题在于是否能够及时得到"开发"。人脑是在学龄前期成熟起来,其成熟的程度取决于营养、健康、接受知识的多少,在外界刺激下思维的活跃程度等等。因此,幼儿期对于人的智力发展具有重大意义。开发学龄前幼儿智力,应注意做到以下几点:

(1)提高幼儿语言的表达能力。语言是人类交际的工具,是思维的直接体现。学龄前幼儿是通过与成年人交谈来掌握词汇和语法的。因此,要培养幼儿和父母交谈的习惯,通过交谈,让孩子知道自己的姓名、住址和幼儿园名称,知道父母的姓名和工作单位,知道日常生活用品的名称、性质和用途。要教孩子有条理地描述事物。教孩子唱儿歌，讲故事，并要求孩子复述故事主要内容等等。成年人应充分运用成年人和幼儿交谈这一手段来丰富幼儿的词汇，提高幼儿的语言表达能力。

（2）培养幼儿对周围环境的观察力和进行探索的兴趣。幼儿的智力是在掌握语言和认识周围环境的过程中发展起来的。而观察是幼儿认识周围环境的基本方法。学龄前幼儿的大脑生长发育特别迅速，对周围生活环境很敏感，表现出强烈的求知欲和好奇心。他们经常会提出"这是什么"，"那是什么"，"为什么"等问题，目的想了解各种事物以及各种事物之间的联系。孩子"七问八问"、"没完没了"地问，是思维活跃的表现，作为家长应尽可能给予正确的回答，并鼓励孩子积极提问题。家长应为孩子创造广泛接触、认识自然界和社会的机会，例如，带孩子去公园、动物园玩，参观各种展览，以发展其感知能力。同时，应引导孩子对感性材料进行思维加工，正确理解各种现象的因果关系，以提高幼儿的思维能力。

（3）教幼儿识字，培养读书的兴趣。识字能大大地促进学龄前幼儿思维能力和语言表达能力。幼儿识字以后，就可以通过自己阅读图书摄取大量养料。当幼儿能连认带猜地阅读小人书的时候，便会对读书产生极大的兴趣。四五岁是幼儿学习书面语言的最佳年龄，家长应把握好最佳时期，教孩子识字，培养其读书的兴趣。

（4）培养幼儿画画的兴趣。画画是一种摹拟活动，通过画画有助于发展幼儿的观察力，记忆力以及想象力。例如，幼儿学会了画汽车的方法，当他在街上看到各种不同的汽车时，就会兴致勃勃地想把它们画出来。父母应该为孩子准备好纸和笔，鼓励孩子画画。父母还可以提示孩子画点什么，让他在日常生活中留意观察，然后画出来。如果孩子画不好，家长应启发诱导，鼓励孩子重新画。鼓励孩子自由创作，自由画，充分发挥孩子的想象力。

小儿智力发育与哪些因素有关？

小儿智力水平相差很大，有的孩子聪敏过人，被称为神童，有的孩子成绩一般，而少数孩子却是"低能"，这是因为小儿智力发育受许多因素的影响，主要有以下几个方面：

（1）遗传因素。小儿的智商在一定程度上受父母遗传因素的影响。一般来说，父母智商高的，孩子智商都比较高；而父母智商均低下的，孩子的智商一般都不高。此外，孩子的智商还与遗传、代谢性疾病、染色体及基因异常等有关。

（2）环境因素。小儿生来大都是好的，到了后来，或者好，或者变坏，这与所处环境的好坏关系密切。良好的生活环境、教养条件可充分发挥孩子的潜在智能，而小时候智商很高的小儿，如果不进一步培养、教育，那本来具有的发展潜能得不到充分的发挥，很可能将来智商一般。

（3）营养状况。0～2岁婴幼儿的脑发育最为迅速，此期孩子严重营养不良，可使脑发育受到影响，从而影响小儿智力发育。

（4）疾病影响。出生时窒息、颅内出血、低血糖、核黄疸等等，均可损害脑组织，影响脑的发育和功能。生后神经系统的损伤和感染，如脑外伤、颅内感染，可损害脑组织，并不同程度地影响小儿智力发育。

（5）智能开发。小儿从出生那一刻起，他就能看、听、接触周围的一切，就开始学习。因此，教育应从零岁开始，掌握好智力发展的关键期，早期进行各种训练，以促进其大脑的发育和代偿，发挥其最大的潜能，促进小儿智能发展。

儿童智商与环境因素有什么关系？

儿童智商除了与遗传、营养以及早期智能开发等因素有关外，还与环境因素密切相关。

（1）生活环境。许多研究表明，生活在宁静，柔和环境中的孩子智商较高，而生活在充满噪音的环境中的孩子智力发育都比较差。法国研究者的试验显示，噪声在 55 分贝时，孩子的理解错误率为 4.3%，而噪声在 60 分贝以上时，则理解错误率上升到 15%。因此，应尽量避免各种噪音对孩子的干扰，以免影响孩子的智力发育。此外，家庭环境是孩子最初的生活环境。家庭和睦，气氛融洽，充满亲情之爱，孩子处在欢声笑语的家庭环境中，就会感情丰富，充满笑容，这可促进孩子的智力发育。相反，夫妻反目，争吵不休，孩子享受不到母爱或父爱，在毫无笑声的家庭环境中，培养的孩子就会面孔冷漠，心情压抑，孤独，智商明显降低。

（2）居室布置。日本研究者经过观察发现，生活在芳香环境中的儿童，在视觉、知觉、接受与模仿能力等方面都明显优于生活在一般环境中的孩子。因为芳香能使人的心情舒畅，情绪高涨，并能增强听觉与嗅觉以及思维的灵敏度。因此，可在孩子的居室和教室置放一些花草或芳香物品，或洒一点天然的香水，造成香气洋溢的环境，这样可提高孩子的智商。

室内整体的色彩对人的心理和生理影响很大。红色使人心情活跃，绿色可缓和心理矛盾，黄色使人宁和，紫色或黑色使人压抑，灰色令人消沉。德国研究者研究表明，颜色还与小儿的智力发育有关，例如橙黄色、淡蓝色以及黄绿色能振奋精神，集中注意力；而黑色、白色以及褐色可影响智力发展，降低智商。因此，孩子的居室或教室的墙壁应涂成淡蓝色，或挂些淡蓝色背景的挂图或条幅，这有助于小儿的智力发育。

（3）社会交往。社会交往是人的本能，它可扩大信息，促进脑功能。研究表明，从小喜欢与成人打交道的孩子，长大后的学习成绩普遍较好，而不大喜欢与成人交往的孩子普遍较差。因此，父母应经常与孩子交谈，应鼓励孩子走出家庭，与小伙伴一起玩，与大哥哥、大姐姐，甚至叔叔、阿姨交朋友，扩大人际交往圈子，这可提高儿童的智商。

超常儿童有哪些特点？

同一年龄阶段儿童的智能发展水平相差不大，但也存在个别差异。绝大多数儿童的智能处于中间水平，只有极少数儿童处于高水平或低水平，当孩子的智商指标比一般同龄孩子高出40分以上时，即为超常儿童。

一般说来，智力超常的孩子都有以下特点：

（1）对周围事物有很强的观察力。这些孩子对周围事物充满着好奇心，他们观察事物比一般孩子更准确、细致、敏捷，更能发现事物的异、同之处，并爱追根到底地思索问题。例如，小汽车、大客车和货车有什么异同之处；不同动物的形状、叫声、动作以及吃什么；为什么天会下雨？为什么冬天会下雪等等？这些超常儿童的求知欲强，能敏锐地观察周围事物的变化，有很强的观察能力。

（2）有惊人的记忆力。超常儿童的记忆容量大大地大于一般孩子，再加上能较长时间地高度集中注意，因此，记同样内容所用的时间大大地少于其他孩子，这就是学习效果特别好的原因。

（3）有丰富的想象力。超常儿童的幻想、理想很多，脑子里存有许多记忆，会经常产生许多图像，常在搭积木、绘画以及玩游戏时表现出来。

（4）有很强的抽象思维能力。在日常生活中，超常儿童常常会提出一些抽象的问题，并对一些抽象的词感兴趣，例如，什么叫国家、民族、人民、宇宙、世界等等。能通过观察具体的现象发现事物的内在关系，例如，牛顿看到苹果从树上落下来，就会联想到苹果与地球之间存在着吸引力。他们常常会提出："鸟儿为什么会飞，飞机为什么会飞，而人为什么飞不起来？""为什么人和猩猩长得很相像？""为什么先闪电后打雷？"等等问题。

（5）有良好的个性品质。超常儿童性格活泼开朗、胆大、热情，普遍表现出比较自信好强，不甘落后，有一股非学会干好不可的倔劲，对要追求的目标有一种献身精神。例如，科技大学少年班学生宁铂，小时候为了试验光脚丫睡觉会不会生病，大冬天睡觉故意把脚露在外面。科学家们认为，良好的个性品质可能是使这些孩子成为超常儿童的秘诀之一。

怎样教育和培养超常儿童？

孩子的聪明才智，是先天素质，后天教育和自身实践三方面因素相互作用的产物。人的遗传素质是有一定的差别，这种差别提供了发展成为超常儿童的可能性，要使这种可能性变为现实，其重要的条件是对幼儿进行适当的早期教育。因为人的大脑神经是越用越灵活，一般认为，人一生的智力，通常只占人的潜能的四分之一，所以，早期开发孩子的智力，挖掘他的潜能，会使幼儿在不同程度上变得更加聪明，这对今后的智力发展是大有好处的。同样地有天资而缺乏勤奋的孩子，将来也难成大器。

培养聪明的孩子，家长应仔细地观察孩子的兴趣和爱好，从而发现智慧的萌芽，并加以引导和扶植。比如，有的孩子语言表达能力较强；有的对数学感兴趣；有的思维能力强，想象力很丰富；有的爱好体育活动；有的乐感很好，对音乐有天赋。总之，家长应根据孩子的爱好和兴趣给予培养、训练，使之能充分发挥特长，长大后可望成为天才人物。

超常儿童的模仿能力很强，一般是看到什么就要学什么。孩子的学习最初就是从模仿父母开始的，父母对孩子的影响是很大的，父母应当给孩子做出好榜样。在日常生活中，父母应及时给孩子指出"哪些是对的"，"哪些是错的"，"哪些应该学习"，"哪些不应该学习"，这样孩子是非明确，就会向好的方面发展。

超常儿童的智力发展很快，做父母的要不断地为孩子提供知识食粮，多为他们购置感兴趣的书籍，经常带孩子去公园、植物园、动物园、展览馆等看看，不断地增长孩子的知识面，并从中培养孩子的观察力、注意力、记忆力以及思考能力。

超常儿童接受能力快，记忆力强，求知欲高。比如，小朋友们一起学唱歌，一般的孩子要学十遍，而他学三遍就学会了。这时做父母的不要急于表扬，而要注意发挥他的"余力"，应紧接着给孩子提出新课题，给他新的内容，这样，在孩子还没有来得及产生骄傲自满情绪时，就给予新的任务，鼓励孩子不断地去努力，更好地开发孩子的潜能。

智力超常的孩子，毕竟还是孩子。他们和一般同年龄的孩子一样天真、幼稚、单纯、爱玩。因此，该玩的时候要让孩子去玩，尽情地玩，让孩子多和别的孩子一起玩，培养孩子热情、开朗的性格和热爱集体的精神。

怎样划分弱智儿童的等级？

智能迟缓的孩子也称为弱智儿童。弱智儿童的智力发育明显低于同龄儿平均水平，智商（IQ）在平均值减2个标准差以下，伴有学习和（或）社会适应困难。小儿智能落后是大脑发育障碍引起的综合性功能不全，包括认知、记忆、理解、运动、言语、综合分析、思维、想象、解决问题等各方面。根据智力落后的程度不同，可将弱智儿童分为4个等级。

（1）轻度：IQ在55～69，这类孩子自幼动作发育和语言发育都比正常儿童迟，学习能力和适应环境能力差，能进行简单的计算，想象、综合分析能力差，运动技能、社会交往能力比正常儿童差些。入小学后方才发觉智能差，属于能"教育"儿童。通过训练、教育可以从事简单的劳动，长大后能自己供养自己。

（2）中度：IQ在40～54，自幼动作发育和语言发育以及大小便习惯的训练均落后于正常儿童。走路、说话迟，只能说一些简单的词句来表达意思，说话不清楚，词汇少，只能进行 10 以内计数，想象、综合判断能力差，可与别人进行简单的交往，经训练后能掌握简单的技能，可以自我照顾、料理，但需要成人的监护。

（3）重度：IQ 在 25～39，这类孩子自幼动作发育和语言发育明显落后于正常儿童，动作发育迟缓，5～6 岁才会走路，只能说出简单、含糊不清的单音或单词，对语言的理解能力极差，不会计数，与别人只能进行一些极为简单的交往，经过训练可培养一些简单的生活能力，如洗脸、洗手，自己料理大小便等。

（4）极重度：IQ＜24，自幼动作发育和语言发育严重障碍。大多数孩子根本不能坐、走路，终日卧床，少部分能走的也无定向、定时能力，外出不懂得返回，对周围环境无反应，不能与别人交往，对外来的危险完全无自卫能力，完全丧失生活能力，如饮食、大小便均需要别人照顾、料理。

怎样进行弱智儿童的教育？

弱智儿童的教育问题是非常棘手的。因为正常小孩一教就会，一学就懂，而弱智儿童有时要教几十遍才学会。所以应该采取一些特殊的教育方式，使他们克服一些智能上的障碍，尽可能地开发孩子的潜能，为此，对弱智儿童的教育应注意以下几方面：

（1）要尊重孩子，进行正面教育。弱智儿童是人，他有做人的尊严，同样享有教育的权利，因此，父母和老师在思想上必须树立起弱智儿童应该教育、可以教育的观点；要尊重孩子，不应以轻视、歧视的态度对待这些儿童，否则会使孩子产生抵触情绪，出现躲避、拒绝接受帮助，无法进行教育。

（2）根据实际情况来确定教育目标。家长应根据孩子弱智程度的不同来确定教育目标，对于轻度弱智儿童除注意培养生活能力外，还要注重知识教育；中度以上弱智则应注重培养生活自理能力，比如，从小先教会自己解大小便，然后逐步训练自己吃饭、穿衣、叠被等，长大后训练他做些简单家务。

（3）要有耐心。智力落后的儿童，常常经过多次的教导训练，仍然没有学会干一件事。做为父母的，切勿中途放弃，一定要有耐心，不要责骂孩子，要耐心地反复给予教导，只要教的内容是孩子能力能做到的，相信经过反复地训练，他终将会学会的。

（4）激发孩子的好奇心。一般说来，弱智儿童缺乏好奇心，注意力不集中，因此，父母应为孩子多买些玩具，经常带孩子去参加一些游戏活动，讲故事给孩子听，以激发孩子的好奇心。通过玩具、游戏、讲故事等教孩子识字、计数等，但这些都要在先关心培养孩子的独立生活能力的基础上进行。

怎样培养幼儿看书的兴趣和习惯？

前苏联著名教育家苏霍姆林斯基说过："启发智慧和鼓舞人心的书往往决定一个人的前途。"由此可见，有意识地培养幼儿看书的兴趣和习惯有着多么重要的意义。作为家长应怎样培养孩子看书的兴趣和习惯呢？

（1）父母要以身作则。父母是孩子出生后的第一任老师，他们的一举一动都将对孩子的教育产生深远的影响。父母本身要养成爱看书的好习惯，父母博览群书，孩子自然而然也会受到这种好习惯的熏陶，逐渐养成爱看书的好习惯。

（2）要给孩子创立一个有书香味道的环境。父母应在孩子出生前购置一些书籍，使孩子一降生就能看到书。随着年龄增长，孩子就可以摸摸书，并逐渐意识到书和玩具一样，是不可缺少的，非常重要的。稍大些幼儿父母就可以和孩子一起，边看边给他讲书的内容，讲到中途停下来，并告诉他："妈妈要去做饭了，你先自己看吧！"孩子会要求你继续讲，这时，你就告诉孩子："要是你多认些字，就会自己看了，那多好呀！"这样既可促使孩子努力多认字，又激发了孩子看书的兴趣。

（3）为孩子选择合适的书籍。选择书籍要根据孩子年龄特点而定。年龄越小，其思维越具有直观性、形象性，应选择以图为主，色彩鲜艳，形象具体生动的儿童画报，童话故事的连环画，有趣味性的图画等给孩子看。年龄稍大些幼儿就可以购置些图文并茂的儿童书籍。再大的幼儿，可以购置一些文字稍多的优秀童话故事和一些知识性书籍，如益智故事、科学常识等。

（4）要满足孩子的求知欲望。幼儿有强烈的求知欲望，家长应尽量给予满足，开始，家长可以每天为孩子阅读些有趣的童话故事、儿童诗等，使孩子意识到书里面有许多有趣的东西，从而激发孩子自己去看书的欲望。家长最好每天抽些时间和孩子一起看书，并讨论书里面的内容，进一步激发孩子看书的兴趣，使孩子觉得看书就像每天吃饭一样，是不可缺少的。这样，孩子渐渐地就会培养起爱看书的好习惯，把书当作自己的良师益友。

怎样指导幼儿看"小人书"?

儿童读物"小人书"是幼儿必读的书籍。"小人书"形象生动，色彩鲜艳，画面活泼，可使孩子大开眼界，从中孩子可以获得不少知识，可以提高语言表达能力，激发孩子热爱生活。有的家长给孩子买了许多儿童读物，认为孩子能坐在那里安静看书就行了，至于怎么看，从书里学到什么就不过问了，结果造成孩子看书不认真，拿着一大堆书乱翻，翻了一本又一本，什么也记不住，那受益太少了。因此家长不但要为孩子提供大量的"小人书"，来丰富孩子的知识，满足孩子的求知欲，还要正确指导孩子看书。

为孩子选择合适的书。家长要根据孩子的需要和成人对孩子的要求目标来选择书。比如，孩子想获得某方面的知识，或成人要纠正孩子某方面的不良习惯，就可以有针对性地选择有关的书。书的内容要孩子能够理解的，趣味性强的，画面要清晰的。

给孩子"小人书"时，一次不要太多，每次给一两本即可，书给多了，孩子眼花缭乱，看着这本想着那本，看一本扔一本，反而不能认真地阅读。

指导孩子看书。开始时，家长可一页一页地读给孩子听，并用手指点着，让孩子集中注意看，帮助孩子了解书中的内容。逐渐地可边讲、边看、边问，引导孩子思考。最后让孩子自己看书，有的孩子会边看边说，遇到这种情况，家长不要制止，不要说："看书别出声音！"因为这正反映孩子的心理活动，同时也使他的语言得到锻炼。孩子看完后，家长可以跟孩子交谈，谈书中的人物、角色、情节等，让孩子从中领悟出一些道理。让孩子给家长讲讲书中的内容，看看孩子凭借自己的观察理解了多少。也可把孩子讲的故事录音下来，然后再放给他听听，让孩子感受到看书的乐趣，从而更爱看、听、讲书。

为什么要向幼儿进行美育？

对幼儿进行美育，不仅可以培养孩子认识生活，认识世界的能力，而且还可以丰富孩子的想象力，提高其创造才能，促使孩子优良品质的形成，促进各种能力的发育。前苏联著名教育家苏霍姆林斯基说过："美是一种心灵的体操——它使我们心灵正真，心地纯洁，情感和信念端正。"所以说，幼儿美育的目标是：培养孩子成长为有高度教养，有丰富情感的人，美育在使孩子感受人类在劳动中，在艺术活动中所创造的美的事物的同时，激发孩子去追求更加美好事物的愿望，培养幼儿对真正美的执着追求，自觉地运用美的规律创造更加美好的未来，为集体、为社会作出贡献。

美育包括哪些方面？

美育是儿童全面发展教育的一个组成部分，它与德育、智育、体育以及孩子的个性发展有着密切的关系。美育大体上包括以下几个方面：

（1）自然美。浩瀚的星空，风景秀丽的山川，茂密的森林，艳丽芳香的花朵，奇特的珍禽等等，通过这许许多多自然界的色彩、形状和声音的变化，作用于人的感觉器官，产生美感。因此，家长应经常带孩子到大自然中去，让孩子认识和感受自然界的美。

（2）社会美。社会是以人为核心的，所以人的美是社会美的核心。人的美包括形体美和心灵美，而心灵美更为重要，两者应和谐统一。因此，在日常生活中，家长应通过各种教育手段，教孩子学会分辨美与丑，善与恶。

（3）生活美。包括家庭环境美和人体服饰美。家庭环境虽然小，但可以陶冶人的品性。无论房间大小，都要打扫干净，布置得整齐，典雅，避免杂乱无章，让孩子从家庭小天地里感受到环境美。幼儿的衣服不要有过多的装饰品，更不要把孩子打扮成小大人，简洁、明快的衣着看起来美观大方，要培养孩子从小养成关心自己仪表的习惯，逐渐引导孩子将内心的美和外在的美有机地统一起来。

（4）艺术美。艺术是美的集中表现，是艺术家通过创造性劳动将现实生活中美的事物，表现得更美。比如，精美的图画，动人的歌声，优美的舞姿，迷人的体操，常常吸引着孩子，并打开孩子向往美好境界的心灵之窗，使孩子享受到艺术的美，从而启发和提高了幼儿的艺术兴趣和审美能力。

什么样的孩子才算美?

孩子是"祖国的花朵"，把"花朵"打扮得漂亮一点，这是人们共同的愿望。家长们都希望自己的孩子美。但是，孩子美与不美，不能只看外表，更重要的是要看心灵。仪表美主要是指容貌身材，衣着穿戴，言谈举止等。心灵美主要是指品德优秀，思想情操高尚，智慧丰富，才华横溢等。那什么样的孩子才算美呢?

（1）仪表美。孩子的衣着穿戴要做到整齐、清洁、美观大方。穿戴不能过于华丽，不要穿奇装异服，不要把孩子打扮成小大人。

（2）心灵美。孩子应具有高尚的思想情操，爱祖国、爱人民、爱劳动、爱集体、大公无私，正直诚实，助人为乐，谦虚好学，艰苦朴素，言行一致的优良品德和作风。

（3）语言美。说话和气，有礼貌，使用规范化的礼貌语言，不讲粗话、脏话，不骂人，不强词夺理。

（4）行为美。孩子在体态上要健美。在日常生活中要坐有坐相，站有站相，要做好事，遵守纪律，爱护公物，团结友爱等。

总之，孩子的一切——容貌、衣裳、灵魂、思想，都应当是美的。愿每位家长努力把自己的孩子塑造成从外表到心灵都是美的新一代吧！

怎样培养孩子美的仪表和举止？

怎样培养孩子美的仪表呢？首先要了解仪表美的内容，然后家长要耐心地指导孩子去做。

（1）要培养孩子正确的站、立、走、坐、卧的姿势，出现不正确的姿势要加以纠正。

（2）培养良好的卫生习惯。比如早晚洗脸，饭后刷牙，漱口，饭前便后洗手，定期洗头、洗澡、理发、剪指甲等，还要注意公共卫生，把痰吐到痰盂内，果皮丢到垃圾桶内，不在墙壁上乱涂乱画等等。

（3）文明行为的培养。家长应具体地教孩子礼貌用语，比如，见到别人要问好；客人来访要倒茶、端椅子，请客人坐下；不小心碰了别人要说："对不起，请原谅"；别人说话不随便插嘴；在公共场所不要大声喧哗等等。

（4）教育孩子衣着美。要教育孩子在穿着上注意整洁、朴素、美观、大方，不穿奇装异服，不奢侈浪费及追求时髦。更不要给孩子烫发，搽粉，染指甲，戴项链等，以免损害孩子的天真和纯洁，单纯地追求低级趣味的东西。

家长要以自己的高尚情操，美的仪表和举止去影响和教育孩子。许多孩子的性格、作风很像父母，这并不是遗传的原因，而是在日常生活中受了父母的熏陶，潜移默化，自然形成的。因此，家长要以身作则，要求孩子做到的，自己首先要做到。要用孩子能够理解的语言，向他提出具体、明确的要求，并要敦促孩子去做，这样才能培养孩子美的仪表和举止。

怎样培养孩子健康的审美情趣？

爱美之心，人皆有之。至于幼儿的美感，早就存在，比如，新生儿对母爱的感知；6个月左右的婴儿就喜欢色彩鲜明的东西，易为颜色漂亮的玩具所吸引，会伸手去抓，爱听优美的音乐；1～2岁幼儿开始喜欢色彩鲜艳的衣服，懂得穿新衣服好看，感知到新鞋子、花手帕以及蝴蝶结等物体的美丽；幼儿喜欢别人夸他美，听了赞美话会表现出兴高采烈的样子等等。但是，幼儿时期的孩子对真正的美与丑还缺乏辨别能力，以为衣服色彩鲜艳、式样新奇的就是美，而不管颜色是否协调，好看不好看。随着年龄的增长，孩子的审美能力会逐渐提高，但还是很不成熟，需要成人给予指导。

人的审美观念，是受时代、民族、阶级、文化教养的影响和制约的。不同时代、民族、阶级、文化教养的人，有着不同的审美观念，主要表现在审美理想上，有高尚、远大，也有低级、渺小；在审美趣味上，有健康、向上，也有庸俗、堕落；在审美判断上，有正确、深刻，也有错误、肤浅等等。因此，做父母的要教会孩子辨别和喜爱那些纯真的、善良的、美好的事物，嫉恶那些丑陋的、虚假的、腐朽的事物，从小就培养孩子具有健康的审美情趣，比如，经常给孩子听优美的音乐，教孩子唱健康的歌曲，给孩子讲有意义的故事，带孩子到大自然中去，让孩子欣赏大自然的美，正确理解劳动的美、日常生活的美以及艺术作品的美等等。如发现孩子学唱情调不健康的歌曲，喜看黄色画片，进行一些低级庸俗的娱乐时，家长要及时地帮助孩子明辨美与丑，从而提高孩子的审美能力，使下一代从小就有对美好生活的向往，为将来具有较高的文化教养、美学修养以及创造美的生活能力打下坚实的基础。

为什么要利用节假日向孩子进行美育？

生活无限美，每逢"元旦"、"五·一"、"六·一"、"七·一"、"八·一"、"十·一"，再加上我国传统的春节、元宵节、清明节、端午节、中秋节、重阳节等节日，更是五彩缤纷，生活的美在节日里显得更加绚丽多姿。因此，孩子总是怀着神秘的喜悦盼望着节日的到来，生活的乐趣将会长久地保留在孩子美好的记忆中，并促使孩子产生热爱生活、热爱祖国的思想。

家长要充分利用节假日向孩子进行美感教育，要尽可能地和孩子一起欢度节日，以你对生活的热爱、愉快的心情来感染孩子。比如在"元旦"、"六·一"节，你可以和孩子一起动手剪折花朵图案布置房间，做些小玩具，送给孩子一些有意义的小礼品作纪念，这些会给孩子带来极大的欢乐。可以带孩子到街上看看节日的气氛，观赏节日的风采，用孩子能够理解的语言，向孩子解释节日的意义，这会使孩子变得兴高采烈，丰富了孩子的知识，加深了孩子对生活美的印象和体验，为孩子的生活增添了无限乐趣。

怎样对孩子进行音乐教育？

唱歌、跳舞最能表现孩子欢乐喜悦的心情，特别是学会走路以后的幼儿，常常会跟着音乐的节拍手舞足蹈。这时家长应进一步激发孩子学习音乐的兴趣，并为孩子创造一个良好的学习音乐的环境，这是非常重要的。

（1）多听音乐。可通过收音机、录音机、音乐磁带等有选择地让孩子多听音乐，听一些孩子感兴趣的，适合儿童特点的小曲。也可以听父母唱儿歌。在玩的时候、吃饭的时候、休息的时候，都可以听听音乐，逐渐地孩子就会对音乐产生兴趣。

（2）有选择地听音乐。孩子所听的音乐应是欢快的，节奏性强的，轻松的。对节奏太强烈的迪斯科、摇滚乐不要听，这有害于幼儿的欣赏能力。目前有很多幼儿音乐磁带，如幼儿欣赏乐曲、幼儿舞曲、节奏乐曲、小提琴曲、钢琴曲等等，都适合幼儿听。

（3）给孩子找个好老师。日本小提琴教育家铃木镇一说过："没有天生的音痴，那是跟音痴的父母唱的儿歌，一丝不差地学得的。每天使其听音痴唱的歌，无论什么孩子都会变成音痴，这是世人皆知的。""要使小黄莺学会美妙的鸣啭，在生下的一个月内，就要给它找个好老师。这只黄莺的未来，实

197

际上是由那个老师的声音和调子的好坏决定的。"由此可见，父母不能随随便便唱歌给幼儿听，一定要注意音准，最好能给孩子找个好的音乐老师来指导，这更能激发孩子学音乐的兴趣，并学好音乐。

（4）听最高水平的音乐演奏。要让幼儿听真正的最高水平的音乐演奏，这如同母亲使用美好的语言，孩子也学会使用美好语言一样。因此，要想让孩子学习音乐，务必要让孩子听音乐领域内的最高水平的真正的音乐演奏。

（5）要掌握音量。听音乐时，要注意掌握音量，音量太小，孩子听不清楚，音量太大，会使孩子感到疲劳、烦躁。同时还要注意听的时间不要过长，内容不要太多。

（6）鼓励孩子多参加实践活动。如参加幼儿园演出，看小朋友演奏，让幼儿学习一两种乐器等。

总之，家长应该想方设法让孩子感受到学音乐是一种美的享受，是一种乐趣，从而喜爱音乐，让音乐成为孩子的终身伴侣。

如何引导孩子欣赏音乐？

音乐欣赏能启迪孩子的智慧，陶冶孩子的情操，使孩子情绪愉快，能培养孩子对音乐的爱好，使孩子成长为身心健康的人。

要提高幼儿的音乐欣赏水平，首先要选择可供孩子欣赏的声乐作品和器乐作品。许多少年儿童歌曲为幼儿所喜爱，如现代歌曲，民间流传的歌曲。器乐曲如手提琴、木琴、筝、钢琴等演奏的乐曲，以及西洋管弦乐等，歌曲如《让我们荡起双桨》、《卖报歌》、《听妈妈讲那过去的事情》，器乐曲如《摇篮曲》、《中国人民解放军进行曲》、《运动员进行曲》、《托儿所的早晨》等，都可供幼儿欣赏。

用多种形式引导孩子欣赏音乐。如给孩子听音乐故事，听音乐画画。如果能在童话故事中配上一段段音乐给孩子听，则更能吸引孩子，使孩子能更好地感受音乐，想象音乐。也可以给孩子准备一些内容生动有趣、旋律活泼明快的音乐磁带，鼓励幼儿反复听，模仿唱，让孩子从听、唱中体会音乐给他带来的欢乐，从而更加喜欢音乐。

成人和幼儿共同欣赏音乐时，成人的态度要积极，可以用简单的语言启发孩子，不要说得太多，否则会削弱了作品对孩子的感染力。如果是成人为幼儿唱歌，那么，你一定要掌握好音准，你的歌声要悦耳、动听，才能给孩子美的享受。

总之，通过欣赏音乐来培养孩子具有更高的聪明才智，更敏锐的感觉，将来成为优秀的人。

为什么要教孩子掌握乐器？应注意什么？

学习乐器，不仅能陶冶孩子的情操，培养他们的美感，还能促进他们感受力、记忆力、想象力、创造力等等智力的发展，丰富儿童的生活，有助于把儿童培养成为优秀的人。因此，许多国家规定，每一个少年儿童至少要学会一种乐器。比如，在日本，普遍按照铃木镇一的教授法向儿童进行小提琴的早期训练，每年1～3月份，在日本九段的武道馆，就有数以千计的孩子抱着小提琴参加演奏，年龄最小的还不到3岁，他们从德国作曲家巴赫（J·S·Bach）的曲子一直拉到意大利作曲家维瓦尔迪（A·Vivaldi）的曲子，至于日本的歌曲，孩子们就更随心所欲地拉了。

幼儿从小学习乐器，并不在于把他们个个都培养成为音乐演奏家，因为孩子正处于全面打基础的时期，过早地定向培养不利于孩子全面发展。学习乐器，是在于培养孩子的能力，正如铃木镇一所认为的那样："掌握某个领域最高能力的人，同样地可以在其他领域达到相同的高度。"例如，爱因斯坦博士不仅物理学的造诣达到最高峰，而且还是一个出色的小提琴演奏家。孩子将来是否成为出色的音乐家，这不仅取决于孩子对音乐的天赋，还要看孩子本人的意愿等。

学习什么乐器，这要看孩子喜欢什么，孩子的生理条件，比如手指太短，则不宜学习钢琴。此外，还要考虑经济能力和师资情况。根据孩子的年龄，孩子的兴趣来选择乐器，可选择西洋乐器中最正规的钢琴和小提琴，较为简便的键盘乐器有电子琴、手风琴、风琴、木琴等，最为简便的是口琴，也可以选择民族乐器胡琴、牧童笛等来学习。

2岁可以开始学习乐器，3岁是学习乐器的最佳时期，晚两年也可以，但不要开始得太迟。家长要选择水平高、富有教学经验的老师来教孩子，并配合老师来辅导孩子学习。要培养孩子学习乐器的兴趣，千万不可强迫孩子学习，如果孩子出现厌恶的情绪，必须找原因，总结经验教训，及时加以纠正。

吹口琴应注意什么？

最为简便的乐器是口琴。口琴轻便，容易携带，吹起来声音悦耳，深受孩子们欢迎。

有的家长认为吹口琴不卫生，不让孩子吹口琴。其实，只要教孩子讲究卫生，口琴还是可以吹的，吹口琴应注意以下几点：

（1）练习吹口琴前要先漱口，练习后，要用清水冲洗干净口琴，并将口琴孔朝下甩几下，甩干净空腔里面的水，然后再用干毛巾抹干口琴外壳，保存好。

（2）一人一把琴，不要互相借来借去。如果被别人吹过了，要用清水冲洗干净，再擦些 75％酒精，用以消毒灭菌。

（3）口琴最好装在安有拉锁的布袋里，密封保存起来，这样既卫生，又美观，携带也方便。

怎样训练幼儿演唱的姿势？

不论成人、小孩参加各种演唱会，其不良的演唱姿势常令人发笑。演唱时，有的眼睛望着天花板或墙壁，不敢平视，似乎害怕看到观众；有的不停地耸动双肩，显得不自然；有的张嘴呼哧呼哧地换气，显得过度紧张；有的坐立不安，两手无措，在体侧蹭来蹭去，表情极不自然；有的不敢张大嘴唱，只裂开一条细缝唱，唱出的歌字不正，腔不圆，令观众大失所望。

成人不良的演唱姿势大部分是由幼年时不注意演唱姿势发展而来的，因此，训练幼儿良好的演唱姿势非常重要，这不仅影响到孩子的仪表美，还直接影响到歌唱的质量。

孩子唱歌时坐立要正直，即坐时不能背靠椅背，要自然，不僵，不能弯腰驼背。站立时，两臂自然下垂于体侧；坐时，双手可放在腿上，双目平视。头部略仰，把嘴张大张圆，换气时，不耸肩，不出声，不中断歌唱。只要平时坚持训练，就可以养成良好的演唱姿势。

怎样在美术活动中发挥孩子的创造才能？

创造才能是指在各种活动中，能够体现出有新意、新想法、新概念、新意图、新设计、新方法等能力。如果成人画个橘子，让孩子学着也画个橘子，这不叫创造，而是模仿。

你的孩子在捏橡皮泥活动中，捏了一只母鸡（母鸡仰头"咯咯"叫），母鸡身边的地板上有许多米，几只小鸡朝母鸡跑来，那么你的孩子设计出母鸡爱小鸡，招唤小鸡来吃米，这种捏泥有新意，是孩子自己的独立想象。又如，你带孩子参观动物园，孩子观看了孔雀之后，回家捏个"孔雀开屏"，但孔雀的尾部很难捏，怎么办呢？于是他就用有各种颜色的纸张把火柴棍糊起来，然后成扇形地插在孔雀的尾部，这样孔雀真的开屏了，这是孩子想象创造的表现。

培养孩子的创造才能应从幼儿时期开始，幼儿园的老师要有意识地加以引导，这对幼儿创造才能的发挥也是非常重要的。比如，小朋友们做"龟兔赛跑"的游戏，老师说："请小朋友们想想看，兔子躲到哪里去了跑得这么慢，想好了就把它画出来。"小明想到兔子躺在树底下睡大觉，莉莉想到兔子躲在路边草丛中吃青草，东东想兔子很骄傲，蹲在树旁瞧乌龟慢慢地爬，于是一幅幅充满情趣和想象力的绘画就画出来了。

在各种美术活动，如绘画、泥工、游戏等活动中，新鲜的事物常常能激发幼儿的兴趣，再加上成人有意识的积极引导，就能充分发挥孩子的创造能力。

为什么要对幼儿进行早期绘画教育？

只要我们认真观察，就不难发现 1 岁多的幼儿不但能认识色彩鲜艳的图片，还能看懂单线描绘的物体，能拿笔在纸上乱画；2 岁的幼儿能画一些直线和曲线了，他们会用五指去抓笔杆，在纸上随意乱涂乱画。在幼儿的乱画期，也称为涂鸦期，家长应有意识地培养幼儿对绘画的兴趣，可以教孩子用手指点画，画棉签画，等等，以唤起幼儿对绘画的好奇心，诱导幼儿积极做画，激起绘画的兴趣。2 岁以后的幼儿，家长就可以开始有目的地引导孩子学画了。

任何图画的内容都来源于生活。孩子所画的东西，大部分是他看到的东西，所画的情景也多数是他经历的情景。因此，要想让孩子画出更多的内容，就必须有丰富的生活，细致观察周围的事物。比如，孩子喜欢画汽车，虽然画出的汽车都很逼真，都有四个轮子，但外形却都很相似。因此，家长要带孩子上街去，去观察各种汽车，如小汽车、大客车、大货车、电车，甚至摩托车、自行车等等，这样，孩子再画汽车时，就会画出各式各样的车子。画其他人物、动物或景物等也是如此。家长要经常有意识地带孩子游览公园、动物园、植物园等，有可能的话，还可带孩子参观名胜古迹，并引导孩子仔细地观察景和物。孩子在生活中看得多了，积累的素材多了，就会产生画出来的欲望。开始可能只会画轮廓和简单的图画，细节画得不好，家长可以让孩子多次去看，去观察景或物的细节，这样孩子的观察力就会得到迅速的提高。同时，家长应该鼓励孩子在作画时大胆想象，大胆地画，不仅画看到的东西，而且画想到的东西，从而充分发挥幼儿的创造想象力。

"儿童的智慧在他的手指尖上"。因此，家长应重视对幼儿进行早期绘画教育。通过绘画来扩大知识面，锻炼技能，陶冶情趣，提高审美能力，进一步提高孩子的智能。

幼儿画他们所熟悉的事物有什么好处？

任何图画，其内容都来源于生活。我们经常可以看到幼儿边画边说："春天到了，桃花开了，一群蜜蜂飞来了"，"母鸡带小鸡，咯咯叫"，"嘟嘟嘟，汽车开来了，小朋友们上车吧!"孩子们一边画，一边自言自语地解释他们所画的内容，这正是说明孩子的画离不开自己的现实生活，生活是幼儿绘画的基础。

幼儿画的东西，多数是他看到的东西；幼儿画的情景，也多数是他经历的情景，即他所熟悉的事物。这就要求父母和幼儿园的老师要有意识地引导幼儿去观察生活，丰富孩子的"感性认识，让孩子多看、多闻，多动手做，以加深对各种事物的认识和理解，引发孩子画画的兴趣。比如，带孩子去公园玩，回家后父母可以和孩子交谈，谈在公园里所见所闻，启发孩子回忆感受最深的、最有趣的事物，并建议孩子把它画出来。也可以结合节日，如"六·一"儿童节、国庆节等庆祝活动，来加深幼儿的情绪体验和对生活的理解。参观各种美术作品展览，以提高幼儿审美能力。总之，要尽量丰富幼儿的生活，对他所熟悉的周围事物做更多、更细致的观察，才能画出最有情趣，并富有想象力和创造力的画来。

怎样培养幼儿的绘画兴趣？

要想让幼儿学好绘画，首先要培养幼儿的绘画兴趣，兴趣对幼儿来说极为重要，只有幼儿对绘画产生了强烈而持久的兴趣，才能画好画，培养幼儿绘画应做到以下几点：

（1）父母陪着孩子画画。幼儿学画画，最好父母也练习画画，并且能花些时间陪着孩子画，这样孩子常常被父母学画画的精神和态度所感染，对画画产生了浓厚的兴趣。

（2）鼓励幼儿自由画。不同年龄的幼儿绘画的特点不同，家长应顺从幼儿身心的自然发展，有目的地发展幼儿绘画能力。要鼓励幼儿凭自己的随意想象自由画，画看到的熟悉的、有趣的东西，很多幼儿自由画出的图画与生活现实有出入，这时家长千万不要指责孩子，比如："太阳画得不圆"，"人的头太大了"，"小兔子没尾巴"等等，实际上，这正是幼儿画所特有的稚拙美。所以，家长决不能强迫孩子对图画进行修改，这会影响幼儿的想象力、创造力。

（3）要创造条件，让幼儿多观察周围事物。父母应该经常带幼儿去欣赏大自然的景色，观察生活中美好的事物，开拓眼界，让幼儿有亲身经历的体验，这样才能激发幼儿表现这些事物的兴趣，把看到的东西，经历的情景画出来。

（4）欣赏美术作品，激发绘画兴趣。要经常带幼儿参观儿童和成人的美术作品展览，这可扩大孩子的知识面，提高审美能力，激发幼儿绘画兴趣，促进绘画技能的发展。

为什么要教幼儿认识颜色？

颜色与幼儿智力发展的关系是非常密切的。美国纽约大学儿童研究中心主任马克·波恩斯坦研究发现，如果婴儿对重复地向他显示一个固定的颜色的辨别力越早，其智商就越高，因而得出"那些能较快地记住颜色的儿童比较聪明"的结论。

许多研究表明，出生15天后的婴儿就能够认识颜色，首先印入他的感官是鲜艳的色彩，如红、黄、橙、淡蓝色，尤其特别喜欢红色。但是，颜色的教育也和其他的教育一样，如果不进行有意识的早期教育，那么就出现差距。孩子生活在一个色彩斑斓的世界中，周围的事物都有颜色，父母和幼儿园的老师应利用周围现成的事物来训练和培养幼儿独特的色彩感受力是极为重要的。比如，1～3岁的幼儿应学会识别红、黄、蓝三种基本颜色，如橘子是红色的，香蕉是黄色的，天空是蓝色的，并随时随地都要把颜色和幼儿熟悉的事物联系起来，以加强记忆，继而让孩子认识白、黑、绿、橙色、褐色等等。如青菜、草地、树上的绿叶，使孩子熟悉绿色。爷爷的头发是白的，而自己的头发是乌黑的来分辨并认识白色、黑色。也可用蓝、黄色的两张玻璃纸重叠起来，让孩子对着阳光张望，这时孩子会非常兴奋地发现颜色的变化，变成绿色。从而激发孩子对认识色彩的浓厚兴趣。

观察颜色和幼儿智力的关系密切，科学家们研究表明：淡蓝色和草绿色能提高儿童的智商；白色、黑色和褐色能使儿童的智商下降；橙色可以改善儿童的社会行为，振奋精神，并使他们感到愉快。因此，家长应极早地教婴幼儿认识颜色，以促进婴幼儿的智力开发。

怎样教幼儿正确的握笔姿势？

1岁多幼儿绘画，一般来说，只是处于涂鸦阶段，即随想象乱涂乱画，他们画出的图画不能让别人一眼就认得出来是什么形象。这阶段的幼儿握笔都是用五指去抓笔杆在纸上随意乱画，他们根本不懂得怎样正确握笔，家长这时应该开始教孩子正确的握笔方法，提高手指的握笔能力和运笔能力，千万不要等上小学以后，由老师来教孩子，因为等上了小学再来纠正不正确握笔姿势，那就太晚了，到那时习惯已成自然，也就是说，"再教育"要比"开始教育"困难得多。因此，当你的孩子刚会抓起笔开始画画时，作为父母的就应该教孩子正确的握笔姿势，可以按以下几点进行训练。

（1）右手拇指在笔杆的左侧，示（食）指在右侧稍靠前些，拇、示指紧紧地夹住笔杆；中指在示指下面，用第一指关节托住笔杆；无名指和小指在中指之后，并自然地弯向掌心。

（2）手掌和手臂要呈一条直线。

图6　小儿绘画时正确姿势

207

（3）笔杆稍为向右后方倾斜。

（4）捏笔的拇、示指（食指）与笔尖的距离为 2.5 厘米左右。

（5）画画时手的支撑点在豆状骨上。

对幼儿的执笔要求，要在每次画画时进行训练，特别是 3 岁以前的幼儿要耐心地教。同时，还要注意坐的姿势，要坐正，头摆正，眼睛和纸的距离约 25 厘米。

怎样正确对待幼儿画错了画？

3 岁以前幼儿的绘画基本上处于涂鸦阶段，他们随想象乱涂乱画，很难辨认出画的图像。3 岁以后，他们就会先想一想，然后拿起笔有目的地画画，能抓住事物的某些特征来画，使人一眼就能够辨认出画的是什么，但是他们所画的线条还比较凌乱，比例不对称，结构也不完整。5～6 岁的幼儿能画出"完美"的画了，画中各种事物之间的关系也表达得比较准确，但是，他们还不能按照客观的事物去画画，而是凭着自己的想象去绘画。

国庆节，妈妈带 5 岁的辉辉上街玩，街上人来车往，热闹非凡，辉辉高兴极了，回家后辉辉兴致勃勃地画了一幅画，他画公路上汽车在行驶，车前面有几个打扮很漂亮的小朋友在公路上走，而且把人画得比汽车还高。这幅画显然是画错了，可是对于幼儿来说，他这样随心所欲地画画，已经从中得到了极大的满足。因此，辉辉的妈妈不但没有批评孩子把画画错了，还鼓励孩子今后应按自己的想象大胆画。同时给辉辉指出：人在公路上走，要注意来往车辆，注意交通安全，人应该画在汽车的后面；人是小的，汽车是大的，人不能画得比汽车还高。这样辉辉作画的兴趣更浓了，以后每画好一幅画，都会征求父母对画的意见。因此，父母应以表扬为主，妥善地提出批评意见，使孩子易于接受，这样才能充分发挥幼儿绘画的想象力和创造力，提高绘画能力。

幼儿为何会倒着看图画？

小明今年 3 岁了，平时喜欢看彩色图画，最近爸爸妈妈发现小明看图画时，总是把画片倒过来看，如果帮他把画片摆正，他还是要倒过来看，开始以为小明调皮，故意把画片倒着看，经过仔细观察，发现小明确确实实地认真看画片，因此家长只好带孩子去看医生，检查结果一切正常。

孩子倒看画片是一过性的生理现象，眼科大夫称之为倒视，倒视一般发生在 3 岁左右的幼儿。眼睛就像照相机，外界物体的光线，经聚焦后，在视网膜上形成一个倒立的像，这种倒立像传导到大脑，经大脑处理后，倒立像就被纠正为正立像。但是，3 岁以下的幼儿，大脑对所形成的图像处理能力还不完善，不能将在视网膜上所形成的倒立像转变为正立像，所以他们看到的图画都是倒的。因此，幼儿看画片要倒着看，才能在视网膜上形成正立像。这种倒视时间持续比较短，随着大脑功能发育完善，倒视现象就会自然消失了，所以，大多数幼儿的倒视现象未被家长发现。

发现幼儿倒视现象，家长应该给孩子讲解图画中的内容，多让孩子玩直立的物体，使孩子尽快地渡过倒视阶段，树立起直立的概念，这样就可以看直立的图画了。

怎样培养幼儿的摄影兴趣？

　　许多家庭都爱好摄影活动，当你带孩子参观公园，或一家人外出旅游时，都会随身带上一架摄影机，拍些照片作为永久的纪念。受到父母的熏陶，许多幼儿对照相机及摄影过程也感兴趣，但他们并不懂得摄影的原理。比如，幼儿们常常拿个硬纸筒充当照相机，饶有兴趣地这儿拍拍，那儿照照，口中还"咔哒，咔哒"地说个不停。

　　摄影活动具体、形象、有趣味，它可以将人们瞬间的形象，周围的事物长久地保留下来，作为永久的纪念。因此，这项活动特别易激起幼儿的兴趣。但是，摄影活动也不像幼儿想象的那么简单，随便"咔哒、咔哒"就可以拍出美丽的照片，而是每拍一张照片，都得考虑光线、色彩、背景、姿态、角度等等因素，因此，学习摄影不单纯是兴趣活动，同时还可以促进幼儿的观察、思维、审美等能力的发展。

　　幼儿开始学摄影，家长应耐心地给予指点，告诉孩子摄影的方法和要点，教会孩子选择地点，对好光圈、距离，学会按快门。当孩子看到自己亲手拍的第一张照片时，摄影的兴趣则更加浓厚，家长应鼓励孩子继续专心地学下去，并教孩子如何处理好有关摄影的各种因素。

　　摄影与绘画一样，其内容都来源于生活。因此，家长在教幼儿学习摄影的同时，还应该经常带孩子参观画展、影展、文艺作品、欣赏音乐以及外出旅游等，要不断丰富孩子的生活内容和提高其艺术水平，才能创作出丰富多彩的、生动活泼的作品。

如何利用捏泥来开发幼儿的智力？

脑是智慧的源泉，手是智慧的前哨。经常用脑的人，头脑就灵活，经常动手的人，手就灵巧。正如日本一位医学博士指出："如果想培育出智力开阔、头脑聪明的孩子，那就必须经常使他锻炼手指的活动，由于手指的活动能刺激大脑皮质中的手指运动中枢，从而促使全部智能的提高。"幼儿的大脑皮质要经过后天的培养、训练，才能成为"智慧的海洋"，而控制手运动的神经细胞在大脑皮质中占很大部分，因此，手的经常运动，能使大脑皮质的广大区域得到锻炼，使大脑得到发展，反过来，大脑又指挥双手更有效地进行创造性劳动。

捏泥是幼儿所喜欢的一种活动，它可以使手指活动得到充分的锻炼。一块橡皮泥，在3岁前的幼儿手里会高兴地、毫无目的地抓来抓去，他们不曾想到会做出什么东西来。3岁后的幼儿就会用双手掌搓泥；会把泥放在手心上团泥团，并用双手掌将泥团揉圆；会把揉圆的泥球用手掌压扁；会把揉好的泥球用手指压坑，并捏出小花边，这时成人应指导孩子捏他们比较熟悉、结构简单、形象特征比较明显的物体，如皮球、筷子、花盆、糖葫芦等。五至六岁的幼儿，他们手的肌肉和手指的灵活性进一步得到发展，他们的具体形象思维已经相当发达了，会自己选主题"创作"泥塑，能初步塑造人和动物的主要特征和动作，能同时捏出两三个物体，并能体现出他们之间的关系，构成一个简单的情节，捏出的物体匀称、光滑、结实。

幼儿的捏泥过程是手脑并用的过程，他们在玩中学，在学中玩，不但能加强孩子手的操作能力，使手的肌肉动作更协调，手指更灵活，而且能活跃他们的思维能力，提高他们观察、想象、创造等能力。

如何利用折纸来促进幼儿的智力发展？

折纸是我国广泛流传的一种传统的民间艺术。它只需要用普通的纸，经过折叠就能生动地表现出客观事物的特征，作品的造型优美，生动，逗人喜爱，能满足幼儿的好奇心，给孩子美的享受。家长应培养幼儿的折纸兴趣，通过折纸促进幼儿的智力全面发展。

（1）培养幼儿的动手能力。前苏联著名教育家苏霍姆林斯基说过："儿童的智慧在他的手指尖上。"这就是说，早期智力开发需要加强训练幼儿的双手，培养孩子的动手能力，以促进脑的发育。折纸需要反复地折、卷、拉、翻、扭、压等一系列动作配合，这些都是细微的手指动作，是锻炼指尖的好办法。手的经常运动，使大脑的各大区域得到锻炼和开发，促进了大脑功能的全面发展。

（2）培养幼儿的注意力、观察力和记忆力。成人教幼儿折纸，要教他们折些熟悉的内容，成人做折纸示范时，应要求孩子集中注意力，仔细观察折的动作，折后的形状，然后模仿，在模仿中又要对折纸步骤进行记忆，就在反复地观察、模仿和记忆中，幼儿的注意力、观察力和记忆力得到了提高。

（3）培养幼儿的想象力、创造力。幼儿对所折的东西要先有一定的想象，然后抓住其主要特征，再通过折叠，就会折出符合其主要特征的形状。幼儿在欣赏折纸作品时，会再一次唤起孩子的想象，对似像非像的作品，孩子可以想象出许多东西来。比如，孩子折了一只青蛙，也许会让他联想到池塘里盛开的荷花；折了一架飞机，也许能唤起他对蓝天的向往；折了一条鱼，能让他想到浩瀚的大海等等，折纸能激发孩子的想象力。在这基础上，应教孩子连续折纸，即从一种形象再折成另一种形象。比如，折火箭，如果把火箭头向下折压，就会变成鸭子，这就启发幼儿去积极地思考，创造出更多的作品。

（4）培养幼儿空间思维能力。在折纸过程中把长方形或正方形的纸变化成三角形、梯形、多边形等。通过线、面、角的折叠和翻转，折制后可变化出各种不同的主体图形，使孩子在折纸过程中不知不觉地学到了几何图形的知识，熟悉了各种图形的性质，从而培养了幼儿一定的空间思维能力。

为什么要引导幼儿撕纸？

人类要探索自然界万物以及周围诸多事物的奥秘，是一种天生的求知欲望，然而幼儿在智力和语言表达能力上都还不足以能使他们提出为什么，所以，他们就自然而然地采取"摔、砸、撕"的方式来探索万事万物的奥秘，来认识世界，认识自我。

撕纸是幼儿探索万事万物奥秘的方式之一。几个月的小婴儿就喜欢摸摸这儿，动动那儿，特别见到报纸、书本等，抓起来就撕，这只能说孩子存有好奇心。1岁以后的幼儿就大为不同了，往往有目的地去撕东西，他们想用自己的小手去揭开对他们来说诸多陌生事物的谜。比如，一个包装漂亮的纸盒，他们想撕开看看里面到底有什么东西。当你的宝宝1岁多时，你可以拿张纸挡住自己的脸说："宝宝，宝宝，妈妈在哪儿？"宝宝看不见妈妈的脸，妈妈放下纸说："妈妈在这儿呢!"逗得孩子咯咯笑。聪明的宝宝马上学妈妈的样子,拿来一张纸挡住自己的小脸叫:"妈妈,妈妈,宝宝在哪儿?"妈妈说:"妈妈看不见宝宝,宝宝看得见妈妈吗?"然后妈妈把纸撕了两个洞,宝宝通过洞就能看到妈妈了,孩子高兴极了,从此以后,宝宝常用小手指在纸上捅洞,把捅好洞的纸放在脸上饶有兴趣地东看看、西看看。宝宝3岁时,妈妈可以教孩子用彩色长条纸,反复折叠,用手撕掉其中某些部分,打开后便是一条美丽的连续的花边;或用方形纸角对角折叠,用手撕掉其中某些部分,打开便是好看的窗花。宝宝五六岁了,妈妈可以教孩子撕猫狗、公鸡、蝴蝶、花、树等等,作品形象逼真,栩栩如生;也可以教孩子撕、剪旧图画书上的人、动物、花、草、树木等。这可丰富孩子对各种动物、植物、人物等方面的知识。总之,家长要根据孩子的年龄,应当由易到难,由浅入深地引导幼儿撕纸,以激发幼儿撕纸兴趣。

前苏联著名教育家苏霍姆林斯基指出:"儿童的智慧在他的手指尖上。"撕纸活动有利于锻炼幼儿眼、手的协调能力,可活跃幼儿的思维能力,丰富幼儿的想象力,提高幼儿的理解力和创造力。

为什么要做小儿体操?应注意哪些事项?

小儿体操能给婴幼儿有系统、有目的的锻炼,通过做体操来促进小儿动作发展,加强骨骼和肌肉的发育,促进感觉综合能力的提高;能加强亲子关系,强健身体,促使孩子健康成长。由于婴儿活动范围小,活动能力差,更需要体操锻炼,通过做体操来活动孩子身体各个部分,促进发育。幼儿活动的范围相对大些,但各部分的肌肉关节活动还不均衡,也很需要通过做操使身体各个部分得到锻炼。1岁以内的婴儿需在成人帮助下做操,称为被动体操,1岁以后的幼儿可模仿成人或者按成人的指令做操,称为主动体操,即模仿体操。做体操还应注意以下几个事项。

(1) 要选择孩子心情愉快的时候进行。

(2) 做操时间应配合孩子作息时间,一般选择在进食后一小时或进食前半小时进行最适宜。做完操后不要立即进食,以免引起呕吐。做操后及时擦干汗液,不要马上到室外吹风或沐浴,以免感冒。出汗多时要喂些开水,补充水分。

(3) 要正确掌握体操量,不要使孩子过度疲劳。在正常情况下,做操会使婴幼儿的呼吸和心跳加快,休息两分钟后可恢复正常,若两分钟后未能恢复正常,说明体操量太大,应将次数减半。随着孩子年龄增大,可逐渐增加训练强度,并延长训练时间。一般每次10~15分钟,每日1~2次即可。

(4) 做操的动作应缓和而有节奏,有的动作小儿暂时完成不了的,可通过一段时间再试行,家长应有耐心,不能操之过急。做操时成人应常常和孩子说话、微笑,使小儿有舒适感。个别小儿过于紧张,烦躁不安可暂缓做操。

(5) 成人应剪短指甲,摘下戒指、手表等,以免帮孩子做操时划伤小儿皮肤。冬天成人手过凉,应温热后再给孩子做操。

(6) 做操时房间里空气要流通,温度要适宜。做操前应让小儿排空小便,摘去婴儿尿布,衣服宽松得当。婴儿被动操可在硬板床上或桌子上铺上垫子进行,幼儿可在地板上铺上毡子进行。

(7) 小儿身体不舒服,或患病时应暂停训练。体弱的小儿要减少体操量，以后随着体质的增强而逐渐增加。

（8）做操要持之以恒，天天做，方有成效。

被动体操怎么做?

被动体操适用于 2 个月～1 岁的婴儿，做操时最好配有节奏鲜明的音乐，可使婴儿显得更活跃。一组被动操共有 6 个运动。

（1）准备运动，按摩全身。

按摩双上肢。婴儿仰卧，成人把左手拇指放在婴儿右手掌心，其余四指轻拍托住婴儿的手，成人右手顺着婴儿的手腕到肩膀，沿内侧和外侧轻拍 6 回，然后换手，轻拍婴儿左手。（图 7）

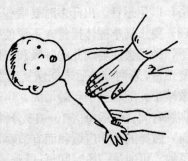

图 7　按摩双上肢

按摩双下肢。婴儿仰卧，成人左手手心轻轻握住婴儿右脚，成人右手自婴儿右脚脚尖沿着大腿前侧和后侧，向腹股沟方向按摩，反复 6 次，然后换另一腿按摩。（图 8）

按摩腹部。婴儿仰

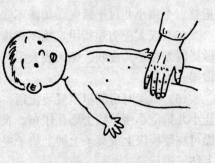

图 8　按摩双下肢

卧，轻轻伸直双腿，成人用右手手掌心在婴儿腹部，以肚脐为中心，顺时针慢慢按压6圈，按压力度以腹部稍微下凹为宜。（图9）

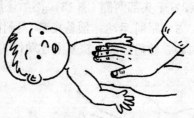

图 9　按摩腹部

（2）上肢运动。婴儿仰卧，两手分置于身体两侧，自然放松，呈预备姿势。（图10）。成人两手分别握住婴儿两手腕部，将婴儿两臂向外平展与躯干成90°，掌心向上（图11），然后两臂向前平举，掌心相对（图12），再两臂

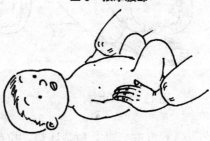

图 10　预备姿势

图 11　伸屈肘部　　**图 12　两臂向前平举**

上举，置于头部两侧（图13），然后还原。重复上述动作4次。

（3）屈肘运动。预备姿势，操作时屈曲婴儿两肘关节（图14），然后还原。重复上述动作4次。

图13 两臂上举　　　　　　　图14 屈肘运动

（4）肩部运动。预备姿势，拉起婴儿两手到胸前伸直（图15），两手继续向头顶缓慢运动，直到头顶伸直（图16），最后恢复预备姿势。重复上述动作4次。

图15 两臂上举运动　　　　　图16 两臂上举运动

218

（5）腿部运动。婴儿仰卧呈预备姿势，两腿伸直。成人双手握住婴儿脚踝的上部（图17），屈曲婴儿右侧髋关节及膝关节各成90°（图18），然后伸直右下肢，换左腿动作，同上。接着成人抬起婴儿双腿使之与床面成垂直状态，注意孩子膝盖不能弯曲，臀部不应离床（图19、20），再同时拉下双腿还原成预备状态（图10）。以上每个动作重复4次。

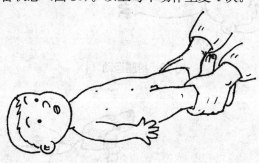

图17　腿部运动

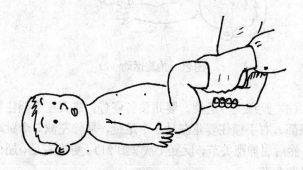

图18　屈曲右髋右膝

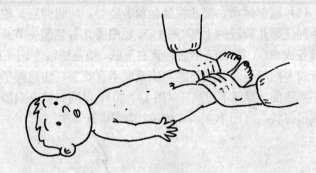

图19 抬腿运动（1）

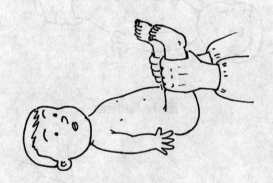

图20 抬腿运动（2）

　　（6）趾踝关节运动。婴儿预备姿势，成人左手握住婴儿左踝部，右手握住婴儿左足 5 个足趾，屈伸左侧 5 个趾跖关节，然后屈伸踝关节，反复 4 次（图21）。更换右足，屈伸右侧趾踝关节。

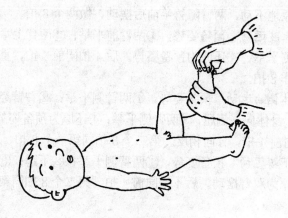

图 21　趾踝关节运动

怎样教幼儿做模仿体操？

模仿体操适用于 1 岁以后的幼儿，做操时最好有音乐伴奏，孩子可随着音乐节奏来完成体操动作。模仿操分为竹竿操和儿歌操。

（1）竹竿操。适用于 1 到 1 岁半的幼儿。

准备长 1.5 米，直径 2 厘米左右的竹竿两根，两位成人分坐在两端的小椅子上，两手各持竹竿的一端。孩子站在两根竹竿的中间，两手分别握住一根竹竿，在成人带动下，借助竹竿的支持力训练动作。成人转动竹竿的动作要轻，并教孩子怎样做。

预备姿势　小儿两手握住竹竿，站在两竿中间，两脚并列与肩同宽。

双臂摆动　预备姿势，左手向前，右手向后。动作相反。

两脚原地不动，两臂随竹竿前后摆动，做两个8拍。

上肢运动　预备姿势，①两臂前平举；②两臂上举；③两臂侧平举；④还原为预备姿势。后4拍同前4拍，重复上述动作8拍。

体侧曲运动　预备姿势，①两臂侧平举；②右臂经体侧上举，身体向左侧屈；③两臂侧平举；④还原为预备姿势。后4拍同前4拍，方向相反。第二个8拍同第一个8拍。

下蹲运动　预备姿势，①两臂侧平举；②下蹲；③④站起还原为双臂摆动。后4拍同前4拍。第二个8拍同第一个8拍。

学走前后　预备姿势，向前走三步，"停"两脚并拢；向后退三步，"停"两脚并拢。

单臂上举　预备姿势，①左手下垂扶竿，右手扶竿弯曲肘关节，平肩；②右臂上举；③弯曲右肘关节；④还原为预备姿势。换另一只手，动作同前4拍。第二个8拍同第一个8拍。

跳跃运动　预备姿势，"停停"不跳，"跳跳"跳两下。

划船运动　预备姿势，将一根竹竿放在小儿左侧，双手握竿，身体转向左侧。①②向前，③④向后做划船运动。后4拍同前4拍。第二个8拍换手于右侧进行。

幼儿开始可选做双臂摆动，上肢运动，体侧曲运动，下蹲运动，以后逐渐增加运动。也可以请其他小朋友站在竹竿中间一起做操，两个人之间要保持一定距离，这可增加孩子做操的积极性，并学会和伙伴们友好相处。

（2）儿歌操。适用于1岁半至3岁的幼儿。儿歌：做早操，身体好，

　　　　伸伸胳膊弯弯腰,

　　　　两手高高举,

　　　　两脚跳一跳。

　　适用于1岁半至2岁幼儿,可反复说2~3次,同时教孩子做相应动作。

儿歌:早晨空气好,(两手从胸前向外展,画弧形)

　　　　我们起得早,(两手交叉胸前向左右摆动)

　　　　大家都来做早操,(两臂前平举,拍手三下)

　　　　伸伸胳膊弯弯腰,(两臂前平举,上举,左右侧弯腰)

　　　　两手向上举,(两臂向上伸举)

　　　　两脚跳一跳。(两手插腰跳跳两下)

　　适用于2至2岁半幼儿。

儿歌:太阳咪咪笑,(两臂上举,两手做圆形)

　　　　小朋友起得早,(两臂从腹部至胸前向上举,左右分开至身体两侧还原)

　　　　一二一二,(两臂平举,手心向下)

　　　　做早操。(两臂放下还原)

　　　　做早操,(两臂平举,手心向下)

　　　　学鸟飞,(两臂摆动做鸟飞动作)

　　　　学兔跳,(两手举在头侧做兔耳,跳三下)

　　　　太阳咪咪笑。(原地踏步)

　　适用于2岁半至3岁幼儿。

　　成人也可以根据孩子不同年龄段来编儿歌,并教孩子做相应的动作,若再配上音乐伴奏则效果更好。

玩具对幼儿的智能发展能起什么作用?

孩提时代，几乎人人都有心爱的玩具，玩具是孩子心中的宝贝，它不但是孩子生活中的伴侣，而且更重要的是一种能启发婴幼儿的好奇心，丰富孩子的想象力，培养孩子各种能力的教育工具。玩具具有直观形象的特点，其鲜艳的色彩，优美、奇异的造型，灵巧的活动，悦耳的响声和夸张的动作，吸引着孩子的好奇心和注意力。例如："会拍照的小熊"，"会报晓的公鸡"，"一组叮当响的风铃"，"会摇头的布娃娃"，"会跑的电动车"等等玩具，都能使幼儿获得知识，活跃其思维力和想象力。此外，各种建筑玩具，如积木、拼板类玩具，最能提高孩子的观察力、想象力和创造力。幼儿通过触摸、捏握、听、吹、看等玩玩具，来培养眼手协调，促进各种感官的活动，增进感性认识，启迪智慧，早期发展各种能力。

怎样为幼儿选择玩具?

玩是孩子生活中的主要内容。鲁迅先生说过："游戏是儿童最正当的行为，玩具是儿童的天使。"德国学前教育权威福勒培尔称"玩具是儿童的恩物"。玩具以其特有的性能，丰富的内容，直观的形象，鲜艳的色彩，优美、奇异的造型，灵巧的活动，悦耳的声响以及夸张的动作吸引着幼儿。在整个幼年时期，玩具都一直是孩子的好伴侣。玩具不仅能使儿童获得极大的乐趣，还能陶冶幼儿的性格，更为重要的是开发儿童智力的重要手段。

为了使玩具对幼儿的教育发挥更大的作用，家长在为孩子选择玩具时应注意以下几点:

（1）选择有教育意义的玩具。颜色鲜艳，造型优美的布娃娃，惹人喜爱的各种动物、车辆、飞机、轮船、坦克等玩具，都可以丰富孩子的知识。能滚动的皮球、能摇动的手铃、能弹动发声的小钢琴、玩具琴、拨浪鼓、床挂八音盒玩具、木马、摇椅、三轮车以及跳绳等都可用来发展幼儿的动作，训练幼儿手眼和手脚协调的能力。小熊照相，能穿脱衣服的娃娃，各种炊具、家具，小磅秤，各种水果等玩具，可以丰富孩子的想象，利用玩具开展各种有趣的游戏，并加深对周围事物的认识。各种类型的积木和塑料胶粒结构玩具，能拼出许多美丽的建筑物、动物、车辆等，能发展孩子对空间的想象力、创造力，并有助于对整体结构、几何图形和数字概念的认识。七巧板、插块、棋类等，可促进思维、综合分析、判断、解决问题的能力的提高。以上这些，都是对儿童有教育意义的玩具。

（2）要根据幼儿年龄、生理心理发展特点选择玩具。出生到1岁的婴儿，视觉、听觉、触觉开始发展，逐步学拿、摸、握物体和学坐、爬、站、走。因此，初期应为孩子选择体积较大、颜色鲜艳的玩具，如吹气球，吹气动物，以刺激视、听觉；7、8个月的婴儿，可选择拨浪鼓，有哨的塑料动物玩具；1岁时可选择移动玩具，吸引孩子站起来。2～3岁的幼儿活泼好动，喜欢模仿，他们最感兴趣的是能活动的玩具，如三轮童车，能坐、骑、摇动着玩的木马，公鸡等大型玩具，这可促使孩子手眼动作协调，满足孩子的需要和发展想象力，并促进其语言的发育。3～6岁的幼儿各种能力都比3岁前的儿童丰富得多，游戏是他们的主要的活动。因此应提供能促进幼儿想象力、创造力发展的玩具和游戏材料，以促进幼儿大脑的全面发展。

（3）玩具要注意安全、卫生、经济。婴幼儿身体发育尚未完善，防御机能较薄弱，容易遭受损伤和感染。因此，选择玩具应当是无毒、容易洗涤，而且不容易褪色。有尖角的，边缘锋利的，能吞下去或塞进鼻孔和耳朵的小玩具，绝对不能给幼儿玩，以免造成伤害。不要以为价格越贵的玩具对孩子越好，昂贵的高档玩具确实可暂时引起孩子的兴趣，但孩子玩几天就腻了。相反，价格便宜的积木、瓶、勺、匙，甚至不要花钱就能得到的玩具，如砂、水、树叶、木屑、瓦片、松子、纸盒等，却能让孩子拼拼凑凑，敲敲打打，兴趣长久不衰，从而更好地促进其想象力和创造力的发展。

怎样教幼儿自己做玩具？

家长教幼儿自己动手做玩具，既省钱，又可以锻炼孩子的智力和技能技巧，而且更讨孩子喜欢。比如，简易制作的小木枪，甚至胜过花几十元钱买来的一辆电动汽车。电动汽车要用电池才能跑一跑，而小木枪则可伴随孩子到处跑，可以拿着它做各种游戏，扮演各种角色。利用废旧材料自制玩具，对幼儿来说是一种力所能及的，并且是愉快和目的明确的劳动，能更好地使手指的灵活程度得到充分的提高，它不但培养了孩子的聪明才智，发展了智力，而且还培养了孩子勤俭节约的品德和良好的个性。自己做玩具也就是教幼儿运用工具（主要是剪刀）、材料（自然材料和废旧材料）以及一定的手工技能（折、剪、粘、贴）来自行制造玩具。现简单地举例，介绍怎样自制玩具。

（1）用棉签棍、彩纸制作彩旗。给幼儿一根棉签棍，一张三角形的彩纸，教孩子把彩纸粘贴在棉签棍上，这就成了一面彩旗。

（2）用线轴、火柴盒、硬纸圆片制作火车。教孩子用线轴两根，穿过吸管，然后分别装上用硬纸圆片做成的"车轮"，上面装上火柴盒，即成车厢，多做几节车厢，连接起来就是漂亮的火车，"嘟嘟"往前开，孩子会显得异常高兴。

（3）用纸盒、线制作灯笼。给幼儿两个较大的盒子、线，教孩子把两个盒子对扣起来，用胶布粘牢，再用线串起来，盒子外壳画些图案，制成的灯笼非常好看。

（4）用易拉罐、线制作电话筒。成人把两个易拉罐罐底中央各钻一个小孔，然后教孩子用 1 根线连结起来，即成了电话筒。两个小朋友开始打电话，甲对着罐说话，乙把罐放在耳朵上，声音会从拉直的线传过来。

此外，还可以用硬纸盒制作会走路的娃娃，用饮料瓶制作瓶娃娃或望远镜，孩子自己收集来的石子、松子、树叶、贝壳、洗干净晒干的橄榄核等等都是孩子的计算玩具。孩子就是在做做玩玩、玩玩做做中不断提高了想象力、创造力，使孩子越做越聪明。

怎样指导幼儿玩玩具？

玩具是孩子心中的宝贝，是孩子生活中的伴侣。要使玩具对孩子起到真正的教育作用，那就要求家长指导孩子玩玩具。

（1）利用玩具开发幼儿智力。幼儿玩玩具的过程分向往、认识、厌弃三个阶段，家长要掌握这三个阶段的特点来指导孩子玩，这样才能充分发挥玩具的教育作用。比如，幼儿玩积木，在向往阶段，家长可以和孩子一起搭些物体，使孩子产生玩积木的兴趣,从而唤起小孩在心理上对搭积木的向往;在认识阶段可让孩子认识颜色、几何图形,指导孩子按图搭物,想象搭建桥梁、汽车、房子等,以提高孩子的想象力和创造力;当孩子玩腻了,处在厌弃阶段,家长要用新的刺激,向孩子提出新问题,让孩子去解决,比如,搭建"动物园",引导孩子注意各种动物的特点,让孩子获得新知识。

(2)让孩子玩适合他们能力水平的玩具。要根据孩子的年龄,选择适合孩子能力水平的玩具,超过孩子能力的玩具,不仅不能引起孩子的兴趣,反而使孩子厌烦。比如,父亲给两岁多的儿子买了一套玩具火车,父亲忙着铺铁轨,而儿子早已把车头拿走,推着玩起来,孩子觉得自己拿着好玩;父亲想教儿子上紧发条,让车头自己跑,可惜,两岁多的儿子没有那么大的力气把发条上紧,也没有兴趣去学上发条的技能。两岁多的幼儿并不关心现实生活中的火车是怎么行驶的,他更关心的是马上拿到这个新鲜的玩具,自己随心所欲地玩弄一番,满足他活动的愿望。因此,选择玩具时一定要照顾到孩子玩的能力水平,才能激发幼儿玩玩具的兴趣。

(3)找小朋友一起玩。高层、独门独户的住房,加上许多家庭都是独生子女,使孩子失去小朋友之间的来往,孩子一个人玩确实"真没劲",或者缠着父母陪他玩。因此,家长要引导孩子和邻居的孩子一起玩,和其他小伙伴一起做游戏,比如,玩滚球、棋类、套圈子游戏等,渐渐地孩子感受到和同伴一起玩比独自玩有趣得多,在玩耍中,孩子各种能力的提高会更快些。

(4)一次不能给孩子太多的玩具。有的父母为了摆脱孩子的纠缠,为了孩子不哭,为了自己好做事情,一次把一大堆的玩具放在孩子面前玩，结果孩子玩一个，丢一个。一次给孩子太多玩具不好，因为它会分散孩子的注意力，容易使孩子见异思迁，玩具要一样一样地出现，才能引起孩子的兴趣，才有吸引力。也可以把旧玩具收起来，过一阵子再拿出来玩，仍然会有新鲜感。

怎样教育孩子爱惜玩具？

鲁迅先生曾经说过："玩具是儿童的天使。"玩具是孩子的教科书，是最好的教育工具。但是，有的孩子不爱惜玩具，比如，有的孩子玩完玩具乱扔乱丢；看完图书随便乱放，或者边看边玩，甚至撕毁。为了能使玩具对孩子发挥更大的教育作用，家长应教育孩子爱惜玩具。

（1）选择玩具要考虑孩子的年龄、兴趣、发展需要等特点。比如，用来发展孩子智力的各种塑料拼搭玩具，如果给小婴儿玩，由于动手动脑的能力水平跟不上，玩不出什么名堂来，结果就东一块、西一块扔了。有的电子游戏机只适合较大的孩子玩，所以也引不起孩子的兴趣，自然随便丢了。男孩子喜欢玩小木枪，女孩子喜欢玩布娃娃，如果把玩具对调一下玩，就不会引起孩子的兴趣。所以，家长为孩子选择玩具必须是孩子喜欢和需要的，这样孩子才会爱惜玩具。

（2）给孩子买玩具不要太多。家长带孩子买玩具，应该让孩子自己选择他最喜欢的，价钱合适的玩具，不要一下子买太多，并且要教会孩子怎么玩，使孩子对买的玩具更感兴趣。

（3）要让孩子感到玩具来之不易。无论家庭经济好坏，对于孩子要求买玩具都不能"有求必应"。有的家长认为经常上街买玩具麻烦，干脆一次多买些，让孩子慢慢玩，这样会让孩子感到玩具来得太容易了。家长买玩具时，应告诉孩子制造玩具不容易，叔叔、阿姨们花了很多时间才做好的，应该珍惜，有时可以让孩子期待一段时间再买，比如，孩子要买一套电动小火车，你可以告诉他，电动小火车很贵，并对他提出要求，等你在幼儿园里戴上小红花了，妈妈就买一套电动小火车作为礼物送给你。孩子经过一番努力，得到了他所渴望得到的新玩具，就会爱不释手了。

（4）要有固定放玩具的地方。要给孩子准备一个放玩具的地方，最好是柜子或者是有盖的箱子。让孩子玩完后自己整理玩具，把玩具放回原处。慢慢地，孩子就会养成主动收好玩具的好习惯。

怎样为幼儿选择符合卫生安全的玩具？

玩具是幼儿开发智力，锻炼视觉，增强好奇心，从而培养孩子探索精神的一种重要手段。但是，玩具选择不当也可发生一些危害。比如，边缘锐利的铁制玩具可刺伤孩子的手、面部；铁制的箭戟可刺伤别人的眼睛；燃放烟花、爆竹可引起炸伤、烧伤，甚至引起火灾；玩高空飞机、过山车，旋转木马可使孩子受到惊吓，跌落下来摔伤；公用玩具没有消毒可传播传染病等等。因此，为幼儿选择玩具，还应注意符合卫生安全要求。

（1）选择玩具要适合幼儿年龄特点。3岁以前的幼儿喜欢咬啃、摔打、扔敲玩具，所以不能选择易碎和易脱落部件和过小的玩具，以免幼儿塞入嘴里，误吸造成窒息。

（2）不能选择有危险的玩具。如边缘坚硬、锐利的金属和塑料玩具，易被咬碎、摔裂的塑料玩具，转速较快的电动玩具以及能发射子弹的玩具枪等都比较危险。玩鞭炮、烟花可造成意外伤害，如失明、耳朵震聋。这些玩具不能给孩子玩。

（3）表面刷上铅、油漆等有害颜料的玩具不宜给孩子玩，以防误食引起中毒。

（4）玩具应当是无毒，容易洗涤的。公用的玩具要用温水肥皂洗，可去除 80％～90％ 的细菌，或将玩具置强太阳光下照射，或用紫外线照射，都可达到一定的杀菌目的，消毒效果比较好。

四、保　健

怎样帮助新生儿适应"新生活"？

　　自出生后脐带结扎时起至生后 28 天内，称新生儿期。这一时期小儿脱离母体开始独立生活，内外环境发生巨大变化：胎儿在子宫内环境温暖、温度恒定，氧和营养均依赖母体由胎盘输入，代谢产物经胎盘通过母体排出；一旦娩出，就要很快适应新的外界环境，外界温度多变，要靠自己的肺脏吸入氧气，呼出二氧化碳，靠自己的消化器官摄取营养物质，靠自己的肝脏、肾脏来处理代谢产物和排出废物等等。但孩子刚出生时，各个器官发育还不完善，生理调节和适应能力不够成熟，要经过一系列调整，才能适应"新生活"。因此，父母要做好新生儿的家庭护理工作，帮助孩子顺利度过这一"过渡时期"，尽快适应"新生活"。

　　(1)保暖。出生后立即采取保暖措施，可用热水袋装上 50℃左右的水放在被子下面，把孩子放在母亲胸前保暖。如有条件，可睡辐射式保暖床、暖箱。一般情况下，母亲用手摸一摸孩子的背部，暖和、无汗即可。居室的温度也很重要，最好保持在 25℃左右。但温度也不能过高，过高也不利于新生儿健康，夏季气温过高时，穿盖要少，要勤喂水，以免发生"脱水热"。

(2) 喂养。正常新生儿生后半小时就要抱至母亲处给予吸吮，并鼓励母亲按需哺乳。若由于种种原因无法母乳喂养时，可先试喂10％葡萄糖水10毫升，吸吮和吞咽功能良好者可喂配方乳，每2～3小时1次，夜间适当延长喂乳时间，喂乳量要根据所需热量及孩子耐受情况计算。

(3) 皮肤、粘膜护理。新生儿的皮肤薄而嫩，有丰富的血管，护理不好易发生感染。刚出生婴儿可用消毒植物油轻拭皱折及臀部，24小时后去除脐带夹，体温稳定后可沐浴，每日1次，以清洁皮肤，沐浴时应注意水温和室温。脐带残端要保持干燥。每次便后要用温水洗臀部，以免发生红臀。口腔粘膜不能擦洗，每次喂奶后可喂少许白开水以清洁口腔。

为什么新生儿需注意保暖？

新生儿对冷的刺激特别敏感，很怕冷，如果不注意保暖，容易引起皮肤冻伤，导致皮肤和皮下脂肪组织凝固、变硬和水肿，即发生新生儿硬肿症，患儿还常伴有低体温及多器官功能受损害。

新生儿发生硬肿症的原因：

(1) 新生儿体温调节中枢发育尚未完善，当外界环境温度变化时，不能自行调节以保持身体的基本温度。

(2) 体表面积相对较大，皮下脂肪薄，易散热。

(3) 新生儿贮存的棕色脂肪较少，尤其早产儿更少，所以受寒冷刺激时提供的热量不足，致体温过低。

(4) 皮下脂肪中饱和脂肪酸含量大，其熔点高，受寒时容易凝固。

为预防硬肿症发生，应注意新生儿保暖，尤其是早产儿。如室温尽量争取保持在 25℃左右，把新生儿包暖和些，换尿布速度要快些等等。要经常用手摸摸婴儿的手脚是否暖和，如果不暖和，应加热水袋保暖，或把新生儿抱在怀里，紧贴胸部，利用大人的体温为他保暖。

为什么新生儿会有生理性体重下降？

新生儿出生后 1 周内，其体重较刚出生时降低，这是为什么呢？

刚出生的新生儿，由于母亲奶水不足，吐出羊水，排出小便和胎粪，以及体表面积相对大，身体水分的蒸发比较多等原因，出现体重下降，一般来说，生后 3～5 天降到最低水平，约比刚出生时下降 6%～9%，称为生理性体重下降，这属于正常现象。此后体重逐渐增加，一般情况下，出生第 2 周体重可恢复到出生时水平。如果生后 2～3 周体重未能恢复到出生时水平，或体重下降达 12%以上，则属于不正常现象。可能是由于母亲奶水不足，喂养不当，或其他疾病引起的，应到医院就诊。

什么叫生理性黄疸？

约 60%足月儿和 80%以上的早产儿在生后 2～5 天出现皮肤发黄、眼白也略黄，小便颜色较深。但一般情况良好，能吃，能睡，体重正常，这种黄疸称为新生儿生理性黄疸。

生理性黄疸的原因：胎儿在子宫内自己不会呼吸，氧的供给依靠红细胞携带，所以胎儿血中红细胞要达到 6～7×10^{12}/L。一旦娩出，新生儿开始呼吸，就不需要这么多的红细胞，大量红细胞破坏，产生了过量的胆红素，其次因新生儿的肝脏功能尚未成熟，不能将过量的胆红素全部转变为结合胆红素排出体外，致使血中胆红素堆积，于是就形成了生理性黄疸。

新生儿生理性黄疸的特点：足月儿出生后2～3天（早产儿延迟1～2天）出现黄疸，逐渐加深，4～5天达高峰，第7天开始消褪，10天基本褪尽，早产儿可延迟至4周褪尽；皮肤黄疸轻重不一，可从浅黄色到柠檬色；黄疸多分布在头面部、颈部、躯干及腿部，口腔粘膜比较明显，而手掌、足底不出现黄疸；一般情况良好，例如哭声响亮，吃奶有力，睡眠好，四肢活动好，体温、体重及大小便均正常。

生理性黄疸属于正常的生理现象，黄疸会自然消褪，家长不必紧张。但是，如果出生后24小时内出现黄疸，黄疸程度重；黄疸持续时间过久，足月儿超过2周，早产儿超过4周；黄疸消褪后又重新出现，出现以上任何一种情况都要考虑病理性黄疸，应到医院诊治。

为什么有的婴儿吃母乳会发生黄疸？

母乳喂养的婴儿，约0.5%～2%发生母乳性黄疸。一般生后4～7天出现黄疸，2～3周达高峰，血清胆红素可超过20毫克/分升。虽然黄疸严重，但不发生核黄疸。

母乳性黄疸表现为皮肤粘膜不同程度的黄疸，尿黄。但孩子精神好，哭声响亮，吮奶好，睡眠好，大小便正常，体重增加。如果暂停喂乳3天，黄疸即明显消褪，测血清胆红素可下降50%。继续哺乳1～4个月，黄疸会逐渐消褪，一般不影响生长发育。

发生母乳性黄疸的原因是由于有些母乳内β-葡萄糖醛酸苷酶活性特别高，促使胆红素在肠道重吸收增加而引起母乳性黄疸。

新生儿皮肤上的胎脂是否要擦去？

所有刚出生的新生儿全身皮肤上都有一层灰白色的粘滑的油脂，是由胎儿皮肤分泌出来的，有的部位多一些，有的部位少一些，这叫做胎脂。胎脂对新生儿能起什么作用呢？

（1）孩子出生前，胎脂可保护胎儿的皮肤不受羊水的浸润；出生后仍能起到保护皮肤的作用，使皮肤免受细菌的侵入。

（2）胎儿在娩出时，这层油脂能减少身体与产道壁的摩擦。

（3）出生后外界环境的温度较低，身体的热量向四周散发，使体温降低。这层胎脂有减少身体热量散发的作用，保持体温的恒定。

胎脂对新生儿有许多好处，出生时不要把它擦去，一般在生后1～2天会自己吸收。如果在皮肤皱折处胎脂过多时，易使脏物堆积、细菌繁殖，可用棉花或纱布蘸些香油，或花生油擦净。

怎样巧洗婴儿"脑门泥"？

有些孩子在出生后不久，头上有黑色的结痂，头发也结成一块，痂皮紧贴在囟门处，这就是人们常说的"脑门泥"。刚出生的婴儿全身皮肤都覆盖着一层灰白色的胎脂，几天内，胎脂就被皮肤吸收，而头上的胎脂被头发挡住不能吸收，再加上皮脂腺继续分泌皮脂，渐渐堆积成痂皮，这就形成了"脑门泥"。

"脑门泥"的洗法：先用婴儿油擦头皮，保留 24 小时，然后用头梳轻轻地为孩子梳头，最后用中性浴皂洗头发，把硬壳样皮垢冲洗掉，如果一次洗不掉，可重复洗 2～3 次，就可将"脑门泥"洗掉。如果没有婴儿油，也可用花生油或茶油，把油装在瓶子里，置锅里蒸 10 分钟，待凉后，滴几滴在孩子头皮上，然后按上述方法洗"脑门泥"。家长千万不要用手硬挖痂皮，以免损伤头皮。

为什么不能挑割"螳螂嘴"？

新生儿口腔的两侧颊部有较坚实而且丰富的脂肪层（颊脂垫），并微向口腔内隆起。脂肪层具有一定的弹性，它可防止新生儿吸奶时两颊部内陷，有利于吸吮。有的新生儿颊脂垫很厚，向口腔内凸出，凸出显著时很像螳螂嘴，因此，民间俗称"螳螂嘴"，这是一种正常的生理现象。

有些家长看到孩子不愿意吃奶或吐奶，都认为是"螳螂嘴"引起的，往往用挑割"螳螂嘴"的土方法来治疗，其结果非但没有达到治疗的目的，反而惹来许多麻烦。首先是挑割"螳螂嘴"引起口腔疼痛，孩子更不愿意吃奶，甚至拒绝吃奶；挑破血管会引起出血；更严重的是口腔内有许多细菌，细菌进入创口可引起局部组织发炎，若进入血液可引起败血症，甚至危及生命。因此，千万不能挑割"螳螂嘴"，随着新生儿的生长发育，饮食的改变，这种"螳螂嘴"会自然消失的。

为什么新生儿乳房会有奶？要不要挤？

新生儿，不论男婴还是女婴，出生后 3～5 天都有可能出现两侧乳房肿大现象，到出生后 8～10 天最为明显，如蚕豆至鸽蛋大小。有些婴儿还会分泌乳汁，少则数滴，多可达10毫升左右，乳汁成分和母乳相似，这是一种正常的生理现象。

为什么新生儿乳房会有奶呢？这是因为婴儿在胎儿期，母亲的孕酮和催乳素经胎盘至胎儿，出生后母体雌激素影响中断所致。经2～3周，这种现象会随着残留在婴儿体内激素的分解消失而自然消失，不需处理。遇到这种情况千万不要对乳房进行按摩、挤压，以免继发感染。

女婴阴道出血是怎么回事？

出生5～6天的女婴，有的可出现阴道少量血性分泌物，常常还会伴有粘液，持续1～3天自止，医学上称为"假月经"。

形成"假月经"的原因是由于母亲在怀孕时，体内分泌的雌激素通过胎盘至胎儿，使胎儿子宫内膜和阴道上皮细胞增生，出生后由于脐带被结扎，雌激素影响中断，使增生的子宫内膜和阴道上皮细胞脱落，形成类似于月经的出血，还带有白色的粘液从阴道流出。女婴"假月经"是一种正常的生理现象，如果出血量少，不需处理，持续1～3天会自然消失。如果出血量大而且持续时间长，则可能同时伴有凝血功能不全，应到医院诊治。

个别女婴由于处女膜阻塞，"月经"排不出来，使阴道或会阴鼓出来，或"月经"倒流入子宫，在下腹部形成一个囊状物，这称为子宫阴道积液。遇到这种情况应到医院把阴道突出部的处女膜切开，让"月经"排出来。

怎样观察新生儿的呼吸？

新生儿的鼻腔、咽喉、气管和支气管均较狭小，胸腔也较小，肋间肌较薄弱，主要靠膈肌呼吸，即以腹式呼吸为主。所以，新生儿呼吸时，胸廓运动较浅，要观察腹部才能较明显地察看到呼吸运动。新生儿的潮气量很小，但他的新陈代谢所需要的氧气量并不低，所以只能通过加快呼吸来补偿每次吸入气量的不足。正常足月儿生后第1小时内呼吸可达60~80次/分，1小时后降至40次/分。新生儿呼吸中枢相对不成熟，常常出现呼吸不规则，入睡时更为明显，有时还会出现呼吸暂停，如果呼吸停止时间不超过15秒，孩子面色红润，刺激反应好，则属于生理现象，妈妈不必紧张；若呼吸停止时间超过20秒，孩子面色难看或发生皮肤粘膜紫绀，则提示病理性呼吸暂停，如新生儿肺炎应速送孩子到医院诊治。由于新生儿通气道狭小，即使着凉发生鼻塞，也可引起呼吸困难，并影响吸奶。鉴于新生儿以腹式呼吸为主，所以应给孩子穿宽松的衣服，千万不要把腹部束缚过紧，以免影响孩子的呼吸。

早产儿的肺发育差，呼吸肌更薄弱，呼吸中枢不成熟，因此，早产儿比足月儿更容易患呼吸道疾病，而且患病后病情发展快，特别要引起父母注意，及时发现、及时送医院治疗。

怎样防治新生儿脱水热？

新生儿脱水热是由新生儿体内水分不足而引起的发热。新生儿出生后由于皮肤蒸发，肺呼吸和排出大小便，可失去相当多的水分，当失去的水分超过喂哺的液体量时，就可发生脱水热。尤其是环境温度过高，如盛夏，皮肤蒸发失去的水分大大增加，如不及时补给液体量，就可发热。

脱水热多发生在生后2~4天。表现为体温突然升高至

239

38℃以上，甚至可达 40℃（肛温），小儿烦躁不安、啼哭、口干、尿少、前囟及眼眶凹陷、口唇干燥、皮肤弹性差等。若能排除其他疾病引起的发热，则可诊断为新生儿脱水热。

确诊为新生儿脱水热后，应立即喂 5％葡萄糖水，每 1 小时 1 次，每次 30～50 毫升。若体温超过 39℃，可用 75％酒精加等量水进行擦浴，擦额部、颈部、腋下、腹股沟等处，忌擦胸、腹、背部及手足心。经上述处理仍不退热或出现抽搐者，应立即送医院进一步诊治。

本病以预防为主，盛夏要保持新生儿居室的通风和凉爽，避免室温过高；冬天要注意穿衣盖被适度，保暖过度可引起大量出汗。小儿出生后应喂哺母乳，多吸吮促进乳汁分泌，并要注意补充水分，以防发生脱水热。

新生儿脐炎怎么处理？

新生儿出生后剪断脐带，正常情况下脐带在 1 周内脱落愈合。但在脐带未脱落愈合前，脐的残端是一个创面，上面没有皮肤覆盖，脐带内的血管没有完全闭合，有时含少量渗血，加上脐部凹陷，不容易干燥，所以细菌很容易在脐部生长繁殖，使与脐带相连的组织感染，即发生脐炎。如果细菌通过脐带内血管侵入血液，则可引起败血症或腹膜炎。

脐炎表现为脐部有渗出液体或有脓性分泌物，有臭味，脐周软组织发红，严重时脐部肿胀、红斑、触痛，甚至脐部颜色变黑。小儿可发热或体温不升，反应差，哭吵，烦躁不安，吐奶、拒奶等。

若脐部只有少许渗出液体，可用 75％酒精拭擦，然后涂上 2％龙胆紫即可。如果脐周软组织发红，脐部有脓性分泌物，有臭味，则要用3％双氧水清洗，然后涂上抗生素药膏，如红霉素软膏。如果脐部感染伴有全身症状，如发热、烦躁、拒奶等，提示感染严重，应送医院治疗。

新生儿痤疮怎么处理？

新生儿痤疮是母亲在妊娠期间通过胎盘输送给胎儿的雄激素刺激毛囊而引起的。婴儿出生后6个月之内由于受到雄激素的影响，皮肤上会出现黄白色的小点，尤其是在油脂分泌多的部位，如鼻子周围，这就是痤疮。

一般来说，新生儿痤疮不需要药物治疗，因为在婴儿自己体内的激素开始分泌之后，堵塞的毛孔很快就会自己畅通。但要注意护理，要轻轻地为孩子清洗皮肤，至少每天两次，孩子穿的衣服要绝对清洁。如果痤疮持久不消退，可涂些过氧化苯甲酰软膏，或到医院诊治。

用奶瓶给婴儿喂奶应注意什么？

用奶瓶给婴儿喂奶时应注意以下几点：

（1）喂奶者要注意个人卫生。衣着要干净，喂奶前要用肥皂洗净双手，洗手后不要用手搔头、抓痒，或拿与喂奶无关的东西。喂奶者患呼吸道疾病时应戴口罩。

（2）将准备好的奶装入已消毒的奶瓶中，套上消毒奶嘴。套奶嘴时只能用拇指、示（食）指夹取奶嘴底边，不要触摸奶嘴。然后将奶瓶内的奶滴几滴在手腕部内侧皮肤上以测试奶温，绝不能用大人的嘴去吸奶嘴试温。奶温适合，则可抱起婴儿喂奶。

（3）喂奶时，喂奶者坐在靠背椅上，左脚稍垫高，将孩子放在左腿上，用左臂托住孩子的头和背部，右手拿奶瓶，瓶底稍抬高，保持瓶内奶汁充满奶嘴，以免吸入空气造成吐奶。

（4）在正常情况下，婴儿每次奶量应在10～20分钟内吸完。如果孩子吞咽很急，说明奶嘴的孔太大，进入胃内的奶难与胃液混合，影响消化吸收，同时由于吸奶过急，容易呛入气管，应更换奶嘴。如果吸吮费劲，说明奶嘴的孔太小，容易使孩子疲劳，甚至拒绝吸奶。孔太小时可用缝衣针在火上烧红，从原来的孔洞穿入，使孔稍扩大些即可。

（5）奶瓶必须每天煮沸消毒1次。消毒前先用碱水洗刷奶瓶，再用清水冲干净，然后和调奶用的碗、杯、匙等一齐放入锅内，加冷水，冷水盖过这些奶具，煮沸5～10分钟。奶嘴洗净后，放在开水中煮一煮，用筷子取出，放在有盖的杯中备用。每次喂完奶都要用热开水冲净奶瓶，每次喂奶都要另换一个奶嘴。

怎样安排好婴儿一天的生活？

1岁以内婴儿1天的生活主要内容包括睡眠、饮食和活动等。这些生活内容应根据小儿的神经、精神发育的特点进行合理的安排，使小儿的生活内容有规律，全身脏器有节奏地活动，以利于孩子身心健康的发展。

孩子睡眠时间随年龄的增长而减少，年龄越小，睡眠时间越长，活动时间则相对少一些，但睡眠时间在白天也不能太长，以免出现"日夜颠倒"现象。孩子活动量要适度，过度活动会使小儿疲劳。婴儿一天生活内容安排如下：

表3 1岁以内婴儿一天生活活动时间安排表

年龄	饮食		活动		睡眠		
	次数	间隔时间（小时）	活动时间（小时）	昼间次数	持续时间（小时）	夜间（小时）	共计（小时）
2个月～	6	3	1～1.5	4	1.5～2	10～11	17～18
3个月～	5～6	3～3.5	1.5～2	3	2～2.5	10	16～18
6个月～1岁	5	3.5～4	2～3	2～3	1.5～2	10	14～15

怎样合理安排孩子的睡眠次数和时间？

睡眠是一种生理性的抑制过程，孩子正处在生长发育过程中，睡眠比营养更为重要。由于小儿神经系统发育还未完善，大脑皮层的活动是容易兴奋，又容易疲劳，如果得不到及时、足够的休息，则会使孩子生理机能发生紊乱，表现为精神不振，食欲差，机体抵抗力下降，容易生病。因此，家长要根据孩子不同年龄的需要，合理安排孩子的睡眠次数和时间，使孩子养成睡眠规律，让孩子睡得香、睡得熟，睡醒后精神饱满才行。

孩子年龄越小，需要睡眠的次数越多，时间越长。随着年龄的增长，睡眠次数逐渐减少，一昼夜睡眠的总时间也相应缩短。孩子一昼夜的睡眠次数与时间不能强求一致，个体差异较大，只要孩子睡醒后精神饱满，能愉快地玩耍，食欲好，体重正常地增长，不生病，这就说明孩子睡眠时间足够了。一般来说，新生儿除了吃奶，其余时间大部分都在睡，一昼夜大约睡18～20小时；1～6个月白天睡3～4次，每次睡

1.5～2 小时, 夜间持续睡 10 个小时, 一昼夜睡 16～18 小时; 7～11 个月白天睡 2～3 次, 每次睡 1.5～2 小时, 夜间持续睡 10 小时, 一昼夜睡 14～15 小时; 1～3 岁白天睡 1～2 次, 每次睡 1.5～2 小时, 夜间持续睡 10 小时, 一昼夜睡 12～13 小时; 3～6 岁午间睡 1 次, 睡 2～2.5 小时, 夜间持续睡 10 小时, 一昼夜睡 12～13 小时。

怎样为孩子创造舒适的睡眠环境?

要使孩子睡得香, 睡得熟, 家长应为孩子创造舒适的睡眠环境。

(1) 要为孩子准备好小床。孩子睡觉的小床一定要牢固, 床的长度应为幼儿的身高加 25 厘米, 宽度约为幼儿肩宽的 3 倍, 高度 20～25 厘米, 一般不超过 30 厘米。要有围栏, 栏杆的间隙大于 2.5 厘米, 小于 6 厘米, 使得手臂、小腿不会困住而进退两难或滑出。床栏的高度要 60 厘米以上, 以免孩子爬出。靠头侧的三面栏杆要有缓冲垫, 既可以保护头部, 又可挡风。无缓冲垫时可用棉垫来代替。

被褥要选用质地柔软, 保暖性能好, 浅色的棉布制成。棉被、床单、被套、枕头套等要多准备几套, 以便更换洗涤, 保持清洁干燥。

棕棚床是孩子最理想的用床, 因其柔软且有一定弹性, 能使孩子睡眠时肌肉和神经都能得到充分放松, 且不影响孩子的身体发育。如没有棕棚床, 可在硬板床上多铺些被褥和床垫, 同样也适合于孩子睡眠。但孩子不能睡软床, 如弹簧床、沙发软床等, 因婴幼儿的骨骼柔软, 韧带和脊柱周围的肌肉很弱, 容易导致脊柱和肢体骨骼变形。由于软床不能保持孩

244

子正常的平卧姿势，所以会阻碍孩子身体的正常发育，使肌肉生长不匀称，造成弯腰、驼背等疾患。

一般来说，3 个月后的婴儿可以睡枕头。枕头一般来说长50 厘米，宽 20 厘米，厚 2～3 厘米，枕头不宜太厚，太厚会促使头颈弯曲，影响小儿呼吸和吞咽。枕芯要用松软不变形的物品为好，如芦花、木棉、谷壳、荞麦皮、绿豆壳等。

（2）室内要保持空气新鲜、湿润，使孩子入睡快，睡得熟。

（3）室内的灯光应调暗些，电视、音响的音量要放低些，拉上窗帘，这样孩子就会意识到该睡觉了。

（4）睡觉前不做剧烈的活动，不讲有趣的故事，以免孩子过度兴奋，影响入睡。

（5）父母不要在室内抽烟，以免造成空气污染，让孩子被动吸烟，影响身体健康。

怎样培养婴幼儿良好的睡眠习惯？

良好的睡眠习惯是婴幼儿睡眠的重要保证，应从出生后就开始训练，多方面加以注意，具体做法如下：

（1）孩子睡前要洗手、洗脸、漱口，年幼不会漱口的孩子可喝些白开水，以清洁口腔。晚上睡前用温水洗脚、洗屁股，使孩子知道洗干净才能上床睡觉，床上是睡觉的地方，这样培养孩子洗干净就上床，上了床就要睡的好习惯。

（2）孩子睡觉应穿上宽松的睡衣；不要穿太多衣服睡觉，尤其不能以衣代被；棉被不宜太厚，只要孩子的手、脚温暖就行，若头颈部或手脚出汗说明棉被太厚了。

（3）孩子上床睡觉前要排尽大小便。晚餐应以稠状食物为主，汤水要少些，晚饭后要少喝水，以免夜间小便频繁，影响睡眠。夜间要估计孩子有尿时，叫醒他排尿，一般6个月～1岁排尿3次，1～2岁排尿2次，2～3岁排尿1次，3岁以后可一晚上不要起床排尿。

（4）不要让孩子含着奶头，咬被头角，吮吸着手指睡。如果养成了这种坏习惯，每次入睡都要这样做，如不依他，他就拒睡，这就助长了小孩的任性，对孩子的心理发育极其不利。

（5）不要在睡前把小儿抱在怀里边拍、边摇、边走，这样不利于培养孩子的自主性和独立性。要培养孩子自然入睡的习惯，不要用恐吓的方法强迫孩子睡觉，如"老虎来了"，"狼来了"等，这种强烈的刺激会使孩子无法入睡，或睡得不安稳，常常做恶梦。反复多次吓唬，会形成恶性条件反射，使孩子在今后的成长过程中养成胆小、怕黑暗，不敢一个人独居一室等。

（6）让孩子从小独睡，这可以培养他独立能力，减少对父母的依赖。2～3岁幼儿在大人帮助下能学会自己上下床，自己穿脱衣服，独自闭着眼睛睡，夜间小便会叫醒父母或自己下床小便后再去睡。4岁时会独立地上下床，自己穿脱衣服，冷了知道把小胳臂放进被子里，躺下睡觉时会自己盖好被子。培养独自入睡应从生后6个月开始，否则等孩子稍大养成习惯后就很难更改。

（7）要创造一个良好的睡眠环境。春夏秋三季要开窗睡眠，冬季要定时开窗换气；室内光线要暗些；环境要安静，也可播放一些轻柔的催眠曲。

为什么贪睡的婴幼儿长得快？

睡眠是一种生理性的抑制过程，是大脑的一种生理性保护措施。新生儿的大脑皮层兴奋性比较低，受到外界刺激后很容易发生疲乏而进入抑制状态，加上两眼还不适应强烈的光线刺激，所以醒后不久，两眼又很快闭起来。因此，新生儿除了吃奶、换尿布、洗澡、偶尔哭几声外，其余时间都在睡，一天睡眠时间可在 20 小时以上。新生儿睡眠时间最长，所以生长发育最快。同样，贪睡的婴幼儿由于睡眠时间长，所以也长得快，这是为什么呢？

人体的生长发育是由生长激素所支配的。生长激素是一种调节物质代谢的重要激素，它具有促进肝脏释放葡萄糖，蛋白质合成，脂肪分解和氧化以及骨骼生长发育等多方面的生理作用。当人在清醒状态下，生长激素的分泌很少，入睡后生长激素的释放明显增多。也就是说，人体在一天 24 小时的作息周期中，夜间睡眠时生长激素的分泌明显高于白天，最高可超过 40 毫微克/毫升。孩子年龄越小，睡眠时间越长，则生长激素分泌越多，生长发育也就越快。如果孩子睡眠不足，生长激素分泌就减少，必将影响生长发育。贪睡的孩子长得快，但并非睡眠时间越长越好，过分贪睡对健康也有害，如变得手脚不勤，发生肥胖症等。因此，为了孩子能够正常生长发育，就必须保证充足的睡眠，应合理安排睡眠次数和时间。

为什么婴幼儿睡眠时不能以衣代被？

有些家长怕孩子睡眠时受凉感冒，给孩子穿着毛衣、毛背心、毛裤、线裤等睡觉，这种以衣代被会危害孩子的健康。

当人入睡时，最早出现的是肌肉松弛。首先是眼睑肌的肌肉松弛，眼睛就会闭上，很快躯干、四肢的肌肉也会松弛下来。

如果孩子睡眠时以衣代被，身体受许多衣服紧紧束缚的影响，就严重妨碍全身肌肉的放松，使孩子无法正常入睡，睡不香、不熟。同时由于穿衣过多，紧紧裹住了孩子的身体，会使血流缓慢，呼吸不畅，常常会做恶梦，梦中惊醒满头大汗，还会感到胸闷。

以衣代被，容易出汗，若不及时给孩子擦汗穿衣，容易引起感冒。

正确的做法是：孩子睡觉前应尽量少穿衣服，只要穿件内衣和一条短裤就够了，最好能穿宽大的衣服睡觉。

为什么婴儿过度保暖不好？

婴儿需要保暖，尤其是在隆冬季节或生病时更有必要，但保暖要恰到好处，过度保暖则有害。

年轻的父母仍惟恐孩子着凉挨冻，在睡觉时总是把孩子抱得紧紧的，还怕不够暖和，再加上热水袋和其他保暖用品，面部罩上尼龙巾，或用棉被遮住头部，让孩子躲在被子里面睡，同时把房间的门窗关得密不通风，这就容易发生"闷热综合征"。婴儿可表现为大汗淋漓，高烧，神志不清，四肢僵直，进一步发展下去则体温不升，脉搏细速，血压下降，四肢冰冷，抽搐，昏迷，甚至出现"摇篮死亡"。当脑组织受到严重损害时，即使救活，也会留下癫痫、失眠、脑性瘫痪、脑萎缩等后遗症。

婴儿发生"闷热综合征"的原因是婴儿体温调节中枢发育不完善，体温随着外界环境变化而升、降，而且小婴儿不像大孩子那样，太热时会踢掉被子，加上睡在紧身襁褓中，连空气也透不进去，其机体代谢产生的热量不易散发，结果导致"闷热综合征"。怎样才能做到保温适度呢？

合理地增减婴儿的衣、被是非常重要的。衣、被的增减应随环境而异。炎热的夏天，室温高，给孩子穿单衣就可以了。隆冬季节，当室温比较低时应给孩子穿上绒衣、毛衣、棉衣等，睡觉要盖柔软且保暖性强的被子，如果仍不能保持正常的体温，可加盖一条毯子或加热水袋保暖。睡觉时一定要将孩子的头面部露在被子外面，以防发生窒息。

给孩子穿衣、盖被，原则上是使孩子背部、手足暖和而不出汗，体温保持在36.5～37.5℃之间。如果热得出汗，体温在37.5℃以上，说明保暖过度，应减衣、被；如果背部、手足凉，体温在36℃以下，说明保暖不够，应增加衣被或提高室温。

幼儿衣着如何选择？

给幼儿穿衣服，主要是保护他身体不受外界环境变化的影响。冬季防寒保暖，夏季通风散热。同时适当地照顾衣服美观大方。

幼儿皮肤细嫩，尤其新生儿，衣料应选择柔软、吸湿、透气性强的，对皮肤无刺激作用的全棉织品为宜，不能选用化纤类制品。除了质地外，还要注意颜色的选择，色彩以鲜艳明快、不刺眼为好。如朱红、橙红、柠檬黄、浅绿色或各种带花、带格的衣服，可使孩子显得精神、活泼、有生气。

衣服的式样应选用宽大、舒适，便于穿脱和手脚活动。同时要注意式样简单，不要在衣服上加上太多累累赘赘的附加物，如带子、花球等。也不要给孩子穿奇装异服，如穿窄裤管的喇叭裤，这不但限制了孩子的活动，而且也影响了孩子的天真、活泼、稚气可爱的天性。

根据季节的变化选择服装。夏天，女孩可穿宽松的裙子或短裤，男孩穿背心短裤为宜，或穿短袖衬衫。春秋季，以穿毛线衣或绒衣为主。毛衣的领口以小圆领为好。冬季，最好穿棉衣棉裤。裤头上松紧带，以便于幼儿自己穿脱。

孩子穿多少衣服合适，这没有硬性规定。一般来说，孩子穿衣只要稍多于一般成人就行。成人要经常摸摸孩子的小手和小脚是否暖和，如果是温暖的，无汗，则说明穿得厚薄正合适。此外，千万不要让小儿随着大人怕冷或怕热的习惯，穿得过多或过少。

给婴儿穿开裆裤主要是为了大小便方便。1岁半左右的小儿会用简单的语言或手势表示大小便，家长就可以及时地照料。如果1岁半的小儿还穿开裆裤，孩子一有尿意、便意，就蹲在地上随地大小便，一旦养成坏习惯就很难纠正。因此，1岁半左右的幼儿，已能表示大小便了，就可以改穿满裆裤。

婴儿开始学走路时，最好是赤脚。赤脚比较容易平衡，而且赤脚步行使脚健康。穿鞋只是保护脚，并不是"支撑"脚。因此，为孩子选鞋一定要轻巧、舒适、保暖，最好穿软底布鞋，便于行走。夏天可穿塑料凉鞋。布鞋后根处可钉上小带子系在脚腕处，不易脱落。鞋面缝松紧口，便于穿脱。鞋子大小要适中，太小会妨碍孩子足部发育；太大会妨碍孩子活动，容易跌倒。

孩子的衣服、床单、被套等要勤换洗，常日晒，保持洁净。孩子的衣裤不能和成人的一块洗，以免造成污染。

怎样布置婴幼儿居室？

居室是婴幼儿主要生活的场所。由于婴幼儿对外界的适应能力差，所以居住环境的好坏将影响孩子的生长发育。那么要怎样来布置孩子的居室比较合适呢？

（1）居室应尽量选择朝南向阳，空气流通，又比较安静的房间。室内气温冬季保持在 20℃ 左右为宜，没有暖气的地方，可采取电暖炉、热水袋、煤炉等取暖，但应注意通风，防止煤气中毒，避免烫伤。夏季保持在 25℃ 左右为宜，没有空调的房间，白天气温高时，可用电扇调至低挡吹风，或用扇子扇。空调房间在早晚凉爽时，应打开门窗通风透气。室内湿度保持在 50% 最合适，在干燥的季节，可经常用湿布拖地板，擦桌椅，冬季可在火炉上放一装满水开盖的水壶，以保持室内的湿度。

（2）为婴儿准备一张小床。

（3）房间物品应摆放整洁有序，各种物品都有固定的位置，这可给人爽朗的感觉，并能培养孩子养成爱整洁的习惯。

（4）注意居室卫生，经常用湿拖把拖地板，防止尘土飞扬。禁止在室内吸烟，要经常开窗通风透气。衣物、床单、被褥、枕头等要经常拿到室外拍打或日晒。

（5）家庭的美化，可按各自的审美爱好去装点布置。一般选择蓝色、浅绿色、玫瑰红及柠檬黄等一些柔和色调组成的色彩为宜，可适当点缀一些艳色。室内的灯光应柔和，光线不可太强，以免造成小儿眼睛过于疲劳。影响视觉发育。

（6）时有变化居室的环境以引起孩子的新鲜感，从而发挥环境中各种物品对幼儿的刺激影响。如在床架上挂一些挂件，床边孩子手可触摸到的地方摆1～2件玩具，并根据孩子的兴趣时常更换。室内家具摆设可经常做适当的调整，室内的装饰与布置也可经常变更，如过年了挂个大红灯笼，随着季节变化在室内摆放一些菊花、郁金香、梅花、水仙花等。应让孩子参与环境的布置，吸引孩子对家庭环境的关心和爱护。

(7) 要注意居室安全。家长把花瓶一类容易破碎的陈列品收藏起来，药品、刀子、硬币、别针等要放到孩子拿不到的地方；开水壶、熨斗等应放到孩子够不着的地方；电器插座要罩上安全套，电器要经常检查，防止触电；居室地面应清洁，可让孩子随意爬动而不至于发生危险；门窗及楼梯口处应设防护栏，防止孩子坠落摔伤等等。

怎样保护婴幼儿的眼睛？

眼睛是人的重要感觉器官，每位父母都希望自己的孩子有一双明亮健康的眼睛。但眼睛又是非常敏感的器官，极易受到各种伤害，所以应特别注意保护婴幼儿的眼睛。

(1) 讲究眼睛卫生，不要使用别人的洗脸毛巾和脸盆。每次洗脸，应先洗眼睛，6个月前婴儿要用凉开水擦洗眼睛。要随身携带纸巾或自己专用的手帕，不可用手擦眼睛。

(2) 注意防止眼外伤。教育孩子不要玩锐利的东西。以免刺伤眼睛，如竹签、小刀、铁钉等；不要玩烟花爆竹，以免炸伤眼睛。大人在编织毛衣、缝纫衣服时，要离孩子远些，以免针类物刺伤孩子的眼睛。

(3) 防止强烈阳光或灯光直射孩子的眼睛。在户外强阳光下活动时，要戴遮阳帽；要教育孩子不要注视电焊光，以防电光伤害眼睛。

（4）幼儿看书时，要保持正确的姿势，不要躺着看书。写字的光线应来自左前方，光线要柔和、稳定，灯光亮度要适宜。

（5）防止眼睛过度疲劳。按年龄大小，每看书 30～45 分钟，必须休息 15～20 分钟，并要远眺或闭目休息。

（6）看电视对孩子的视力有一定影响，应该适当减少孩子看电视的时间，看电视时不要离电视屏幕太近，以免产生近视眼。

（7）稍大幼儿可以教他做眼保健操。眼保健操能消除眼睛疲劳，预防近视的发生及发展。

怎样保护好孩子的听力？

听力是人的中枢神经系统和听觉器官联合活动所产生的一种反映能力。这种反映能力对孩子的智力发育起着举足轻重的作用，所以父母在培养教育孩子的过程中，一定要时刻注意保护好孩子的听力。听力障碍分为先天性和后天性。先天性听力障碍与胎内发育有关，如母亲在怀孕期间，用过大剂量庆大霉素、卡那霉素、链霉素等。这类药物通过胎盘到达胎儿体内，造成胎儿听力损害。当孩子长到一个半月时，对铃声没有反应，或者到 8 个月时，成人在婴儿的背后叫他的名字时，他头不向发出声音的一方转动，这就说明孩子有听力障碍。而后天性听力障碍多与听力保护有关，那么，怎样保护好孩子的听力呢？

（1）防止疾病的发生。许多脑部疾患是造成后天性听力障碍的重要原因，如病毒性脑炎、流行性脑膜炎等。此外，还要注意预防上呼吸道感染、扁桃体炎、麻疹等。因为这些疾病可继发中耳炎，从而影响听力。

（2）谨慎用药。有些药物具有耳毒性，如庆大霉素、链霉素、卡那霉素，因病情需要用时，应严格掌握用药剂量，以免发生神经性耳聋。

（3）防止噪音对孩子听力的损害。如高音喇叭、鞭炮声等都可能损伤鼓膜，引起耳聋。

（4）不要用发卡、别针、掏耳勺给婴幼儿挖耳屎，不要让污水、异物进入耳道，以免引起耳部疾患，影响听力。

（5）要为孩子创造安静、和谐悦耳的声响环境。这对提高婴幼儿的听力很有帮助。

怎样为婴幼儿清洁鼻腔？

鼻腔内的鼻屎大多是由于感冒或鼻过敏使鼻内分泌物过多而引起的。过多的鼻屎会堵塞鼻腔，迫使孩子张口呼吸，影响婴幼儿吃奶。有些孩子因鼻腔堵住，呼吸不畅而无法入睡，或从睡眠中惊醒，哭吵不停。因此，大人应该为孩子清洁鼻腔，保证其呼吸道通畅。

婴幼儿鼻腔粘膜特别细嫩，稍有不慎，容易损伤，造成感染、出血。由于小儿鼻腔比较狭小，成人不能用手去挖鼻屎；用镊子去夹取，孩子若不配合，镊子会刺伤小儿的鼻粘膜。正确的做法是用棉签轻轻擦掉鼻腔的分泌物；如果鼻屎很硬，可用热毛巾捂在鼻部或用一杯热开水吸入其热蒸汽，使鼻屎变软，然后用棉花蘸些清水塞入鼻腔内将鼻屎卷出，或用小棉花条、布条刺激鼻粘膜，让其打喷嚏将鼻屎打出；2岁以上的幼儿可用擤鼻涕的方法擤出鼻屎，教孩子用手帕或纸巾先按住一侧鼻孔轻轻地擤，然后用同样的方法擤另一侧鼻孔。千万不要两个鼻孔同时用力擤，这样会使鼻腔的压力增

254

大，促使带有大量细菌的鼻涕进入鼻窦或中耳里，引起鼻窦炎和中耳炎。由于中耳的耳咽管与鼻咽部相通，且耳咽管与鼻咽部距离很短，所以两个鼻孔同时用力擤时，会损伤耳内鼓膜，造成听力障碍。

怎样保持婴幼儿口腔清洁？

新生儿的口腔里常有一些分泌物，这是正常现象，不必作什么处理，为了清洁口腔可在喂奶后或定时给新生儿喂些白开水。3个月的婴儿唾液分泌开始增多，出牙时，也会刺激唾液腺，使唾液分泌更多，出现流口水现象，这是很正常的，为防止口水浸渍皮肤，要给孩子戴围嘴，并随时擦拭流出的口水。1岁左右婴幼儿手的动作能力、协调能力还很差，还掌握不好漱口动作，因此，应该让孩子在进食后喝点白开水以清洁口腔，或家长可以用软牙刷帮他轻轻地刷牙。2岁左右的幼儿应训练他饭后漱口，并要有意让孩子看到大人饭后漱口和早晚刷牙的动作，以便孩子学习和模仿。3岁时，小孩已初步具备了自我服务的能力，此时，就要训练他自己刷牙了。要坚持早晚刷牙，特别是晚上刷牙比早上更重要。要用软牙刷刷牙，要注意牙刷的清洁，牙刷经常保持干燥，以免使牙刷成为细菌的孳生地。孩子刚学刷牙时，可用凉开水作漱口水，要教会孩子如何挤牙膏，如何漱口，刷牙的顺序和方法等。这样就能经常保持口腔清洁，并使牙齿长得洁白。

怎样保护好乳牙？

牙齿是咀嚼工具，牙齿不好，将影响食物的消化和吸收。人的一生要长两副牙，即乳牙和恒牙。正常婴儿在4～10个月时长出第一乳牙，最晚 2 岁半时 20 颗乳牙都得长齐。6 岁左右开始换恒牙。乳牙和恒牙有着密切的关系。乳牙长不好，不但影响食物的消化和吸收，而且还影响到恒牙的质量，因为恒牙是在乳牙的基础上生长出来的。乳牙长得不好，上下牙咬不在一起，前后相错，排列不齐，将来长出的恒牙也会这样。如果乳牙龋齿把恒牙的牙胚破坏了则恒牙就永远不能长出了。所以应保护好乳牙。

（1）要养成饭后漱口，早晚刷牙的习惯。教会孩子正确的刷牙方法：要按上下、左右、里外的顺序，顺着牙缝竖刷。刷上牙时牙刷的毛端朝上，贴住牙根、牙面，从上往下刷；刷下牙时毛端朝下，从下往上刷；刷门牙里面时，牙刷柄要竖起，上牙从上往下刷，下牙从下往上刷；刷咬合面时，将毛端垂直放在咬合面上，前后来回推拉牙刷。

（2）锻炼牙床，让小儿咀嚼食物。要根据小儿年龄，酌情提供较粗硬而需咀嚼的食品，如馒头片、面包、饼干、苹果等磨牙食品，以锻炼乳牙的咀嚼功能。

（3）提供给孩子足够的营养，如多补充些蛋白质和钙质食品，还应补充磷、维生素 C、维生素 D 等。因为牙质和牙釉的形成和生长需要这些物质。因此，要给小儿多吃含上述物质丰富的食品，如牛奶、鱼、肉、蛋、蔬菜、水果等。

（4）控制甜食，尤其是睡前不要吃，以防发生龋齿。

（5）慎用药物。四环素类药物可引起小儿牙齿变色，且常合并牙釉质发育不良，导致龋齿发生。因此，这类药物应禁用。

（6）有些孩子有吸吮手指和口含物入睡的习惯，时间一长，可引起牙位不正，前牙发育畸形等。这些不良习惯应及时纠正。

怎样为婴儿做脐部护理？

小儿出生 24 小时内，几乎所有脐带都是无菌的，以后才逐渐有金黄色葡萄球菌、大肠杆菌、链球菌等出现。由于小婴儿较肥胖，脐窝较深，容易积水积污且不易干燥，是细菌生长繁殖的好地方，所以应认真做好脐部护理，保持脐部清洁干燥为重要。尿布不能遮盖到脐部，尿湿的尿布要马上换掉，防止污染。洗澡时要检查脐带是否脱落，脐部有无渗血，有无脓性分泌物。脐轮是否红肿。如果脐带脱落，创面潮湿，可涂 2％龙胆紫或 95％酒精，使其干燥，并用消毒敷料盖上，然后用干净的绷带固定好。脐部有结痂的先掀掉痂皮，洗澡后用 75％酒精棉签卷擦脐部。如发现脐部肿胀、红斑、触痛，有脓性分泌物和臭味时，应用 3％双氧水清洗，同时用抗生素治疗，如青霉素、庆大霉素等。

成人在为孩子做脐部护理前要先用肥皂洗手。固定脐带的绷带或布条每次换下后要洗净、沸水烫、晒干或烤干。盖在脐带上的纱布和涂药用的棉签都要经过高压消毒。

怎样进行大小便护理？

小婴儿尚不会自己控制大小便，常常会尿湿尿布，成人要及时为其更换尿布。因为大便中有大量的大肠杆菌，尿中有尿素等物质，如果便后不及时冲洗尿布，则尿素被细菌分解生成碱性的氨，氨刺激皮肤而发生尿布皮炎。那么怎样做好便后的护理工作呢？

（1）孩子大便后一定要用温水把臀部冲洗干净，冲洗时

257

应由前向后，即从会阴到肛门，尤其是女婴一定要遵守这种冲洗顺序，否则会造成逆行感染。然后由前向后擦干臀部。最后涂上婴儿油。如果臀部发红，则应先涂上茶油或紫草油。

(2)尿布换下后要及时洗干净，如果大人一时忙不过来，可将脏尿布放入有盖的桶中，但沾有大便的尿布要先冲洗掉大便再放入桶中。尿布先用弱碱性的肥皂洗，然后用清水漂洗干净。最后用开水烫或日晒，折叠整齐后备用。

(3)不能用塑料布或橡皮布直接包在尿布外面，因为它们会阻碍尿液外渗和蒸发，容易刺激皮肤而发生尿布皮炎。为了防止尿液渗到床褥上，可将塑料布或橡皮布放在包布或棉垫下，这样尿液就不会渗出到床褥上而弄脏床褥了。

女婴外阴怎样护理？

女婴的尿道短而宽，尿道口与阴道、肛门很接近，细菌容易侵入，所以女婴尿路感染的发生率比男婴高。因此，家长应注意女婴的外阴护理。

家长要注意培养孩子良好的卫生习惯。孩子的内裤应选择柔软、吸水性强的全棉的制品。不能穿化纤的内裤，因其不透气、吸水性差，穿在身上会感到非常不舒服，有时还会引起过敏性皮炎。新的内裤应先洗干净才能穿。

每次大便后和每天晚上睡觉前都要清洗外阴。应从尿道口向肛门方向清洗，便后用手纸擦屁股时也应是这样从前往后擦。若洗或擦的方向与上述相反，则肛周的细菌就有可能污染尿道或阴道。孩子要有专用的脚盆和脚布，并要经常煮沸消毒。

女婴应尽可能早些穿满裆裤，一般1岁左右就可以训练了。因为穿开裆裤，外阴与外界直接接触，很容易引起上行性尿路感染。

尿布有哪些类型？

尿布是新生儿和婴儿重要用品，要求用柔软、吸水性好、透气性好全棉的布做成。颜色宜淡，便于观察大小便的颜色。尿布的类型有两种，分为纸尿布和布尿布。

（1）纸尿布：即一次性尿布。使用方便不要清洗。但对孩子不适用，因其是由化纤材料制成，不透气，容易引起红臀，因此只能在外出时偶而用一下。

（2）布尿布：可用纱布或旧棉被单、旧衣服改制。尿巾常用的式样有长方形和三角形。

长方形尿布：将一块长 70～80 厘米，宽 15～18 厘米的方布，按长轴方向摺成 3～4 层，将一端缝上 2 根带子即成（图 22）。此式样尿布用料省，但大腿两侧处的大小便易漏出。也可将长方形尿布摺起 1/3，根据男女排尿不同，男婴在下腹

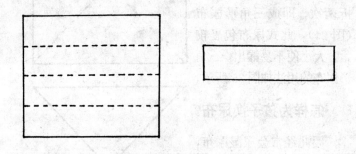

图 22　长方形尿布的折法

259

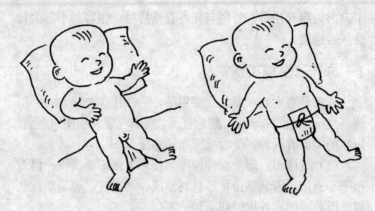

图 23　长方形尿布的用法

部多垫一层，女婴在臀下多垫一层。长方形尿布的用法如图 23 所示。

三角形尿布：将一块长宽 80 厘米的方形尿布对角折两次，即成三角形尿布（图 24），此式尿布包裹较紧，大小便不易漏出。三角形尿布的用法如图 25 所示。

怎样为孩子换尿布？

婴儿经常会尿湿尿布，尤其是新生儿，因为膀胱小更须要频繁地换尿布。一般

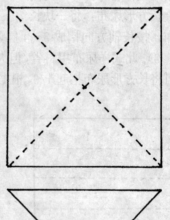

图 24　三角形尿布的折法

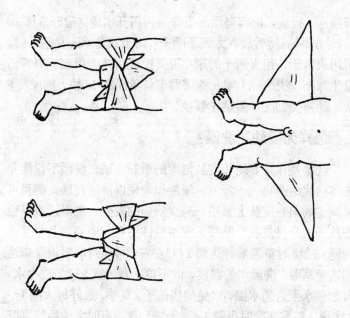

图 25　三角形尿布的用法

来说，在给孩子喂奶后，醒来时及睡觉前都要换尿布。婴儿皮肤细嫩，如果不及时更换尿布容易使皮肤发红、糜烂，发生尿布皮炎（俗称红臀）。

父母要把为孩子换尿布当为乐事来做。这是逗孩子与搂抱他的最好时候，也是表示你对孩子爱的重要方式。要先把换尿布时所需要的东西准备好，这样换起来就比较方便。

在换上干净尿布之前，要用温水给孩子洗净臀部，并和他玩一玩，逗逗他，让他的臀部接触一下空气。如果换下的尿布有粪便的话，要先用毛刷把粪便刷掉，然后用肥皂粉溶液浸泡、搓洗，把残皂漂洗干净后再用开水烫（最好煮沸 10 ～15 分钟），然后放在太阳下晒干。雨天或冬季不易晒干时，可用火烤干，用火烤干的尿布要等凉透后才能用，否则容易发生尿布皮炎。一个婴儿约需要准备单尿布 30 块，棉尿片 6 块，还需要勤洗，多晒才够换。

怎样为婴幼儿洗澡？

洗澡是保持婴幼儿皮肤健康的最好方法。洗澡不仅能除去体内代谢产物——汗液、尿液和粪便以清洁皮肤，而且可以减少病菌在皮肤上繁殖，减少疾病的发生；洗澡还可以检查孩子的全身皮肤、脐带，观察肢体活动和姿势，及早发现问题。洗澡时室温最好达到 24℃左右，可通过取暖设备来达到这个室温。洗澡水的温度，以不烫手背为宜。应先放冷水，再加热水至合适水温，以免烫伤孩子。夏季，最好每天洗 1～2 次澡，冬季寒冷时可隔 1～2 天洗一次，有时大便后特别脏也应增加洗澡次数。洗澡时间最好选择喂奶以前，以防孩子吐奶。

洗澡的顺序是先洗脸部、头部和颈部，然后洗上身和下身。洗澡方法如下：

(1) 将干净的浴巾铺在大人腿上，将婴儿放在浴巾上，脱去外衣，用浴巾裹着抱起，用浸过凉开水的小毛巾由内向外擦洗眼睛，然后洗脸部、鼻子、耳朵。

(2) 成人用手臂支撑小儿背部，手掌扶住头部，并使头部后仰，用婴儿香皂或洗发露为孩子洗头，再用水冲净残皂，揩干。洗头时要注意水不要进入眼睛、耳朵。

(3) 用手臂托住孩子的头、背部，另一手托住他的臀部，慢慢地放入水中。用手托稳他的背部，清洗前身，然后将他的重心后移，用手托住下巴及胸部，清洗背部。特别要注意清洗皮肤皱折部位。如果脐伤未愈合时，身体不能全部下水。

（4）洗完澡，一手托住头部，另一手托住臀部，把他抱出来。用干浴巾裹住他，擦干全身，尤其要注意擦干颈部、腋下及腹股沟处的皱折处，并在皱折处撒些婴儿用的爽身粉、扑粉等，粉不要扑太多，以免出汗时粘成糊状，刺激皮肤。最后夹好干净的尿布，穿上清洁的衣服、裤子和袜子。

如何护理生病的孩子？

生病的孩子往往比较容易激动、烦闷，他不但需要药物治疗，而且还要有良好的护理。护理病儿，需要掌握一定的护理方法，还要根据病情需要进行饮食调理，同时要保证孩子有充分的休息。

（1）护理方法。对于不同的疾病，要采取不同的护理方法。如孩子发生腹泻，应多给他喝盐开水，每次大便后要用温水清洗屁股，防止发生尿布皮炎；患急性上呼吸道感染、支气管炎、肺炎时，要保持室内空气流通。

（2）饮食调理。小儿生病时，体内消耗很大，对营养的需求高，但这时孩子的消化功能差，食欲不振。所以要提供给孩子高营养又容易消化吸收的食品，同时要补充足够的水和各种维生素，这样才能增强机体抵抗力，促进疾病的康复。对于病情较轻或恢复期的孩子，宜给予半流质饮食，如面条、米粥、鱼泥、肉泥、水果泥等，应少量多餐，每2～3小时一次，每天5～6餐。

对于呕吐、腹泻、高热、口腔溃烂的患儿，宜给予流质饮食，如牛奶、米汤、蛋花汤、肉汤、水果汁等。待病情好转后，逐渐过渡到半流质饮食。

在食品制作过程中，要考虑孩子的口味，可做些孩子爱吃的食物。如果孩子不想吃，也不要勉强。康复后逐渐增加饮食量。

（3）充分休息。充分的休息可促进疾病的康复，要根据孩子的病情安排好休息和活动。如一般的感冒不必限制活动，适当的活动能增加肺活量，改善血液循环，并能促进食欲的好转，对疾病康复有利；高热、肺炎、严重的心脏病、急性肾炎应卧床休息；对于恢复期或慢性病患儿，可逐渐增加活动量和活动时间，以促进其体力的恢复。

孩子发热怎样护理？

许多疾病都可引起发热，发热是机体与病菌作斗争的一种反应。发热除了治疗外，护理也非常重要。护理主要包括以下几个方面：

（1）要保证孩子充足的睡眠和休息。孩子的居室空气要流通，温度要适宜，保持室内安静，让孩子能安静休息。

（2）注意饮食。孩子发热时，体内水分散失多，而且容易出现消化功能的紊乱。所以应适当减少食量，尽量多喂开水、果汁等。对于体质虚弱的婴儿宜先减少辅助食品；母乳喂养的婴儿，应在两次喂奶中间喂少量水；人工喂养者应减少奶量，并在奶中多加些水，待病情好转后，再逐渐恢复正常饮食；稍大些幼儿可提供给清淡的食物、水果，并鼓励多喝水。

（3）降温处理。3岁以下婴幼儿高热时容易引起抽痉。当

264

腋下温度升到 38.5℃以上，应给予物理降温，如头部用冷毛巾湿敷，睡冰枕，或用 50％酒精擦浴等。同时服用退热药，如扑热息痛，每次 10～15 毫克/千克体重，或服泰诺林、百服宁糖浆、美林等，也可用小儿退热栓塞入肛门。经上述处理，体温不降或越升越高的，应送医院诊治。

（4）对症治疗。孩子发热时，体内水分消耗增多，加上进食少，尤其含粗纤维的食物进食少，可引起便秘。可先用肥皂块塞肛通便，不成功时再用开塞露通便。消化不良者可服多酶片、消化剂等以帮助消化。

（5）要注意观察体温和病情。经常用手摸摸孩子头部，尤其是后脑勺，以估计体温高低，但最好要用体温计测量体温，一天数次。这不仅可以使家长了解孩子的体温变化，还可提供给医师体温变化情况，方便于诊断和治疗。同时应注意观察孩子的一般情况，如精神状态，食欲状况，睡眠及大小便情况等，发现异常情况或病情加重时，应及时到医院诊治。

怎样给孩子测体温？

体温是由人体代谢活动，骨骼肌运动所产生的热量而形成的。正常人体温保持相对恒定状态，但可受测量时间、部位、年龄、饮食、运动等情况的影响。正常人在凌晨 2～6 点体温最低，午后体温最高，温差在 0.5℃左右。婴幼儿比成人略高，进食后或剧烈运动时体温可稍升高。正常人口腔温度为 36～37℃，腋下温度比口腔温度约低 0.5℃，肛门温度比口腔温度约高 0.5℃。测量与观察体温，可了解机体各重要器官的机能活动，也可以反映某种疾病的变化，因此，家长应掌握正确的测量方法：

（1）测量前要检查体温计有无破损，应将体温计上的温度甩至 35℃ 以下。

（2）新生儿测体温，大多试腋下或颈部，把水银头放在腋窝中部或颈部，紧贴皮肤压紧，持续 5～10 分钟，正常腋温、颈温为 36～37℃。

（3）测婴幼儿腋温时，可让孩子张开一只胳膊，揩干腋下，将水银头放在腋窝中部，紧贴皮肤屈臂过胸，夹紧体温计，持续 5 分钟，即可读体温计上的温度。

（4）婴幼儿也可测肛温，先将肛表的水银头涂上凡士林或石蜡油，或花生油，将肛表轻轻插入肛门 3 厘米，手扶住肛表，持续 3～5 分钟，即可。

（5）5～6 岁的幼儿可测口温，把水银头放在舌下，闭紧嘴，测量 3 分钟即可。

看体温表数字时，应横拿慢慢地转动，取水平位置看水银柱表示的温度刻度。每次测量完毕应将体温计甩至 35℃ 以下并用 75％ 酒精消毒，以备下次再用。

测量体温应在进食、运动后休息 30 分钟以上才能测，沐浴后 20 分钟可测腋温，排便 20 分钟后可测肛温。孩子哭闹时应设法使他停止啼哭，在安静状态下测体温。

对于发热的孩子，应每 4 小时测体温一次，一般从上午 8 点开始。高热处理后，应 30 分、1 小时、2 小时各测体温一次。

婴儿湿疹怎么处理？

婴儿湿疹俗称"奶癣"，是婴幼儿时期最常见的皮肤病之一。以两个月至一岁的婴儿多见，症状在 6 个月前后达最高峰。湿疹常长在颜面的颊部、额部、下颌，重者皮损可延及颈、肩、胸及两臂，下肢及臀部湿疹比较少见。开始时局部皮肤发红、干燥、边缘不齐，继而出现丘疹、丘疱疹，或水疱，常密集成群，水疱破后流水，湿烂，干燥后结成黄褐色的厚痂。湿疹非常刺痒，以致孩子哭闹，常用手抓，或在大人身上摩擦。"奶癣"大约在孩子两岁时自愈，愈后不留疤痕。为什么会长湿疹呢？这与过敏有关。湿疹多见于吃牛奶和奶制品的婴儿，吃鸡蛋时可以加重。喂奶的母亲吃鱼虾和蛋品也可以使孩子长湿疹。

婴儿湿疹可以采取以下办法治疗：

（1）对母乳过敏的孩子，则母乳喂养4个月后，通过添加辅食而逐渐断乳。

（2）牛奶过敏者，可在牛奶里少放些糖，把牛奶多煮一会儿，使蛋白质变性，早些加辅食，减少喂奶量，孩子湿疹就会减轻。

（3）局部皮肤出现疱疹湿烂时，可用3％硼酸水冷湿敷，也可用生理盐水湿敷，每次10分钟，每日2次，敷后涂上2％龙胆紫，或15％氧化锌软膏。

（4）可服用抗过敏药物，如吃些钙剂，注射维丁胶性钙等。

（5）因极度瘙痒而影响孩子睡眠时，可在临睡前服非那更，即可镇静，又能抗过敏。

（6）长湿疹的孩子，不要给他们用肥皂洗，因为肥皂碱性太大，会刺激皮肤，加重湿疹。

尿布皮炎怎么处理？

尿布皮炎又称红臀（图26），是婴幼儿常见的一种皮肤病。出现尿布皮炎最常见的原因有：尿布用的时间太长，大小便中的细菌开始繁殖并且刺激皮肤；用肥皂或洗衣粉洗尿布，没有清洗干净，残存的碱性肥皂或洗衣粉刺激皮肤；有的孩子对洗衣粉过敏；尿布外垫有橡皮布，塑料纸等，尿液不能及时蒸发，湿度大，使皮肤长时间浸于尿液和水蒸气中。有腹泻的孩子更容易发生，只要

图 26　尿布皮炎（红臀）

一两次未及时更换尿布就可发生尿布皮炎。

尿布皮炎主要表现为臀部或会阴部局部皮肤发红，呈点状，逐渐融合成片，严重者皮肤糜烂、溃疡。孩子因局部疼痛而哭闹不安，有时伴有发热。

轻的红臀只要大小便后，洗净臀部，勤换尿布，经常保持皮肤干燥，必要时可涂上 1‰龙胆紫或紫草油即可痊愈。较严重的红臀要在大小便后，洗净臀部，待干燥后涂上锌氧油（锌氧油 30 毫升，土霉素 1 克，制霉菌素 50 万单位，泼尼松 10 毫克，将片剂研成细粉，加进锌氧油中调均匀即可）。局部渗出物多的，可先用 60 瓦特的灯泡照射 30 分钟后，涂上锌氧油，灯泡与皮肤距离为 30 厘米，照射时要小心，不要烫伤皮肤。

小儿冻疮怎么处理？

在寒冷的冬天，小儿常长冻疮。冻疮多见于人的耳朵、手指、脚趾、脚踝和脚跟等暴露于外界的皮肤。这些部位血管

很细，血流速度慢，脂肪层薄，加上孩子皮肤娇嫩，当受到寒冷刺激时，局部可发生血液循环障碍，出现小动脉和小静脉痉挛，毛细血管扩张，组织缺血缺氧，进而发生水泡、溃疡、坏死。

冻疮要以预防为主。首先要注意孩子的营养，增强体质。要让孩子多在户外活动，逐渐适应寒冷的刺激，提高机体对寒冷的适应能力。常用冷水洗脚、洗脸、洗手，以提高局部抗寒能力。气候严寒时，要穿上足够御寒保暖的衣服，戴上耳套或有护耳的帽子，不要在室外停留太久。

长了冻疮后，可用温热水浸泡按摩，擦干后涂上冻疮膏。民间常用橘子皮、艾叶加水煮沸后过滤，浸泡和敷洗患处，可收到良效。切忌用火烤或用很热的水浸泡冻疮，以免造成烫伤。

暑热症怎么处理？

小儿暑热症又称为夏季热，是婴幼儿在炎热夏天所发生的特有的季节性疾病。多发生于1～2岁的婴幼儿，6个月以下和3岁以上少见。发病多始于每年6～8月最炎热的季节，一直到秋凉后才痊愈。有的孩子会连续发病3年，第1年发病症状最重，以后逐年减轻，病程也常缩短。

暑热症主要表现为：

（1）发热。多数孩子在盛夏时节渐起发热，体温波动在38～40℃之间，上午体温比下午高，天气越热，体温越高。发热可持续整个夏天，待秋凉时体温自然降至正常。

（2）多饮多尿。孩子口渴多饮，每日可饮水3000毫升以上，一昼夜排尿达20多次，测尿比重常在1.008以下。

（3）汗闭。体温高，但不出汗，偶尔起病时额部稍有汗液。

暑热症的治疗：

（1）应多供给饮料，补充适当营养食物。

（2）居室要通风降温，对于发热持续不退者，可暂时移居到较为凉快的地区。

（3）出现高热，或惊跳时，可用温水浴，其水温比孩子的体温低 3～4℃，每次 20 分钟，每日 2～3 次。也可以头部冷敷，睡冰枕，酒精擦浴等。

（4）配合清暑益气、养阴清热的中药治疗。如方用：党参 10g，知母 10g，麦冬 10g，沙参 1g，石斛 9g，淡竹叶 6g，黄连 3g，生甘草 6g。

（5）饮食疗法：经常给孩子喝西瓜汁、绿豆汤、豆浆等。也可以用鲜荷片、苦瓜水煎代茶喝。

孩子感冒了怎么办？

急性上呼吸道感染，俗称"感冒"，是由病毒引起的急性呼吸道传染病，为小儿最常见的疾病。本病症状轻重不一，年长儿症状较轻，而婴幼儿较重。局部可表现为鼻塞、流涕、咽痛等症状；全身可表现为发热、头痛、咳嗽、食欲不振等症状。那么，孩子感冒了怎么办呢？

（1）避免受凉。受凉会加重感冒的症状，不要让感冒的孩子到户外活动，在室内应避免穿堂风。一般说来，婴幼儿在感冒症状消失后 2 天内仍应呆在家里，第 3 天可到室外避风处活动 20～30 分钟，如果外出活动后不再出现感冒症状，第 4 天就可在户外自由活动。

（2）对于有高热、全身症状重的婴幼儿，应多喝水，体温超过 39℃的，应服用退热药，如美林、泰诺林、百服宁糖浆，并配合物理降温，如冷敷头部、酒精擦浴等（擦四肢、腋下、腹股沟等处）。把婴儿床或摇篮的一端垫高，抬高头位以减轻鼻塞症状。如果无发热、感冒症状轻的，不必强迫卧床休息，因为孩子生性好动，强迫他卧床，他会不高兴，甚至在床上乱爬或站在床上哭闹，这样更容易着凉。

（3）注意穿衣。感冒的孩子衣服不要穿得太多或太少。穿太少会加重感冒，穿太多容易出汗，被冷风一吹也会加重感冒。如果有发热，穿太多衣服不容易散热。所以婴幼儿穿衣只要比成人稍多些，手心、足底暖和而不出汗就行了。

（4）室内空气要新鲜，每天通风数次，每次几分钟，晚上可在孩子上床睡觉前通风几分钟即可，不要整天开着门窗通风，以免加重感冒。

（5）室内要保持一定的湿度。如秋季气候干燥,增大室内湿度可减轻鼻炎、咽喉炎的症状,有利于干咳患儿咳出痰液。

（6）服用抗病毒药物，如威利宁，每日 10～15 毫克/千克体重,或潘生丁，每日 3～5 毫克/千克体重,分 3 次口服，或抗病毒口服液等。抗生素只用于有继发细菌感染或发生并发症者，常用的有复方新诺明、再林、强必林、青霉素、先锋霉素等。

（7）家长不要给孩子乱用滴鼻剂。一类是局部消毒的消炎药；另一类是通鼻子的，其对于感冒引起的鼻腔粘膜肿胀有消肿作用，使鼻涕易于擤出，但此类药作用短暂，用药后不久，鼻粘膜又会肿胀，有时症状比用药前更厉害。因此，只有当鼻塞很严重，影响孩子鼻腔通气而哭闹或影响到吸乳时，方可滴通鼻药水，如 0.5％麻黄素液滴鼻，鼻塞严重时滴 1～2 滴。

孩子得了支气管炎怎么办?

支气管炎是儿科常见病,大多数继发于上呼吸道感染之后,由病原体向下蔓延到支气管而引起支气管炎症。气管常同时受累,故正确的命名应为气管支气管炎。病原体以病毒为主,少数为细菌,或为病毒细菌混合感染。

发病开始时大多先有上呼吸道感染的症状,如鼻塞、打喷嚏、流清水鼻涕、干咳等。当病变向支气管蔓延时,咳嗽加重,分泌物增加,咽喉处有"呼噜,呼噜"的痰鸣音,稍大些幼儿则有痰吐出。常伴有发热、头痛、疲乏、食欲减退、呕吐、腹泻等症状。

婴幼儿还可发生一种特殊类型的支气管炎,称为哮喘性支气管炎。除了有上述临床表现外,其特点为:①多发生于3岁以下幼儿,有湿疹或其他过敏史;②有类似哮喘的症状;③有反复发作的气喘。

婴幼儿得了支气管炎,一般治疗同上呼吸道感染。由于支气管炎痰较多,要经常变换体位,以利于呼吸道分泌物的排出。要多喝水,若痰液粘稠不易咳出时,可用雾化或蒸汽吸入。考虑为细菌感染者,可用复方新诺明、青霉素、青霉素 P_{12}、罗红霉素、红霉素等抗感染。有明显支气管痉挛时,可口服氨茶碱,每次 3~5 毫克/千克体重,每日 3 次;泼尼松每日 1~2 毫克/千克体重,分 3 次服。经上述处理无效,咳嗽、气喘加重者,应速送医院治疗。

孩子得了肺炎怎么办?

肺炎是由不同病原体引起的肺脏发炎。根据病原,大致分为细菌性、病毒性、支原体性、霉菌性肺炎。而临床上常按病理形态分类，可分为大叶性肺炎、支气管肺炎和间质性肺炎。婴幼儿最容易患支气管肺炎。本文重点介绍这种类型的肺炎。

支气管肺炎多见于婴幼儿，大多数由肺炎球菌引起，其他如链球菌、葡萄球菌、流感杆菌、大肠杆菌等比较少见。大多起病较急，先有短期的上呼吸道感染症状，如发热、流涕、咳嗽等。很快出现高热持续不退，呈弛张热，但早产儿、重度营养不良体弱儿，体温反而下降或上升。咳嗽加重、气促、烦躁不安、面色苍白、口唇发绀、呛奶、拒奶。重症肺炎表现为呼吸浅表短促，鼻翼扇动，三凹征，口唇及指趾端青紫。继续发展则出现点头样呼吸，三凹征更明显，全身紫绀，面色灰白加重，心率加快，肝脏进行性肿大，患儿极度烦躁，可发生抽搐昏迷。

支气管肺炎的治疗，要积极控制炎症，首选青霉素，每日 5 万～10 万单位/千克体重，分 2 次肌内注射，感染严重者每日 10 万～20 万单位/千克体重静脉滴注。对青霉素过敏者，可用先锋霉素 V，每日 50～100 毫克/千克体重静脉滴注；或红霉素每日 25～50 毫克/千克体重静脉滴注。以上抗生素治疗无效时，可改用其他抗生素，如青霉素 P_{12}、头孢他啶、西力欣、罗氏芬、舒普深等。要注意保持呼吸道通畅，给予吸痰，必要时配合使用解痉祛痰药。重症肺炎要马上送医院抢救，护送途中要保持呼吸道通畅，吸氧及一般的对症处理。

哮喘发作怎么办？

支气管哮喘，简称哮喘，是在支气管高反应状态下，由于过敏引起气管狭窄而致气喘症状。哮喘发作时表现为呼吸困难，呼气时伴有哮鸣音和发作性咳嗽。常在 3 岁以后发病，少数在 1 岁以内发病，往往有家族史。引起哮喘的过敏原有：

（1）病原体过敏。主要是呼吸道病毒。冬春季节是上呼吸道感染的好发季节，如婴幼儿感染合胞病毒后易引起哮喘。

（2）吸入灰尘、花粉以及其他挥发性化学物质而诱发哮喘发作。

（3）对食物和药物过敏。食物如鱼、虾、牛奶、蛋类等，药物如磺胺类、青霉素等可引起哮喘发作。

（4）对动物的皮毛和鸟禽的羽毛过敏可以诱发哮喘。

（5）气候突然的变化，运动以及过分激动、紧张都可以诱发哮喘。

婴幼儿哮喘多为呼吸道病毒感染诱发，起病较缓慢，年长儿多在接触过敏原后急性发作。哮喘发作时，孩子烦躁不安，呼吸困难，特别是呼气困难，阵发性剧烈咳嗽，上气不接下气，不能平卧，坐起来耸肩喘息，面色苍白，鼻翼扇动，口唇指趾发绀，大汗淋漓。

治疗哮喘的原则为去除病因，控制发作和预防发作。平时应避免接触过敏原，去除各种诱发因素。如果不能完全避开过敏原，可用小剂量的过敏原经常刺激患儿，逐渐增加剂量，让机体产生抗过敏原的物质，从而达到脱敏的效果。坚持服用酮替芬、安通克等预防发作。

一旦哮喘发作，应积极对症处理，控制发作。可用平喘药物，如氨茶碱，每次 4～5 毫克/千克体重，每日 3 次，口服。或用喘乐宁气雾剂吸入，每次 1～2 揿，每日 3 次。严重的哮喘可配合使用肾上腺皮质激素，如倍氯米松气雾吸入，每次 100 微克，每日 3 次；泼尼松，每日 1～2 毫克/千克体重，分 2～3 次口服。婴幼儿哮喘发作应配合抗生素治疗，因为容易合并细菌感染。经上述处理，症状无改善者或呈哮喘持续状态的，应即送医院治疗。

鹅口疮怎么处理？

鹅口疮俗称雪口病，是由白色念珠菌引起的小儿口腔炎。多发生于新生儿，或体弱、营养不良、腹泻的患儿，也可发生于长期应用抗生素或激素的患儿。如果孕妇患白色念珠菌性阴道炎时，胎儿娩出时可被感染，生后不久就会发病。

初起时，在口腔粘膜上出现雪花似的乳白色的小斑片，然后逐渐融合成大片。白色斑片不易拭去，强行剥脱后，局部粘膜潮红粗糙，有时可有少量渗血。一般不影响吃奶，无全身症状，但严重时口腔疼痛，小孩因而哭吵和拒食。如果不治疗，病变逐渐向四周蔓延扩大，可累及食道及整个消化道，甚至还可累及喉、气管、肺等，出现呕吐、吞咽困难、呼吸困难等。

治疗上，鹅口疮若并发于其他疾病，则应治疗原发病；若是长期应用抗生素或肾上腺皮质激素引起的，尽可能停用。口腔内先用 3％苏打水洗，然后涂上鱼肝油和制霉菌素（制霉菌素 100 万单位研成细粉，加入鱼肝油滴剂 10 毫升中，调均匀），每日 3～4 次。同时口服制霉菌素，每日 5 万单位/千克体重，分 3 次口服，连服 5～7 日。

孩子得了鹅口疮，不能用力洗口，以防损伤口腔粘膜，造成感染。

生理性流涎怎么办？

流涎也就是流口水，是婴儿期一种生理现象，因此，也称为生理性流涎。

婴儿为什么会出现流涎呢？刚出生的婴儿唾液腺的分泌少，所以不出现流涎，到3～4个月时，唾液腺的分泌增加，而这么小的婴儿还不会将分泌的唾液咽下，唾液在口腔里积聚多了就自然往口外流，这就出现了流涎。当孩子开始出牙时，由于出牙的刺激，流涎现象也就更严重。

家长应注意护理好生理性流涎的孩子，可用卫生纸吸口水，并戴上吸水性好的围嘴，要勤换洗，保持颌部、颈部皮肤清洁、干燥，防止发生皮肤糜烂。

小儿腹泻怎么办？

腹泻，俗称拉肚子，为婴幼儿常见病之一，一年四季都可发病，但以夏秋为多见。发病时肠道发炎，使食物比正常情况下更快地经过肠道，结果机体无法从食物中吸收足够的水分和各种电解质。同时，由于腹泻时频繁地排出水样便，加重了液体和多种电解质的丢失，如钾、钠、钙等，而这些电解质在维持机体生理功能上是不可缺少的。因此，小儿腹泻后最重要的是补充丢失的液体和电解质。小儿得了腹泻病，不一定都要住进医院治疗。若病情较轻，孩子精神较好，无呕吐，或偶有呕吐但能进食，无脱水或轻、中度脱水，不伴中毒症状的可以先在家里治疗。具体做法如下：

（1）口服补液盐溶液（ORS）：ORS配方为氯化钠3.5克，碳酸氢钠2.5克，氯化钾1.5克，葡萄糖20克，服前加凉开水 1000 毫升。轻度脱水 50～60 毫升/千克体重，中度脱水 80～100 毫升/千克体重，每隔 2～3 分钟喂一次，每次 10～20 毫升，总液量在 4～6 小时内服完，大多数脱水可以被纠正。如脱水纠正后继续腹泻，可按丢失多少补充多少的原则给予 ORS 液。

（2）糖盐水：开水 500 毫升，加白糖或葡萄糖 10 克，食盐 2～5 克。按 20～40 毫升/千克体重，在 4 小时内服完，以后随时服用。

（3）盐米汤：米汤 500 毫升加食盐 2 克，当开水饮用。迁延性腹泻则用炒米粉 25 克，食盐 2 克，加水 500 毫升煮沸 3 分钟，按 20～40 毫升/千克体重，在 4 小时内服完，以后按需要能喝多少给多少。

（4）盐稀饭：如果孩子消化功能尚好，无腹胀，可进食加食盐的烂稀饭。

腹泻患儿不要禁食，应供给足够的食物以预防营养不良。母乳喂养的可继续给母乳喂养，人工喂养的可给予平时已经习惯的饮食，如粥、面条、鱼、肉以及菜叶等，可吃一些水果或果汁。在家里治疗要密切观察病情变化，如果腹泻次数和量增加，频繁呕吐不能进食，口干、尿少明显脱水，以及出现中毒症状时，应马上送医院治疗。

腹泻时常用的治疗食品有哪些？

婴幼儿腹泻迁延不愈，或急性、重型腹泻，经西医治疗病情好转，稳定后可用饮食疗法来治疗，这样不仅能治好腹泻，还可以给孩子补充营养。现将常用的治疗食品及制作方法介绍如下：

(1) 蛋黄米汤：蛋黄一个（约15克），米汤250毫升，将蛋黄捣烂加到米汤煮沸后，加入葡萄糖8克，食盐1克，开水50毫升，搅均匀即可食用。蛋黄含有卵磷脂、脑磷脂、胆汁酸及钙、磷等元素，这些物质能保证人体神经细胞的正常生理功能，并促进肠道对营养物质的吸收。米汤中含有淀粉，再加入葡萄糖，保证热量的供给。

(2) 稀释牛奶：牛奶用米汤稀释，稀释后的牛奶与胃酸相遇可形成柔软而疏松的酪蛋白凝块,稀释后脂肪浓度降低，有利于消化吸收。

(3) 高压蒸发奶：鲜牛奶、开水各250毫升，白糖2～3克，置高压锅中蒸10分钟即可食用。高压促使脂肪、蛋白质分解，有利于婴幼儿消化吸收。

(4) 酸牛奶：酸牛奶中酪蛋白凝块较小易于消化。酸牛奶可增加胃内容物的酸性，具有一定的抑菌作用，并能促进钙的吸收。

(5) 脱脂奶：将鲜牛奶250毫升煮沸，冷却后去掉表面脂皮，如此煮沸，去脂皮3次即可。去除奶中的脂肪可减轻胃肠道对脂肪的消化能力，以利于消化吸收。

(6) 红茶乳：鲜牛奶250毫升，红茶叶10克。将红茶叶装入纱布袋，泡于牛奶中煮沸30分钟即可食用。红茶叶含有鞣酸，起收敛止泻作用，牛奶供给营养。

(7) 姜茶饮：绿茶、干姜各3克。将绿茶、干姜片放入杯中，冲泡刚沸的开水150毫升，加盖置10分钟后即可饮用。服完可再冲沸水一次，继续饮用。此方有温中祛寒，消食止泻的作用，特别适用于久泻，脾胃虚寒者。

(8) 山楂麦谷芽汤：生山楂、炒麦芽、炒谷芽各10克，水煎，分3～4次服。此方有消食化积的作用。

（9）扁豆汤：白扁豆80克，水400毫升。将白扁豆洗干净，加水400毫升浸泡20分钟后煮至150毫升，分3次服。白扁豆有利湿止泻的作用。

（10）山药汤：山药80克，加水300毫升，煮至100毫升，分3次服。山药有健脾止泻的作用。

（11）莲肉粉：干白莲肉30克，研成细粉，加米汤300毫升煮至200毫升，再加入少量白糖，分3次食用，莲肉有健脾养胃止泻的作用，尤其适用于久泻不愈的患儿。

（12）苹果汤：苹果一个（约150克）洗净，连皮切碎，加水200毫升和少许食盐煎汤，当开水喝，也可连苹果一起吃掉。苹果含有果胶，有吸附作用，所含鞣酸有收敛作用。因此，苹果有收敛止泻作用。

（13）胡萝卜汤：把胡萝卜洗净切碎，加水煮烂即可食用。胡萝卜含有果胶，具有吸附水分、细菌及毒素的作用，故可促使大便成形。

为什么有的婴儿喂母乳会发生腹泻？

有的婴儿一吃母乳就腹泻，人们把这种腹泻叫做发酵性腹泻。这种病发生在母乳喂养的婴儿，孩子出生后几天，排出绿色泡沫状稀便，有酸臭味，每次量或多或少，每日排便次数不等，少则3～5次，多则10余次。若停喂母乳1～2天，腹泻就迅速好转，重新喂母乳则又出现腹泻，断奶后大便就完全恢复正常。

引起发酵性腹泻的原因，是由于有的婴儿体内缺乏乳糖酶的物质，或这种物质不足，致使母乳中的乳糖不能在婴儿体内分解吸收，停留在肠道内的乳糖经肠道细菌的作用，分解出大量的乳酸，乳酸刺激肠壁，使肠蠕动加速，从而导致腹泻。

母乳中乳糖含量高，有的婴儿吃后就发生腹泻。如果腹泻不严重，可照常喂母乳。若腹泻严重，应停喂母乳，改用牛奶或其他代乳品喂养。

婴儿腹绞痛怎么办?

腹绞痛多由肠管、胆管、输尿管等痉挛或梗阻引起的。疼痛发作时，婴儿大声啼哭，双腿蜷曲，或在床上打滚。这种突然啼哭几乎都在每天固定的时间发生，腹痛可突然消失，孩子啼哭也就突然停止。婴儿腹绞痛应注意排除腹腔内器质性病变，如阑尾炎、坏死性小肠炎、肠系膜淋巴结炎、腹膜炎等炎症；肠套叠、嵌顿疝、肠粘连、肠梗阻等肠管梗阻；胃、肠穿孔等。因此在排除腹腔器质性病变后，由于腹内管状器官的肌痉挛而引起的腹绞痛可采取以下治疗措施。

(1) 热敷腹部会有一定作用。先在床上放一个热水袋，然后把孩子脸朝下，腹部贴住热水袋躺着，注意不要烫伤。

(2) 按摩腹部。孩子躺在床上或抱着，大人用右手从孩子的右下腹顺时针方向按摩至左下腹，反复多次，以助排出肠胃中的气体，可减轻腹绞痛。

(3) 有节奏地摇动或移动孩子。如推着婴儿车走走，或将孩子脸朝下放在前臂上，有节奏地抖动，这样做也会减轻腹痛。

(4) 服用解痉止痛药，如颠茄合剂，654-2 等。

经上述处理仍腹痛不止，或疑有器质性病变时，应该去就医。

为什么婴幼儿腹部受凉容易引起腹痛、腹泻？

人体胃肠道由于平滑肌的收缩和舒张，表现出一种推动其内容物向前移动的波状运动，这种运动称为"蠕动"。平时胃肠道的蠕动比较缓慢，人们并不曾感觉到。但胃肠道平滑肌对冷热刺激非常敏感，无论温度由热变冷或是由冷变热，其迅速改变都会引起胃肠道平滑肌的强烈收缩。

婴幼儿腹壁比较薄，因此腹部受凉时极易影响到胃肠，使平时缓慢的肠蠕动突然加快、加强，甚至出现肠痉挛，引起一阵阵腹痛，使孩子阵阵哭闹不安。由于肠蠕动加快、加强，肠腔内未消化吸收的食物和水分被迫提前排出，排便次数多，即引起腹泻。

因此，成人要注意防止婴幼儿腹部受凉，即使是夏天，睡觉时也要在肚子上盖一条浴巾或被单等。民间给婴幼儿穿个夹肚兜也是预防腹部受凉的好办法。

腹部受凉后引起腹痛腹泻，可用艾条灸肚脐5～10分钟；或喝些热姜汤；或用胡椒3～5粒研成粉末加少许盐末调均匀敷肚脐；或用热水袋热敷腹部。总之，要想办法使腹部受到热刺激，使肠蠕动减慢，解除肠痉挛，方能止痛止泻。

婴幼儿脐疝怎么办？

在正常情况下，新生儿脐带残端脱落后，脐轮就向内收缩，形成脐窝。但腹肌发育不良的婴儿，脐部肌肉较薄，收缩无力，致使脐带根部和脐轮向外凸出，就叫做脐凸。当脐凸内脐孔直径大于0.5厘米时，腹腔内的腹膜、大网膜，甚至小肠都可以从脐孔不同程度地脱出，在哭闹、咳嗽、大便用劲等腹腔内压力增高的情况下，就会鼓出来，而安静或平卧时可缩回腹腔，这称为脐疝。脐疝大小不一，从勉强感觉到至直径大于10厘米，出生1～2个月时最大，出生体重小于1500克的新生儿，约75%发生脐疝。

随着年龄的增长，腹肌发育，疝孔会逐渐缩小，最后闭合，脐疝消失，小的脐疝一般在几个月到2岁能自愈。因此，应尽量减少婴儿哭闹，哭闹时可用手指压迫脐部，避免大便干燥，仰卧可促进自然恢复，用带捆扎无效。2岁以上，直径小于2厘米的脐疝，可请小儿外科医生用粘胶贴，每1～2周更换1次，但要注意胶布容易刺激皮肤引起皮炎，不可在家自行乱贴。疝直径在2～5厘米者可观察至2岁以后再考虑手术。疝直径大于5厘米者需到医院行修补手术。

孩子不好好吃饭怎么办？

孩子不肯好好吃饭，原因是多方面的。一是家长怕孩子的营养跟不上，不管孩子吃的下还是吃不下，逼着孩子多吃，甚至采用打骂的威胁手段。时间一长，孩子头脑中便形成一种条件反射：进餐就是挨打、挨骂的时刻，从而产生不愉快的情绪，吃饭成了孩子的思想负担，导致食欲降低，过了进餐时间饿了吃零食，这样就逐渐形成了不好好吃饭的坏习惯；二是家长不重视培养孩子良好的生活习惯和独立生活的能力，顿顿喂饭，不让孩子自己吃饭；三是模仿家长不良的饮食习惯，比如，边看电视边吃饭，端着饭碗到处走动，或者边聊天边吃饭等等。孩子不好好吃饭令许多家长感到头痛，怎么办呢？

（1）培养良好的进餐习惯，比如定时进餐，胃就能按时分泌胃液，按时蠕动，同时还要注意定量进餐，食物就容易消化吸收。

（2）不吃零食。孩子不好好吃饭，家长怕孩子营养跟不上，就给孩子吃营养价值高的食物，如巧克力等。这样孩子零食吃得越多，一日三餐的饭菜就吃得越少。越不好好吃饭，家长越给零食吃，这样形成恶性循环。也有的孩子故意不好好吃饭，以便达到吃零食的目的。一般说来，零食的营养成分都比较单调，所得的营养不全面。因此，家庭成员在纠正孩子吃零食时态度应一致，尽可能不给孩子吃零食，这样才能纠正孩子吃零食的坏习惯。

（3）进餐的环境应安静、舒适，让孩子专心愉快地进食。进餐时要把能分散孩子注意力的玩具、图片等收藏起来，不能让孩子养成边吃边玩，边吃边看电视的坏习惯。要让孩子坐在固定的位置上吃饭，吃完饭再去玩，千万不要大人追着孩子一口一口地喂。无论孩子犯了什么错误，都要等吃完饭后再进行教育，因为在孩子吃饭时进行训斥，会使孩子的情绪产生波动，从而影响消化功能。如果每次孩子不好好吃饭，家长可"狠心"地把饭端走，让孩子明白，吃饭是不能浪费时间的，应好好地吃饭。

（4）进行正面教育。家长应告诉孩子，小朋友要学会吃饭的本领，饭吃得好，长得高，长得快，身体壮，力气大。每个孩子都有自尊心，他们会逐渐地学会好好吃饭。

小儿厌食怎么办？

小儿食欲差，甚至完全不想吃东西达 2 个月以上，可视为厌食。开始时只是吃得少，吃得慢，吃东西没味道，进一步发展就连平时最爱吃的东西也不想吃，甚至拒食。由慢性器质性病变引起的厌食，如肺结核、风湿热、慢性腹泻等，应积极治疗原发病，随病情好转，孩子的食欲就会好起来。如果排除了器质性病变，纯属厌食症的话，可采取以下治疗措施：

(1) 培养良好的饮食习惯。从婴儿期起就注意进食定时定量。幼儿每日 4 餐，每餐间隔 3～4 小时；儿童每日 3 餐，每餐间隔 4～5 小时。这样胃才能排空，才能促进胃液正常分泌。1 岁以后要培养小儿自己进食的能力，提高他们进食的兴趣。

(2) 忌食零食。两餐之间应让胃肠道好好休息。尽量不给孩子零食，尤其是饭前吃零食必然会影响正餐进食。

(3) 忌食不易消化的食品，如油腻食品、笋干等。

(4) 教育孩子吃东西要细嚼慢咽，不能吃得太快，以免加重胃的负担，不利于食物的消化、吸收。

(5) 不要边走边玩边吃饭。边走边吃饭，或者孩子在前面跑，大人在后面追着喂饭，这种吃法很不卫生，还会影响孩子的食欲。

(6) 不要蹲着吃饭。蹲着吃饭腹部受到挤压，胃肠不能正常蠕动，从而影响食物的消化吸收。

(7) 逐渐恢复正常饮食，进食量由少到多，食物由稀到稠，食物品种由简单到复杂。食量要慢慢添加，不要一下子给孩子吃得过多，尤其是不易消化的食品。

(8) 可在饭前给孩子吃些山楂、红果等酸性水果，以刺激胃液分泌。可配合食用鸡内金粉、多酶片或消化合剂等帮助食物的消化。

(9) 饭前服用兴奋食欲中枢的药物，如福建医科大学附属协和医院儿科配制的肥儿乐，三餐饭前半小时服用，服药3天即可见效，有效率达95％以上。

婴幼儿便秘怎么办？

便秘是指大便干燥发硬，隔时较久，且有排便困难。引起便秘的常见原因有：

（1）进食量太少，致大便减少并变得干硬。

（2）摄入食物成分不当，如食入含大量钙化酪蛋白的食物，使粪便中含多量不能溶解的钙皂，则粪便增多，且易便秘。孩子偏食，少吃或不吃蔬菜，而喜食肉类，这样食物中纤维太少，也容易发生便秘。

（3）没有养成良好的排便习惯。1～2岁的幼儿，由于大便干燥，排便时疼痛难忍，因而更不愿意排便，如果几天不排便，粪便必然更干硬，排便时造成的痛苦会更大，小儿就更加害怕排便，这样就形成了恶性循环，造成心理性便秘。

治疗小儿便秘的根本在于改善饮食内容，多补充水分。同时要训练排便习惯。药物只能临时必要时应用。平时鼓励孩子多吃蔬菜、水果等纤维素含量高的食物，多喝水，避免大便干燥，硬结。训练孩子每日定时排便的习惯，一般生后3个月就可以开始训练，清晨喂奶后由大人两手扶持，坐盆或坐排便小椅，连续执行半至一个月即可养成排便习惯，养成后不要随便改动时间。

如果粪便多日未排出，或因便秘引起肠绞痛，则要给予通便。最简易的办法是将肥皂削成小指头大小，长3～4厘米，用水弄湿后塞入肛门以刺激排便。或用开塞露5～10毫升注入肛内，刺激直肠引起排便。幼儿睡前可服用液体石蜡，每次 0.5 毫升/千克体重；或镁乳 0.5～1 毫升/千克体重，每晚睡前服，连用 3～5 天；或麻仁润肠丸 9 克，每晚睡前服；或牛黄上清丸 1～2 丸，每晚睡前服。少数小儿粪便坚硬，停滞在肛门口，大人要用手指将大便挖出来方能解除孩子的痛苦。

怎样防治蛔虫病？

蛔虫病是由蛔虫寄生于人体所引起的小儿最常见的寄生虫病之一。尤其在农村，学龄前儿童和幼儿感染率很高。蛔虫成虫寄生在宿主小肠。轻度感染者，肠道内有一条或数条蛔虫，严重感染的可有数十条甚至数千条蛔虫。通常情况下，只有严重的感染才会产生症状。

轻度感染者一般无明显症状，或者偶有恶心、腹痛。有时可吐出蛔虫或排出蛔虫。

重度感染可导致小儿营养不良、贫血、生长迟缓。当大量幼虫通过肺部时，可引起咳嗽、血痰，嗜酸性白细胞增多和肺部炎性浸润。当蛔虫定居在小肠时，可出现消化道症状，如食欲不振，恶心呕吐，脐周经常隐痛或阵痛。可出现神经系统症状，如注意力不集中，夜间磨牙齿，白天喜欢挖鼻孔等。

蛔虫喜欢游走和钻孔，当肠内产生某些对蛔虫生活不良条件时，如小儿发热或驱虫不当等，就会引起蛔虫骚动，产生各种并发症，如胆道蛔虫症、肠梗阻、肠穿孔以及阑尾炎等，严重时会危及生命。

小儿得了蛔虫病，服药驱蛔是治疗蛔虫病惟一有效的方法，为了减少驱虫药的毒性作用，应严格掌握药物剂量。有的小儿连续一两次服用驱虫药都没打下蛔虫，这是因为有的蛔虫对某种驱虫药抗药，所以驱虫无效。一般来说，一种驱

虫药驱虫不成功,要过两三星期后可更换另一种驱虫药治疗。现介绍常用的驱虫药物如下:

(1)枸橼酸哌哔嗪(驱蛔灵):每日100～160毫克/千克体重,最大量每日不超过3克,睡前顿服,连服2日;或用16%驱蛔灵糖浆,每日1毫升/千克体重,最大量每日不超过20毫升,分晚早2次服,连服2日,服药前必须摇均匀。

(2)甲苯咪唑(安乐士):每日200毫克(2片),睡前顿服,连服3日。

(3)噻嘧啶(驱虫灵):每日30毫克/千克体重,睡前顿服(<1克/日),连服3日。

(4)左旋咪唑:2.5毫克/十克体重,睡前顿服,连服2日。

对于驱虫无效,或有合并症者应送医院治疗。

预防蛔虫病的关键是把好"病从口入"关。要教育孩子饭前便后洗手,最好用自来水直接冲洗手。勤剪指甲,不吮吸指头;尽量不要在地上玩,如玩土、弹球、踢毽子等,玩后应洗手,清洁玩具;瓜果蔬菜要洗净,水果要洗净削皮,西红柿洗后用开水烫去皮再吃;不吃被苍蝇、蟑螂叮爬过的食物;不喝生水;不随地大小便。

怎样防治蛲虫病?

蛲虫病是由蛲虫寄生于人体所引起的小儿常见的寄生虫病之一。尤其多见于幼儿,患病率高达30%～40%。蛲虫为乳白色,线头状,长约1厘米。雌雄异体,雄虫在交配后死亡,雌虫受孕后于夜间爬出肛门,在肛周、会阴部皮肤皱褶处爬行产卵。产卵后死亡。产出的卵经6小时即可发育为具有感染性的含幼虫的虫卵。虫卵被吞食后,在胃及十二指肠内孵化，并在小肠下段及大肠内发育为成虫。从虫卵入口至发育成成虫仅需要1个月时间。成虫在肠内存活约1个月。

蛲虫在肛门爬行、产卵，刺激肛门，引起奇痒，夜间尤甚，孩子用手抓痒时，虫卵沾染了手指及指甲，这时若进食前不洗手或咬指甲，便可将虫卵带入口内而产生自体感染。若孵出的幼虫爬进肛门，侵入大肠内也可引起感染，即所谓的逆行感染。此外，孩子的裤子、床单、被套、玩具等都会沾染上虫卵。

小儿得了蛲虫病表现为精神不安，烦躁夜惊，屁股翘起来，遗尿等。有时会出现恶心、呕吐、腹痛、食欲不振、肛周及会阴部瘙痒，尤其夜间奇痒难忍。孩子入睡后可在肛门及会阴部找到白色细小线状的蛲虫。有时虫体可误入阴道、尿道而发生阴道炎、尿道炎。

治疗蛲虫病，可服用驱虫药，常用的药物有：

（1）甲苯咪唑：每日100毫克，睡前顿服，连服2日。

（2）扑蛲灵：每日5～7.5毫克/千克体重，睡前顿服。服药时不要嚼碎药片，必要时2周后重复治疗。服用该药可使粪便染成红色，不必惊慌。

（3）驱蛔灵：每日50～60毫克/千克体重（总量不超过2克/日），分2次服，连服7～10日。

（4）1%龙胆紫或2%白降汞软膏，于每晚睡前洗净肛周后涂上，连用1周。除了药物治疗外，也可在孩子熟睡后，用电灯或手电筒照射肛门处，用手将其肛门尽量分开，蛲虫会自行钻出，此时可用镊子夹取虫体，直至不再有虫体钻出为止，每晚取虫1次，一般来说，3次就可将虫取尽。

蛲虫是人体肠道里短命的寄生虫，其生存时间约1个月。

如果未再感染或无自体感染，则可不治自愈。因此，预防再感染或自体感染是预防蛲虫病的重要环节，可采取以下预防措施：

（1）培养孩子良好的卫生习惯，饭前便后洗手，不咬指甲，勤剪指甲，勤洗澡，避免再感染。

（2）给孩子穿满裆裤，每天早晚用热水和肥皂洗屁股，并把换下来的内裤、内衣等煮沸灭虫。

（3）经常清洗和曝晒衣物、被褥等，孩子的玩具也要经常清洗和消毒。

（4）室内保持通风干燥，有条件的可定期用紫外线消毒。

（5）为了有效地控制蛲虫病的流行，应在儿童机构或家庭开展普查普治及卫生宣传教育工作，方能取得根治效果。

小儿荨麻疹怎么办？

荨麻疹也称为风团、风疹块或风疙瘩。荨麻疹是一种皮肤过敏反应。诱发荨麻疹的因素很多：

（1）有的孩子对某些食物，如虾、蟹、鱼、河蚌、草菇、芒果等过敏，吃了这些食物会引起荨麻疹。

（2）昆虫叮咬，如被蚊子、蚂蚁叮咬。

（3）接触某种易引起过敏的物质，如油漆。

（4）吸入某种物质，如夹竹桃、报春花的花粉，可引起荨麻疹。

（5）服用或注射某些药物，如服磺胺类、阿司匹林、扑热息痛、可待因以及注射青霉素等，均可引起荨麻疹。

（6）有的孩子对冷风特别敏感，只要被冷风一吹，就会出现荨麻疹。

（7）孩子情绪不好，玩得过分疲劳也会引起荨麻疹。

荨麻疹主要表现为皮肤出现红斑和白色条痕，条痕成茬出现，高出皮肤，奇痒难忍，孩子哭闹不安。大多数疹子在几个小时内消失，大一些疹子一天左右才会消退，有的疹子会反复出现。一般来说，这种病不太严重，但是可出现嘴唇和眼皮肿胀，并影响呼吸，应加以注意。

得了荨麻疹，可服些抗过敏药，如扑尔敏、赛庚啶、维生素C、葡萄糖酸钙，必要时可短期加用激素，局部涂炉甘石洗剂止痒。严重的荨麻疹，或影响到呼吸，应到医院治疗。

幼儿急疹怎么办？

幼儿急疹又称"婴儿玫瑰疹"，是由人疱疹病毒6型引起的婴幼儿期出疹性热病。多发生于6～18个月小儿，3岁以后少见。

临床表现为突然高热起病，体温在数小时内升到39～40℃或更高，持续3～5天后体温突然下降，在体温下降的同时或稍后全身出现皮疹，皮疹由颈部及躯干开始，迅速波及四肢。皮损呈不规则红色斑疹或斑丘疹，周围有浅色红晕，压之能褪色，疹子大多数为散在分布，少数互相融合。几小时内皮疹开始消退，一般2～3天消失，不留色素沉着，无皮肤脱屑。有的孩子颈部、枕后淋巴结轻度肿大，但不如风疹明显。孩子虽有高热，但是全身症状较轻，食欲精神好，高热期间咽峡部充血，有时伴有咳嗽。

幼儿急疹不是什么严重的疾病，但惟一潜在的危险是体温过高，会发生高热惊厥。目前无特殊治疗，高热时应给予降温，可采用温水擦身，睡冰枕，或酒精擦浴，口服退热剂，如泰诺林、美林、百服宁糖浆、扑热息痛等。应给予足够水分。高热伴有惊跳，或出现惊厥，立即送医院治疗。

小儿风疹怎么办？

风疹是由风疹病毒引起的小儿急性传染病。传染源是风疹病人，病毒通过空气飞沫传染，冬春为本病的好发季节。

风疹分先天性和后天性两种。先天性风疹又称先天性风疹综合征，孕妇在妊娠早期感染风疹后，病毒可通过胎盘，引起胎儿感染，造成各种先天性畸形，如失明、聋、哑、小头畸形、先天性心脏病及智力发育障碍等。先天性风疹患儿在生后数月内仍有病毒排出，故具有传染性。后天性风疹，通过飞沫传播，在出疹前、中、后数天内传染性最强，得了风疹，可以终身免疫，以后不会第二次得风疹。

后天性风疹表现为初起时有流涕、咳嗽、低热等类似上呼吸道感染的症状。继而发热在38℃左右，发热当天或次日出疹，从颜面、耳后开始，迅速蔓延至全身，一天之内全部出齐。皮疹比麻疹小，均匀，稍隆起，呈浅红色斑丘疹，也可呈大片皮肤发红或针尖状猩红热样皮疹。手掌、足底大都不出疹。皮疹一般于第二天消退，少数于第四天才消退，个别可延到七八天才消失。皮疹消退后可能留下较浅的色素沉着及细小的脱屑。出疹3天后可出现耳后、颈后淋巴结肿大，少数在皮疹出现前开始肿大，肿大的淋巴结有轻压痛，但不会化脓，疹退后淋巴结迅速缩小。

后天性风疹须隔离至出疹后5天，一般不需要住院治疗。本病无特效药物，仅给对症及支持治疗。发热期应卧床休息，保持皮肤、口腔清洁，多喝水，给易消化的流质或半流质饮食。皮肤瘙痒时，可涂些炉甘石洗剂。先天性风疹患儿可长期带病毒，影响其生长发育，应早期给予监测，对于智力发育障碍者要进行早期干预，给予特殊的教育与治疗，以提高其生活质量。

小儿麻疹怎么办？

麻疹是由麻疹病毒引起的小儿最常见的急性呼吸道传染病之一，本病传染性极强。多发生于6个月～7岁的婴幼儿，1～5岁幼儿发病率最高。麻疹病毒主要通过飞沫传染，得了麻疹，可终身免疫。麻疹在不同阶段有不同的表现。

（1）早期：可出现打喷嚏、流涕、畏光流泪，眼结膜发红，咳嗽，发热38～39℃，食欲不振，精神不好，很像重感冒。2～3天后在口腔颊部粘膜靠近臼齿的地方，出现针尖样稍凸起的小白点，周围围以红晕，医学上称为费-科氏斑，这是麻疹早期特有的症状。小白点可迅速扩散到整个口腔粘膜，由单个融合成片，很像鹅口疮。

（2）出疹期：口腔小白点出现以后，体温持续升高，咳嗽，眼部炎症均加重，孩子烦躁不安，随之皮肤出现疹子，出疹的顺序是从耳后开始，逐渐到前额、面部、躯干、四肢直至手掌足底，2～3天出齐。疹子的颜色由鲜红到暗红，大小不一，疹多时可融合成片，但疹间仍可见到正常皮肤。

（3）恢复期：出疹顺利时，在疹出齐后体温随着下降，其他症状也迅速减轻或消失。皮疹先出的先退，退疹后，皮肤留有糠麸状脱屑及棕褐色色素沉着，7～10天痊愈。

孩子得了麻疹应卧床休息，房间每天要通风数次，但不能让风直接吹在孩子身上，如孩子怕光，要把房间里的光线调暗些。体温超过 39℃时，可用小量退热剂，如口服扑热息痛、百服宁糖浆、泰诺林等，但不宜降得太低太快，以免影响疹子出齐出透。烦躁不安时，可服镇静药，如鲁米那、10％水合氯醛等。咳嗽严重时可服止咳化痰药。继发感染时可给抗生素。饮食上要供给充足的水分，给予容易消化且富有营养的食物，在高热、出疹期应多喝水和果汁，吃清淡的流质饮食，如牛奶、豆浆、蛋汤等。疹出齐体温下降时，可给少油的半流质，如烂面、粥、鱼、炖蛋等。恢复期可逐渐过渡到正常饮食，同时注意补充各种维生素。

如果出疹不顺利，合并喉炎、气管炎、肺炎、心肌炎以及脑炎时，应到医院治疗。

孩子出水痘怎么办？

水痘是由水痘-带状疱疹病毒引起的一种传染性极强的儿童期急性传染病。从出疹前 1 天到出疹后 7 天，患儿呼吸道的飞沫都有传染性。一般来说，任何年龄都可发病，但以 2～6 岁多见。

孩子得了水痘，开始有低热，轻微的头痛，精神不好，食欲减退等。一天后出现皮疹，皮疹特点为皮肤、粘膜成批出现红色斑疹或斑丘疹，迅速发展为小水疱，水疱大小不一，椭圆形，内含清稀的浆液，1～2 天后疱中央开始凹陷，迅速结痂，痂皮自然脱落；皮疹呈向心性分布，以躯干、头部、腋部和头皮为多，面部、会阴部，甚至口腔粘膜、眼结合膜均可发生，四肢远端较少，痘疹可引起瘙痒。由于皮疹分批出现，因此在同一时期内身上可看到斑疹、丘疹、疱疹和结痂。

孩子在出水痘时要采取以下措施：

（1）保持皮肤清洁，勤换内衣、被褥等。衣服、被褥质地要柔软，以防擦破皮疹。

（2）应剪短指甲，洗净双手，年幼儿可用小布袋或袜套包裹双手，以防搔抓皮疹引起感染。

（3）破溃的疱疹可涂稀碘酊、1％龙胆紫或75％酒精等，以防感染。疹痒时可用炉甘石洗剂涂抹。

（4）孩子在发热和出痘期要卧床休息，多喝水，给清淡易消化的流质、半流质饮食，同时注意漱口。热高时可服退热剂，痘疹多时，可用维生素 B_{12}，每日 100 微克，肌内注射，连用 3～5 天。如痘疹继发感染，应及时使用抗生素。

一般来说，孩子出水痘没有什么危险，大约经过1～2周便会痊愈。但体弱儿、婴儿或免疫功能低下的孩子得了水痘，皮肤可能继发感染，并发肺炎、心肌炎、脑炎等，应马上送医院治疗。

百日咳怎么办?

百日咳是由百日咳杆菌引起的急性呼吸道传染病，传染性很强，7 岁以下儿童最容易被传染，而 5 岁以下的儿童占发病率的 80％。本病通过飞沫传染，年龄越小，病情越重。一般来说，得一次百日咳，可获终身免疫。病程一般为 2～3 个月，因为咳的时间长，所以用"百日"来形容，并非一定要咳一百日。

百日咳初起时类似感冒，流涕、发热、咳嗽，3～5 天后，流涕、发热症状减轻，但咳嗽加重，日轻夜重，一段时间后白天咳嗽也逐渐加剧。经一个月左右，咳嗽就转为阵发性痉咳。痉咳时孩子表现很痛苦，面红耳赤，涕泪俱下，眼发直，舌外伸，口唇紫，身体弯曲成一团，甚至大小便失禁，连咳十几声或数十声，然后深吸一口气，并发出"鸡鸣"样吸气回声。如此反复多次，咳到吐出大量粘液性痰或吐出食物后，咳嗽暂时停止。经数十分钟或数小时后再发。痉挛性咳嗽一般持续4～6周，少数仅持续数天，个别则持续两个月以上。由于剧烈咳嗽常发生眼睑、颜面浮肿，结膜下出血，眼周皮下出血，舌系带溃疡，鼻出血，咳血等，甚至可引起颅内出血。痉咳减轻后，再过1～2周即可恢复。

良好的护理是减轻病情的关键，还可预防并发中耳炎、肺炎、脑炎、百日咳脑病等。

（1）多带孩子到户外活动，呼吸新鲜空气以减少咳嗽发作次数，但应注意气候骤然变冷或变热，均可刺激咳嗽立即发作。

（2）房间要安静，保持空气流通，阳光充足，避免各种不良因素的刺激而引起咳嗽，如烟、灰尘等。

（3）分散孩子的注意力，消除咳嗽前的恐惧，如给喜爱的玩具玩，讲故事给孩子听，做有趣的游戏等。总之，要设法让孩子高兴，以抑制咳嗽兴奋灶。

（4）要给易消化且富有营养的饮食，不吃刺激性的食物。若阵咳引起呕吐，须适当补充食物。

（5）及早应用抗生素，如红霉素，每日50毫克/千克体重，分3～4次服，疗程14天。咳剧影响休息时，可适量用镇静剂，如鲁米那、氯丙嗪等，同时肌注维生素K_1，以解痉止咳。

（6）在家里可用鸡胆蒸冰糖服，1岁以内每日1/8个，1～2岁每日半个，2岁以上每日1个，连服1周。

本病的传染源是病人，发病 3～4 周内传染性最强。所以应做好预防工作：①尽量避免与病人接触；②居室要通风，有条件的要进行空气消毒；③要接种百日咳疫苗；④加强体格锻炼，提高机体抗病能力。

小儿肺结核怎么办？

肺结核是由结核杆菌引起的肺部感染性疾病。原发型肺结核是小儿肺结核的主要类型，占儿童各型肺结核总数的85.3％。原发型肺结核包括原发综合征与支气管淋巴结结核。任何年龄都可发病。

临床表现大多为轻症，有的可没有明显症状，仅在体检作肺部 X 线检查时发现。一般起病缓慢，可有长期低热，夜间盗汗，咳嗽迁延不愈，食欲差，疲乏无力，体重减轻等结核中毒症状。婴幼儿及症状较重者，可突然高热达 39～40℃，2～3 周后转为低热，并出现明显结核中毒症状。如胸内淋巴结高度肿大时，可压迫气管分叉处，出现痉挛性咳嗽，压迫支气管使管腔部分阻塞可引起喘鸣。如孩子年龄过小，营养不良，免疫功能低下时，病变可进展或恶化，发生血行播散，导致急性粟粒性肺结核、全身粟粒性结核病以及结核性脑膜炎。

肺结核除有发热及明显中毒症状外，一般不需要卧床休息。应供给孩子足够的各种营养素，尤其是蛋白质和各种维生素。应在医生指导下服用抗结核药物，其治疗原则是：早期、联合、适量、规律、全程治疗。要坚持治疗 9～12 个月方能痊愈。

流行性腮腺炎怎么处理？

流行性腮腺炎又叫"流腮"，俗称"猪头瘟"，是由腮腺炎病毒引起的一种急性呼吸道传染病。病毒存在于病人的唾液中，主要通过飞沫传染。得了一次腮腺炎可获得持久免疫。

病初起时，可有畏冷、发热、头痛、食欲不振、全身不适等。继而感觉咀嚼和张口时腮部疼痛，随后出现一侧或两侧腮腺呈非化脓性肿胀，以耳垂为中心，逐渐扩大，延至面、颈及颌下，2～3天肿胀达最高峰，可把耳朵撑起，下颌骨的后沟消失，可致整个脸形发生极大的变化。肿胀部位触痛明显，无波动感。口腔检查可见位于上颌第二臼齿旁颊粘膜处的腮腺管口红肿，同时颈淋巴结肿大。经过3～4天后，腮腺肿胀开始消退，如果没有合并症存在，7～12天内痊愈。腮腺炎一般不会有什么危险。但可合并脑炎，出现头痛、呕吐、昏睡，甚至抽搐、昏迷等；如果合并睾丸炎或卵巢炎，则可影响成年后的生育，应加以注意。

本病是一种自限性疾病，无特效药治疗，主要是对症治疗。在急性发热期应卧床休息，直到腮腺肿胀完全消退为止。多喝水，给予易消化的流质或半流质饮食，忌吃酸、辣、硬、刺激性强的食品。经常用盐开水或温开水漱口，保持口腔清洁。发热时可服用退热剂，如扑热息痛。肿胀的腮部可用青黛调醋外敷，每日3～4次；或用仙人掌剖开贴在肿胀处，干后即更换。如果孩子高热不退，或合并抽搐、呕吐、嗜睡、阴囊肿瘤等，应立即去医院治疗。

传染性肝炎怎么处理？

肝炎是由肝炎病毒引起的传染病。根据肝炎病毒不同，分为甲型肝炎、乙型肝炎、非肠道非甲非乙型肝炎（丙型肝炎）、丁型肝炎和肠道非甲非乙型肝炎（戊型肝炎），其中以甲型肝炎和乙型肝炎最为常见，小儿最容易得的是甲型肝炎。

肝炎病毒存在于病人的血液、肝脏和其他脏器中，随粪便排出体外，如果病毒污染了食物和水，就可以引起肝炎传播。一般来说，甲型肝炎主要是通过消化道传染，传染性极强。乙型肝炎除了通过消化道传染外，还可通过血液传染，孕妇患有乙型肝炎通过"垂直传染"的方式直接传染给婴儿。

传染性肝炎常表现为发热，食欲不振，厌食油腻，恶心呕吐，疲乏无力，肝区痛，尿黄如茶色，皮肤和巩膜黄疸。一般发热为低～中热，5～7天会自退。一般病程3～4周，少数可延长至2～3个月。无黄疸性肝炎黄疸不明显，症状也较轻，只有通过抽血查肝功能才能确诊。

得了肝炎应采取以下措施：

（1）注意休息。尽可能让孩子卧床休息，使较多的血液流入肝脏，以改善肝脏的血液循环和营养状况。

（2）注意饮食。所给食物要易消化，含有一定量的蛋白质和维生素，多喝一些味甜的饮料或葡萄糖水，要求饮食中的脂肪含量低，让肝脏得到休息。

（3）注意隔离。甲型肝炎隔离不少于42天，乙型肝炎隔离60～160天。病人的食具、用具要进行严格的消毒。食具煮沸消毒后再洗，或用5%漂白粉溶液消毒。排泄物须用等量的20%漂白粉溶液浸泡3小时消毒。

（4）药物治疗。对于病毒性肝炎，目前尚无特效的治疗措施和药物，一些临床用药也多为对症，或是针对某方面的辅助治疗。多数药物须经肝脏代谢，所以应在医生指导下慎重用药。可选用的抗肝炎病毒药物有：干扰素、病毒唑、阿昔洛韦、更昔洛韦、阿糖腺苷、聚肌胞等；具有保肝作用的药物有：葡萄糖、三磷酸腺苷、辅酶Ａ、肝泰乐、肌苷、维丙肝、肝得健、疗尔健等。此外，还可配合中药治疗，如板蓝根冲剂、白毛藤、云芝肝泰、益肝灵等。

家里养猫、养狗、养鸽子有什么不好？

近年来，许多家庭都爱养猫、狗、鸽子。养这些小动物是一种乐趣，尤其是小孩子更喜欢养这些小动物，但养小动物也会给人们带来危害。

（1）小儿被猫抓伤或咬伤后，皮肤上可出现丘疹，甚至可发展为脓疱，伴有发热、全身不舒服。同时头、颈和腋下淋巴结肿大、疼痛，持续2～3个月消退，这就是人们常说的"猫抓病"。

（2）小儿被带有狂犬病毒的猫或狗咬伤后，如不及时注射狂犬疫苗，就会得狂犬病，这是一种急性传染病。一般咬伤后2周至6个月就会发病，也有长达数年后发病。表现为烦躁不安、易怒、咽喉痉挛造成呼吸困难，尤其饮水时，痉挛加剧，使小儿害怕饮水，称为"恐水症"，最后发展为全身痉挛，导致呼吸麻痹而死亡。

（3）鸽粪中的隐球菌污染空气，当孩子吸入污染的空气时，隐球菌停留于肺部，继而血行播散至全身各个器官，可引起肺隐球菌病、隐球菌败血症，播散到脑，可引起中枢神经系统隐球菌病等。

因此，为了孩子健康，以防万一，家里最好不要养猫、养狗、养鸽子。

为什么要注意"危险三角区"？

"危险三角区"是指上唇周围和鼻部。这个部位血管丰富，这里的静脉血管与颅腔里的静脉血管是直接相通的。如果三角区的皮肤、口腔、鼻、咽喉、眼等部位发生感染，细菌或病毒都可以通过这些部位周围的静脉进入颅腔内的海绵状静脉窦，引起脑膜炎或脑脓肿。所以在该区内的疖肿，哪怕是个小小的疖子，也千万不要用手去挤压，挤压会把细菌挤进颅腔的血管里，引起败血症、脑膜炎、脑脓肿等，若抢救不及时，还会有生命危险。因此，家长要教育孩子，不要用手去挤压该区内的疖子，以免发生危险。

皮肤长疖子怎么处理？

疖子是由葡萄球菌侵入毛囊及其所属皮脂腺所引起的急性化脓性炎症。疖子常常发生在毛囊和皮脂腺分布丰富的部位，如头面、颈、背、腋下、腹股沟、臀、会阴以及小腿等部位。疖刚发生时，局部皮肤发红，逐渐出现高出皮肤的红色小"疙瘩"，有热胀感。3～5 天后"疙瘩"中央处因组织坏死而变软，出现黄白色的小脓头，然后脓头破溃，流出脓液，局部红肿渐渐消失而痊愈。一般生疖子不发热，但患多发性疖肿者，会有畏冷、发热、头痛、食欲差等全身症状。

疖肿开始时，可用碘酊涂，如不消失，可用鱼石脂软膏、红药膏外敷消炎止痛。当疖子成熟时，摸上去有波动感就可以切开排脓。千万不能用手去挤压还没成熟的疖子，因为用力挤压后局部会出血，细菌进入血液可导致败血症。"危险三角区"的疖子更不能挤压，因可导致严重的后果。

体弱的孩子长疖子，长多发性疖子，或疖子长在头面部的，应口服抗生素，如红霉素、先锋霉素等，必要时可注射青霉素。

痱子和痱毒怎么处理?

炎热的夏天，孩子很容易长痱子，尤其是肥胖的孩子。痱子，也称为汗疱疹，多发生在婴幼儿的头部、前额、颈部及胸背部。开始为针尖大小的红色丘疹，然后发展成密集的红色丘疹或丘疱疹，有轻痒和刺痛等不适，这就是痱子。如果痱子受细菌污染，便会形成疖肿、脓疱疮、毛囊炎或多发性汗腺炎，俗称痱毒。

引起痱子的原因，主要是天气炎热，室内气温高或湿度大，汗水难蒸发，汗中废物堵住汗腺所致。或者被手或不干净的毛巾等污染而引起毛孔发炎。也可见于寒冷的冬季，如孩子高热时，父母怕孩子着凉或受风，给孩子捂得过厚而长痱子。

为预防长痱子，应做好防暑降温工作。室内空气要流通，保持凉爽。保持皮肤清洁干燥，排汗通畅，夏天每天至少要洗一次澡，要用温水洗澡，温水冲洗后，水分蒸发快，有凉爽感。洗完澡要马上揩干，再涂些痱子粉或花露水。孩子穿的衣服要宽松、柔软、清洁、透气吸汗。夏天不要因为怕孩子热而把孩子的衣服脱得光光的，因为皮肤缺少衣服的保护，更易受热生痱子。让孩子多吃蔬菜、水果，多喝些清凉饮料，如绿豆汤、丝瓜汤等。

如果长了痱子，可用马齿苋、蒲公英、野菊花、金银花各100～200克煎水，凉温后外洗，洗净揩干后涂些痱子粉，或六一散，口服维生素 B_1 和维生素C。一旦发生痱毒，可涂些2％碘酊，同时服用抗生素，若感染未能控制，应到医院治疗。

脓疱疮怎么处理？

脓疱疮俗称黄水疮，为细菌感染性疾病。主要病原菌为金黄色葡萄球菌和溶血性链球菌。脓疱疮的接触传染力极强，容易通过自身接种或相互传染而在集体儿童机构中造成流行。

脓疱疮多见于暴露部位和皮肤皱褶处，如面、颈、腋下、胸、腹、背、臀等。初发时为红斑或小疱，后迅速变为较大的脓疱。损害表浅，脓疱壁很薄、松弛，有时可见疱内液平面，透明。脓疱表皮被抓破后，含有大量细菌的脓液流出可感染其他部位，引起新的脓疱疮。脓疱破溃后，遗留糜烂面，表面上脓液干后结成黄绿色的厚痂，皮损一般表浅，痂脱落后不留疤痕，若强行削去黄痂，原糜烂面又可渗出脓液，重复以上过程。一般全身症状较轻，少部分病情严重者可畏冷发热，局部淋巴结肿大，合并肾炎、败血症等。

孩子得了脓疱疮，可先用消毒针将脓疱刺破，揭去痂皮，然后用1：5000高锰酸钾清洗，最后涂1％龙胆紫，或0.5％新霉素软膏、红霉素软膏。患处周围的皮肤可用75％酒精消毒，以减少全身感染的机会。如果长多个脓疱疮或出现全身症状，则应给予抗生素治疗，如注射青霉素。

孩子得了脓疱疮后1～3周，可能出现急性肾小球肾炎，家长应注意观察孩子是否有浮肿，小便的颜色，并定期查尿

302

常规。

盛夏季节如何带好婴幼儿？

夏天，炎热的气候常热得人们汗流浃背，喘不过气来，食欲不振，体重减轻。炎夏对于婴幼儿来说更是艰难困苦，要想让孩子平平安安地度过炎夏，父母应该做到以下几点：

（1）母乳喂养的小儿不要断奶，同时母亲要注意增加营养，提高奶水中的各种营养素，以保证小儿生长发育所需的营养物质。

（2）婴幼儿天热出汗多，对水的需求量明显增加。因此要多喂水，一般每2小时喂1次，可掺喂一些米汤、菜汤、果汁等以补充维生素，多供给清凉的饮料。但有的孩子偏爱吃冷饮，如冰棒、冰淇淋、冰砖等，大量冷饮刺激孩子娇嫩的胃粘膜，易引起消化功能紊乱而生病。

（3）注意饮食卫生，严格把好病从口入关。母亲在喂奶前一定要洗手、洗乳头，用奶瓶喂奶的要注意奶瓶、奶嘴的消毒。要培养幼儿良好的卫生习惯，如饭前便后洗手等。

（4）穿戴衣服要讲究。衣料应选择柔软透气、吸水性强的全棉织品，颜色以白色、淡黄或淡绿的浅色布料为宜，衣服款式应宽松，不要穿紧身衣服。孩子天性好动，穿的衣服容易弄脏，加上大热天汗流浃背，因此衣服应勤换洗，每洗一次澡应换一次衣服。

（5）居室应通风，室温最好控制在25℃左右。睡觉时要防蚊蝇，睡前要先哄打蚊蝇，可用喷雾杀虫剂，也可用蚊香，或为孩子挂起蚊帐。夏天早晚温差大，夜间温度较低，所以睡觉时在胸、腹部要盖条浴巾或被单。

（6）夏天出汗多，要注意保护小儿皮肤清洁，防止生痱子，其最好的办法是勤洗澡，一天可洗2～3次，中午和晚上睡前一定要洗干净。

（7）户外活动在早上或傍晚进行，中午不要外出。不要在强光直射下活动，最好在树荫下，且活动内容不要太剧烈，最好戴顶小凉帽。

为什么不能让电风扇对着孩子吹？

夏天，天气很热，小儿特别怕热，尤其是夜间，孩子哭闹不安，不能安静入睡。为了能让孩子安静，能睡好，有的家长就开电风扇对着孩子吹，或让孩子赤身裸体地吹电风扇，或通宵达旦地吹电风扇。这样做对孩子的健康危害很大。

婴幼儿的皮肤很娇嫩，毛细血管丰富，体温调节功能比较差。若把电风扇长时间地对着赤身裸体的孩子吹，被风吹到的体表部位，汗液蒸发得很快，毛细血管收缩，皮肤温度下降，而背风的一面汗液蒸发慢，皮肤温度仍较高，毛细血管仍然舒张，这样就使体温调节中枢和身体的机能失去平衡，容易引起疾病，如感冒、鼻塞、流涕、头痛等。

天气热时，可以用扇子给孩子扇凉，用毛巾擦汗和用温水洗澡，并且打开窗户让空气流通，使室温自然降低，让孩子凉快些，千万不要开着电风扇对着孩子吹。如果使用电风扇吹风，应当在房间中选择一个最佳的角度，使房间里的空气流通，造成一个类似自然风的环境，或对着墙壁吹回头风，吹的风量要小些，时间不宜太长，并让电风扇摇头旋转，使风源不固定在某一点，形成阵阵凉风。此外，要给孩子穿衣服，至少在胸腹部上要围个肚兜才能吹电风扇。

怎样给孩子喂药？

孩子生病时，医师给予的治疗方法很多，但最常用的是口服药。因为口服药服用简单、方便，又安全可靠，而且副作用小。在给孩子喂药前一定要看清楚服药方法和用量，防止吃错药或吃过量药。为了保证药物疗效，减少副作用，家长还应掌握正确的喂药方法。

（1）给新生儿喂药，要在喂奶前约1小时给药，药物中可加少量糖拌匀。大人用左手固定孩子的额部，右手用小匙将药液从小儿口角旁沿着舌下慢慢地倒入，待孩子咽下药液后才拿开小匙。

（2）给婴幼儿喂药，可将孩子抱起，半躺在大人身上，头部抬高，将手脚固定好，然后用小匙将药液紧贴小儿口角慢慢倒入口中，等孩子咽下药液后才拿开小匙。如果孩子不张开口，成人可用拇指、示指捏住小孩的双颊部，使其口张开，然后再慢慢喂下药液。喂完药后应将孩子竖直抱起来，并轻拍其背部，促使胃内的空气排出，以防药液吐出。

（3）给孩子喂中药，熬出的药量，要根据孩子年龄大小来决定：新生儿约20毫升；1岁以内婴儿20～60毫升；1～6岁100～150毫升；6岁以上150～200毫升。中药宜温服，可加适量调味品，如白糖、冰糖等。新生儿一般在喂奶前1小时给药，婴幼儿饭后2～3小时服药为宜，不要与进餐时间过于接近，药量多时可分数次间隙给药。

（4）对牙齿有腐蚀作用和使牙齿染色的药物，如硫酸亚铁，要用吸管吸入，避免和牙齿接触，服药后要漱口。小婴儿不会用吸管，应在喂药后立即喂些白开水。

（5）服用止咳药水后不宜喝水，喝水会降低止咳药水的疗效。如果同时服多种药物，止咳药水要最后服。

（6）对胃粘膜有刺激的药物，如阿司匹林、红霉素等，应饭后服，以免影响孩子的食欲。

（7）保护胃肠粘膜、助消化和健胃药，如思密达、多酶片、消化合剂等，应饭前服。

（8）磺胺类药和退热药，服药后应多喝水。

（9）油类药物，如鱼肝油，可将药直接滴在口中，然后喂些白开水。

（10）服特殊药物，如强心药，一定要遵照医师的医嘱服用。

（11）不论什么药物都不要混在食物中喂，以免引起拒食。

怎样给孩子滴眼、鼻、耳药水？

给孩子滴药水前一定要看清楚药瓶上的药名及说明，千万不可拿错药，滴药前必须把药水摇均匀后再使用。操作前要把两手洗干净。

（1）滴眼药水。让孩子仰卧，或坐在椅子上，如果孩子不合作，成人可坐在椅子上，双腿叉开，让孩子躺在你两腿之间，把孩子的双臂压在你的大腿下，以固定头部。头向后仰，眼睛上看。先用干净棉球擦去眼内分泌物。用左手食指和拇指轻轻分开上下眼睑，右手拿药瓶，在离眼大约2厘米的高度将药水滴入下眼皮内，立即松手，用拇指和食指轻轻地拉上眼皮。嘱孩子轻轻转动眼球，使药水充满整个眼内，然后叫孩子闭上眼睛2～3分钟，同时用棉球压迫泪囊，以防药水进入鼻腔。如两眼均有病时，应先滴轻侧，后滴重侧。如需用两种以上眼药水，必须间隔15分钟以上再用第二种。

（2）滴鼻药水。滴药前先将鼻涕擤干净。让孩子仰卧在床头边，头尽量后仰成 90 度角，使鼻腔低于口和咽喉部，用左手向后上方轻推鼻尖，充分暴露鼻孔，右手拿药瓶，将药水滴入病侧鼻腔 2～3 滴，最多不超过 5 滴，然后用手指轻轻地捏压二侧鼻翼，使药水均匀地分布在整个鼻腔内，平卧 3～5 分钟就可以了。

（3）滴耳药水。滴耳前先用消毒棉签将外耳道分泌物擦拭干净。让孩子侧卧，使病侧耳朵向上，左手轻提耳廓，婴幼儿拉向后下方，儿童拉向后上方，右手将药水从耳后壁滴入 3～5 滴，用手轻压耳屏，使药水沿着耳道后壁缓慢地流入耳内。侧卧 5～10 分钟，最后用棉球塞住耳孔，以防药水流出。

为什么要让孩子进行体格锻炼？

体格锻炼是保证孩子健康成长的重要措施之一。有的家长认为体格锻炼就是跑步、跳高、打球等运动。而实际上，婴幼儿的体格锻炼应包括把孩子带到户外，利用各种自然条件进行自由活动，如日光照射、水的刺激、空气温度的变化等。体格锻炼不仅可以提高人体对外界环境的适应能力，还能从自然中汲取许多营养，从而使人体的各种机能得到改善。

（1）促进小儿生长发育。体格锻炼后，可以提高全身器官的功能。锻炼时各种各样的动作使呼吸加深加快，增加了小儿肺活量和通气量，肺泡扩张多了，连平时活动少的肺尖也能得到换气，从而提高了呼吸系统功能；无论做哪一项工作，肌肉都要进行有规律的收缩和放松，机体代谢增强，于是心跳加快，心肌收缩力加强，心功能得到进一步加强；锻炼可促使小儿骨骼生长，使孩子长得高。

（2）促进神经系统发育。人体各项运动的进行，都是在神经系统的统一控制和调节下进行的。所以在体格锻炼的同时，神经系统也在经受锻炼，这就促进了神经系统的发育。

（3）提高消化系统的功能。锻炼时机体代谢增强，消耗增加，促使消化系统活动加强，食欲增强，以摄取更多的营养物质补充体内的消耗。同时，消化腺的分泌增加，胃肠蠕动加快，肠道对营养物质的吸收加快，从而提高了消化系统的功能。

（4）增强体质，预防疾病。经常户外活动，参加各种锻炼，能增强孩子的体质，提高机体对外界环境的适应能力及对疾病的抵抗力，使孩子不生病或少生病。

怎样进行空气浴锻炼？

婴幼儿可利用自然条件，如空气、日光、水进行锻炼，即人们常说的"三浴"锻炼，空气浴是"三浴"锻炼的第一步。

新鲜空气的氧含量高，能促进机体的新陈代谢；冷空气对皮肤血管有舒缩作用，能增强身体适应气温变化的能力，从而提高机体对寒冷的适应能力。

空气浴最好从夏季开始，逐渐过渡到秋冬季，先从室内开始，第一天让孩子脱去鞋、袜，露出小腿。第二天脱去长裤，只穿三角裤。第三天脱去上衣，直至上衣全部脱去，仅穿三角裤。全过程 7～10 天，适应后由室内转到室外空气浴。空气浴的时间由开始时的几分钟逐渐延长到 10～15 分钟，20～30 分钟，最长可达 2～3 小时。对于婴幼儿，当气温降到 14℃，较大儿童，气温降至 12℃时，不宜进行空气浴。冬季应停止室外空气浴，改在室内，利用开窗来掌握室温。

进行空气浴时要注意以下几点：

（1）必须脱去衣服、鞋、袜等才能进行空气浴锻炼。有的家长怕孩子着凉，不敢脱衣服，这样就达不到锻炼目的。

（2）夏天要戴有边的帽子遮盖头部和眼睛，不要在烈日下进行。

（3）遇到刮风、下雨应改在室内进行。

（4）应与各种活动，如游戏、跑步、体操等结合起来。

（5）要注意观察孩子的反应，如发现皮肤发紫、面色苍白、畏冷发抖时，应立即停止。

怎样进行日光浴锻炼？

日光浴是在空气浴后的第二步体格锻炼方法。日光中有两种对人体有利的光线，一是红外线，可增进血液循环，加快新陈代谢，促进小儿的生长发育；二是紫外线，可使皮肤中的 7-脱氢胆固醇转变成内源性维生素 D_3，促进机体对钙、磷的吸收，预防佝偻病的发生。此外，适当的紫外线照射可增强全身功能活动，提高皮肤的防御能力。

在夏季，过了新生儿期的孩子就可以抱到户外活动。开始时应选择室内外温差较小的，阳光充足的天气进行，时间由 5 分钟开始，逐渐延长。稍大些的婴儿可多到户外玩耍，如在院子里、草坪上或公园里看看花草树木，练习走步，做游戏等。

1 岁以上幼儿可在气温 24～30℃ 的环境中进行日光浴。在日光浴之前应先进行一段时间的空气浴。日光浴的时间，夏季安排在上午 8～9 时，冬季在上午 10～12 时。日光照射时，根据不同的气温尽量暴露小儿的皮肤，如夏季小儿仅穿三角裤，头戴宽边帽子，以保护头部和眼睛；春秋季以暴露四肢为主；冬季则暴露脸和臀部。

日光照射时间应由短到长。先仰卧，后俯卧。第1次仰卧1分钟，然后俯卧1分钟，每隔2天增加仰、俯卧照射时间各一分钟，婴幼儿最长可达15分钟。日光浴后，要进行擦澡或淋浴。

日光浴做6天，停1天，4周为1疗程，休息10天后开始下一个疗程。

进行日光浴时要注意以下几点：

（1）不宜于空腹或饭后1小时内进行。

（2）日光浴场所应设在避风、清洁的地方。

（3）孩子应按"口令"翻身。

（4）日光浴后应及时补充水分。

（5）注意观察孩子的反应，如发现小儿满头大汗、面色发红等应立即停止。

（6）日光浴后要注意皮肤有否灼伤、脱皮、精神萎靡等，如有，应停止锻炼。

怎样进行水浴锻炼？

水浴是"三浴"锻炼中的最后一步。让孩子多接触水，利用水的温度和水的机械作用，刺激机体，使全身体温调节机能反应加强，增强身体对外界冷热气温变化的适应能力，从而达到增强机体抵抗力的锻炼目的。水浴分擦、冲、淋三种。

（1）冷水擦浴：这是最温和的水浴锻炼，适用于6～7个月以上的婴儿和不适合做冲、淋浴的体弱小儿。室温应在20℃以上，夏季可在室外进行。开始时水温为35℃左右，每隔2～3天降低水温1℃直至20℃左右，以后维持这种水温。

擦浴的顺序依次为：上肢、下肢、胸、腹及背部。擦上肢时应由手部向肩部，擦下肢时应由足部向腹股沟处进行。全过程约5～6分钟，擦浴完毕要用毛巾擦干，穿上衣服，休息10分钟。

（2）冷水冲、淋浴：适用于2岁以上的孩子。室温应在20℃以上，水温从30～35℃开始，每隔2～3天降低1℃直至22～24℃，以后维持此水温。冷水冲淋全身。但不要冲淋头部。淋后用毛巾干擦，使皮肤发红，最后穿上衣服。

冲淋浴、擦浴时应注意动作要快，注意孩子的反应，如出现发抖、口唇发紫即停止锻炼；动作要轻柔，不要擦破皮肤；如果短期中断，水温比原来要升高1～2℃；如果中断时间长，则水温应从头开始。

（3）冷水浴：利用自然水场，如江、河、湖或游泳池进行体格锻炼，但要注意安全。

一旦孩子适应"三浴"锻炼，则"三浴"可同时进行。时间安排：早上空气浴与日光浴，睡前水浴。

为什么要为孩子进行预防接种？

人体内有一个专门产生抵抗疾病能力的机构，称为免疫淋巴系统，该系统包括胸腺、淋巴结、骨髓、脾等。当细菌、病毒等致病因素侵入人体时，体内的淋巴系统就要动员起来，产生抵抗致病因素的物质，叫做抗体，抗体参加战斗，抵抗疾病，使人体恢复健康。这就是人们所说的免疫力或抵抗力。当体内由于各种原因不能产生免疫力或免疫力低下时，致病因素就会在体内蔓延，人体就得病。预防接种就是利用人体抵抗疾病能力的这个原理，将导致传染病的各种细菌、病毒进行特殊处理后，制成各种特异的"菌苗"、"疫苗"，然后接种到人身上，刺激人体免疫淋巴系统产生免疫力。这种免疫力还可以通过一些特殊的记忆细胞传给新的淋巴细胞，如再有这类病原体侵入人体，记忆细胞就会发动体内许多淋巴细胞，产生足够的免疫力去消灭他们，从而发挥预防传染病的作用。因此，为了小儿不得传染病，每个孩子出生后必须按照我国的免疫程序完成各种"疫苗"的接种。

预防接种有哪些禁忌？

每一种预防接种都有一定的接种对象，也有禁忌症，有哪些情况不能进行预防接种呢？

（1）有急性传染病接触史而未过检疫期者暂缓进行预防接种。

（2）急性传染病（包括恢复期）的患儿暂不接种预防疫苗。

（3）有严重的慢性疾病，如心脏病、肝脏疾病、肾脏疾病、结核病活动期以及化脓性皮肤病均不能接受预防接种。

（4）有过敏史、惊厥史或癫痫史的小儿，在急性发病期间应暂缓预防接种。

（5）注射多价的免疫球蛋白（如丙种球蛋白）1个月内不应进行预防接种。

（6）有脑损伤的孩子不能接种百日咳菌苗或含百日咳的百白破混合制剂。如果第1次接种百日咳菌苗或含百日咳的百白破混合制剂后出现超高热、抽搐或严重的神经系统症状，则下一次要停用百白破混合制剂，只能注射白喉和破伤风类毒素。

（7）早产儿、难产儿，休重在2500克以下的足月新生儿，暂不接种卡介苗。凡结核菌素试验阳性的儿童均不进行卡介苗的加强接种。

(8)有免疫缺陷、恶性肿瘤、白血病患儿或使用免疫抑制剂治疗期间，不能接种活的疫苗。

出现预防接种反应怎么办？

目前应用的预防疫苗都是由细菌、病毒或它们的毒素经过灭活或减毒处理而制成的。这些疫苗都是一些异体蛋白或带有抗原性质的物质，对人体有一定的刺激作用。因此，将这些疫苗接种到人体以后，就会引起不同程度的反应。

(1)正常反应。表现为接种部位的局部反应，一般发生在接种后24小时左右，局部出现红、肿、热、痛现象，红肿直径在2.5厘米以下为弱反应，2.5~5厘米为中度反应，大于5厘米为重度反应。轻、中度反应不必做处理，2~3天后可自愈。重度反应局部可热敷，并防止抓破造成继发感染。接种卡介苗时，局部可出现脓疱，称为寒性脓肿，脓肿较小者，可外涂红霉素软膏，用纱布覆盖，防止抓破，若脓肿较大时，可用注射器抽吸脓液，然后涂上红霉素或庆大毒素软膏。

部分孩子接种后可出现全身反应，如接种后当天就出现发热、头晕、头痛、恶心、呕吐、全身不适等。出现全身反应时，应休息，多喝水，进行对症处理，如高热时应给予物理降温，口服退热药等。

(2)异常反应。反应发生很突然，症状较重的，应及时治疗。如空腹时打预防针，注射后几秒钟或几分钟内就出现头晕、心悸、面色苍白、全身出冷汗、手足冰凉，甚至晕倒，这就是晕针。应立即将孩子平卧，头低位，喝些热糖水，保持安静，很快就可恢复。

有些孩子在注射疫苗后几小时至几天内可出现过敏性皮疹，以荨麻疹多见，有的是斑丘疹、丘疹，甚至出血性皮疹。单纯过敏性皮疹可服用脱敏药，如葡萄糖酸钙、大量维生素C、扑尔敏、非那根等。严重过敏或全身症状重时，应送医院治疗。

最严重的是过敏性休克，多在注射动物血清制品时发生，大部分与过敏体质有关。注射疫苗10分钟内突然出现面色苍白、四肢厥冷、冒冷汗、烦躁不安、呼吸急促、脉搏细速，甚至神志不清、抽搐、昏迷等，应速送医院抢救。

几种预防疫苗可以同时接种吗？

一种疫苗或菌苗只能使人产生一种特殊的免疫力。如接种卡介苗只能预防结核病；接种麻疹疫苗只能产生抵抗麻疹的能力；服脊髓灰质炎糖丸只能预防脊髓灰质炎；接种百白破混合疫苗只能预防百日咳、白喉、破伤风等等。为了减少给孩子打针的次数和获得多种抗体，预防多种传染病，在不影响免疫效果的前提下，可以把几种预防疫苗放在一起接种，这就叫做联合免疫。主要采取以下两种方法：

（1）采用几种抗原制成的多联多价制剂。这类制剂多为死菌苗和类毒素，按不同的比例，经过特殊处理而制成的。例如：百白破预防针，就是将百日咳菌苗、白喉类毒素、破伤风类毒素经过灭活而混合在一起的。国内还有几种联合免疫疫苗，如伤寒、副伤寒A、B三联菌苗；霍乱、伤寒、副伤寒A、B四联菌苗，麻疹-腮腺炎-风疹疫苗等。

（2）采用几种制剂用不同途径或不同部位同时接种。例如：接种百白破预防针的同时口服脊髓灰质炎糖丸，同样可以收到与分开进行免疫的相同效果。

为什么预防接种要复种？

当孩子初次接种某种抗原时，体内要有足够的抗原量，孩子才能产生足够的免疫力。这种免疫力只能维持一定期限，过了这个期限而不按时复种，原来接种的抗原所产生的免疫力已经逐渐降低，甚至完全消失，再也不能发挥预防疾病的作用了。若在免疫力还没有完全消失之前又复种一次，则免疫力又会迅速上升，并超过第一次的水平和维持更长的时间。

各种预防接种所产生的特异性免疫力有效期限长短不一。一般认为，活疫苗（如麻疹疫苗）和活菌苗（卡介苗）的抗原作用强，所以免疫力有效期限长，如接种卡介苗后可免疫 3～4 年；类毒素（破伤风类毒素）、死菌苗（百日咳菌苗）、灭活的疫苗（乙脑疫苗），因为这些疫苗对机体刺激的作用弱，所产生的免疫效果较差，免疫力有限期限比较短，如注射百日咳菌苗后，只能免疫 1～2 年。所以超过免疫力有效期限，孩子对传染病的抵抗力逐渐降低，有可能再受传染。因此，为了巩固预防接种所获得的免疫力，应根据各种疫苗有效期限反复接种几次，诱发机体产生大量的免疫物质，以维持身体的抵抗力。

1 岁以内婴儿要完成哪些预防接种？

1 岁以内婴儿必须按照我国的免疫程序完成"四苗"的预防接种，即接种卡介苗、脊髓灰质炎疫苗、麻疹疫苗及百白破三联混合制剂，使孩子体内产生 6 种特异的抗体，以预防相应的结核病、脊髓灰质炎、麻疹、百日咳、白喉、破伤风6种传染病,这就是所谓的"四苗防六病",这种免疫就叫做"基础免疫"。

我国基础免疫的顺序是:新生儿出生后48～72小时内接种卡介苗。2个月时口服脊髓灰质炎糖丸,每月服Ⅰ、Ⅱ、Ⅲ型混合糖丸1个,连续服3次。3个月时注射百白破三联混合制剂,每月1次,连续注射3次。8个月时接种麻疹疫苗。有的地区还规定接种其他疫苗,如6个月后接种流行性脑膜炎菌苗;出生后24小时内、1个月、6个月时各接种1次乙型肝炎疫苗。

基础免疫所获得的特异性抗体,在体内只能维持一段时间,随着时间的推移,体内抗体会逐渐减少,以致不能有效地预防传染病,必须再次接种一定量的疫苗,以再次刺激机体产生抗体,使它维持在足以抵抗病原体的较高水平上,这就是"加强免疫",加强免疫全部在1岁以后进行。

怎样为小儿接种卡介苗?

刚出生的婴儿对结核菌缺乏特异性免疫力,因此新生儿较易感染结核菌且病情严重,如结核性脑膜脑炎、粟粒性肺结核等,死亡率高。给出生后48～72小时内的新生儿接种卡介苗,就是给孩子提供一个接触小剂量、无毒性的、活结核菌的机会,使机体获得免疫力,从而达到预防结核病的目的。

婴儿初种卡介苗或有结核菌感染3个月后,体内会产生一种变态反应,做结核菌素试验可呈阳性反应,说明孩子体内对结核杆菌已产生免疫力;若呈阴性,则说明接种没有成功,要重新接种。对于结核菌素试验阳性的孩子,其体内免疫力随着时间的推移会逐渐降低，因此，7 周岁、12 周岁时必须再做结核菌素试验，如阴性就要重新接种卡介苗，否则就有得结核病的可能。

用来做结核菌素试验的抗原制品有两种，即旧结核菌素（OT）和结核菌纯蛋白衍生物（PPD），用 PPD 作结核菌素试验较 OT 结果恒定，因其不产生非特异性反应。因此，目前临床上更常做 PPD 试验。

做结核菌素试验就像做青霉素皮试一样，一般用 1：2000 的 OT 稀释液 0.1 毫升或 PPD 试剂 5 个结素单位（0.1 毫升）在前臂掌侧下 1/3 处作皮内注射，使之形成 6～10 毫米的皮丘，经 48～72 小时观察反应的结果。若仅有红晕无硬结，不论直径大小，或硬结直径在 0.5 厘米以下，均为阳性；硬结直径在 0.5～0.9 厘米之间，为"＋"；1～2 厘米之间为"╫"；2 厘米以上为"╫╫"；除硬结外，可见水疱及局部坏死者为"╫╫╫"。"＋"为可疑阳性，"╫"为阳性，"╫╫"和"╫╫╫"为强阳性。由于影响结核菌素试验结果的因素很多，可能出现假阴性，如严重的结核病，免疫功能低下者，因此，结核菌素试验阴性时，应由医师进行综合分析判断。

怎样接种麻疹疫苗？

每一种疫苗的接种时间都是在有充分科学依据的基础上严格制定的。根据我国儿童计划免疫程序，麻疹减毒活疫苗（简称麻苗）初种时间为生后 8 个月。而在美国，麻苗初种时间为生后 15 个月。为什么我国麻苗初种时间要定为生后 8 个月呢？因为我国防疫人员曾对不同时间接种麻苗所产生的免疫抗体进行调查，发现 4～5 个月婴儿接种麻苗后产生抗体的阳性率为 43.7%，6 个月为 87.5%，8 个月为 85%，12 个月为 98%。提示 6 个月以前婴儿接种麻苗后抗体的阳性率不高。这是因为婴儿从胎盘得到母亲的抗体，生后 6 个月内有被动免疫力，从而干扰了接种麻苗后抗体的产生。

由于免疫后血清阳转率不足 100%，且随着时间的推移，接种过麻疹疫苗的孩子体内的抗体会逐渐减弱，初种 4 年后，抗体阴转率明显升高，所以我国规定 4 岁时加强免疫 1 次，促使机体产生大量抗体，以达到足以抵抗致病的水平。

接种方法：用 1 毫升针筒抽取麻苗 0.2 毫升，在左上臂做皮下注射。少数小儿接种后会发热，一般 3～5 天可自行消退，不必作特殊处理。

怎样服用脊髓灰质炎疫苗糖丸？

脊髓灰质炎，又称为小儿麻痹症（简称小麻）。为了预防小麻发生，家长应认真给孩子服用脊髓灰质炎疫苗糖丸，也就是我们平时所说的"灰苗糖丸"。目前服用的是 Ⅰ、Ⅱ、Ⅲ 型混合多价糖丸。一般首次免疫从 2 个月开始，每月服 1 个，连服 3 次，以后在 1 岁半、2 岁、4 岁时分别加强免疫 1 次。服用"灰苗糖丸"应注意以下几点：

（1）服糖丸时，要用冷开水送服，因为该糖丸是减毒的活病毒制品，如用热开水送服，会把活苗烫死，服用无效。

（2）家长一定要看着孩子把糖丸吃下去，如果吐出，要补服。

（3）服糖丸 2 小时内不要喂奶，因母乳中有抵抗病毒的抗体存在，会影响预防效果。

（4）糖丸须冷藏。此疫苗怕热不怕冷，在零下 20℃保存，有效期为 2 年；2～10℃保存，有效期为 5 个月；30～32℃只能保存 2 天。因此，糖丸最好马上服用，如有特殊原因不能服用时，要把糖丸放在冰箱冷藏柜内。

（5）有免疫缺陷病、恶性肿瘤、白血病及使用免疫抑制剂的患儿禁服"灰苗糖丸"。高热、腹泻、急性传染病、结核病以及反复重症感染的患儿暂缓服用，待病痊愈后再补服。

小儿常用的按摩手法怎么做？

小儿按摩是按摩者用手在小儿体表部位运用各种特定的手法和规范化的动作，如推、揉、按、摩、捏等，使人体气血通畅，经络疏通，以达到防病、治病以及强身健体的目的。小儿按摩手法，要求做到轻快柔和，平稳着实。主要的手法有以下几种：

（1）推法：以示、中二指的指腹，或拇指的桡侧或指面，在穴位上作直线推动，操作频率每分钟 100～200 次。（见图 27、28、29）

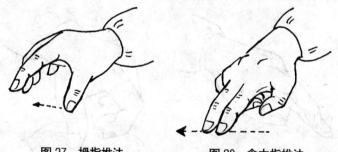

图 27　拇指推法　　　图 28　食中指推法

（2）按法：以拇指、中指或示指的指端或掌心根部，在穴位或部位上向下揿压，反复一压一放。此法用力必须由轻

319

而重，缓和渐进。（见图 30）

图 29　旋推法

图 30　指按法

（3）揉法：以拇指的指腹或示指、中指的指腹，或掌心根部按压在穴位或部位上旋转揉动。操作时，压力要均匀着力，动作要轻柔且有节律性，切忌在皮肤上摩擦，操作频率每分钟 100～200 次。（见图 31、32、33、34）

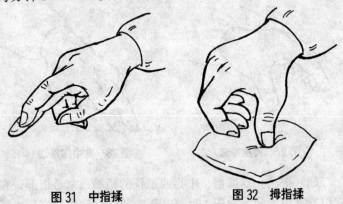

图 31　中指揉　　　　　图 32　拇指揉

图 33　掌根揉

图 34　鱼际揉

（4）运法：以拇指的指腹或顶端，在穴位上作弧形或环形推动。操作时指面一定要贴紧操作部位，动作宜轻，缓慢进行，操作频率每分钟 80 - 120 次。（见图 35）

（5）摩法：以示指、中指、无名指三指的指腹，或以全掌，在穴位或部位上旋转摩擦。按摩时用力要均匀，可快可慢，灵活运用。慢的每分钟 30～50 次，快的每分钟 150～200 次。（见图 36、37）

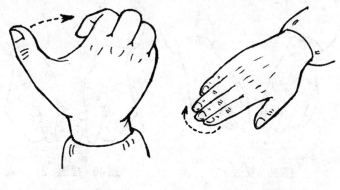

图 35　运法　　　　　图 36　指摩法

（6）掐法：用拇指或其他指的指甲掐穴位。掐时缓慢用

力，垂直掐压穴位，注意不要掐破皮肤。（见图38）

（7）捏法：以拇指桡侧缘顶住皮肤，示指、中指两指前按，三指同时用力提拿皮肤，双手交替捻动向前。或示指屈曲，用中节桡侧顶住皮肤，拇指前按，两指同时用力提拿皮肤，双手交替捻动向前。（见图39、40）

图37　掌摩法

图38　掐法

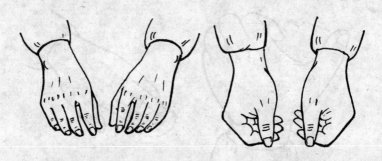

图39　捏法（1）　　　　图40　捏法（2）

益智保健按摩法怎么做？

益智保健按摩具有强健身体，益智保健的功能。现介绍几种小儿常用的益智保健按摩手法：

（1）推五经。小儿取坐位或仰卧位，操作者用左手托小儿左手，使手心向上，右手五指并拢合于小儿掌上，然后从小儿手掌根部开始向指头方向推，称推五经。左右各反复推100次。

（2）捏十指。用拇指、示指的指面捻提小儿十个指头。

从小儿右手拇指、示指、中指、无名指、小指依次捏捻小儿指头，各捏20次，然后摇动右手腕关节20～40次。左手按上述方法操作一遍。（见图41）

捏脚趾同手指捏法。

重复上述捏指趾，摇腕、踝关节动作各做3～5遍。

（3）捏脊。小儿取俯卧位或趴在操作者双腿上，使其背

图41　捏十指

朝上，操作者以双手拇指、示指的指面捏脊柱两旁皮肤，从臀部至肩部。或将食指屈曲，用食指中节将皮肤向上顶起，拇指端前按，拇食二指挟住皮肤稍用力提捏，双手交替向前移动，每捏三下将脊背提一下，重复捏脊 3～5 遍。最好在捏脊前用手掌按摩背部皮肤几遍，使肌肉放松。每日捏脊 1～2 次，每次 3～5 遍。（见图 42）

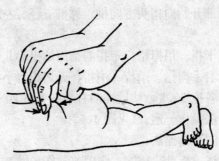

图 42　捏脊

（4）揉手心。小儿取坐位或仰卧位，操作者以左手托住小儿左手（一般男左女右），手心向上，右手拇指放在小儿掌心顺时针方向揉 100 次，然后按压手心（劳宫穴）20 次（见图 43）。再从示指桡侧

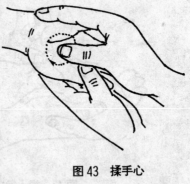

图 43　揉手心

缘向食指根部推
100 次（见图 44）。
照此法揉右手心。
每日 2 次。

（5）揉脚心。小
儿取仰卧位，或由
大人抱着，操作者
一手托住小儿一足
跟，使脚心朝向操
作者，另一手拇指

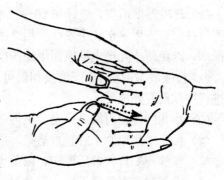

图44 推食指

放在脚心（涌泉穴）按压 20 次。另一足依法按揉，每日 2 次。
（见图 45）

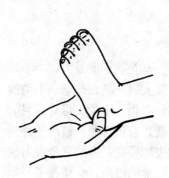
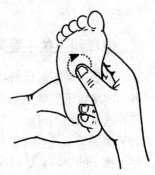

图45 揉脚心

按摩操作时应注意什么？

按摩操作应注意以下几个问题：

（1）环境温度适宜，最好在 20～25℃。冬天，按摩者双手不可过凉，先用热水洗手或双手相摩擦，使手暖和后再进行操作，以免使小儿产生惊惧而拒绝按摩。

（2）按摩者亲近孩子，态度要和蔼可亲，要剪修指甲，每次进行按摩前要先洗手。

（3）小儿的体位可取卧、坐、抱等，以舒适为原则。

（4）按摩手法原则上宜轻重适宜，用力均匀。凡是重手法如掐、捏等应安排在最后操作，以免小儿拒绝按摩。

（5）操作时，可将滑石粉、爽身粉、水、麻油等作为润滑剂，涂于按摩部位，以减少摩擦，避免损伤小儿皮肤。

（6）按摩时及按摩前后应注意保暖。按摩后不要马上沐浴。

（7）按摩处皮肤破溃、皮炎或患出血性疾病时，应禁忌按摩。

怎样纠正孩子爱哭？

哭是一种不愉快情绪的表现。有些孩子很爱哭，当不正当的要求得不到满足或稍不如意就大哭一场。孩子动不动就哭，这不但别人讨厌，父母也感到心烦。不少父母对爱哭的孩子束手无策。有的父母一味迁就，百依百顺，最后还是满足了孩子的要求，这就使孩子越来越爱哭；有的父母大骂孩子，甚至打他的屁股，这种火上加油的做法，会使孩子产生抵触情绪，越哭越厉害。那么，怎样纠正孩子爱哭的不良习惯呢？

（1）分析爱哭的原因。孩子爱哭的原因很多，归纳起来不外乎有以下三种：一是身体欠佳，情绪不好；二是性情懦弱，意志不坚强；三是心理上有毛病，把哭当作要挟家长的工具。对于前两种情况，父母只要设法增强孩子的体质和意志就能纠正孩子爱哭。但是，大多数爱哭的孩子都是心理上的毛病。比如，有的孩子做了错事先哭，是怕挨打，父母应理解孩子的心理，当孩子已经意识到自己错了，父母就应该原谅他，并应告诉他做了错事不要哭，每个人都会做错事的，只要承认错误，改正了就行。因此，父母要针对孩子爱哭的不同原因，采取不同的教育方法来纠正这种不良习惯。

（2）正确对待孩子提出的要求。对于孩子提出的合理要求，父母应尽量给予满足，凡是不合理的要求则不能答应，并向孩子讲清楚不能答应的理由。要让孩子明白哭不能解决问题，以逐步克服其爱哭的习惯。

（3）不能姑息、迁就孩子的缺点。改正孩子的坏习惯比一开始就注意培养孩子的好习惯要困难得多。当孩子的某种欲望得不到满足时，就以哭来要挟父母，父母怕哭坏了孩子身体，放弃原则迁就孩子，结果孩子把"哭"作为对付父母的"武器"，哭会使父母心软、屈服，无理要求也会得到满足，这实际上是"强化"了孩子爱哭的不良习惯。如果父母采取不理睬的态度，不让步，孩子就知道再哭也没用，自然而然他就会改变自己的行为方式。

（4）纠正孩子爱哭要坚持不懈。为了使孩子不发生哭闹，最好的办法是事前预防。比如，妈妈带小孩上街前就告诉他："今天带你逛商店，不能随便要妈妈买东西，哭也没用。"家长要说到做到，不管孩子怎么哭，都不理睬，这样孩子爱哭的不良习惯就会改掉。

婴儿夜啼怎么办？

人类的睡眠时间有一定的限度，什么时候睡，什么时候醒，是由各方面的因素所决定的，并逐渐形成习惯。在正常情况下，夜间婴儿应该以睡眠为主，充足的睡眠将有效地促进孩子的生长发育。孩子夜间啼哭不止，不但影响其健康，而且会使家长难以休息，影响白天工作和学习。

为什么婴儿会夜啼不止呢？首先是由于婴儿大脑皮层发育尚不完善，正常的生活规律尚未建立，对白天和黑夜没有明确的时间概念，也就更不可能具有一定要晚上睡的习惯。如果在白天一哭就抱，一抱就喂奶，孩子吃饱了就呼呼入睡，这样白天睡的时间长，到了夜间孩子就精神抖擞，嬉耍而啼哭不止，日久就逐渐形成与成人相反的坏习惯，日夜颠倒，应及时纠正。

纠正的办法：减少小儿白天睡觉的时间，尤其是下午的睡觉时间，晚上尽量使他晚些睡，入睡后不要干扰他，等他自己醒来时换尿布、喂奶，这样，坚持一段时间就能把孩子晚上不睡、夜啼的习惯扭转过来。如果小儿在晚上入睡前过度兴奋而不睡，可在医生指导下服小量的镇静药，连续服用1周，改变睡眠习惯后停药。

婴儿夜啼还有一些其他原因，如房间闷热被子太厚，尿布湿了未及时换，蚊子叮咬等；还有些小儿夜间要吃1～2次奶，如果不让吃就啼哭不止；有些疾病，如蛲虫病、尿布皮炎等也可引起夜间啼哭不止，应该积极治疗。

孩子经常尿床怎么办？

3 岁以前的孩子夜间尿床，或 3 岁以后偶而尿床，甚至约 10％的 5 岁时仍时有尿床发生，这些都属于正常现象。若 3 岁以后的孩子夜间还经常尿床，就称为遗尿症。

孩子得遗尿症多数与精神因素有关。如突然受到惊吓，更换新环境，白天玩得过于疲劳，睡前过度兴奋，大量饮水等。那么，孩子经常尿床该怎么办呢？

(1) 孩子尿床了，家长不要歧视、责怪与嘲笑他，应耐心地帮助，鼓励孩子树立自信心。

(2) 平时不要恐吓孩子，不要让孩子看惊险、恐怖的电视、电影。

(3) 不要让孩子白天玩得过于疲劳。

(4) 晚餐吃干饭，下午 5 点后限制饮水。

(5) 睡前要叫孩子排尿，有尿自己起来，使孩子大脑皮层建立起警戒点。睡后根据原来排尿时间，逐渐延长叫醒排尿时间，并让孩子完全清醒，因为朦胧状态对排尿印象不深，但要注意叫醒次数不能过多，以免影响睡眠。

(6) 采用奖励的办法，如制做一个图表，哪天不尿床就给他插上一面小红旗，得了 5 面红旗就可以给他一些奖赏。

一般来说，采用上述方法，经过一段时间的训练，是会去掉尿床这种毛病的。如果无明显效果，应带孩子到医院检查治疗。

怎样纠正婴幼儿玩弄、抚摸外生殖器的不良习惯？

玩弄、抚摸外生殖器多发生于男性婴幼儿，女性较少见。

这些小男孩一闲下来就喜欢用手去玩弄、抚摸外生殖器，把外生殖器当作"玩具"来玩，这是一种坏习惯。为什么会产生这种坏习惯呢？

(1)有些大人喜欢用手去摸孩子的外生殖器边摸边逗说："小鸡鸡飞走啦!"引发孩子对自己的外生殖器产生好奇，而去抚摸它。

(2)有些孩子在精神紧张、担忧时去抚摸外生殖器。

(3)孩子裤子穿得太多、太厚，尤其是穿得太紧，可摩擦外生殖器。

孩子经常玩弄抚摸外生殖器，会使局部皮肤容易破损，细菌感染，轻者可引起局部皮肤奇痒难忍，重者可发生龟头炎、尿道口炎、泌尿系统感染。若这种坏习惯不及时纠正，持续时间长，可能变成"手淫"。

当父母发现孩子玩弄抚摸外生殖器时，应耐心地进行教育，千万不要吓唬、训斥孩子。可以轻轻地把他的手拿开，并用做游戏，玩积木，讲故事等方式转移他的注意力。应尽早给孩子穿满裆裤，裤子要宽松些，杜绝其机会。教育孩子要持之以恒，一般来说，这种坏习惯大约到入小学时可以消失。

"左撇子"要不要纠正?

大多数人习惯用右手称为右利，而"左撇子"称为左利。"左撇子"要不要纠正？我们认为：不要纠正，可以顺其自然，小儿爱用哪只手就用哪只手，强迫把"左撇子"改过来，可能会造成生理功能的不协调，不利于小儿才能的发挥。

一般人之所以使用右手，"左撇子"之所以使用左手，是大脑遗传结构不同而决定的。人类的大脑分为左右两个半球，因神经通路交叉行走，所以右手属左半球管辖，左手属右半球管辖。刚生下来的婴儿，右手和左手的能力是一样的，只是后来大多数婴幼儿使用右手的机会多了，自然地养成了右手的能力，加上语言机能左半球占优势，所以左半球又称为优势半球。右利的人约占 90％。而"左撇子"的婴幼儿，其右侧半球大脑逐渐发展为优势。

2 岁以下的婴幼儿拿玩具时往往是左右手一起拿，只是随着语言的发展，才逐渐建立右利或左利。3 岁后大致可以看出孩子是右利还是左利。5～6 岁时才能真正确立为右利或左利。

强迫"左撇子"改为右利，会使孩子已建立起来的优势半球从右侧改为左侧，这将造成原有的语言中枢功能混乱，可能出现口吃，发音不准等。如果"左撇子"的孩子左手写字写得很好，同时右手也会写字，家长不必干涉，让其自然发展，孩子双手都能写字，这是很好的一件事。

怎样纠正婴幼儿吮指癖？

婴儿吸吮母亲的乳头，是属于原始的本能反射。婴儿也可以吸吮任何接触到口唇的物体，这是一种生理性的吸吮反射。婴儿在最初几个月尚不能支配自己的动作，一旦把手指放到嘴里，就会长时间贪婪地吸吮，随着年龄的增长，这种现象会逐渐消失。但是，当婴儿饥饿时，或者有些正当的需求得不到满足时，他会把吸吮手指或衣物当作吸吮乳汁一样，从中得到满足。吸吮手指这一生理习惯如果持续过久，就不易戒除。如果吮指癖延续到换恒牙以后，则会影响下颌的发育，会使牙齿排列异常，错𬌗畸形，严重时可影响咀嚼功能，应引起家长注意。

预防吮指癖，关键在于从小教养。婴儿时期要有正确的喂哺方法，做到饥饱有节。如果晚上啼哭要吃奶，千万不能养成吸吮手指或橡皮奶头来达到止哭目的。对婴儿心理上、感情上的要求要给予满足，不能置之不理。

对于已形成吮指癖的，不宜在手指上涂抹苦味药或用捆绑双臂、戴指套等强制办法来戒除此不良习惯，因为这样做毫无效果，并且会使孩子感到痛苦、压抑及情绪不安，只要有机会就更想吮吸手指，反而使不良行为顽固化。最好的办法应当分散小儿固有习惯的注意力，比如，给孩子一些有趣味的玩具，让他有更多的机会玩乐，多带孩子到户外活动，和小伙伴一起玩，使孩子的生活丰富充实，保持愉快活泼的生活情绪。这样，孩子就会在不知不觉中摆脱吮指的坏习惯。此外，当孩子吸吮手指时，父母要耐心告诫他吸吮手指是不卫生的，要用严峻的目光注视他，并以坚定的口气对他说："不行。"当孩子吸吮手指的行为减少时，就要鼓励和表扬他，对于能控制吸吮手指的孩子应该给予适当的奖励。

怎样纠正婴幼儿咬指甲的坏习惯？

3 岁以内的婴幼儿咬指甲较少见，而 3 岁以后较多见。婴幼儿咬指甲的习惯如不及时纠正，一旦养成顽固性习惯，甚至可以持续终身。

咬指甲多见于性情比较急躁的婴幼儿。他们开始咬指甲一般是在焦虑不安的时候，比如，孩子焦急地等待妈妈下班，和他一起去公园玩。有的是发生在情绪紧张的时候，也有的孩子是在模仿别人咬指甲。稍大些的幼儿也可在思考问题或心情不好的时候不知不觉地咬指甲。

要纠正婴幼儿咬指甲，首先要分析其发生的原因，消除紧张因素，注意心理卫生，耐心教育孩子。切忌斥责、打骂孩子，这会使孩子的精神更加紧张，更不能羞辱孩子，这会使孩子产生逆反心理，从而加重咬指甲的行为。

当孩子咬指甲时，家长应该耐心地告诫孩子，咬指甲是不卫生的坏习惯，会把指甲缝里的细菌带入口内，会生病的，应向孩子说明咬指甲很不雅观。此外，应该建立健康的生活制度，培养孩子勤剪指甲的良好习惯。也可以利用各种游戏来吸引孩子的注意力。小女孩，还可以借助孩子爱美心理，给她修指甲，涂红指甲，使她对指甲的护理感兴趣，这样很快就会改掉咬指甲的不卫生习惯。

当孩子咬指甲的行为减少时，家长要及时给予奖励，强化孩子的好行为，孩子咬指甲的不良习惯和行为就能得到纠正。

怎样纠正孩子爱挖鼻孔的坏习惯？

有些孩子爱挖鼻孔，可能是鼻子有病，发痒，有的已成为一种习惯，安静下来就挖鼻孔，这是一种很不卫生的坏习惯。

孩子用手指挖鼻孔有三大害处：

（1）鼻孔里有很多海绵状的毛细血管，挖鼻孔时容易把这些血管挖破，引起鼻出血，如果出血量多，则会引起失血性贫血。

（2）手接触外界最多，什么东西都摸，尤其是婴幼儿的手更是到处乱摸，而手上往往沾有很多细菌、病毒和寄生虫，挖鼻孔就等于自己把这些细菌、病毒和寄生虫往鼻子里送，这些病原体粘附在鼻粘膜上可造成感染，引起鼻炎、鼻窦炎、鼻疖和鼻甲脓肿。

（3）鼻孔里长着很多鼻毛，能阻止空气中的灰尘、细菌、病毒和其他脏东西进入体内。挖鼻孔会把鼻毛挖掉，使灰尘、细菌、病毒和一些脏东西能畅通无阻地进入呼吸道，引起呼吸道感染，如上呼吸道感染、气管炎、肺炎等。

当你发现孩子挖鼻孔时，要及早进行教育，要向孩子讲清楚挖鼻孔有许多害处。如果是因为鼻孔痒，干燥不舒服，可用热水冒出的热气熏，或者用手在外面轻轻地揉揉，就能减轻症状。如果是鼻子有病，应带孩子去看医生，积极治疗。

怎样纠正小孩咬人的坏习惯？

1岁左右的孩子正处于长牙齿时期，特别喜欢咬东西。但是，这年龄段的孩子分不清咬东西和咬人之间的是非区别，因此他也会咬人，正像他们咬了妈妈的乳头和咬玩具一样。

两岁以后的孩子基本上能分清咬东西和咬人之间的是非界限，如果还咬人，家长就要进行具体分析。比如，孩子很愿意与小伙伴交往，情绪也很正常，只是在争吵或打架时，偶尔咬了对方一口，这没有什么大问题，但要告诉孩子，咬人是错的，是不允许的，应向小伙伴道歉。如果孩子经常处于紧张状态，情绪又不正常，常常无缘无故地咬人，这就有问题了。比如，父母管教太严、太宽，使孩子处于紧张兴奋状态，不能控制自己。也可能是经常受到别的孩子欺负或遭到别的孩子攻击，使大脑经常处于"戒备"状态，对于别的孩子要接近他的任何表示或行动，都视为对他的威胁，因而先发制人，咬对方一口，逐渐养成了咬人的坏习惯。

一般地说，绝大多数健康幼儿咬人的坏习惯，不需要药物治疗，只要家长耐心，坚持不懈的教育，孩子咬人的坏习惯是可以纠正的。但是，对于找不出原因的孩子，家长应该带他去医院诊治。

儿童多动症怎么办？

儿童多动症是指小儿注意力涣散，冲动和不适合的多动。多动症是发育过程中的一种异常表现，在不同场合，表现的程度轻重不同。出现以下症状中的 8 条以上，且出现症状要在 6 个月以上的，方可确诊为多动症。

（1）经常出现手脚多动，或在座位上转动不停。

（2）坐不住，无法静下心来独立完成某件事。

（3）在玩游戏中不能遵守玩游戏规则，并干扰其他小朋友做游戏。

（4）对外来的刺激容易引起分心。

（5）在玩游戏或学习时，不能持续集中注意力。

（6）无论做什么事情，都经常转移注意力。

（7）不能安静地做游戏，而经常无目的地独自动个不停。

（8）经常太多地讲话。

（9）经常打断他人的讲话，或插话。

（10）别人和他说话时，表现出心不在焉，似听非听，爱理不理的样子。

（11）经常丢失生活和学习用品，如丢失衣服、鞋子、玩具、书、笔等。

（12）经常出现冒险行动，如无目的地在大街上奔跑，或从高处跳下等。

对于多动症孩子的教育，需要孩子、老师、家长和医师的配合，使孩子能正常和健康地成长。父母和老师不应对孩子歧视、打骂或厌弃，经常打骂孩子，会损害他的自尊心，造成精神创伤。因此，父母和老师应关心、爱护，耐心地对待孩子，要采用生动、丰富多彩的教育内容来培养孩子的注意力，尤其应让孩子多参加游戏活动，因为游戏是培养儿童注意力集中的良好手段。由于多动症儿童自制能力差，注意力不集中，必须辅以药物治疗，使他们的注意力得到改善，增强其自制能力，减少多动。目前较多选用中枢神经兴奋剂，如利他林、匹莫林、苯丙胺等，这些药物一般无明显副反应，对孩子生长发育没有不良影响，但必须在医师指导下，掌握服用药物的剂量和时间，症状控制后及时停药。

为什么要给孩子用双肩背书包？

孩子正处在长身体的阶段，年龄越小，骨骼的生长发育越快，由于骨骼的钙质比较少，骨头也就越软，越容易变形。如果孩子只用一边肩膀背书包，书包的重量就压在一边肩膀上，时间长了，就会影响肩部骨骼的发育，使两边肩膀不一样高，严重时可影响脊柱发育，引起脊柱发育异常或造成脊柱畸形，影响孩子体型的健美。

给孩子背双肩背书包走路，能挺胸直腰，两只胳膊自由活动，两眼朝前看，促使肩和脊柱的骨骼正常发育，对孩子的身体健康很有好处。因此，当孩子上幼儿园时，家长就应该给孩子背小儿的双肩背书包。

怎样做好入托、入园的准备？

孩子从家里转到托儿所、幼儿园生活，环境发生了巨大变化。一般来说，外向的孩子入托（园）后，较容易适应这种新环境；内向的或依赖性强的孩子则不然，他们过惯了和父母或祖辈一起的生活，很难适应托儿所、幼儿园的生活制度，他们感到处处受约束，因而焦躁不安，哭吵着要回家。为了使孩子能顺利地从家庭生活转向幼儿园生活，家长应采取以下几种做法：

（1）孩子未入托（园）前，家庭是个小集体。首先要做好家庭教育工作，家长不娇纵、溺爱孩子，培养孩子关心别人、关心集体的好思想。这样孩子入托（园）后就会很快适应集体生活。

（2）在入托（园）前，给孩子多讲些集体生活中有趣的事情，抽空多带孩子到幼儿园玩一玩，看看别的孩子怎样做游戏、滑滑梯，怎样学唱歌的，让他熟悉一下新的环境、新的小朋友，从而激起孩子过集体生活的愿望。

（3）如果邻居家有小朋友在幼儿园，最好让孩子结伴一起去。

（4）家长要尽量培养孩子用词语，教会他如何正确地表达自己的意思，以免因语言障碍而妨碍与其他小朋友或老师间的交流。

（5）入托（园）的头几天，要争取早一些接孩子，最好在班上孩子尚多的时候接他回家，以免孩子看到别的小朋友回家而焦虑不安。

（6）有个别孩子，不管用什么方法都不能顺利地送他入托（园），那只好坚持天天送他去，不论孩子怎样哭闹，父母都应该送下他立即就走，幼儿园的老师会想办法安抚他。一般来说，在老师的诱导帮助下，再难办的孩子也可以在不长的时间里适应幼儿园的集体生活。

家长应为入学的儿童做哪些准备？

5～6岁的孩子，无论从事复杂活动的能力，还是知识的积累程度以及语言的发展水平，都已具备了入学的条件。为了孩子能顺利地从幼儿园向小学过渡，家长应为入学的儿童做充分的准备。

(1) 激发孩子对小学的向往。入学前，家长要通过各种方式，让孩子知道长大后要做个有用的人，从小就必须好好地学习本领。应当向孩子介绍小学的生活和学习情况，使孩子心理上有准备。家长还可以带孩子去参观学校，让他看到学生上课时良好的课堂秩序，学生大声回答老师提问时所表现出的语言表达能力等，激发孩子对小学的向往，渴望自己早日成为一名小学生。

(2) 入学前，带孩子去选购书包，去买铅笔、橡皮、卷笔刀、尺子、铅笔盒等文具用品，要教会孩子背书包、整理文具用品等。

(3) 幼儿正处在长身体时期，加上入学后各方面能量消耗多，因此，要注意补充营养，尤其早餐更为重要，要养成早餐吃得饱、吃得好的习惯，否则上课时注意力不集中，影响学习效果。

(4) 要有合理的生活制度，保证幼儿有充足的睡眠时间，按时进餐，参加一定的户外活动。

(5) 培养孩子独立生活的能力。小学老师的主要任务是负责学生的文化知识学习和道德品质的培养，而不是生活方面的照顾，这就要求儿童具备一定的独立生活能力。因此，家长必须在孩子入学前，预先做好准备，才能使孩子适应小学的新生活环境，如让孩子自己穿、脱衣服，结、解鞋带，自己洗脸、刷牙、吃饭、大小便等，还要让孩子帮助大人做些家务事，摆餐桌、端饭、端菜、抹桌子、扫地等，以逐步培养孩子独立生活的能力。

（6）入学前要纠正一些不良行为、习惯，如眨眼、耸肩、皱眉、咬指甲、遗尿等，以免被同学歧视或作为笑料，影响孩子健康心理的发展。

五、急　救

为什么幼儿常发生伤害事故？怎样预防？

幼儿期的孩子，好奇心强，喜欢到处跑，东摸西碰，不懂得什么叫做危险，因此容易发生摔倒跌伤、割伤、烧伤、烫伤以及被动物咬伤、溺水、触电等伤害事故，也有人把异物弄到眼睛、耳朵、鼻子里或者吞进肚子里，还有可能误服药物而发生中毒。

发生伤害事故的主要原因是由于大人疏忽大意，照顾不周，或缺乏防范伤害事故的常识，同时没有对幼儿进行安全教育，再加上周围环境不安全等，因此，容易发生伤害事故。

怎样预防伤害事故的发生呢？家庭要配合幼儿园老师对幼儿进行安全教育。要求孩子必须遵守安全制度，不到不安全的地方玩，有事要离开班级须得到老师的允许；外出必须遵守交通规则，玩游戏要遵守游戏规则；出入房间、上下楼梯不要拥挤和打闹，学会礼让；不要做有危险的事，如玩刀、玩弹弓、玩火、玩电插座及开关，爬树、嬉弄动物等；学游泳一定要有大人带领，不能几个小朋友结伴去江河学游泳；不要随便采集花果，不能自己随便服药，以免发生中毒；不要把小物体衔在口中，或放在口中吮吸、咬，以免把异物吸入、

340

吞入或发生中毒。同时要加强安全措施,确保周围环境安全,杜绝伤害事故的发生。

危重患儿家庭急救的原则是什么?

当孩子在家中发生危重情况时,家长和医护人员都要进行急救处理,其急救原则有以下几点:

(1)紧急救命。不管什么原因造成孩子呼吸、心跳不规则,快要停止或刚刚停止时,都要分秒必争地用人为的方法来帮助他呼吸,以期恢复自主呼吸,帮助他恢复心跳,以保持血液循环。这就需要立即进行人工呼吸、胸外心脏挤压来挽救孩子的生命。因为呼吸心跳停止4~6分钟就会导致脑细胞死亡,超过10分钟则很难使呼吸、心跳再恢复。对于反复抽搐的孩子,立即行止惊处理,因为抽搐引起的脑缺氧将造成大脑不可逆的损伤。

(2)去除病因。在救命的同时,应尽快地去除病因,以免致病因素对孩子持续地伤害。比如,外伤引起的大出血,要立即用止血带止血,或用手压迫止血;发生煤气中毒时,要立即打开门窗并把孩子抱离房间到通风的地方;发生触电时,应先切断电源等等。

(3)防止残疾。在抢救患儿的同时,应尽量防止日后留下残疾,影响生活质量。比如,孩子从高处跌下,造成脊椎骨折,应禁止孩子走动,并要用门板或木板担架抬送医院,但有的家长让孩子自己走,或者用帆布软担架抬送患儿,结果使已经骨折的脊椎骨继续活动而损伤脊髓神经,造成截瘫。

(4)减轻痛苦。在现场急救时应尽量减轻孩子痛苦,尤其是对神志清楚的孩子更为重要。如骨折的孩子,在处理时,动作要轻柔，以免加重疼痛出血。外伤大出血时，孩子精神非常紧张，这时大人应安慰他，告诉他马上进行止血，不会有什么危险的。

怎样做口对口人工呼吸？

在家里无论什么原因造成孩子呼吸困难，出现无效呼吸或呼吸骤停的，都要立即进行口对口人工呼吸，争取挽回生命。在无抢救设备的情况下，采取口对口吹气，方法简便，容易掌握，效果可靠。患儿取仰卧位，急救者先要尽快地清除患儿口鼻的堵塞物及分泌物，以保持呼吸道通畅。然后稍抬起患儿头部，使头尽量后仰，急救者一手捏住患儿鼻孔，另一手托起患儿下颌，使气道通畅，而后深吸一口气，对准患儿口内吹气，直到患儿胸部稍隆起，则停止吹气，放松鼻孔，将患儿头稍侧转，让肺部气体排出。如果是婴儿，可口对婴儿的口鼻一并吹气。若小儿牙关紧闭，可用口对婴儿鼻吹气。吹气与排气的时间比例为 1：2。呼吸频率在儿童为 20～25 次/分，婴幼儿为 30～40 次/分。对小婴儿吹气不可过猛，以免把肺泡吹破。（图 46）

经口对口人工呼吸，患儿脱离危险后，或抢救无效，都应立即送到医院继续抢救治疗。

图 46　口对口吹气

怎样使小儿心脏复跳？

心跳停止为儿科危重急症，患儿面临死亡，如及时抢救，可挽回患儿生命。心脏挤压是使心跳复跳的应急措施，分为胸外心脏按压和胸内心脏按压。按压的目的是给停跳的心脏施加压力，压迫它使其收缩排出血液，压力解除，则心脏处于舒张状态，心室的血液得以充盈。家庭急救应先进行胸外心脏按压，具体做法如下：

将患儿仰卧于硬板上，急救者站于患儿一侧，将一手手掌根放在小儿胸骨中下段，另一手按在第一只手的手背上，有节奏地用力垂直地冲击性地向下按压，对年龄较大的儿童，使胸骨下陷3～4厘米，频率60次/分，学龄前儿童频率为80次/分（图47）。对年龄较小的儿童，用单手按压即可（图48），如是婴儿，可用双手环抱患儿胸部，双手大拇指置于胸骨中1/3处，其余四指托在背部，然后用双手拇指与其余四指同时相对按压，使胸骨下陷2厘米，频率100次/分。（图49）

图47　胸外心脏挤压

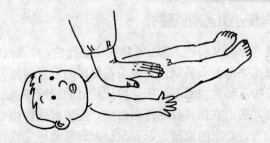

图 48　幼儿的胸外心脏挤压

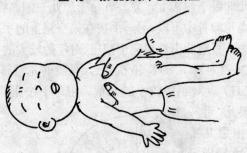

图 49　新生儿胸外心脏挤压

　　进行胸外心脏按压时应注意按压区部位不要过大，着力处是急救者手掌根部接触病人胸骨的中下段，手掌上部及手指都不应对局部施加压力，以免受力面积太大，造成肋骨骨折或内脏损伤。需要强调的是，有些人认为，心脏是在左胸部，因此，在按压心脏时，不是把手放在胸廓正中胸骨的地方，而是放在左胸乳头处，这样不但按压无效，还会压断坚硬的肋骨，使断骨刺伤肺和心脏。

344

经胸外心脏按压心脏复跳后，应立即送医院继续抢救。

人工呼吸和心脏挤压双管齐下怎么做？

小儿呼吸、心跳骤停时，需要口对口人工呼吸与胸外心脏按压同时进行。抢救时，最好由两人配合，一人负责口对口人工呼吸，另一人负责胸外心脏按压。具体怎么做呢？

让患儿仰卧于硬板上，尽快地清除患儿口鼻中的堵塞物及分泌物，然后稍抬起患儿头部，使其头尽量后仰。做口对口吹气的人，要站在患儿的一侧，先深吸一口气，然后对准患儿口内吹气4～5秒钟，同时另一人做4～5次胸外心脏按压。也就是说，呼吸与心脏按压以1：4或1：5的速率进行，即心脏按压4～5次，人工呼吸1次。为了避免吹气和按压互相干扰，吹气时，按压心脏要暂停。（图50）

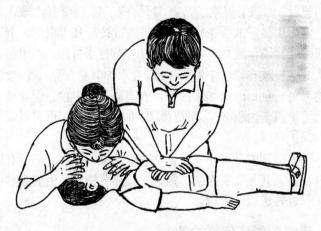

图50　口对口吹气和胸外心脏挤压同时进行

如果在现场抢救只有一个人时，急救者可以先吹两口气，然后做 8～10 次心脏按压；再吹两口气，再做 8～10 次心脏按压，这样也能收到较好的呼吸和心脏复苏的效果。

小儿误食毒物时应进行哪些紧急处理？

当家长发现孩子误食毒物，如误吃了强酸、强碱、有毒动植物、药物、消毒剂等。家长应进行哪些紧急处理呢？

首先应尽可能弄清是何种毒物引起的、毒物吞服时间及数量。把盛毒物的容器或剩余样品随身带上以备查验。如果是吮有毒植物，要取够样品以备辨认。如果是吞食药片或化学药品，即使容器已空也要带上。应把呕吐物和粪便带上以备化验检查。

在紧急情况下或不能及时转送医院时，应先进行力所能及的抢救。如孩子误吃了药物，可给孩子喝 2～3 杯水或水果汁，然后用筷子或手指轻触其咽后壁或按压其舌根部，刺激孩子呕吐。误食酸类物，可给予 10％苏打水口服，也可将做馒头的碱粉放在开水中内服（500 克水加碱粉 5 克）；误食碱类物时可将食用酸醋加水内服，或喝橘子汁中和。误食酸碱类物可给孩子内服 2～3 个鸡蛋清，如果没有蛋，也可以喝牛奶以保护粘膜。

需要强调的是，小儿误食毒物的抢救，原则上都应在医院进行。尤其是吃了强酸、强碱、剧毒药物等，更要分秒必争，积极转送医院抢救。

煤气中毒应怎样抢救？

煤气（一氧化碳）是煤炭、木柴、木炭等燃料未完全燃烧而产生的一种无色、无味，无臭的毒性气体。煤气比空气略轻，容易在空气中扩散，它与人体的血红蛋白亲和力比氧气与血红蛋白的亲和力高200～300倍，所以一旦煤气进入人体内，极易与血红蛋白结合成碳氧血红蛋白，从而使血液失去携带氧的能力。造成人体各器官缺氧。因为神经系统耗氧量最大，所以也最早出现症状。轻度中毒时出现头晕、头痛、眼花、恶心、呕吐等；严重中毒则出现精神错乱、全身无力、四肢震颤、嗜睡、意识模糊；当血液中碳氧血红蛋白达到50%时，患儿即出现呼吸困难、惊厥、昏迷、血压下降，最终呼吸麻痹，导致呼吸、心跳停止。

煤气中毒的患儿大多病情十分严重，抢救应分秒必争。

（1）一旦发现煤气中毒的患儿，应迅速将患儿移到空气流通的地方，并打开所有的门窗，让房间通风。

（2）患儿平卧，头转向一侧，以防呕吐物引起窒息，解开衣服纽扣，但要注意保暖，以免着凉。

（3）立即进行口对口人工呼吸，如心跳停止应同时进行胸外心脏按压。

（4）迅速将孩子送往医院吸氧。因为供氧非常重要，吸入的氧气越多，血液中一氧化碳分离越快，排出的也越快。最好能吸入氧和二氧化碳混合物（氧约93%，二氧化碳约7%）因为二氧化碳可刺激呼吸中枢。如果能将孩子送进高压氧仓治疗，则效果更好。

窒息应采取哪些应急措施？

窒息是指由于各种原因造成的空气不能经呼吸道进入体内，体内产生的二氧化碳不能排出体外。引起小儿窒息的常见原因有呼吸道炎症引起分泌物增多而堵塞气道,气管异物,呼吸肌麻痹等。

根据引起窒息的病因不同,应采取相应的应急措施。比如,小婴儿得了肺炎,由于不会咳出痰液,可发生痰液阻塞呼吸道而引起窒息,这时应尽快地用橡皮吸球吸痰,如能用吸痰器吸痰更好,如果家里没有这些器械。大人可以用嘴对准孩子的口鼻吸痰,并轻轻地用手拍拍背部,以利痰液的引流。同时送孩子去医院治疗原发病。如果是气管有异物引起的窒息,则应设法取出异物。如果是呼吸肌麻痹引起的窒息,应尽快送医院抢救。

小儿窒息往往导致呼吸、心跳停止,遇到这种情况,则应先边进行就地抢救,边送医院,如进行口对口人工呼吸、胸外心脏按压。有条件的地方应急请急救大夫来现场抢救。待病情稍稳定后再送医院继续治疗。

晕厥应采取什么措施?

晕厥又称为"昏倒",是由于暂时性的脑缺血、缺氧而引起的急性而短暂的意识丧失。往往并发短暂的面部和手部阵挛性小抽搐。

小儿可因各种刺激而发生晕厥,比如,给孩子打针,可发生晕针;孩子被突然吓一跳,看惊险、恐怖的电视等都可能诱发晕厥。孩子发生的晕厥绝大多数是单纯性晕厥,处理并不难,预后好。

(1)立即把小儿抱到空气流通的地方。让孩子躺平,头低位以利于脑部供血。

(2)解开衣领。

（3）针刺人中、十宣穴位，也可用拇指甲按人中，经上述处理，一般会很快苏醒。

（4）孩子苏醒后，应让他继续平躺一会儿，待呼吸心跳完全恢复正常后才能抱起，或让孩子坐起走动。

如果是器质性疾病引起的晕厥，如病毒性心肌炎，Ⅲ度房室传导阻滞；先天性心脏病，如法洛四联症等，除了采取以上处理措施外，应尽快送医院治疗。

休克应采取什么措施？

休克是指人体急性循环功能不全，尤其是微循环血流障碍，造成重要的组织灌注不足，组织缺血缺氧，代谢紊乱，导致重要生命器官急性功能障碍。休克起病迅猛，病情变化快，常常在几个小时内急剧恶化，死亡率高，是儿科的危急重症。

休克表现为面色苍白或青灰，皮肤发花，四肢冰凉，口唇及脚趾端发绀，烦躁不安或萎靡，表情淡漠，对外界刺激反应迟钝或无反应，脉搏细速，呼吸急促，血压下降，尿少等。

凡是休克的患儿，应立即送往医院，由医务人员进行抢救。但是在现场应先采取以下措施：

（1）将患儿平卧于床上，头部稍微垫高一点，双下肢稍微抬高，以利于呼吸和静脉回流。

（2）立即清除呼吸道分泌物，保持呼吸道通畅，头部转向一侧，以防呕吐物吸入引起窒息。

（3）合并呼吸衰竭者，立即做口对口人工呼吸。

（4）高热时要进行降温，如睡冰枕，用冰袋置于头部及腹股沟处。可给予酒精擦浴，当体温降至36℃时应停止降温。

（5）解开衣服，尤其是暴露颈部和四肢，以方便抢救。

高热惊厥应怎么处理？

惊厥俗称抽疯。由于孩子大脑发育不够完善，分析、鉴别和抑制能力较差，所以高热时容易引起惊厥。多见于6个月～3岁的小儿，一般6岁后不再发生。惊厥多发生在病初体温骤升时，往往在39℃以上。

临床表现为突然神志不清，两眼上翻，凝视，头转向一侧或后仰，口吐泡沫，牙关紧闭，口唇青紫，大小便失禁，面部和四肢肌肉呈强直性或阵挛性抽搐。历时数秒钟或数分钟自止，抽搐停止后呈昏睡状态，少数患儿可再次发生抽搐。遇到孩子高热抽搐，家长不必惊慌，应马上进行以下处理：

（1）立即把孩子抱到床上或地板上，头转向一侧，或取侧卧位，以防呕吐物吸入引起窒息，解开衣扣、裤带，减少一切不必要的刺激。千万不要摇晃、紧搂、紧按孩子。

（2）保持呼吸道通畅，尽快吸掉口内的分泌物、呕吐物，将用布包扎的筷子或牙刷柄放在上下磨牙之间，以防咬伤舌头，但牙关紧闭时不要强行撬开以免损伤牙齿。

（3）针刺或用手指甲按住人中、十宣、合谷等穴位止惊。

（4）迅速降温，用25%～50%的酒精擦洗，或用饮用的白酒加些冷水擦身，也可用冷水或井水湿透毛巾冷敷头部，双侧腋窝及腹股沟大血管处，并要经常更换冷水毛巾。一般体温降至38℃左右惊厥就会停止。

在采取上述处理的同时，要叫车送医院诊治。

孩子中暑怎么办？

中暑又称热射病，分为三种：热射病、日射病和热痉挛。

这是由于过热导致机体的体温调节机制失去作用而引起的。中暑分为轻、中、重三度。

在炎热的房间，公共场所，易发生热射病。初起时，人感到头晕、头痛、全身疲乏无力、口渴、体温升高、面红、脉搏加快，严重时孩子讲胡话，甚至抽搐、昏迷。

直接日光曝晒，损害了中枢神经系统而发生日射病，症状与热射病相似，但孩子体温不一定升得很高，而头部温度却显著地增高，一般都在39℃以上。

热痉挛是由于人处在高温环境中，身体大量出汗，丢失了大量钠盐，血钠过低，从而引起腿部肌肉痉挛，严重时可发生全身肌肉痉挛。

炎热的夏天，孩子较长时间在烈日下曝晒或在高温环境中，很容易引起中暑。当孩子中暑后，应迅速将孩子移到荫凉通风处，将衣服脱下，用冷水毛巾敷其头部，用温水为孩子擦身，给扇扇子，或用电风扇吹风，直到体温降到38℃。如果孩子神志清楚，能自己喝水，应让他多喝盐水，清凉饮料，吃些咸菜或咸橄榄等，以补充水和盐分，但不要喝那些含有刺激物质的饮料如可乐型饮料、咖啡或茶。严重中暑时，孩子面色苍白，呼吸加快，脉搏细弱，神志不清，抽搐、昏迷等，应在其头部用冰水降温，腋下、腹股沟处置冰袋、冰块等冷敷，同时立即送医院抢救。

烫伤应怎么处理？

婴幼儿对周围的一切都会感到新鲜，喜欢东摸西碰。因此，很容易碰倒热水瓶，装饭、菜的碗等，造成不同程度的烫伤。

烫伤分为 3 度。Ⅰ度烫伤表现为局部皮肤发红、疼痛，但无水泡，一般经一周后可自愈，不留瘢痕。Ⅱ度烫伤，分为浅Ⅱ度与深Ⅱ度两种，浅Ⅱ度只是浅层真皮损伤，皮肤发红、疼痛，产生水泡，如不合并感染，一般在两周内可痊愈，不遗留瘢痕；深Ⅱ度为深层真皮损伤，局部皮肤苍白干燥，皮肤有坏死，一般 3～4 周愈合，愈合后遗留瘢痕。Ⅲ度烫伤，全层皮肤坏死，甚至波及皮下组织、肌肉、骨骼，局部皮肤发黑，发硬，失去弹性。

Ⅰ度或浅Ⅱ度的烫伤，烫伤面积不大时，可以在家里处理，处理方法如下：

（1）尽快消除造成烫伤的因素，如开水烫伤，应马上脱掉被开水浸透的衣服、鞋袜等，如衣服、鞋袜和皮肤粘在一起的，切忌强拉硬扯，可用剪刀剪去未粘的部分，粘着的部分先留在皮肤上，以后再做处理。

（2）保护创面。用清洁布暂时盖住创面，以免创面再受污染，千万不要用纸灰、旧衣服等包裹，切忌在创面上乱涂药膏，以免造成创面感染。

（3）Ⅰ度烫伤可用冷水冲洗 10 分钟，或用 3％苏打水冷湿敷 30～45 分钟，然后涂抹紫草油、红花油、中药獾油或牙膏等。一般不需要包扎。

（4）浅Ⅱ度烫伤，皮肤上出现水泡时，家长切忌弄破水泡，以免继发细菌感染。当水泡较大时，可在消毒条件下于水泡的底部挑破，使液体流出，保留水泡的表皮。然后涂上 2％龙胆紫，盖上消毒的纱布或棉布。

深Ⅱ度及Ⅲ度烫伤的,在迅速消除造成烫伤的因素后,立即送往医院处理。

怎样抢救溺水的孩子？

溺水是小儿时期常见的意外事故。孩子自己到池塘、河边游泳、玩水是引起溺水最常见的原因。其致死的原因是水灌入呼吸道内引起窒息，也可以因水的刺激引起喉头痉挛或心脏突然停搏。当孩子从水中救出后，应立即进行现场抢救，急救的要点是立即倒出溺水者呼吸道的积水，促进其呼吸，恢复心跳。

（1）倒出呼吸道内积水。当孩子被救出水面后，应立即清除其口鼻腔内的淤泥、杂草、污物以及粘性分泌物。然后解开衣扣和裤带，拉出舌头，保持呼吸道通畅。并将患儿俯卧于救护人员肩上，头足下垂，救护者捅着患儿快速奔跑，促进患儿呼吸道内的积水迅速排出。这是抢救成功的关键。

（2）心肺复苏。如果孩子的呼吸、心跳已停止，应同时进行口对口人工呼吸和胸外心脏按压，千万不可只顾倒水而延误呼吸、心跳的抢救。最好有两个人，一个人做口对口人工呼吸，另一个人作胸外心脏按压。两个人轮换连续不断地进行，应坚持到抢救人员到达，决不能看着已无生的迹象而放弃抢救。因为寒冷会延缓人体的新陈代谢过程，即使溺水时间较长也有生的希望。

（3）经现场抢救心跳、呼吸复苏后，应立即送孩子去就近医院进一步抢救治疗。在护送途中应密切观察病情变化，注意保暖。刚复苏的心跳、呼吸是微弱的、不规则的，有可能再次出现停止，必要时还得继续口对口人工呼吸和胸外心脏按压。

怎样抢救触电的孩子？

电流通过人体为触电。幼儿常因拾地上带电的电线，或无意接触不安全的家用电器和电源而引起触电。雷雨时在大树下或高大建筑物下躲雨，或在野外行走，都有可能被雷电击伤。电流对人体的损伤主要表现在局部灼伤和全身反应。人体触电后立即引起肌肉强烈收缩，使身体弹跳摔倒而脱离电源，也可能接触电源更紧。如果接触的电压低，电流小，可发生暂时性头昏、心悸、恶心、惊恐、面色苍白、发呆、昏倒、肌肉强直性收缩。倘若触电时间长，或电压高，电流强，则可出现昏迷、血压下降、心律不齐，甚至呼吸心跳停止，统称为电休克。触电部位出现电灼伤，创面较深呈黄白色，甚至肌肉、骨骼完全烧灼，数日后发生溃疡、坏死。

孩子发生触电应立即抢救，分秒必争，时间就是生命。

（1）脱离电源。应立即切断电源，或用不导电物体（如干燥木棍、竹竿）挑开电线或将触电者拨离电源。急救者绝不能用手直接去推或拉触电者，也不能用导电物去拨电线，如果孩子正躺在液体里，千万不要踏进去，以防自身触电，造成无人抢救。

（2）孩子脱离电源后，要立即检查呼吸心跳，对呼吸、心跳停止的患儿进行口对口人工呼吸，并进行胸外心脏按压，不能轻易放弃抢救。如果有两人进行抢救，则一人作口对口人工呼吸，另一人作胸外心脏按压。如果只有一人抢救，可口对口人工呼吸两次后进行心脏按压8～10次。

（3）在现场抢救的同时，尽快叫救护车，将孩子送往医院继续进行急救处理。途中应密切观察病情变化。必要时应进行口对口人工呼吸与胸外心脏按压。

小儿外伤应怎样处理？

孩子生性好动，在日常生活中常被刀割伤，摔伤或碰伤。如果伤势较轻，伤口不大，可以在家中简便处理。

（1）清洁伤口。擦破表皮，不流血的伤口先用凉开水清洗伤面。由内向外旋转擦洗去污物，清洗完伤口，涂红药水或紫药水。最后用纱布覆盖包扎（夏天尽量不包扎）以保持伤口清洁，如果伤口较浅，只要涂几次红药水或紫药水就可封住伤口。

（2）包扎伤口。在伤口包扎前，应涂上消炎药。可用绷带、干净白布或胶布条包扎。所选择的绷带、布条要大到足以盖住伤口，而又不妨碍孩子的活动。伤在手臂上或腿上，不能用胶布条包扎。以免影响局部血流。包扎后如发现手脚发紫，说明扎得太紧，应重新包扎。手指伤后，可采取缠绕包扎，但松紧要适度。用来固定用的胶布，一定要撕成长条，使包扎后的伤口能接触到空气。当敷料被血浸湿时，应换一块敷料重新包扎。每天换一次敷料，揭开敷料时，应顺着伤口的方向揭下，以免将伤口拉开。小割伤或擦伤暴露在空气中会复原得更好些。膝盖的皮肤伤经冲洗后，只可涂抹消炎药。结痂前不要包扎，以免敷料粘在皮肤上而撕落痂盖。

（3）止血。伤口出血可在一定程度上将伤口里的细菌冲出，起到防止感染的作用。但如果大量出血或长时间出血不止就会发生危险。应及时止血。

普通小伤口出血。可用生理盐水（用 9 克盐加冷开水1000 毫升配成生理盐水）冲洗伤口，涂上红药水，然后包扎止血。如果身体某部位的动脉出血。出血量大时，可用拇指压住出血的血管上端（即近心部），以阻断血流。

如果伤口大，出血量大，伤势严重，以及脸上受伤，都要立即送医院治疗。如果被脏物刺伤，尤其是伤口较深的，应注射破伤风抗毒素，以防发生破伤风。

小孩骨折要做哪些初步处理？

骨折分为青枝骨折（如柳枝折而不断）和折断两类。按照外伤造成的后果，分为闭合性和开放性骨折两类。闭合性骨折又称为单纯性骨折，即骨折处皮肤没有损伤，折断的骨头没有外露；开放性骨折又称为复杂性骨折，是折断的骨头刺伤了局部的肌肉，皮肤，断骨露在外面。小儿由于骨骼中胶质含量高，钙质含量低，所以多发生青枝骨折。

幼儿发生骨折时，家长千万不要紧张。要保持镇静，迅速帮助孩子脱离危险。如果孩子情况严重，应立即进行抢救，如进行口对口人工呼吸、胸外心脏按压等。同时应做如下处理：

（1）骨折引起大出血时，应迅速用止血带止血，上肢出血可扎在上臂上 1/3 处，下肢出血扎在大腿中上 1/3 处。每隔 1 小时将止血带完全放松 3～5 分钟，然后重新绑扎，以免肢体缺血坏死。

（2）开放性骨折，千万不要把未经处理的断骨端送回去，否则容易发生感染，也不要在伤口上涂红药水、紫药水或撒止血粉，更不要在伤口上抹香灰、火柴磷粉等。应该用干净的凉开水，冲去伤口上的脏物，再盖上干净的湿纱布。

（3）限制断骨活动。采用固定的方法将骨折的肢体妥善固定起来。如用木条、树枝、竹片甚至纸板等代替夹板，用绷带或绳子固定起来（图51）。若找不到固定物，可将上肢固定绑在胸部（图52），下肢将健、患侧绑在一起（图53）。孩子从高处摔下来时，很可能发生脊椎骨骨折、应严禁走路、弯腰等任何活动，也不能抱持或用软担架抬，应将小孩轻轻地侧身移至木板担架上，并让孩子趴着，然后用宽布带将孩子固定在木板担架上。

图51　前臂骨折固定法　　图52　肱骨骨折用胸部固定法

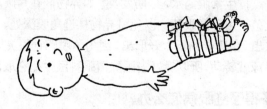

图53　下肢骨折固定法

经上述紧急初步处理后，迅速将患儿送往医院治疗。

异物进入眼睛怎么办？

眼睛内进入异物的机会很多，多发生在刮风季节，灰尘、沙子、铁屑、谷粒等等都可随风吹进眼睛。异物停留在睑结膜处的最多，其次为眼睑与眼球相接壤的穹窿处，异物嵌在角膜表层的相对少些。异物进入眼内，孩子会哭闹，睁不开眼，流泪，用小手使劲地揉眼睛，这样会损伤角膜，出现视物模糊，如果角膜磨损太厉害，会引起角膜发炎、溃疡，愈后留下瘢痕，遮住视线，就看不见东西了。

孩子眼睛进入异物，千万不可用手乱揉。如沙子进入眼睛，首先要利用眼泪，眼睛受到异物刺激，泪水就会大量流出来，随着眼皮的眨动，把沙子冲到眼角，然后随泪水流出。还可以叫孩子闭上眼睛，成人用手把上眼皮轻轻拉几下，使泪水的冲洗作用进行得更顺利。如果泪水冲洗无效，成人手洗干净后翻起孩子的上或下眼皮，暴露出结膜穹窿部，然后用清洁的水冲洗，或用棉签沾水轻轻沾出异物，异物取出后，要滴上一点抗生素眼药水，以防发炎。如异物嵌在角膜表面，绝对禁止孩子用手揉眼睛，以免将异物揉进角膜深处，使异物更难取出。角膜异物不太好取出，因为角膜感觉很灵敏，一触角膜眼球就转动，所以最好去医院请眼科医生把它取出来。

孩子得了红眼病怎么办？

红眼病即急性结膜炎，是由细菌或病毒感染引起，传染性强。主要通过眼分泌物，经手、手帕、毛巾、洗脸盆、理发工具、门把手等传染。儿童患病率比成人高。多发生于夏秋季节。

孩子得了红眼病，睑结膜充血明显，常伴有点状和片状的结膜下出血。如果是细菌引起的，则有大量的粘性或脓性分泌物，眼屎多。病毒引起者，分泌物呈水样，球结膜和眼睑出现不同程度的水肿。孩子自觉眼内有异物感或烧灼感，疼痛、畏光、流泪。极少数影响角膜，一般不影响视力。病程7～10天。得了红眼病应采取以下措施。

（1）可用抗生素或抗病毒眼药水滴眼，常用有0.25％氯霉素眼药水，病毒唑眼药水等。也可以用红霉素、金霉素或四环素眼药膏涂眼。眼药水和眼药膏可轮流使用。

（2）严重者可口服一些抗生素，磺胺类药物，肌注或静滴抗生素和抗病毒药物。

（3）可配合中草药治疗，如用野菊花熏洗眼睛，用桑叶贴眼睛，口服板蓝根等。

（4）得了红眼病不要包扎，应让分泌物通畅排出，以利于炎症消退，缩短病程。

耳朵进水怎么处理？

当水流入孩子耳朵时，应立即将孩子头部向入水一侧倾斜，以利于水流出，并用消毒棉签轻轻地将耳道内水吸出，并擦干净，做这些处理时要注意不要捅伤鼓膜。如果孩子耳朵流出黄水或脓状物，有异味，但无发热，孩子不哭闹，应考虑耳朵进水后引起外耳道炎，可先在家里处理，方法：先用消毒棉签擦干净外耳道中渗出物，然后用棉签蘸3％双氧水清洗耳道，最后滴上1～2滴氯霉素甘油滴耳剂，每日3次，坚持治疗一周可痊愈。如果耳朵流出脓液，有臭味，孩子发热，哭闹不安，可能是耳朵进水后引起中耳炎，应马上送医院，请五官科医生诊治。

异物进入耳朵怎么处理？

幼儿在游戏时常自行将异物放入耳朵，或由别的小孩放入，进入耳朵的异物都在外耳道，常见的异物有豆类、花生、小纽扣、珠子等。根据进入耳内的异物的不同种类应采取不同的处理方法。

（1）核果类异物如豆类、花生等进入耳道后，容易膨胀，应先用 95％的酒精滴入，使其体积缩小，然后再慢慢取出。

（2）圆滑的小异物如小珠子入耳后，可嘱孩子头歪向异物侧，单脚跳，或通过摇动头部（有异物的耳朵朝下），迫使异物掉出。

（3）小昆虫如蚊子、小飞蚁、小虫等进入耳内，会引起痒痛，甚至锐痛。孩子常因此啼哭，并用手搔抓耳朵。这时家长必须冷静，可在暗处用手电筒的光照射外耳道，让昆虫见光后自己爬出来。也可以打开台灯，让有虫子的耳朵朝向亮光，虫子会向亮处爬出。或用酒精、滴耳油、杏仁油少许滴入耳内，把虫杀死，然后取出。

经上述处理，仍无法取出异物，应速送医院请专科医生处理。

鼻出血怎么处理？

鼻出血也就是人们常说的流鼻血。鼻腔内的血管破裂就会流鼻血，出血的部位 90％是在鼻中膈的前下方。引起小儿鼻出血的常见原因有：

（1）孩子鼻粘膜血管丰富，且娇嫩，稍受撞击，就会出血。

（2）有的孩子喜欢挖鼻孔，也容易挖破血管引起出血。

（3）鼻腔发炎，鼻粘膜干燥也易出血。

（4）高热性疾病可使鼻粘膜血管扩张破裂出血。

当小孩鼻出血时，成人不要慌张，可采取以下办法止血。

（1）如出血量小，可用拇指和示指捏住孩子鼻骨下端的鼻肌（即双侧鼻翼上方），一般压迫五至十分钟，出血即可止住。同时让孩子半卧位，松手后不要抹鼻涕或挖鼻孔，以免使刚凝固的血痂脱落引起再出血。

（2）冷敷前额或鼻部，使鼻粘膜血管收缩而止血。

（3）如出血量大，可采用填塞压迫的方法止血。如用干净的脱脂棉或纱布卷成鼻孔粗细的条状，填塞鼻孔，要塞紧，太松达不到止血目的。如用脱脂棉或纱布蘸上 1：1000 肾上腺素溶液，然后填塞鼻腔，止血效果更好。

（4）使用止血药。口服维生素 K、维生素 C 等，严重者可注射安络血、止血敏。民间用干大蓟、小蓟各 15 克，水煎服。也可服适量的三七粉或云南白药。将大蒜捣碎，敷在脚心上，效果也不错。

经上述处理后，一般鼻出血都可止住，如仍反复出血或出血不止，应送医院，查明出血原因，及时治疗。

鼻腔异物怎么处理？

小儿活泼好动，好奇心强，在玩耍时常将异物塞入鼻内，常见的异物有糖纸、果核、豆类、纽扣、小玩具等。年龄稍大些的幼儿能向家长说明是什么异物，塞在哪侧鼻腔，以便家长及早采取措施。但也有个别孩子怕家长训斥而不敢告诉家长，以致于异物长时间停留在鼻腔内，使鼻腔发炎，出现鼻塞、鼻痛、流恶臭带血的脓液等。

当异物进入鼻腔后，不能用力掏挖，否则会损伤鼻粘膜的血管，引起大出血和感染。如异物是纸片、棉花等，可用镊子取出，或用细麻线蘸点胶水粘住异物后慢慢取出。如果是圆形的小异物，可嘱幼儿用手紧按无异物一侧的鼻孔，用力由鼻孔呼气，将异物排出；用棉花或纸捻刺激鼻粘膜，使孩子打喷嚏将异物喷出；如是豆子、花生米，可用小扒从异物旁伸到异物后轻轻地扒出。经上述处理无效者，应尽快送医院，请五官科医生将异物取出。

气管异物怎么处理？

气管异物是婴幼儿急症。发生气管异物常见原因如下：

（1）由于婴幼儿牙齿未萌出或萌出不全，咀嚼功能未发育成熟，吞咽功能未完善，气管保护性反射尚未健全，因而容易发生气管异物。

（2）婴幼儿不懂事，常将带壳或带核食物如瓜子、花生、蚕豆、龙眼等抓入口中，或把常见的异物如纽扣、别针、硬币、玻璃珠等放入口中。由于大人不注意，逗孩子笑或恐吓孩子哭时，口中的异物就会误入气管，造成气管异物。

（3）幼儿好模仿，如有些成人在干活时，喜欢把纽扣、钉子、螺帽等衔在嘴上，这种习惯孩子看了就学。笔者邻居小明，今年才3岁，见其父亲在修理桌子时，用嘴叼着铁钉，小明也学着，将铁钉抓入口中，不一会儿钉子误吸入气管，孩子呼吸急促，口唇发绀，面色苍白，马上送医院，经X线检查发现铁钉已部分穿过气管进入食管，急诊开胸手术，将铁钉取出，孩子才转危为安。

气管异物嵌顿于声门区，可出现呼吸困难、窒息；嵌顿于总气管或气管隆突区，则可造成窒息死亡；嵌顿于支气管，可引起声音嘶哑、呛咳、口唇发绀以及各种不同程度的呼吸困难。一旦出现上述情况，只有3％以下的异物能自行咳出，因此家长不能存侥幸心理，应将孩子速送医院请五官科大夫处理。

误吞异物怎么处理？

婴幼儿不懂事，常把玩耍的东西放在口里，或将吃的东西含在口里不吞咽。由于突然大笑，哭闹、蹦跳、跌倒，或其他原因引起抽气时，这些含在口里的异物很容易进入食道和胃。

误吞入的异物常见的有纽扣、别针、硬币、玻璃珠、小钉子、发卡、花生、豆类等。吞入的异物，只要不是带角或带刺、体积太大、有毒的东西时，一般没有什么危险，家长不必着急，因为食管、胃以及肠壁都有环形肌肉，具有收缩和扩张的作用，所以，吞入的异物不容易"卡"在胃肠道。一般能通过食管和胃贲门的异物，约需48小时都能通过整个消化道而排出体外。

吞入异物后，可给孩子服花生油、香油、石蜡油等油类20～30毫升，以润滑肠壁，有利于异物通过肠道排出。一般情况下不需服用药物，家长只要仔细观察孩子的大便，看看异物有否排出，同时观察孩子有没有异常表现。如小孩出现啼哭、腹痛、呕吐、便血、冒冷汗、面色苍白、四肢冷时，要考虑异物刺破食道粘膜和内脏血管引起内出血，应立即送医院进行紧急处理。

鱼骨头鲠了怎么处理？

鱼肉鲜嫩，含有大量优质蛋白质。丰富的铁，脂肪含量少，是婴幼儿很好的食品。但惟一的缺点是鱼骨头很多，而且很细，稍不注意，鱼骨就会"鲠住喉咙"。

鱼骨"鲠住喉咙"最常见的部位是咽后壁和两侧的扁桃体。鱼骨头鲠了，家长不必太紧张，叫孩子张开嘴，如果看得见鱼骨头，可用镊子小心地夹出来。如果看不到鱼骨刺在那里，最简单的处理方法是叫孩子用力咳，将鱼骨咳出。若未能咳出应去医院请五官科医师检查，如果没有发现鱼骨头，而见咽后壁粘膜有鱼骨刺过的伤痕，那么异物感就是伤痕引起的，不必做特殊处理，1～2天后异物感会自然消失。

需要指出的是，小婴儿鱼骨鲠后不要大口吞米饭，最好送医院请五官科医师处理。

被毒虫蜇伤怎么处理？

当孩子被毒虫蜇伤时，应根据毒虫种类的不同，采取相应的措施：

（1）蜈蚣蜇伤：被蜈蚣蜇伤时，伤口疼痛，肿胀，同时伴头晕、呕吐等全身反应。应立即用肥皂水、清水，或5%～10%苏打水，或5%～10%石灰水冲洗伤口。然后涂上3%氨水，或涂上鸡的口水，局部作冷敷。咬伤严重者应送医院处理。

（2）蝎子蜇伤：被蝎子蜇伤，立即在伤口上方用止血带或布条捆紧，阻止血流，以防毒素吸收。应立即拔出毒刺，并挤压伤口使毒素排出，或用拔火罐来吸毒。然后涂上南通蛇药，或用等量的雄黄、枯矾研成粉末状，加酒调匀后敷在伤口上。并尽早服用南通蛇药，以防全身中毒。如被毒蝎蜇伤，则有引起生命危险的可能，经上述紧急处理后，应立即将孩子送往医院进一步抢救。

（3）黄蜂蜇伤：黄蜂的毒刺毒性很大，其毒汁呈碱性。被其蜇伤后，局部有红、肿、疼痛，严重时可出现呼吸困难，昏睡、昏迷等。救治时先用粗缝衣针或注射针头经酒精消毒，或放在火上烤一会儿后，挑出毒刺。然后涂上1％稀盐酸、醋酸或柠檬酸等，如无上述药物，也可用食用米醋反复涂抹伤处。若患儿中毒严重，出现呼吸困难、憋气、昏睡、昏迷时，应立即送医院抢救。

（4）蜜蜂蜇伤：蜜蜂的毒刺毒性较小，其毒汁呈酸性。被其蜇伤后，局部稍红，有些疼痛。处理时先拔掉蜂刺，伤口用肥皂水或清水冲洗，然后涂上3％氨水或10％苏打水即可。但被群蜂蜇伤时，也可发生严重症状，应送往医院治疗。

被狗咬了怎么办？

孩子被狗咬了，往往因伤口小不引起家长的注意，或孩子不敢告诉家长被狗咬的经过而发生危险。如果是被健康的狗咬了，只要伤口不发生感染，经过数天后伤口就会痊愈；若被疯狗咬了，就有可能引起狂犬病。

狂犬病不仅在患病的狗中互相传染，还会在猫中互相传染。因此孩子被患狂犬病的狗、猫咬了，都会受到传染。狂犬病的病原是病毒，病毒经伤口进入人体后，沿着神经传至大脑，在大脑处繁殖，引起严重的症状。表现为烦躁不安，牙关紧闭，抽搐，恐水，不敢饮水。狂犬病的死亡率较高，而症状又大多历时很长才出现，短者十几天，长者可达数年才出现症状。作者曾遇到1例被狂犬咬后8年才发病。

当孩子被狗咬伤后，做好伤口的处理非常重要。如怀疑是疯狗所咬，应用止血带将伤口上下方绑紧，将伤口稍扩大，吸出局部的血液，并用1/5000高锰酸钾液或肥皂水冲洗，也可用食醋冲洗伤口，然后再用浓硝酸烧灼伤口，或用碘酒局部涂擦消毒。

经上述初步处理后，应将患儿送医院观察治疗，并注射狂犬疫苗。

应该注意的是狂犬所具有的特点：狗的性情突变，狂躁易怒，常常狂吠，暴躁时会咬人；也有的狂犬异常安静，并无暴躁现象，常常夹着尾巴，不吃不喝，逐渐消瘦，最后因肌肉麻痹瘫痪而死亡。